즐겨찾기

즐겨찾기

2018년 10월 24일 초판 1쇄 인쇄
2018년 10월 29일 초판 1쇄 발행

지은이 정희경
발행인 이종주

기획 편집 이은정 주종숙
경영 지원 배진경
마케팅 김정수

발행처 (주)로크미디어
출판등록 2003년 3월 24일
주소 서울시 마포구 성암로 330(상암동) DMC첨단산업센터 318호
Tel (02)3273-5135 **Fax** (02)3273-5134
홈페이지 rokmedia.blog.me
E-mail romance@rokmedia.com

ⓒ 정희경, 2018

값 10,000원

ISBN 979-11-294-9504-4 03810

즐겨찾기 ★

정희경 장편소설

그의 인생에서 유일하게 즐거움을 주는 사람.

그래서 관심을 가지고 지켜보게 되고, 항상 즐겨 찾게 되는 존재.

상윤은 오래전부터 회현을 즐겨찾기 하고 있었다.

ROCODO

Contents

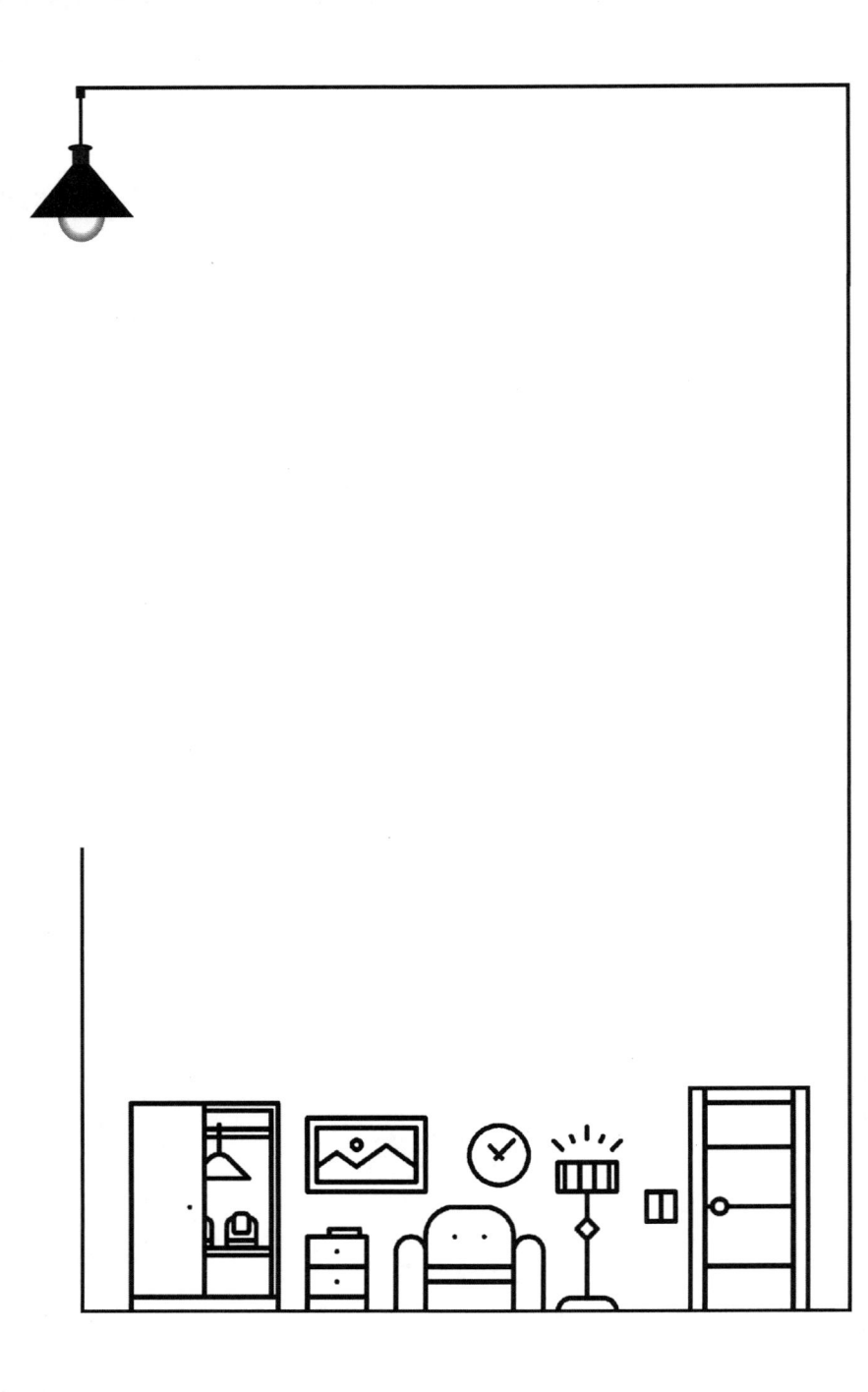

프롤로그

말끔한 차림으로 집에서 나온 상윤은 가벼운 걸음으로 7층에서 5층까지 단숨에 내려갔다.

삑삑삑삑.

502호 앞에 서서 비밀번호를 누르는 행동에는 거침이 없었다. 문 열리는 소리와 동시에 침 고이는 김치찌개 냄새가 후각을 자극했다.

집에 불쑥 들이닥친 인기척에 놀라기는커녕 찌개를 끓이던 성미는 손에 국자를 든 채로 태연히 현관으로 나갔다.

"왔어?"

상윤은 느긋하게 슬리퍼를 갈아 신고 나서야 고개를 들었다.

"어디 있어요?"

국자로 방문을 가리키며 손짓으로 그를 부른 그녀는 상윤이 가까이 다가가자 조심스러운 목소리로 속삭였다.

"차라리 작년처럼 술을 마시고 울고불고하지. 조용하니까 시한폭탄 같아서 무서워 죽겠어."

"걱정하지 마세요. 데리고 나올게요."

성미를 안심시킨 상윤은 굳게 닫힌 방에 노크 했다.

똑. 똑.

하지만 노크는 형식상 절차였을 뿐, 상윤은 대답 없는 방문을 벌컥 열고 안으로 들어갔다.

일요일 아침 해가 이미 중천에 떴지만 암막 커튼이 드리워진 방은 낮과 밤을 구분할 수 없을 정도로 어두웠다. 상윤은 저벅저벅 걸어가 커튼을 홱 열어젖혔다.

"임희현."

환한 햇빛이 들어오니 그제야 방 안의 모습이 제대로 눈에 들어왔다. 상윤은 이불을 머리끝까지 뒤집어쓰고 누워 있는 희현의 모습에 미간을 찡그렸다.

"일어난 거 다 알아."

"……."

몸은 움찔대지만 예상대로 대답은 없었다. 상윤은 책상 의자를 끌고 와서 침대 앞에 앉았다.

"그렇게 누워 있으면 허리 나간다."

"……."

"벌써 나간 거면 내가 업고 나가고."

꾸물거리다가는 진짜 상윤에게 업혀서 볼썽사납게 거실로 나갈 수도 있었다. 협박을 뛰어넘은 무력행사 예고에 희현은 마지못해 무거운 몸을 일으켰다.

"아직 멀쩡하거든."

일어난 희현의 얼굴을 본 상윤의 이마 주름이 더 진해졌다.

"허리가 아니라 얼굴이 문제였네."

적나라한 그의 지적에 희현이 눈을 흘겼다.

"네가 좀 잘생겼기로서니 아침부터 남 외모 비하하기 있어?"

"얼마나 울었길래 쌍꺼풀이 다 없어져?"

제 눈두덩을 만지던 희현은 한숨을 내쉬었다.

작년에 혹독하게 이별을 앓고 용기 내서 시작한 연애가 허무하게 끝나 버렸다. 길지 않은 시간이라 슬프지 않을 줄 알았는데, 막상 헤어지고 돌아오니 나도 모르게 눈물이 주르륵 흐르고 있었다.

"아침이나 먹고 가."

상윤은 다시 누우려는 희현의 등을 단단한 손으로 받쳐 막았다.

"같이 먹어."

"생각 없어."

"그럼 나 먹는 거 구경하든가."

평소 같으면 눈치껏 자리를 피해 줬을 차상윤이지만 오늘은 달랐다. 얼토당토않게 우기는 걸 보니 인내심을 가지고 종일 귀찮게 굴 모양이다.

"나 좀 내버려 둬."

하지만 희현도 물러설 생각이 없었다. 인생의 낙인 먹는 것도 다 귀찮았다. 지금은 그저 혼자 있고 싶었다.

"안 돼."

기운 없는 티를 온몸으로 뿜어냈지만 상윤은 단호했다.

"나이 서른에 불효할래? 두 분 며칠째 네 눈치 보고 있는 거

안 느껴져?"

그의 꾸중에 희현은 퉁퉁 부은 얼굴을 손으로 감쌌다.

"지금은 이 얼굴로 아빠 엄마 마주치는 게 더 불효야."

"방에서 궁상떨고 있는 것보다 나아."

상윤은 자리에서 일어났다.

"안 나오면 내가 그 자식 찾아…….'"

"아우, 진짜! 그래! 나간다! 나간다고!"

도대체 여기가 누구 집인지 알 수가 없다. 상윤의 2차 협박에 희현은 백기를 들었다.

마지못해 거실로 나가자 접시에 반찬을 담고 있던 성미의 얼굴이 환해졌다.

"희현이 너 눈이…….'"

하지만 그것도 잠시, 딸의 몰골을 본 성미는 토끼 눈이 됐다.

"희현이 눈이 어때서?"

그때 어수선한 소리를 듣고 안방에서 동일이 나왔다. 식탁에 앉아 고개를 돌린 희현과 눈이 마주친 동일은 걸어오다 말고 주춤, 한 걸음 물러섰다. 언제나 밝고 씩씩한 딸의 얼굴이 저 지경이 되는 경우는 딱 하나였다.

"너 또 차였어?"

"차이긴 뭘 차여!"

발끈하는 딸을 향해 혀를 차던 동일은 식탁으로 다가오며 상윤의 어깨를 툭툭 쳤다.

"상윤아. 얘 또 차였대?"

"네."

"차상윤…….'"

희현이 아랫입술을 깨물며 노려보았지만 상윤은 어깨를 으쓱였다.

"거짓말할 순 없잖아."

"너 진짜……!"

두 사람이 티격태격하는 모습을 지켜보던 동일이 눈을 부릅뜨며 숟가락으로 식탁을 탁탁 쳤다. 대리석이라 작은 소리에도 집 안을 시끄럽게 울렸다.

"임희현! 네가 대체 어디가 못나서 맨날 차이고 들어오는 건데!"

"내가 언제 맨날 차였어? 올해는 처음 차인 거거든?"

"자랑이다!"

이래서 방 안에 있고 싶었던 건데. 희현은 강 건너 불구경하듯 태연하게 지켜보고만 있는 상윤에게 약이 올라 그의 앞에 있던 수저를 뺏었다.

"너 우리 집에서 아침 먹지 마. 집에 가."

"그럼 너도 내일부터 내 차 타고 출근하지 마."

유치한 대답이 돌아오자 그녀가 콧방귀를 뀌었다.

"내가 언제 네 차 타고 가고 싶댔어? 싫다는 사람 억지로 태워 다닌 게 누군데!"

"둘 다 조용히 안 해?"

동일이 또다시 판사 흉내를 내며 식탁을 쳤다. 그러자 이번에는 반대편에서 호통이 날아왔다.

"당신이 더 시끄러워! 식탁 깨지면 어쩌려고!"

누가 뭐래도 주방에서만큼은 성미가 일인자였다. 아내의 다그침에 동일은 조용히 입을 다물었다.

"너희 둘도 그만하고 얼른 밥 먹어."

하지만 침묵은 1분을 가질 않았다.

"풀 장사 한다던 놈이지?"

"허브 농장이야."

"맞네. 풀 장사."

동일은 이죽거리며 말했다.

"지가 사장이면 다야? 내가 그 자식 처음 봤을 때부터 딱 느낌이 왔어. 남자가 말이야, 듬직한 맛도 없고 멀대같이 키만 커가지고. 생긴 것도 부리부리한 게……."

우연히 길에서 효석을 처음 봤을 때만 해도 키도 크고 훤칠하니 잘생긴 게, 소싯적 제 모습 보는 것 같다며 동질감을 느꼈다고 말하던 아빠였다. 하지만 지금은 언제 그랬냐는 듯이 본인이 말했던 장점을 모두 단점으로 바꿔 버리며 그의 험담을 늘어놓았다.

아무리 짧은 연애였다지만 한때나마 좋은 감정으로 만났던 남자의 험담을 듣고 있는 게 썩 좋지만은 않았다. 그러나 이게 아빠만의 서툰 위로 방식이라는 걸 알아서 희현은 묵묵히 듣고만 있었다.

"딸! 세상에 남자 많아. 그러니까 그놈보다 더 잘난 놈 만나면 되는 거야. 기죽을 거 하나도 없어."

"걱정하지 마. 내가 보란 듯이 더 좋은 사람 만날 거니까."

"그래! 그런 마인드 아주 좋아!"

성미는 또다시 목소리가 커지려는 동일의 밥그릇에 갈치를 올려 주었다.

"당신도 이제 그만하고 밥 먹어."

"알았어. 이제야 밥맛이 좀 도네."

동일의 마음은 한결 개운해졌지만, 희현은 방에 있을 때보다 더 기가 빨리는 느낌이었다.

그때 깨작대던 밥그릇에 물이 차오르기 시작했다. 고개를 돌리자, 상윤이 상의도 없이 밥에 물을 붓고 있었다.

"먹어, 너도."

밥에 물 말아 먹을 때마다 속 버린다고 온갖 잔소리를 퍼붓던 차상윤이 웬일인가 싶었다.

"왜. 너도 갈치 줄까?"

"아니야."

희현은 빤히 바라보던 상윤에게서 시선을 거두었다.

"아침 먹고 같이 나갔다 오자."

"왜?"

"쇼핑 좀 하게."

녀석의 입에서 어울리지 않는 단어가 나왔다.

"쇼오핑? 네가?"

"살 거 많아. 따라와서 짐 좀 들어."

"그래. 날도 좋은데 나가서 상윤이 좀 도와주고 해."

"공짜로 운동하고 좋네."

딸을 부려 먹겠다고 하는데도 말리는 사람이 없다. 외로워진 희현은 고개를 흔들며 베란다를 바라보았다. 오늘은 조용히 혼자 있고 싶었는데 막상 날씨를 보니 집에만 있기에는 아까운 파란 하늘이었다.

"알았어."

순순한 대답을 들은 상윤의 입가에 짧은 미소가 스쳐 지나

13

갔다.

  물에 말아 준 밥을 싹 비운 희현이 씻으러 욕실에 들어가 있는 사이, 거실 소파에 앉아 있던 동일은 상윤에게 바짝 다가갔다.

  "근데 왜 헤어졌대?"

  "그것까진 못 물어봤어요."

  "후우."

  동일이 깊은 한숨을 쉬었다. 작년에 이어 올해까지 연달아 남자에게 차이기만 하는 딸이 심각하게 상처를 받았을까 봐 걱정이었다.

  "그래도 저번보다는 좀 나은 것 같지?"

  상윤은 부어 있던 희현의 눈을 떠올렸지만 이내 머릿속에서 지워 버렸다.

  "금방 괜찮아질 거예요."

  "망할 놈의 자식들. 겁도 없이 어디서 내 딸을 울리고……."

  동일이 주먹을 불끈 쥐고 부들거렸다.

  "상윤아."

  "네?"

  "네가 객관적으로 봤을 때도 우리 희현이가 그렇게 별로냐?"

  황당한 질문에 상윤은 피식 웃었다.

  "희현이가 어때서요. 얼굴도 예쁘고, 돈도 잘 벌고, 성격도 좋고."

  "그러니까!"

  "그 망할 놈의 자식들이 사람 볼 줄 모르는 거죠."

"역시 차상윤! 너는 사람 볼 줄 아는구나!"

빈말이라고는 못 하는 상윤의 성격 때문에 가끔 언짢을 때도 있지만, 이럴 때는 그런 성격이 신뢰하는 데 큰 역할을 한다.

두 사람이 대동단결하는 모습을 바라보던 성미는 과일을 깎아 거실로 가져왔다.

"그래도 희현이는 꾸준히 연애라도 하지. 상윤이 너는 소개팅 같은 것도 안 해?"

"그런 거 별로예요."

"왜?"

"상윤이가 소개팅에 먹힐 스타일은 아니지. 잘생기긴 했어도 너무 무섭잖아."

동일의 대답에 성미가 과일을 건네주며 호호 웃었다.

"하긴. 상윤이가 웃음에 인색하긴 하지."

상윤은 남녀노소 할 것 없이 어딜 가든 주목받을 만한 외모를 가졌지만, 웃지 않으면 냉정하고 차가워 보이는 인상 때문에 처음 본 사람이나 모르는 사람에게 종종 오해를 사곤 했다.

'널 오해하지 않고 끝까지 믿어 주는 사람을 알아낼 수 있잖아. 난 장점이라고 생각해.'

은근히 스트레스받던 문제를 해결해 준 건 희현이 지나가듯 던진 한마디였다. 그녀 말대로 생각을 바꾼 순간부터 오해 때문에 받던 스트레스가 사라졌고, 알고 지내던 사람들과의 관계는 더욱 단단해졌다.

그때 희현이 욕실에서 문을 열고 나왔다. 그녀는 어느새 부기가 다 빠져 본래 얼굴로 돌아와 있었다.

쌍꺼풀 없이 부어 있을 때가 더 귀여웠는데.

"상윤이 연애 안 한 지 오래됐지?"

성미의 질문에 상윤은 고개를 돌렸다.

"네."

한 번도 해 본 적이 없다고 하면 심각해질 성미의 표정이 눈에 훤해서 선의의 거짓말을 할 수밖에 없었다.

"당장 결혼까지는 아니더라도 연애는 하고 다녀야지. 그러다가 좋은 나이 다 지나가."

진심 어린 조언에도 상윤은 조용히 웃기만 했다.

"내가 너였으면 얼굴 그렇게 안 쓴다."

"당신이었으면 어떻게 썼을 건데?"

성미의 기습 질문에 동일이 몸을 뒤로 뺐다.

"사람 무섭게. 포크 좀 내려놓고 말해."

"어떻게 쓰고 싶냐니까?"

"이 사람이 상윤이도 있는데, 거참."

동일은 다 먹은 포크로 성미의 포크를 툭 치며 비장하게 맞섰다. 어이없는 장난에 정색하던 성미도 결국 피식 웃어 버리고 말았다.

상윤은 두 사람을 부러운 시선으로 바라보았다. 만약 결혼한다면 동일과 성미처럼 살고 싶었다. 싸울 때는 싸우더라도 언제 그랬냐는 듯이 풀어지고, 서로의 옆에서 묵묵히 힘이 되어 주는 친구 같은 사이.

예를 들면…….

"차쌍!"

그때 희현이 방문을 열고 나왔다.

"이 옷 어때?"

여리여리한 목선과 쇄골이 그대로 드러나는 하늘하늘한 블라우스였다. 희현에게는 잘 어울렸지만 마음에 들지 않았다.

"별로야."

"왜?"

"그거 입고 나가면 어디 바닥에 떨어진 돈이나 주울 수 있겠어?"

동일의 비아냥거림에 성미가 그의 등을 내리쳤다.

"꼭 말을 해도! 희현아, 그거 입어. 예뻐."

2:1 스코어에 희현은 입술을 삐죽 내밀더니 다시 방으로 들어갔다.

"요새는 왜 옷들을 만들다 마는지 모르겠어."

"그러니까요."

동일은 못마땅한 얼굴로 제 말에 동의하는 상윤을 심상치 않은 눈빛으로 바라보았다.

"얌마. 차상윤."

"네."

"너 우리 희현이 어떠냐?"

"또, 또!"

성미는 입을 다물릴 요량으로 사과를 건네 봤지만, 동일은 본체도 하지 않았다.

"너 진짜 희현이한테 요만큼의 관심도 없어?"

"상윤아, 너 갈 때 됐나 보다. 희현이한테 말해 둘 테니까 여기서 시달리지 말고 차에 가서 기다려."

동일은 남녀 사이에 절대 친구라는 건 존재할 수 없다고 생각하는 사람 중 하나였다. 옆에 있는 성미와도 오랜 친구로 지내다가 어느 순간 불꽃이 튀어 만나게 된 사이라 더욱 그랬다. 그래서 13년째 친구라는 명목으로 서로의 곁에서 맴도는 두 사람의 관계를 믿지 않았다.

이런 주장을 펼칠 때마다 성미는 13년 동안 아무 일도 없으면 진짜 가족인 거라고 단단히 못을 박았다. 그런 말 하면 상윤이 불편해서 우리 집 못 온다고, 아들 같은 녀석 괴롭히지 말라고 진심으로 화를 낸 적도 있었다.

하지만 동일은 상윤의 행동이 영 수상했다. 자신이야 아버지 된 입장에서 아무리 딸에게 잘 어울리는 옷이라도 노출이 있으면 못마땅하다. 그런데 상윤이 못마땅해할 이유는 없지 않은가. 친구라면 더더욱.

"저는……."

"준비 끝!"

기막힌 타이밍에 희현이 가방을 챙겨 나왔다. 두 남자의 부정적인 반응이 신경 쓰였는지 옷은 차분한 원피스로 갈아입었다. 본의 아니게 상윤의 대답을 막은 딸의 행동에 동일은 김이 팍 샜다.

"차쌍! 가자."

"응."

희현이 현관 앞 신발장에서 구두를 찾는 동안 상윤이 자리에서 일어나며 말했다.

"관심 많아요, 저."

두 사람은 상윤을 올려다보았다.

"방금 물어보신 질문에 대한 대답이요."

상윤은 희현을 힐끗 쳐다보곤 웃었다.

"저는 사람 잘 보잖아요."

"셋이 나 빼고 무슨 얘기 해?"

멀리 있어 대화에 끼지 못한 희현이 궁금한 얼굴로 서 있었다. 상윤은 얼떨떨한 얼굴로 앉아 있는 두 사람에게 꾸벅 고개를 숙였다.

"다녀오겠습니다."

꾸벅 인사한 상윤은 희현과 함께 집을 나섰다.

엘리베이터에 탄 희현은 핸드폰을 보다가 퍼뜩 고개를 들었다.

"신영미술관 도면은 다 끝냈어?"

"아직."

"금요일 퇴근할 때 김 부장이 닦달했잖아."

"월요일까지 달라고 했으니까 내일 퇴근 전까지 주면 돼."

성질 더럽기로 소문난 김 부장의 닦달을 듣고도 저렇게 여유로울 수가 있다니 보통 배짱이 아니다. 희현은 고개를 절레절레 저었다.

"어차피 김명준 대리한테서 도면 넘어와야 마무리할 수 있어."

"아! 그 사람 말이야."

"김명준 대리?"

"응. 좀 별로야."

상윤은 피식 웃었다.

"언제는 생글생글 잘 웃고 친절해 보여서 우리 부서 사람 중

19

에 제일 착한 것 같다더니."

"나도 그런 줄 알았지."

희현은 먼저 엘리베이터에서 내렸다.

"지난번 전체 회식 때 김 부장 옆에 붙어서 의형제를 맺네, 마네 하길래 난 김명준 대리가 부장을 진짜 좋아하는 줄 알았어."

"그런데?"

"고깃집 나와서 김 부장 가는 뒷모습에 침을 쫙 뱉는 거 있지."

첫 취업을 앞두고 전공 교수가 해 줬던 말이 있다.

회사 생활은 과자 포장처럼 해라.

열정 가득한 초년생일 때는 그 말을 이해할 수 없었다. 하지만 올해로 입사 6년 차, 이젠 교수님의 말을 완벽히 이해한다. 회사 생활도 엄연한 조직 생활이기 때문에 마치 과자처럼 어느정도의 과장과 포장은 필요하다고 했다.

"그러면서 2차 가서는 본인보다 연차 낮은 후배들한테 술 좀 따라 보라고 시키질 않나."

하지만 가식은 별개라고 생각했다. 앞과 뒤가 다른 사람은 제일 싫어하는 부류 중 하나다. 그것도 모자라 강자에게 약하고, 약자에게 강한 사람이라면 최악 중 최악이다.

"임희현이 제일 싫어하는 부류네."

"완전."

희현은 진저리를 치며 상윤의 차에 탔다.

"그런데도 김 부장은 너한테 김 대리 들먹이면서 비교하고. 내가 진짜 그날만 생각하면…… 아오!"

상윤은 일에서만큼은 양보나 타협이 없었다. 건축 설계를 담당하는 그가 여기저기 사정 생각하며 융통성을 계산하게 되면 안전에 문제가 생길 수 있기 때문이다. 김 부장도 그런 상윤의 똑 부러진 일 처리를 인정하긴 하지만, 상사에게조차 굽히지 않는 꼿꼿함을 늘 못마땅해했다.

그날도 술에 취한 김 부장은 자신에게 살랑살랑 구는 명준을 옆에 두고 그보다 선배인 상윤의 사회성을 운운하며 사람들 앞에서 비교하고 들었다. 아마 콜라를 쏟아서 시선을 끌지 않았더라면 1시간은 더 그 자리에서 상윤에게 면박 줬을 것이다.

"내가 그 콜라를 김 부장 옷에 쏟아 버렸어야 되는 건데."

지나간 일에 흥분하며 스트레스받는 희현을 바라보던 상윤은 그녀의 머리 위에 손을 갖다 댔다.

"오늘 일요일이야. 회사 얘기 그만."

"아, 그래. 오늘 일요일이지. 회사 얘기 그만."

상윤은 앵무새처럼 그대로 말을 따라 하는 희현의 머리를 쓰다듬었다.

"기특하네."

"뭐가?"

명준의 이중인격은 설계부 내에서 이미 유명했다. 하지만 굳이 희현에게 이야기하진 않았다. 사람은 겪어 봐야 아는 법이니까.

"사람 보는 눈이 조금씩 생기는 것 같아서."

"앞으로 더 발전하는 나를 보게 될 거니까 기대해도 좋아."

"듣던 중 반가운 소리다."

상윤은 안전벨트를 매며 엷게 미소 지었다.

1.

"저 헤어졌어요."

점심시간에 카페에서 커피를 마시던 희현은 매일 숨 쉬는 일상처럼 덤덤한 얼굴로 이야기를 꺼냈다.

"그렇구나."

워낙 감정의 높낮이가 없는 사람이기는 했지만, 생각보다 더한 민주의 무반응에 희현이 되레 놀라며 물었다.

"안 놀라요?"

"예상하고 있었잖아요."

희현은 금요일 점심부터 왠지 주말에 헤어질 것 같다며 점쟁이에 빙의돼서 점을 쳤다. 민주 입장에선 곪아 있던 고름이 터진 걸로 보일 뿐이었다.

"제가 차였어요."

이건 좀 놀라운지 커피를 마시던 민주가 살짝 눈을 치켜떴다.

"나를 볼 때마다 미안하다는 생각밖에 안 든다나."

기억을 떠올리는 희현의 표정이 씁쓸했다.

"미안하다는 말만 한 스무 번쯤 듣고 왔네요."

"스무 번이나 말할 때까지 뭐 하러 그 자리에 있었어요?"

"아……."

민주는 참 여러모로 사람의 정곡을 찌른다. 그녀의 말대로 헤어지는 마당에 무슨 예의를 차리겠다고 그 자리를 박차고 나오지 못했다.

아니, 박차고 나오지 않았다.

사실 효석에게서 우리가 헤어질 수밖에 없는 이유에 대한 구구절절한 변명과 사과를 들으며 조금은 위안 삼았던 것 같다.

이 사람과 헤어지는 건 내 탓이 아니라고. 그러니까 오늘 이 이별에 너무 자책하지 말자고.

"괜찮아요?"

민주의 물음에 희현은 고개를 끄덕거렸다.

"지금은요."

애꿎은 컵홀더를 찢던 희현이 망설이다 대답했다.

"알잖아요. 계속 고민했던 거. 그래서 헤어져도 별로 안 슬플 줄 알았는데 막상 헤어지니까 마음이 좀…… 좋지는 않더라고요."

"……."

"나 진짜 웃기죠? 고작 석 달 만나 놓고 이런 청승."

희현은 얼굴과 말투, 행동에서 본인의 감정이 고스란히 드러났다. 그녀는 본인의 치명적인 단점이라고 말했지만, 민주는 오히려 그 솔직함이 부러웠다.

"모처럼 마음 열고 만나 보려고 했던 사람이니까, 그럴 수 있어요."

평소 냉정하게 상황을 내다보는 사람이 제 마음을 이해해 주니 마음이 울컥했다.

그래도 작년 이맘때쯤, 결혼까지 생각했던 용훈과 헤어질 때 비하면 많이 발전한 셈이다. 5년 동안 만났던 남자 친구에게 갑작스러운 헤어짐을 통보받았을 땐 충격보다 공포가 더 컸다. 지금이야 우습지만, 하루하루를 어떻게 보내야 할지가 막막할 정도였으니까.

그래서 평일, 주말 할 것 없이 절친인 도연과 새벽까지 술을 마시며 허구한 날 울어서 집 안을 발칵 뒤집었다. 그게 얼마나 부모님 속을 썩이는 일인지도 모르고. 돌이켜 보건대 당시의 일상은 엉망 그 자체였다.

결국 용훈에게 연락해서 다시 시작하자며 구질구질하게 매달렸다가, 더는 널 사랑하지 않는 것 같다는 매정한 말을 듣고 나서야 정신을 차렸다.

하지만 사랑했던 남자에게 두 번 거절당한 자존감은 바닥을 쳤다. 그의 사랑이 식은 게 온통 내 탓인 것만 같아서.

나를 좋아한다던 사람의 마음이 왜 변했을까, 그가 바쁘고 지친다고 했는데 너무 보채기만 했던 걸까, 조금만 더 기다리고 참아 볼걸. 후회와 죄책감이 들었다. 그래서 수백 번 다짐했다. 다음에 연애할 때는 절대 같은 실수 반복하지 말아야지.

그 후로 소개팅을 몇 번 해 봤지만 상처받은 마음을 다시 누군가에게 열기가 쉽지 않았다. 몇 번 허탕을 치고 나서 1년 만에 만난 사람이 이번에 헤어진 효석이었다.

"진짜 잘해 보려고 했는데……."

숨을 크게 들이마신 희현은 고개를 흔들었다.

"인연이 아니었던 거겠죠?"

"그렇게 생각해요."

"언젠가는 벤츠 오겠지, 뭐."

정신승리를 끝낸 희현이 특유의 밝은 목소리로 돌아왔다.

"박 대리님은 주말에 보통 뭐 해요?"

"음……. 책 읽거나, TV 보거나. 거의 집에서 쉬어요."

과연 민주다운 일상이었다.

"안 심심해요?"

"혼자 있는 게 편해요."

"난 혼자 있으면 심심하던데."

"희현 씨 친구 많잖아요."

"친구들은 다 일찍 결혼했거든요. 도연이라고 미혼 친구 하나 남았는데, 걔는 연하 남자 친구 만난다고 바쁘고."

"차상윤 대리도 있잖아요."

상윤과 오래된 친구 사이라는 걸 아는 사람은 회사 사람 중에 민주가 유일했다.

"차 대리 주말마다 현장 나가는 거 알아요?"

"설계팀이 왜?"

"점검차 나간다나 뭐라나. 근데 그게 감시하러 가는 거지 뭐야. 내가 장담하는데 걔는 아마 기술본부에서 껌처럼 씹히고 다닐 거예요."

상윤의 이야기를 하는 희현의 얼굴에 웃음이 만개했다. 민주는 웃고 있는 희현을 빤히 바라보다가 커피를 마셨다.

"혼자 할 수 있는 취미는 뭐가 있을까요?"

"찾아보면 많겠죠."

"캘리그라피를 배워 보고 싶긴 한데 적성에 맞을지 모르겠어요."

"그럼 우선 원데이 클래스만 들어 봐요."

"같이 할래요?"

민주는 고개를 저었다.

"혼자서도 재밌게 노는 법을 찾아봐요."

핸드폰으로 원데이 클래스를 검색해 보던 희현이 진지한 목소리에 고개를 들었다.

"희현 씨 인생은 희현 씨가 중심이잖아요. 혼자서도 외롭지 않게 지낼 수 있어야 다른 사람도 여유롭게 받아들일 수 있는 거고."

희현은 유난히 외로움을 많이 탔다. 효석과 연애할 때도 바쁜 그의 스케줄 때문에 본인이 외롭고 힘들어했으면서, 정작 헤어지자는 말을 꺼내지 못해 몇 달을 끙끙 앓더니 기어이 차이고 돌아왔다. 민주는 지난 연애의 실패로 자신감이 떨어져 있는 희현이 안쓰러웠다.

"민주 대리님."

"네?"

"고마워요."

진지한 감사 인사가 어색한 민주는 헛기침하며 커피를 챙겼다.

"이제 그만 올라가요."

"에에. 부끄러워하는 것 좀 봐!"

"빨리 커피 챙겨요."

"얼굴도 빨개진 것 같은데?"

희현은 민주에게 팔짱을 끼며 헤실헤실 웃었다.

"수고하세요."

5층에서 근무하는 민주에게 인사한 후 3층에서 먼저 내린 희현은 사무실로 돌아왔다.

"선배! 저 버리고 가시더니 맛있는 거 뭐 드셨어요?"

자리에 오자마자 구내식당에서 밥을 먹은 소미가 입을 댓 발내밀었다.

"나 에이스물산에서 함박스테이크 먹고 왔지롱."

"그거 제가 제일 좋아하는 건데!"

아쉬워하던 소미는 상에 놔두었던 일회용 커피 컵을 자랑했다.

"저는 오늘 차 대리님이 커피 사 주셨어요."

희현이 알기로 제이디자인에 '차' 씨는 한 사람뿐이었다.

"차상윤 대리?"

"네!"

"소미 씨가 차상윤 대리랑 아는 사이였나?"

"아니요. 구내식당에서 점심 먹고 카페테리아 갔다가 우연히마주쳤는데 커피 사 달라고 했더니 진짜 사 주시더라고요."

"아아."

역시나. 차상윤은 누군가에게 먼저 알은체를 하면서 커피를 사 주겠다고 나설 성격이 아니다.

"근데 저 완전 감동받았잖아요."

28

"왜?"

"제 이름을 정확히 알고 계시는 거 있죠?"

희현은 허탈하게 웃었다.

"같은 회사 사람인데 이름이야 당연히 알지."

"팀도 다르고, 일하는 층도 다른데 차 대리님이 신입인 저를 어떻게 알겠어요? 우리 회사 사람이 적은 것도 아니고."

내가 상윤이한테 네 얘기를 한 적이 있으니까요.

라고 단도직입적으로 말하고 싶었으나 그렇게 되면 말이 길어질 게 뻔했다.

"대리님이 차상윤 대리님보다 선배시죠?"

"응."

제이디자인에 입사한 건 희현이 먼저였다. 자금팀으로 들어온 그녀를 뒤따라서 건축학을 전공한 상윤은 다음 해에 설계팀으로 입사했다. 대리라는 직급은 같지만, 엄연히 따지면 희현이 회사 선배인 셈이었다.

상윤과 친하다는 소문이 돌면 자리 한번 만들어 달라는 여직원들의 귀찮은 부탁이 계속될까 봐 회사에서만큼은 거리를 두고 지내자고 했다. 그래서 상윤과는 우연히 복도에서 마주쳐도 짧게 인사하고 지나가는 경우가 대부분이었다.

"전 차 대리님 되게 차갑고 무서운 줄 알았는데 아니더라고요."

"그래?"

"되게 친절하셨어요. 빨대까지 직접 챙겨 주시고."

"소미 씨. 우리 부장님도 빨대는 챙겨 주시거든."

"그리고 차상윤 대리님이 저한테 커피 사 준다고 하니까 막

29

옆에서 다른 분이 웬일이냐면서 놀리고 그랬어요."

안 봐도 박건우 대리다.

"진짜…… 너무 멋있으신 것 같아요."

허공을 바라보며 웃고 있는 소미의 표정이 심상치 않았다. 상윤이 건우처럼 매사 사람들에게 친절한 성격이라면 착각하지 말라고나 해 줬을 텐데. 녀석은 왜 어울리지 않는 친절을 소미에게 베풀었을까.

"소미 씨, 이제 일하자."

"넵."

일이라는 말에 시무룩해진 소미가 자리로 돌아갔다. 핸드폰을 들고 잠시 고민에 빠진 희현은 도로 내려놓고 엑셀을 켰다.

✤ ✖ ✤

"지겨운 수요일도 다 갔네. 먼저 퇴근합니다."

"수고하셨어요."

팀원들이 하나둘 퇴근을 시작했다. 희현도 분주히 가방을 챙기고 있는데 문자 하나가 왔다.

[삼겹살에 소주 한잔?]

상윤에게서 온 문자를 보고 있는데 소미가 불쑥 다가왔다.

"선배! 먼저 가 볼게요."

"응. 내일 봐."

손을 흔들어 준 희현은 답장을 보냈다.

[집 앞에서?]

주머니에 핸드폰을 넣고 사무실을 나서려는데 소미 자리에 있는 일회용 커피 컵에 시선이 갔다.

'저는 오늘 차 대리님이 커피 사 주셨어요.'

분명 그 커피 컵이었다. 먼지 하나 없이 깔끔한 책상에는 다 마신, 그것도 이틀이나 지난 커피 컵이 놓여 있었다. 약통들 바로 옆에 가지런히 줄 세워 둔 거로 보아 보관하는 티가 역력했다.

그때 주머니에서 드르륵, 연이어 진동이 울렸다.

[응.]

[나 지금 나갈 건데 같이 가자.]

희현은 커피 컵을 바라보며 답장 버튼을 눌렀다.

[싫어.]

상윤은 무성의하게 온 답장을 보며 미간을 구겼다.

"뭔데 그렇게 심각해? 내가 그 심각함 덜어 가 줄까?"

어깨에 피로처럼 들러붙는 건우를 밀친 상윤이 모니터를 껐다.

"퇴근이나 해."

"할 거야. 너랑 같이."

건우는 방긋 웃었다.

"삼겹살에 소주나 한잔하러 가자."

"선약 있어."

"여자 친구도 없는 게 무슨 선약?"

대꾸하면 시간만 더 갉아먹는다. 영리한 상윤의 묵묵부답에 건우가 칭얼거렸다.

"누군데! 나 거절하는 거 보니까 남자는 아닐 거고. 여자야?"

"심심하면 해성전자 연수원 기숙사 도면이나 다시 확인해라. 3층이랑 4층 치수 다른 것 같던데."

"말 돌리는 거 보니까 진짜 여자 만나나 본데?"

"난 분명히 충고해 줬다."

"예쁘냐?"

"간다."

"야! 진짜 예뻐?"

애타게 묻는 목소리를 뒤로하고 상윤은 손을 흔들며 사무실을 나섰다.

[삼겹살이? 소주가?]

엘리베이터 앞에서 보낸 문자의 답장은 1분도 안 돼서 도착했다.

[셋 다.]

상윤은 문자를 빤히 바라보았다.

"뭐 때문에 또 심기가 불편해지셨나, 임희현 씨."

어차피 매달려 봤자 잡히지도 않을 고집이다. 상윤은 답장을 관두고 주차장으로 내려가 차에 시동을 걸었다.

집에 도착해서 씻고 나온 상윤은 희미하게 들린 엘리베이터 소리에 본능적으로 계단을 뛰어 내려갔다.

"임희현!"

예상대로 엘리베이터에서 내린 희현이 비밀번호를 누르고 있었다. 그녀는 상윤을 힐끗 쳐다보더니 다시 고개를 홱 돌렸다.

"내 차 타고 왔으면 30분은 더 일찍 왔을 텐데."

지하철 연착으로 고생한 희현은 입술을 앙다물었다.

"치킨에 맥주 어때."

맛있겠다.

"……별론데."

"늦었어."

순간 흔들린 것이 승패를 좌우했다. 희현이 문을 열자 거실에 있던 동일과 성미가 두 사람을 반겼다.

"왔어?"

"다녀왔습니다."

"상윤이는 오늘 일찍 왔나 보네. 반차였어?"

"저는 차 타고 일찍 왔어요."

희현은 셋의 대화에 끼지 않고 곧장 방으로 들어갔다. 문을 닫고 옷을 갈아입으려는데 TV 소리 너머로 대화가 들렸다.

"둘이 싸웠어?"

"아니에요."

"그런데 희현이가 왜 너한테 찬바람 쌩쌩이야?"

"저도 그걸 몰라서 지금 물어보려고요."

상윤이 들이닥치기 전에 빠르게 옷을 갈아입은 희현은 벌컥 문을 열었다. 그러자 바로 코앞에 상윤이 노크 할 손을 들고 서 있었다.

"나랑 나가려고?"

"삼겹살에 소주 안 먹을 건데?"

희현은 콧방귀를 뀌었다.

"나 치킨에 맥주 한잔 하고 올게."

"누구랑?"

"당신도 참. 누구긴 누구겠어? 야, 차상윤! 너 희현이 12시 전까지 집에 들여보내! 알겠어?"

동일의 외침을 뒤로하고 먼저 나온 희현은 뒤늦게 나오는 상윤에게 물었다.

"너 아빠한테 뭐 밉보인 거 있어?"

"아니. 왜?"

"근데 왜 갑자기 통금 시간을 걸지?"

상윤과 술을 마신다고 하면 아무리 새벽 늦게 들어와도 별말 없이 넘어가던 아빠가 갑자기 시간을 재는 것이 영 이상했다.

"둘 다 내일 출근하니까 과음하지 말란 뜻이시겠지."

"그런가?"

"응."

상윤이 대답과 동시에 피식 웃자 희현이 미간을 찡그렸다.

"근데 왜 웃어?"

"아니야."

1층에 도착한 상윤이 엘리베이터 열림 버튼을 누르고 있자, 희현이 안 내리고 그를 빤히 바라보았다.

"안 내려?"

"너 먼저 내려."

그녀를 의아하게 바라보던 상윤은 시키는 대로 먼저 내렸다.

"뭐 때문에 그러는 건데."

상윤과 '친절'이라는 단어는 전혀 어울리지 않는다고 생각했는데 새삼 다시 보니 그는 꽤 친절한 남자였다. 이렇게 친절한 남자라면 커피를 사 달라는 후배에게 충분히 커피를 사 줄 수도, 빨대를 챙겨 줄 수도 있을 것 같았다.

"아니야."

그제야 희현의 표정이 조금 풀렸다. 아파트 앞 단골 가게인 남강 닭강정에 온 두 사람은 자주 앉는 곳에 자리를 잡았다.

"사장님. 저희 닭강정 작은 거 하나요."

"술은 가져다 드세요."

"네에."

배달이 많은 곳인 데다가 익숙한 단골이었기 때문에 사장님은 두 사람에게 냉장고를 일임했다.

자리에 앉자마자 상윤은 수저를 챙겨 놔 주었다. 그걸 본 희현이 컵에 물을 따르려고 하자 상윤이 물통을 빼앗아 따랐다.

"……차쌍."

"응?"

"회사에서 밥 먹으러 가면 이런 거 다 네가 챙기지?"

"아니? 막내가 하지."

"그럼 왜 나 만나서는 맨날 네가 다 하려고 해?"

상윤은 다 따른 물컵을 앞에 놓더니 오른뺨을 희현에게로 내밀었다.

"싸우고 싶으면 시비 걸지 말고 한 대 쳐. 맞고 끝내게."

"아니, 시비가 아니라, 네가 사실은 굉장히 배려 깊고 친절한 사람인데 여태껏 내가 오해하고 있었나 싶어서……."

말을 바꿔 봤지만 상윤은 요지부동이었다. 희현은 두 손을 들었다.

"알았어. 안 그럴게."

"빨리 치고 끝내자니까?"

35

결국 희현은 상윤의 보조개를 꾹 누르며 그를 밀어냈다.

"그래, 너 이기적이야! 완전 불친절하고 냉혈한이야. 됐어?"

"내 성격은 네가 제일 잘 알잖아. 왜 갑자기 오해라는 생각이 들었는데?"

네가 소미 씨에게 커피도 사 주고, 빨대도 챙겨 줬다는 이야기를 들어서, 라고 하기엔 대답이 너무 없어 보였다.

"그냥. 정말 갑자기."

어색한 웃음을 짓던 희현은 닭강정이 나오기도 전에 기본 안주인 뻥튀기를 안주 삼아 소주를 마셨다.

"크으, 달다!"

화제를 돌리기 위한 뻔한 수였지만 상윤은 순순히 넘어가 주었다.

"천천히 마셔."

"너랑 마실 때는 안 취하잖아."

자신만만하게 대답하면서 소주를 마시는 속도가 불안했다. 하지만 말리면 더 자극받는 스타일이라 상윤은 일단 그녀의 속도에 맞춰 주었다.

"싸장님! 저희 닭깡정 언제 나와요오?"

결국 닭강정이 나오기도 전에 알딸딸해진 희현의 발음이 평소보다 세졌다.

이때다 싶은 상윤은 테이블에 양팔을 기댄 채 그녀에게 몸을 가까이했다.

"임희현."

"응?"

"이제 말해 봐."

"뭐얼?"

"풀떼기 장사 하던 놈이랑 왜 헤어졌는지."

희현은 손을 내저었다.

"됐어! 이제 와서 말해 봤자 뭐해."

"말하면 울 것 같아서?"

"아니거든!"

역시 자존심을 긁으면 반응이 나온다.

"그냥…… 인연이 아니었던 거야."

희현이 한숨 섞인 목소리로 말을 아꼈다. 상윤은 그 모습이 더욱 못마땅했다.

임희현은 상대가 좋으면 감정을 숨기지 못하고 티를 낸다. 그런데 효석을 만나는 동안에는 매사 진지한 얼굴로 모르겠다는 말만 반복하더니, 지난주에는 돌연 차였다고 통보했다. 심지어 속이 후련하다며 씩씩하게 웃어 보이기까지 했다.

그래서 정말 괜찮은 줄 알았다. 팅팅 부은 눈을 보기 전까지는.

그제야 석연치 않은 점들이 하나둘 떠올랐다. 정말 헤어짐이 아무렇지 않았다면 헤어졌다는 사실만 말하고 끝냈을 것이다. 후련하다느니, 원래 내가 먼저 헤어지자고 하려고 했는데 선수를 뺏겼다 같은 구질구질한 소감 따위를 늘어놓지 않았을 것이다.

'잘된 것 같아. 어차피 용훈이는 결혼 생각도 없었고.'

그 구질구질한 소감 늘어놓기가 용훈과 이별하던 때와 비슷해서. 그래서 더 싫었다.

"닭강정 나왔습니다."

턱을 괴고 TV를 보던 희현은 포크를 들고 가장 큰 닭강정을 하나 골랐다.

"이거 무지하게 크다."

"많이 좋아했어?"

닭강정을 입에 넣으려던 희현의 손이 멈칫했다.

"아, 좀!"

희현은 상윤을 바라보았다. 그는 무표정한 얼굴로 진지하게 묻고 있었다. 희현은 할 수 없이 닭강정을 내려놓고 소주를 한 입에 털어 넣었다.

"효석 씨가 용훈이랑 똑같은 얘길 하더라."

"개소리를 했다는 건데."

"나보고 좋은 사람이라고. 어디 가서도 충분히 사랑받을 수 있는 여자라고. 정말 미안하다고. 자기보다 더 잘해 줄 수 있는 좋은 남자 만나라고."

"……아예 개소리는 아니었네."

하지만 희현의 귀에는 헤어짐을 통보하는 주제에 좋은 사람으로 남고 싶어 하는 사람들의 전형적인 개소리가 맞았다.

"그런데 내가 그렇게 좋은 여자고, 좋은 사람이면…… 나랑 헤어지려고 하는 게 말이 안 되잖아. 안 그래?"

석 달 동안 만났던 효석이 너무 좋아져서, 그래서 그와의 이별이 못 견디게 슬퍼서 운 게 아니었다. 물론, 마음을 열어 보려고 했던 상대에게 거절당한 슬픔도 없지는 않았다. 하지만 1년 전에 지독하게 아팠던 이별과 이번 이별의 장면들이 너무 똑같아서 더 서러웠다.

"정말 내가 좋은 사람이긴 한 건가 헷갈리고…… 그래서…….”

소개팅으로 만났던 효석과는 처음부터 끝까지 미적지근했다. 둘 다 좋아하는 감정의 불꽃이 튀어서 사귄 것보다, 몇 번 만난 뒤 나쁘지 않으니까 한번 만나 보자 정도의 온도였다.

게다가 그는 식용 꽃을 키우고, 판매까지 도맡아 하는 사업을 하는 사람이라 매일 바빴다. 일주일에 한 번 보는 것도 어려웠고, 연락이 안 될 때는 자기 전에 짧은 전화 한 통이 전부였다.

그런데도 서운하다는 한마디를 못 했다. 용훈에게 서운하다는 말을 쏟아 냈다가 헤어짐을 통보받았으니까. 너무 아팠던 이별의 모습을 반복하고 싶지 않은 마음에 더 악착같이 참고 버티려고 했던 것 같다.

"근데 내가 아무 말 안 하고 꾹 참아도 결국은 떠나더라.”

"…….”

"이도연이 나보고 똥멍청이래.”

효석에게 차였다는 소식을 들은 도연은 분개했다. 바빴던 그의 처지를 대변해 주는 말을 했다가 올해 들을 욕을 모조리 먹어서 그날 저녁은 걸렀는데도 배가 불렀다.

"내가 할 말 이도연이 대신 해 줬네.”

상윤이 소주를 비우자 이에 질세라 희현도 따라 잔을 비웠다.

"그래도 이번에 또 하나 배웠어.”

"뭘.”

"어차피 떠날 사람은 뭘 해도 떠나고, 남을 사람은 뭘 해도 남는다. 그러니까 눈치 보지 말고 그냥 내 식대로 하자.”

이상한 결론인 것 같은데 묘하게 맞는 말 같기도 하다. 상윤이 소주병을 들자 희현이 자연스럽게 잔을 들었다.

"넌 그만 마셔."

"같이 마셔!"

희현은 소주를 빼앗듯이 가져가더니 또 잔을 채웠다. 상윤은 한숨을 쉬며 말했다.

"너 스스로한테 자신감 좀 가져."

"나 자신감 완전 넘치거든?"

"근데 뭐가 헷갈려?"

시답잖은 두 놈 때문에 속상해하는 희현을 보니 울컥 화가 났다.

"그 자식이 곽용훈이랑 똑같이 말한 게 신경 쓰일 수 있지. 근데 어렵게 생각하지 마. 그냥 만나다가 헤어진 거야. 그렇게만 생각해. 걔네 마음이 변한 걸 네 탓으로 두지 말라고."

소주를 마신 희현이 눈을 끔뻑였다.

"왜 네가 더 흥분하고 그래? 차인 건 난데."

"답답해서 그런다."

"위로는 못 해 줄망정."

취기에 살짝 눈이 풀린 그녀를 바라보던 상윤은 포크에 닭강정을 찍어 내밀었다. 포크를 받으려고 하자 상윤이 손을 뒤로 뺐다.

"그냥 먹어."

"아."

희현은 순순히 닭강정을 받아먹었다. 달큰하고 고소한 맛을 느낀 그녀의 얼굴에 웃음이 새어 나왔다.

"역시 닭강정에는 소주지."

그러더니 본인의 포크로 닭강정을 하나 더 입에 넣었다. 입안 가득 닭강정을 넣고 오물대는 모습이 꼭 다람쥐 같았다.

"임희현."

"알았어. 그만 마실게."

잔소리가 시작되기 전에 희현은 소주잔을 옆으로 치웠다.

"너 매력 있어."

술에 취해 볼이 발그레해진 건 희현인데 멋대로 말이 튀어나오는 건 상윤이었다.

"뭐?"

"알면 알수록 더 알아 가고 싶고."

분명히 하나도 안 취했는데.

"……."

"그런 여자라고, 너."

상윤은 지그시 그녀를 바라보았다. 두 사람 사이에 형용할 수 없는 정적이 흘렀다. 희현은 그저 열심히 닭강정을 씹으며 눈을 껌뻑이고 있었다.

"그러니까 힘내라고, 똥멍청이야."

정신을 차린 상윤은 금세 진지한 표정을 벗고 희현의 앞머리를 흐트러뜨렸다. 그때 희현이 손을 거두어 가려던 상윤의 손을 붙잡았다.

"너……."

뜸 들이는 희현의 말에 상윤이 마른침을 삼켰다.

"어디 가서 이러고 다니지 마. 오해받고 억울하게 뺨 맞기 딱 좋아."

"무슨 오해?"

희현은 상윤의 손을 놔주며 말했다.

"네 말대로 나는 네 성격을 알지. 넌 이기적이고, 불친절하고, 냉혈한이야. 심지어 무뚝뚝해. 그런데 그런 네가 갑자기 그런 눈빛으로, 그런 위로를 하면 이 사람이 나한테 관심 있나? 착각하게 된다고."

"그래서, 착각했어?"

"뭐, 조금……."

술 때문에 솔직한 대답이 술술 튀어나왔다.

"착각 아닐 수도 있잖아."

상윤을 바라보던 희현은 주위를 두리번거리더니 다 먹은 뻥튀기 그릇으로 녀석의 머리를 때렸다.

"야! 아파!"

"나 놀리니까 재밌지?"

"너 요즘 부쩍 폭력적이다?"

"너도 곽용훈, 이효석이랑 똑같아. 나쁜 놈아."

"어떻게 나랑 그 새끼들을 엮어!"

상윤은 진짜 이유를 몰라서 억울해하는 얼굴이었다.

"나 차 버릴 땐 언제고, 뭐? 매력 있어? 알면 알수록 알아 가고 싶어?"

희현은 한동안 잊고 있던 기억이 떠오르자 눈앞의 놈이 더 괘씸했다.

"너어, 앞으로 나 포함, 괜히 다른 사람들한테 친절하게 굴지 마. 쓸데없이 커피 같은 것도 사 주지 말고. 이건 네가 진짜 오해받고 억울하게 뺨 맞을까 봐 내가 진심으로 충고해 주는 거야. 알겠어?"

"커피?"

"사장님! 저희 계산이요!"

아깝게시리 먹은 술이 확 깼다. 희현은 지갑을 들고 자리에서 일어났다. 그녀가 돌아서서 계산하는 모습을 바라보는 상윤의 표정은 눈에 띄게 어두워져 있었다.

2.

햇볕이 뜨겁다 못해 따가운 여름이었다.

교실의 앞뒷문과 창문까지 꽁꽁 잠가 놓은 여학생들은 에어컨 앞에 삼삼오오 모여 체육복을 갈아입었다.

"망했다……."

애타게 사물함을 뒤지는 희현을 보며 도연이 혀를 찼다.

"체육복 안 가져왔어?"

"아……. 주말에 다 빨아 놨는데!"

늦잠 자는 바람에 급하게 나오느라 체육복을 챙기는 걸 깜빡하고 말았다.

"어떡하지? 이대로 나가면 무조건 깽깽인데."

"오늘 인문계 여자들 싹 다 나가는 날이라 빌릴 애들도 없어."

포니테일로 머리를 질끈 묶던 도연이 말했다.

"아니면 빨리 차상윤한테라도 가서 빌리든가."

"내가 그 큰 걸 어떻게 입어."

"접어서라도 입고 나가야지. 키 클 거 대비해서 큰 거 산 거라고 빡빡 우겨."

하기야 교복으로 나가는 것보단 백번 나았다. 희현은 결심한 듯 신발을 챙겼다.

"나 그럼 차쌍한테 옷 빌려서 입고 나갈 테니까 운동장에서 봐!"

"오케이."

희현은 교실을 나가자마자 냅다 뛰기 시작했다. 말만 남녀공학이지, 아무리 같은 인문계여도 남녀 건물이 달라서 상윤이 있는 곳은 구름다리를 건너야 했다.

"급한 일 있어?"

귀에 익은 목소리에 열심히 달리던 희현이 발을 급히 멈추고 고개를 돌렸다.

"차쌍!"

자신의 구세주가 돼 줄 상윤이 구름다리 중간에 서 있었다. 희현은 녀석의 팔을 붙잡았다.

"너 체육복 있지? 나 좀 빨리 갖다 주라."

"나한테 체육복 맡겨 놨어?"

희현은 두 손을 모으며 강아지 같은 얼굴로 사정했다.

"존경하는 전 전교 회장님, 저 체육복 좀 빌려주세요. 깜빡하고 집에 놓고 왔지 뭡니까."

"그러니까 너 내가 어제 미리 챙기라고 했지?"

"아, 빨리! 나 시간 없어!"

불쌍한 척을 포기하고 힘으로 그의 등을 떠밀어 봤지만 상윤은 꼼짝도 안 했다.

"내가 빌려주면 뭐 해 줄 건데."

이 급박한 상황에서 거래를 시도하는 나쁜 놈.

"순대 꼬치 사 줄게."

"내 체육복 대여료가 고작 500원?"

"일주일 동안 사 줄게."

"얹고 미적분 정리 노트 일주일 헌납."

희현은 아랫입술을 질끈 깨물었다.

"……콜."

"이따 가져와."

"알았다고!"

확답을 받아 낸 상윤은 뒷짐 지고 있던 손을 풀어 들고 있던 쇼핑백을 건네주었다.

"빨랫줄에 보란 듯이 걸려 있더라."

쇼핑백 안에는 놓고 온 희현의 체육복이 들어 있었다.

"넌 진짜!"

희현은 까치발을 들고 상윤의 얼굴을 작은 두 손으로 감쌌다.

"어쩜 이렇게 기특해?"

"4교시 7분 남았어."

"으아!"

수업 시간에 늦으면 깽깽이보다 더 무서운 벌점을 받는다. 희현은 상윤에게 인사하는 것도 잊은 채 왔던 길로 부리나케 뛰었다.

1층에 있는 여자 화장실에서 빛의 속도로 옷을 갈아입고 있는데 문밖에서 인기척이 났다.

"고3이 무슨 체육이야. 그냥 자율학습이나 시켜 주지."

"그래도 이럴 때 엉덩이 떼지, 언제 떼냐."

희현은 두 사람의 대화를 라디오 삼으며 신발을 벗었다.

"너 이번에 인터넷에 올라온 학교 홍보 영상 봤어?"

"어. 완전 사기 쩔어."

"마지막에 차상윤 나오는 거 봤어?"

"당연히 봤지. 임희현이랑 투샷 잡히는데 둘 다 연예인인 줄."

제 이름이 흘러나오자 지퍼를 올리던 그녀의 손이 느려졌다.

"화장했겠지?"

화장 안 했거든.

"야. 화장한다고 카메라에 다 그렇게 나오겠냐? 본판이 잘나서 그런 거지."

퉁명스레 내뱉는 목소리와 함께 세면대 물이 틀어졌다. 희현은 문 가까이 바짝 다가갔다.

"둘이 잘 어울리더라. 좀 닮은 것 같기도 하고."

"친하잖아. 이도연까지 셋이."

"이도연이랑 차상윤은 별로 안 친할걸?"

"그래? 셋이 잘 다니던데."

"너 차상윤이랑 이도연 둘이 다니는 거 봤어?"

"……그러고 보니까 못 본 것 같기도 하고."

"그리고 차상윤이 이도연 대할 때랑 임희현 대할 때랑 표정부터가 달라."

그때 물소리가 멈추고 사방이 고요해졌다.

"내가 봤을 땐 차상윤이 임희현 좋아한다. 백퍼."

"진짜?"

삐익—

그때 바깥에서 요란한 호루라기 소리가 울렸다.

"야! 체육 떴나 보다."

두 사람의 대화에 잠시 멍해져 있던 희현도 정신을 차리고 마저 옷을 입었다.

"나보다 늦게 줄 서는 놈들은 다 지각 처리할 줄 알아!"

운동장으로 나가자 유유히 뒷짐 지고 설렁설렁 걸어가는 체육 선생님이 보였다. 생애 다시없을 속도로 그를 앞지른 희현은 도연의 앞에 멈춰 서서 가쁜 숨을 몰아쉬었다.

"어? 체육복 어디서 났어?"

"하…… 차상…… 차상윤…….."

"사이즈가 여자 건데?"

"집…… 후우, 빨랫줄에 걸려 있던 거 가져왔대……."

"자, 몸도 풀 겸 운동장 한 바퀴 뛴다!"

"어우우!"

청천벽력 같은 말에 희현이 주저앉았다.

"방금까지 뛰었는데!"

"안 뛰는 놈들 싹 다 벌점 먹일 거다. 실시!"

내신을 좌지우지하는 벌점 소리에 여학생들은 울며 겨자 먹기로 뛰기 시작했다.

"너 근데 옷 진짜 빨리 갈아입었다. 무조건 늦을 줄 알았는데."

"차쌍이 구름다리에서 기다리고 있었어. 내가 걔네 건물까지 갔으면 늦었지."

차라리 미친 듯이 뛰고 싶다. 느긋한 호루라기 소리에 맞춰 뛰니까 더 죽을 맛이었다.

"야."

희현은 고개를 흔들었다.

"말 시키지 마. 숨 차."

"근데 좀 이상하지 않아?"

"뭐가."

골똘히 뭔가를 생각하던 도연은 희현의 팔뚝을 때렸다.

"나 방금 소름 돋았어."

"그니까 뭐가!"

"그럼 차상윤이 너 올 줄 알고 네 체육복을 챙겨서 구름다리에 있었다는 거잖아."

"그게 왜?"

"네가 3교시에 체육이라는 걸 어떻게 알고……?"

난 또 뭐라고.

"걔 우리 반 시간표 외우고 있잖아."

"그러니까 왜 우리 반 시간표를 지가 외우고 있냐고!"

"머리가 좋으니까 외워졌나 보지. 괜히 전교 회장이었겠어?"

"차상윤이 너 좋아하는 건 아니고?"

희현은 지친 기색으로 도연을 쳐다보았다. 먹잇감을 앞에 둔 사자의 눈빛을 한 친구에게 화장실에서 들은 이야기까지 보태서 확신하게끔 만들 수는 없었다.

"시간표 외운다고 좋아하는 거면, 우리 반 여자 전부를 좋아하는 거게?"

"아니야. 이거 냄새가 나."

"난다."

희현이 킁킁거렸다.

"오늘 급식 카레 같아."

"아오! 이런 똥멍청이!"

그때 체육 선생님의 호루라기가 울려 퍼졌다.

"이도연이가 체력이 남아도는지 신이 나게 떠들고 있으니 한 바퀴만 더 돌자."

"이도여언!"

체육 선생님의 한마디에 친구들의 야유가 쏟아졌다. 역적이 된 도연은 입을 꾹 다물고 악착같이 뛰기 시작했다.

진영은 죽은 듯 엎드려 있는 상윤의 코에 검지를 갖다 댔다.

"숨은 쉬네."

"경제는 포기할까 봐."

"경제가 문제가 아니라, 가르치는 사람이 문제일 수도 있어. 너무 자책하지 마."

상윤은 눈을 감은 채로 말했다.

"6교시 뭐냐?"

"수학."

"최악이네. 7교시는?"

"국어."

"8교시는?"

잠깐 방심하는 사이 진영이 옆구리를 가격했다.

"야, 이⋯⋯."

"내가 무슨 시간표 읊어 주는 기계냐? 좀 외워라, 외워! 아니면 책상에 시간표를 써 붙이든가!"

"귀찮아."

"귀찮다는 놈이 임희현 시간표는 잘도 외우지? 어?"

"외운 게 아니야. 외워진 거지."

얄밉게 대꾸하는 그를 내려다보던 진영은 뒷문을 바라보며 말했다.

"어? 임희현이다."

임희현이라는 말에 상윤이 반사적으로 몸을 일으켰다. 하지만 뒷문에는 아무도 없었다.

"뻥인데에에."

상윤은 살벌한 눈빛으로 진영의 어깨를 붙잡았다.

"죽을래?"

"나한테만 말해 봐. 너 임희현 좋아하지?"

진영의 깐족거림에 상윤은 손에 힘을 주었다.

"미적분 정리 노트 받기 싫은가 봐?"

"임희발! 나 좀 살려 줘!"

"이게 진짜……."

"차상윤!"

그런데 진짜로 희현의 목소리가 들렸다. 몸을 돌리자 뒷문에 뻘쭘한 표정으로 희현이 서 있었다. 상윤은 진영을 놔주고 그녀에게 다가갔다.

"체육 안 늦었어?"

"응."

약속대로 희현은 미적분 정리 노트를 가져다주었다.

"잘 보고 내일까지 줄게."

"차쌍."

"응?"

"너 6교시 뭐야?"

"우리? 수학."

"그럼 7교시는?"

"국어."

"8교시는?"

계속되는 질문에 상윤의 눈썹이 치켜 올라갔다.

"스무고개야? 갑자기 우리 반 시간표는 왜?"

그의 반문에 희현은 고개를 끄덕이며 싱긋 웃었다.

"역시 넌 그냥 똑똑한 거였어."

"뭐?"

"아무것도 아니야. 간다!"

손을 흔든 희현이 아까보다 가벼운 표정으로 돌아섰다. 그녀의 뒷모습을 바라보던 상윤은 교실로 들어오며 안도의 숨을 쉬었다. 8교시는 모른다는 걸 들키지 않아서, 천만다행이었다.

"차쌍! 저것 좀 봐!"

야간자율학습이 끝나고 집에 가는 길이었다. 희현이 가리킨 곳에는 화사하게 핀 장미꽃 넝쿨이 있었다. 그녀는 말릴 새도 없이 무단횡단을 했다.

빵!

그때 전속력으로 내리막길을 질주하던 중국집 배달 오토바이가 클랙슨을 울렸다.

"임희현!"

클랙슨 소리에 깜짝 놀란 희현이 아슬아슬하게 인도로 피했다. 오토바이는 속도도 줄이지 않고 그대로 언덕을 내려갔다.

"와, 나 깜짝……."

"너 미쳤어?"

놀란 가슴을 진정시키는데 상윤의 고함에 희현이 두 번 놀랐다.

"왜, 소리를……."

"겁도 없이 어디서 무단횡단이야! 너 진짜 왜 이렇게 조심성이 없어?"

"아니, 나는 그냥……."

이렇게까지 화를 내는 차상윤의 모습은 처음이라 당황스러웠다. 희현은 장미 구경도 잊고 앞서 걷는 상윤을 쫓아갔다.

"차상윤."

불러도 대답이 없다.

"야아……."

"놔."

재킷 끄트머리를 동아줄처럼 잡아당기자 그제야 대답이 돌아왔다.

"그러면 여기 횡단보도도 없고 신호등도 없는데 어떻게 해. 무단횡단밖에 더 있어?"

"……."

되레 당당하게 말한 희현은 상윤에게 아무 대답이 없자 뒤늦게 심각성을 깨닫고 반성의 기미를 보였다.

"알겠어. 앞으로는 유치원생처럼 손 들고 건널게. 응?"

하지만 매정한 뒷모습은 화를 풀 생각이 없어 보였다. 결국 희현은 재킷을 놓고 달려가 녀석의 앞을 가로막았다.

"다칠 뻔했던 건 난데 왜 네가 화를 내!"

"너 다치면……!"

한 발 성큼 다가오던 상윤은 가로등 불빛 아래 선 그녀를 내려다보곤 한숨을 내쉬었다.

"그게 다 누구 고생인데. 이 칠칠아."

그러더니 그 자리에 주저앉아 느슨해진 희현의 운동화 끈을 묶어 주었다.

"이렇게 덤벙대는 성격에 대체 수학은 어떻게 척척 풀어내는 건지……."

타박을 받던 희현이 입을 샐쭉 내밀며 그를 내려다보았다.

"덤벙대면서 수학 못 푸는 너보다 내가 낫지."

"뭐라고?"

희현은 상윤의 앞에 같이 쭈그려 앉았다. 그나마 제 것은 느슨하기라도 했지, 상윤의 운동화 끈은 풀어지다 못해 아예 밟힌 자국까지 있었다.

"본인 운동화 끈이나 챙기시죠."

반격하는 말에도 상윤은 동요 없이 리본 모양으로 신발 끈을 단단히 묶어 주었다. 그러면서 본인 운동화 끈은 묶지도 않고 신발 안으로 대충 집어넣어 버린다.

"가자."

상윤은 체육복 쇼핑백을 들어 주며 앞장서 걸어갔다. 자리에서 일어난 희현은 그를 빤히 바라보았다.

'내가 봤을 땐 차상윤이 임희현 좋아한다. 백퍼.'
'차상윤이 너 좋아하는 건 아니고?'

정말 말도 안 된다고 생각했다. 이것저것 일일이 챙겨 주는 것도 어릴 때부터 오빠 노릇 하는 것에 익숙한 녀석이니까 원래 성격이겠거니 했다.

'나한테만 말해 봐. 너 임희현 좋아하지?'

우연히 진영이 한 말까지 듣게 됐을 때도 곧이곧대로 믿지 않고 의심했다. 확인 결과 역시 상윤은 공부를 잘하는 전교 회장 출신이었다.
그런데 당사자의 모호한 말과 행동을 직접 대면하는 순간, 머릿속이 혼란스러웠다.

'그리고 차상윤이 이도연 대할 때랑 임희현 대할 때랑 표정부터 가 달라.'

그러고 보니 한 번도 본 적 없었다. 자신에게 하는 행동들을 다른 여자들에게도 그대로 하는 차상윤의 모습을.
"임희현! 거기서 뭐 해?"
도연뿐만이 아니라, 친동생인 지윤, 심지어 어머니인 혜란에 게까지도 상윤은 제게 하는 만큼 자상하지 않았다.
"집에 안 갈 거야?"
희현은 대답하지 않았다. 이쯤 되면 본인 성격대로 오든지 말든지 내버려 두고 혼자 앞서가야 하는 게 맞는데, 상윤은 터벅 터벅 왔던 길을 돌아오고 있었다.

"……진짜?"

진짜, 나를 좋아한다고?

"뭐라고 혼자 구시렁거려. 집에 안 갈 거야?"

"차상윤."

"왜."

희현은 마른 침을 삼켰다. 상윤의 얼굴을 가까이서 보는 게 처음도 아닌데 심장이 미친 듯이 두근거렸다. 막상 물어보려니 긴장해서 그런 거라고 믿고 싶었다.

"너…… 나 좋아해?"

뻔뻔한 질문 같아 보였을까. 질문을 받은 상윤이 느리게 눈을 두어 번 깜빡였다.

"갑자기 그게 왜 궁금한데?"

그런데 당황할 줄 알았던 상윤은 오히려 당당히 되물었다. 희현은 잠시 말문이 막혔다.

"……어, 그러니까 그게, 내가 지윤이처럼 네 동생도 아닌데 너 나 엄청 챙겨 주잖아."

"……."

그에게서 전혀 반응이 없자 당황스러워진 희현이 뒷목을 긁적거렸다.

"내 말은, 네가 지윤이를 아무리 챙겨 줘도 아까처럼 운동화 끈을 묶어 주진 않잖아? 그리고 어깨동무를 한다든가, 머리도 막 헝클어뜨리고……."

이건 거의 상윤에게 넌 나를 좋아하고 있는 거라고 세뇌시키는 꼴이었다. 하지만 되돌리기엔 너무 많이 와 버렸다. 마음을 굳게 먹은 희현은 까치발을 들고 상윤의 얼굴을 두 손으로 붙잡았다.

"이렇게 얼굴도 막 만지고."

상윤의 얼굴을 만져 본 건 처음이었다. 희현은 저도 모르게 엄지로 상윤의 얼굴을 스윽 만져 보았다.

"야, 너…… 막 만진다는 말은 좀…….”

몸소 행동으로 보이니 그제야 반응이 왔다. 상윤은 뜨거운 손으로 제 두 손을 잡아 내렸다. 빨개진 귀를 본 희현은 배시시 웃으며 한 걸음 물러섰다.

"있잖아."

차상윤이 나를 좋아하는 것 같다.

"네가 나한테 하는 행동들, 다른 사람한테 똑같이 하는 거 싫어."

그리고 나 역시.

"나 너 좋아하나 봐, 차상윤."

녀석에게 고백하던 여자애들처럼 정성스럽게 편지를 써서 고백해도 모자랄 판에 좋아하나 봐, 라니. 누가 들으면 남 얘기 하는 줄 알겠다. 희현은 고개와 두 손을 동시에 흔들었다.

"음…… 아니, 내 말은, 내가 너를 좋아하는데…….”

"알아."

"아……. 어? 뭐라고?"

"네가 나 좋아하는 거 안다고."

상윤이 웃음을 흘리며 지나갔다. 상황을 역전시키는 의미 모를 웃음이었다. 희현은 다급히 상윤을 따라갔다.

“나도 이제 막 깨달은 걸 네가 어떻게 알아?”

“그러니까 네가 둔하다는 소리를 듣는 거야.”

상윤은 걸음을 멈추더니 진심으로 궁금해하는 희현을 바라보며 말했다.

“단것도 안 좋아하고 치과라면 질색하는 애가, 매년 내가 받아 오는 초콜릿은 혼자 다 먹어 치워서 충치 치료까지 하고.”

“그거야 아까우니까…….”

“누가 나 좋아한다는 소문 듣고 오는 날엔 종일 심통 부리고, 짜증 내고.”

적나라한 설명에 쥐구멍이라도 분양받고 싶었다.

“더 말해 줘?”

빤히 기억나는 일들을 모른 척 시치미 떼고 발뺌하는 건 성격상 맞지 않았다. 녀석을 좋아한다는 걸 자각한 이상 숨기지도 못할 거고.

“……뭐, 그래! 내가 그만큼 너를 좋아……. 아니, 그보다 그래서 차상윤 너는 나 어떤데?”

뚫어져라 바라보는 그의 표정이 불안해서 희현은 말을 멈추지 않았다.

“나 국어 못해서 이과 간 거 알지? 국어 지문처럼 해석하게끔 돌려 말하지 말고 확실히…….”

“좋아해.”

사족이 길었던 질문이 민망하리만큼 싱거운 대답이 돌아왔다.

“친구로 말고! 여기서 내가 물어보는 건……!”

“좋아해. 여자로.”

상윤의 말투는 선생님의 질문에 정답을 말하는 학생처럼 무미건조했다. 그런데 이 멋대가리 없는 고백을 듣고도 심장이 터질 것 같다니. 아랫입술이 상황 파악 못 하고 씰룩거리려고 했다.

"진짜?"

"응."

그런데 다음 질문까지는 미처 생각하지 못했다. 무슨 말을 이어 가야 할지 몰라서 우물쭈물하자 상윤이 어깨를 으쓱였다.

"대답이 됐어?"

"어? 어, 그게…… 된 것 같기도 하고……."

"그럼 이제 집에 가자. 우리 많이 늦었어."

상윤의 꾸중 아닌 꾸중에 압도된 희현은 순한 양처럼 고개를 끄덕였다.

하지만 뒤따라 걷는 내내 상윤이 언제부터 자신을 좋아했는지, 어디가, 어떻게 좋은 건지 하나하나 물어보고 싶었다. 그런데 대놓고 물어보자니 뭔지 모르게 쑥스러웠다.

그럼 이제 차상윤이랑 사귀는 건가?

학교에 소문이라도 나면 분명히 여학생들 공공의 적이 될 텐데. 영화나 드라마에서 보던 것처럼 협박 편지 받는 건 아니겠지?

게다가 당장 부모님도 문제였다. 아무리 상대가 믿음직스러운 상윤이라도 지금은 고3이기 때문에 연애한다고 하면 탐탁지 않게 생각하고 말릴 수도 있었다.

희현이 혼자서 상상의 나래를 펼치는 동안 두 사람은 아파트에 도착했다. 엘리베이터 앞에 선 상윤은 희현의 쇼핑백을 건네

주었다.

"상윤아, 있잖아."

"응."

"우리 사귀는 건 수능 끝날 때까지는 비밀로 하는 게 어때?"

엘리베이터 올라가는 버튼을 누르던 상윤이 고개를 돌렸다.

"우리 사귀어?"

놀라는 상윤의 표정에 도리어 더 놀란 희현은 헛바람을 내뱉었다.

"그럼 안 사귀어?"

"……안 사귈 수도 있잖아."

"뭐?"

"차상윤. 장난하지 말고."

처음엔 상윤이 장난치는 줄 알았다. 그런데 고개를 살짝 떨어뜨리는 상윤의 행동은 진짜였다. 희현은 어이가 없었다.

"나도 너 좋아하고, 너도 나 좋아한다며."

"맞아."

"그럼 사귀는 거 아니야?"

"좋아하면 꼭 사귀어야 해?"

그런 건 아니지만…… 좋아하는데 굳이 사귀지 않는 건 더 이상하다.

희현은 머리를 사정없이 흔들었다.

"나한테 지문 분석하게끔 하지 말랬지!"

"진짜 궁금해서 물어보는 거야."

실랑이를 벌이는 사이 엘리베이터가 도착했다. 희현은 먼저 엘리베이터에 타는 상윤의 뒤를 따라 들어가며 등에 들고 있던 가방을 내리꽂았다.

"너 나 놀린 거지! 그치?"

상윤이 그녀의 손목을 붙잡았다.

"그런 거 아니야."

"그럼 뭔데! 걸어오면서 생각해 보니까 사귀기엔 네가 너무 아까운 것 같아? 나는 역시 친구가 딱이야?"

30분도 안 돼서 변심한 상윤이 너무 괘씸한 나머지 흥분해서 거르지 않은 말들이 마구 튀어나왔다.

"유진영이나 이도연이 친구면 친구지, 난 너 처음부터 친구로 대한 적 없어."

진지한 상윤의 대답에 심장이 또 한 번 요동친다. 그런데 지금은 이성적이어야 했다.

"그런데 사귀고 싶진 않다 이거야?"

"응."

이게 말이야, 똥이야!

"만약에 내가 사귀자고 하면 어쩔 건데?"

"싫다고 대답할 거야."

띵—

엘리베이터 도착 소리가 마치 머리가 지끈거려 울리는 소리 같았다. 먼저 5층에 내린 상윤은 친절히 제집 비밀번호를 대신 눌러 주었다.

"왜 이렇게 늦었어?"

문이 열리자마자 모친의 목소리가 들렸다.

"죄송해요. 제가 어디 좀 들렀어요."

"아, 상윤이구나. 희현이는?"

희현은 상윤을 원망스럽게 노려보기만 했다.

"희현이 여기 있어요."

대답을 대신한 녀석은 신발장 바로 옆에 있는 제 방을 힐끔 쳐다보았다.

"잘 자."

"상윤아, 내일 지윤이랑 아침 먹으러 내려와."

"네."

거부할 틈도 없이 평소처럼 머리를 쓰다듬어 준 상윤은 계단으로 7층에 올라갔다. 녀석이 사라진 자리를 한참 바라보던 희현은 한 방 맞은 얼빠진 얼굴로 집에 들어왔다.

"……엄마."

"응?"

이 혼란스러운 상황을 속 시원하게 털어놓고 상담받고 싶었다. 희현은 제일 만만한 핑계를 댔다.

"오늘 도연이가 어떤 남자애한테 고백을 받았거든? 그런데 그 남자애가 사귀는 건 싫다 그러더래. 이건 무슨 경우일까?"

"글쎄……."

드라마를 보느라 미처 희현의 표정을 못 본 성미는 건성으로 대답했다.

"사귀고 싶을 만큼 좋아하진 않는 거 아닐까?"

"그럼 좋아하는 게 아닌 거잖아."

"그 남자애가 고백했다며. 그럼 좋아하는 거지. 다만 그 관계를 감당할 만큼은 아니라는 거고."

젊었을 때 심리학을 공부했던 엄마의 단호한 말투가 비수가 되어 가슴에 꽂혔다.

"도연이가 상처받았겠네. 잘 위로해 줘."

"응……."

희현은 성미가 돌아보기 전에 서둘러 방으로 들어왔다.

"하아……."

아예 좋아하지 않는다는 말보다, 덜 좋아한다는 말이 더 큰 상처였다. 자신이 생각하는 만큼 상윤도 저를 특별하게 생각하는 건 아니었다는 게 마음이 아팠다. 차라리 그저 친구일 뿐이라고 거절당하는 게 훨씬 나았을 것 같다.

짙은 한숨을 토해 낸 희현은 책상 의자에 앉아 그대로 엎드렸다. 생각지도 못하게 깨달아 버린 마음의 크기는 꽤 컸고, 인생 첫 실연의 쓰라림은 크기만큼 따갑고 아팠다.

❖ ❈ ❖

침대 옆 협탁에 놔둔 핸드폰이 시끄럽게 울린다. 식은땀을 흘리던 상윤은 익숙하게 손을 뻗어 핸드폰을 바라보았다.

[엄마]

발신자를 본 상윤은 다시 눈을 감았다. 아주 오랜만에 희현에게 고백받던 날의 꿈을 꾸게 된 것이 어제 희현의 말 때문인 줄 알았더니, 원인은 따로 있었다.

전화는 금방 끊겼지만, 끈기 있는 엄마는 곧장 다시 통화를 시도했다. 프라하는 지금쯤 오후일 테니, 이 핸드폰은 적어도 오전 내내 울릴 것이다.

상윤은 피곤한 얼굴로 핸드폰을 협탁에 내려놓았다. 하루쯤은 핸드폰 없이 살아 보는 것도 나쁘지 않을 듯했다.

3.

104동 앞에 차를 세워 놓고 기다리고 있던 상윤은 폴짝거리
며 뛰어나오는 희현을 보고 미간을 좁혔다.

"쏘리. 많이 안 늦었지?"

희현은 차에 타자마자 벨트를 맸다.

"웬 치마?"

상윤의 지적에 희현은 입고 온 스커트를 내려다보았다.

"이상해?"

"그건 아닌데……."

평소 희현이 바지보다 치마를 좋아하는 건 알았지만, 대부분
그녀가 입고 다니는 건 원피스나 무릎까지 내려오는 긴 치마였
지, 이렇게 딱 달라붙는 치마가 아니었다.

"안 불편해?"

"여자는 불편함을 감수해야 예뻐 보일 수 있는 거야."

"누구한테 예뻐 보이려고?"

"그야 당연히 불특정다수지."

반달 모양으로 눈을 휘며 웃는 희현을 기막히게 바라보던 상윤은 뒷좌석에 있던 담요를 한 손으로 집어 희현의 무릎에 올려 두었다.

"챙겨."

"이럼 내가 치마를 입은 의미가 없잖아."

희현이 다시 담요를 뒷좌석에 두려고 하자, 상윤은 그녀의 손을 저지하며 에어컨을 틀었다. 어이없는 그의 행동에 희현의 눈썹이 꿈틀거렸다.

"아침부터 심심해?"

"너 때문에 내 인생이 심심할 틈이 없다."

"에어컨 꺼. 감기 걸려."

"그러니까 담요 챙겨."

상윤의 억지에 오기가 생긴 희현은 보란 듯이 담요를 뒷자리에 던져 버렸다.

회사로 가는 동안 한 마디도 하지 않던 희현은 점점 어깨를 움츠렸다. 이놈의 자존심이 뭐라고 차마 에어컨을 끄지는 못하겠고, 그렇다고 담요를 챙겨서 항복하고 싶지도 않았다.

"나 저 앞에서 내려 줘."

희현은 앞에 보이는 버스 정류장을 가리켰다. 감기 걸리기 전에 빨리 이 차에서 탈출하는 게 최선이었다.

"회사까지 가."

"싫어. 내려 줘."

그녀의 대답에 상윤이 운전하다 고개를 돌렸다.

"내 말은 무조건 다 싫지?"

"너랑 같이 출근하는 거 들키면 나 여직원들한테 달달 볶이는 거 시간문제야. 몰라서 그래?"

"근처에서 마주쳐서 같이 왔다고 하면 되잖아."

"그럼 몇 시에 마주쳤는지부터 시작해서 어디에서 마주쳤는지, 무슨 얘기 했는지까지 대답해야 하거든요."

"말해 주기 싫다고 해."

당사자가 아니니까 저렇게 쉽게 이야기할 수 있는 거다. 물론 차상윤이야 저렇게 말하고도 남을 인물이긴 하지만.

"그리고 막상 여직원들은 나한테 관심 없을 수도 있어. 네가 오버하는 걸 수도 있다고."

오버는 무슨. 바로 내 옆자리 앉는 사람부터 난리가 날 텐데.

"세상 편하게 살아서 좋으시겠어요, 차상윤 대리님."

비꼬아 한마디 던진 희현은 내리기를 포기하고 몸을 돌린 채 눈을 감았다.

회사 주차장에 도착하자마자 차에서 내린 희현은 차 문을 부술 듯이 쾅 닫으며 코를 훌쩍였다.

"임희현 대리님."

막 걸음을 떼려는 그녀를 상윤이 불렀다. 회사 건물로 들어온 순간, 보고 듣는 눈이 어디에 있을지 모를 일이라 무시하고 갈 수도 없었다.

희현은 홱 고개를 돌렸다. 따라 걸어오는 상윤의 손에는 쳐다보기도 싫은 담요가 들려 있었다.

"가지고 가시죠."

"됐습니다. 병 주고 약 주십니까?"

이를 앙다물고 말하는 모습에서 단단히 화가 났음이 느껴졌다.

"그러니까 진작 챙긴다고 하면 됐잖아."

"이게 뭐 어때서어!"

희현은 주변에 사람이 없음을 확인하고 짜증을 부렸다.

"앉아 있으면 치마 거기서 더 올라가잖아. 내가 허리에 두르고 다니라는 것도 아니고, 사무실에서 덮고 있으라는 거잖아. 자금팀에 다른 부서 사람들 자주 드나드는 거 뻔히 다 아는데."

"······."

"반박해 봐."

이럴 땐 말발이 약한 스스로가 싫다.

"······그래. 졌다, 졌어."

"불시에 가서 확인한다."

상윤은 희현의 손에 담요를 들려 주고 앞장서 걸어갔다.

"저, 저······."

희현은 상윤을 째려보며 담요를 품에 안았다. 여기서 반항심으로 담요를 버리고 가면, 사무실로 직접 와서 사람들 보는 앞에서 담요를 주고 갈 놈이다.

"친절하게 굴지 말라니까······."

복잡한 얼굴이 된 희현은 뒤늦게 상윤을 따라갔다.

"손동현 과장님이요?"

"네."

점심시간에 1층 카페로 와 먼저 자리를 잡고 앉아 있던 민주에게 카운터에서 받아 온 커피를 건네주며 희현은 고개를 갸웃댔다.

"손 과장님은 전체 회식 때 몇 번 보고 인사한 게 전분데."

"그러니까 친해지고 싶다는 거겠죠."

"나랑 왜 친해지고 싶다는데요?"

"그건 당사자한테 직접 물어보고."

시원찮은 민주의 대답에 그녀는 자몽에이드를 쭉 들이켰다.

"뭐 따로 부탁하려고 그러시나…….

동현이 속한 개발사업부는 부서명 그대로 개발 사업을 담당하는 부서라서 토지 매매나 자금 조달, 각종 외환 문제로 자금팀에게 늘 앓는 소리를 하는 부서 중 하나였다.

"근데 민주 대리님은 손 과장님이랑 어떻게 친해요? 나랑만 친한 줄 알았는데 은근 질투 나네."

"그날 손 과장님이랑 처음 말해 봤어요."

"네?"

희현은 황당한 얼굴로 민주를 바라보았다.

"나한테 굳이 찾아와서 음료수까지 주면서 임 대리 얘기 하더라고요. 좀 의외였어요."

"그런 얘기 들어도 전해 주는 스타일 아니잖아요."

"음료수를 다 마셨으니까. 받은 게 있으니까 할 건 해야죠."

누가 회계팀 에이스 아니랄까 봐 이렇게 계산이 정확하다.

"가볍게 밥 한번 먹어 봐요."

"대리님은 빠지시려고요?"

"나도 눈치가 있죠."

"에이, 뭐예요. 둘이 먹는 건 부담스러워서 싫은데."

"뭐가 또 싫은데?"

"깜짝이야!"

불쑥 어깨에 올라온 손에 놀란 희현이 고개를 돌렸다. 상윤은 커피를 들고 그녀의 옆자리에 앉았다.

"커피?"

"오늘 야근이라서."

본인이 산 커피를 한 모금 마시던 상윤이 눈썹을 찡그렸다.

"네가 저번에 마셨던 거 캐러멜 마끼아또 맞지?"

"응."

"똑같은 건데 이건 왜 이렇게 달아?"

"샷 추가했어?"

"아니."

"으이그. 여긴 샷 추가해서 먹어야 돼. 줘 봐."

자리에서 일어난 희현은 상윤의 커피를 가지고 카운터로 갔다. 빈손이 된 그는 자연스럽게 희현이 마시던 에이드를 가져다 마셨다. 앞에 앉아 있던 민주와 눈이 마주친 상윤은 머쓱하게 웃으며 말했다.

"우리 친한 거, 희현이한테 들으셨죠?"

"임 대리 어디가 그렇게 좋아요?"

예고도 없이 훅 들어온 질문에 상윤은 하마터면 에이드를 쏟을 뻔했다.

"의외로 치밀하진 않으시구나."

방심한 사람은 습관처럼 하는 행동들에 감정을 묻어 내곤 한다. 평소 똑 부러지는 상윤이 커피 하나를 제대로 못 시켜서 희현에게 의지하는 모습이 민주의 눈에는 신기하기만 했다.

"남 일에 관심 없는 캐릭터인 걸로 아는데."

"임 대리는 나한테 남이 아니라서요."

민주는 상윤의 커피를 위해 카운터 앞에서 줄을 서 있는 희현을 힐끗 쳐다보곤 말했다.

"나중에 후회하지 말고 얼른 잡아요. 임 대리가 보는 눈이 더 높아지기 전에."

"보는 눈이 높아지면 좋은 거 아닌가."

상윤은 얼마 남지 않은 에이드를 흔들어 보았다.

"지금 희현이한테 필요한 건 시간과 경험이에요."

이제껏 맞춰 주는 연애만 했지, 희현은 주도적으로 이끄는 연애는 한 번도 해 본 적이 없었다. 연애에 올인하다 보니 연애가 끝나고 나면 늘 허무해했고, 외로움을 견디지 못했다.

용훈과 헤어지고 나서 여러 책을 읽고, 다른 사람과 소개팅도 하면서 희현은 조금씩 달라졌다. 경험이 쌓일수록 단단해지고 있었다.

그래서 5년 동안 잊고 살았던 자신에 대해 다시 알아 가는 과정을 겪는 희현을 방해하고 싶지 않았다.

"근데 아까 희현이 말은 뭐예요? 뭐가 부담스럽고 싫대요?"

"손동현 과장님이랑 둘이 밥 먹는 거요."

대답을 듣자마자 상윤이 미간을 팍 구겼다.

"둘이 왜 밥을 먹어요? 서로 안 친한데."

민주는 희현으로 인해 표정과 행동이 시시각각 변하는 상윤을 흥미롭게 바라보았다.

"그러니까 친해지려고 밥을 먹는 거죠."

"손 과장님이 희현이랑 친해지고 싶대요?"

"네."

남자가 여자랑 친해지고 싶다는 이유는 뻔하다. 희현의 에이드를 벌컥벌컥 마신 상윤은 뒤를 돌아보았다. 그녀는 막 샷 추가한 커피를 전해 받고 있었다.

"손 과장님 사람 괜찮잖아요. 성실하시고, 친절하시고."

민주의 칭찬에 상윤이 콧방귀를 뀌었다.

"손 과장님이랑 친하신가 봐요."

"그건 아니고요."

"근데 사람 괜찮은 줄 어떻게 압니까? 겪어 봐야 아는 거지."

"차 대리님이 보기에는 손 과장님 어떤데요?"

남자 직원들 사이에서 동현은 양반이라고 불린다. 개발사업부 태반이 영업하는 사람들이라 모두 성격이 외향적이고 적극적인데, 희한하게 동현은 어느 술자리에 있든 묵묵하고 차분하게 자리를 지킨다. 성격도 둥글둥글하고. 한마디로 단정한 사람이었다.

"샷 추가한 커피 도착이요."

두 사람의 신경전을 알 리 없는 희현이 밝은 목소리를 내며 자리로 돌아왔다. 목이 탄 상윤은 그녀의 손에 있던 커피를 뺏다시피 해서 마셨다.

"야, 너…… 안 뜨거워? 아이스 아니던데."

상윤은 커피를 꿀꺽꿀꺽 삼킬 뿐 대꾸하지 않았다. 열 오른 속에 비하면 뜨거운 것도 아니었다.

"먼저 간다."

"응? 벌써?"

자리에 오자마자 홀랑 가 버리는 상윤의 뒷모습을 아쉽게 바라보던 희현은 자신이 마시던 에이드를 들었다.

"아우, 차상윤. 내 거 다 마시고 튀었네!"

입술을 삐죽이던 희현은 민주와 눈이 마주치자 어색하게 웃었다.

"차 대리랑 둘이 안 어색했어요?"

"재밌었어요."

의외의 대답에 희현이 눈을 동그랗게 떴다.

"쟤가 재밌는 타입은 아닌데."

"임 대리가 차 대리랑 알고 지낸 지 얼마나 됐다고 했죠?"

"13년 됐어요."

상윤과 안 시간을 새삼 숫자로 말하고 나니 정말 오래된 사이라는 게 실감이 난다.

"둘이 무슨 얘기 했는데 재밌었어요?"

"차 대리 좋아하는 여자 있다던데."

"네에?"

"그것도 우리 회사 사람."

"에이, 말도 안 돼!"

희현의 커진 목소리에 주변 사람들의 시선이 그녀들에게 집중됐다. 하지만 희현은 그걸 신경 쓸 겨를이 없었다.

"차상윤이 대리님한테 그런 말을 했다고요?"

"슬쩍 떠봤는데 부정 안 하더라고요."

13년 된 자신한테도, 심지어 가족한테도 본인 얘기는 꺼리는 게 차상윤이다. 그런데 친하지도 않은 민주에게, 그것도 좋아하는 여자가 있다고 스스럼없이 말했다는 걸 믿을 수 없었다. 하지만 민주가 거짓말할 사람도 아닌지라 희현은 혼란스러웠다.

"누군지도 말해 줬어요?"

"아뇨."

민주는 어깨를 으쓱였다.

"한번 물어봐요. 차 대리가 좋아하는 사람이 누군지."

사실 말한 거나 다름없지만, 지름길을 앞에 두고 바보같이 헤매는 두 사람을 위한 제 역할은 여기까지였다.

✜ ❀ ✜

"그래서 내가 너무 열 받아서⋯⋯."

진혁과 싸운 이야기를 하며 열을 올리던 도연은 말을 뚝 멈췄다. 오랜만에 만나 저녁 먹는 자리에서 남자 친구 이야기만 했던 제 잘못도 있지만, 아까부터 돈가스 소스에 넣을 깨만 벅벅 갈고 있는 희현은 누가 봐도 대화에 집중하지 않고 있었다.

"야, 임희현."

"⋯⋯어? 어, 미안. 그래서?"

"뭔데."

"뭐가?"

"진혁이를 가루로 만들고 싶은 건 난데, 왜 네가 그러고 있냐고."

"아아."

희현은 그제야 깨봉을 손에서 놓았다.

"너 표정 다 티 나니까 뜸 들이지 말고 말해. 누구 때문이야. 곽용훈? 이효석?"

"차쌍 좋아하는 여자 있다더라."

"뭐?"

차상윤은 예상하지 못한 보기였다. 도연은 호기심 어린 눈빛으로 몸을 앞으로 숙였다.

"차상윤이 그래?"

"아니. 다른 사람한테 들었어."

"에라이. 어디서 헛소문을 듣고 와서는."

금세 식어 버리는 도연의 반응에 희현이 발끈했다.

"믿을 만한 사람한테 들은 얘기야! 내가 몇 번 말했던 박민주 대리님 있잖아. 그분한테 들었어."

"그 사람 차상윤이랑 친해?"

"친하진 않은데…… 암튼 진짜일 거야. 거짓말할 사람 아니거든."

희현은 물을 벌컥벌컥 마셨다. 아직 저녁을 먹지도 않았는데 짠 음식을 먹은 사람처럼 자꾸만 물이 당겼다.

"그런데 더 대박인 건 뭔지 알아?"

"너희 회사 사람이래?"

단박에 정답을 맞히는 도연의 신공에 희현이 입을 떡 벌렸다.

"차상윤이 너한테도 말해 줬어?"

"으이그, 이 똥멍청이."

도연이 혀를 차는 사이 주문한 돈가스가 두 사람 앞에 나왔다.

"그럼 너 차상윤이 좋아하는 여자 생겼다는 얘기 때문에 여태 배신당한 표정으로 앉아 있었던 거야?"

"내가?"

"저 아르바이트생한테 물어봐라. 우리 중에 누가 더 열 받은 표정이었는지."

테이블 주변에 거울이 없는 게 천만다행이다. 희현은 잘게 갈아 놓은 깨에 소스를 부으며 말했다.

"그런데 내가 아무리 생각해 봐도 차상윤이 우리 회사에 좋아할 만한 사람이 없단 말이지."

상윤은 애초에 이성과 친하게 지내는 스타일도 아니었고, 가깝게 지내는 동료라고는 부서 내의 박건우 대리가 전부였다. 대체 자신이 모르는 사이에 어떤 여직원과 언제, 어떻게 친해져서 좋아하는 감정까지 키워 나간 건지…….

"아……."

"생각났나 보네."

설마 소미인가.

"그런데 그게…… 가능한가?"

상윤에게 소미의 칭찬을 자주 하긴 했다. 그게 호감의 불씨를 지핀 걸까. 분명 소미의 성격상 상윤과 잘되고 있다면 그 사실은 벌써 사내에 소문이 나고도 남았을 것이다.

"……설마 짝사랑……?"

"임희현."

도연의 부름에 희현이 고개를 들었다.

"상대는 됐고. 그래서 지금 네가 가장 신경 쓰이는 게 뭔데?"

"음……."

그걸 모르는 게 문제였다. 카페에서 민주에게 이야기를 전해 들었을 때만 해도 상윤이 누군가를 좋아하고 있다는 것이 신기했다.

그런데 그날 밤, 희한하게 잠이 오질 않았다.

"서운한 것 같기도 하고."

차상윤이 좋아하는 여자가 있다는 걸 자신에게 말하지 않았다는 것. 좋아하는 사람이 있었으면서 자신이 헷갈릴 만큼 과잉친절을 베푼 것.

"같기도 하고?"

"아, 모르겠어."

"넌 언제쯤 너 자신에 대해서 다 알래?"

오늘도 어김없이 시작되는 그녀의 타박에 희현이 눈을 흘겼다.

"내가 뭘 모르는데."

"서운한 게 아니라 인정하고 싶지 않은 거겠지. 차상윤한테 좋아하는 여자가 생겼다는 사실을."

"그런 거 아니야. 그 대리님 말은 진짜 믿는다니까."

도연은 돈가스를 집던 젓가락을 탁 내려놓았다.

"그럼 혼자 이러고 있지 말고 지금 당장 차상윤한테 전화해서 물어보면 되겠네. 절친인 나한테 왜 좋아하는 사람 있다는 말 안 했냐, 그게 누구냐, 내가 다리 놔주겠다. 어? 할 말 많잖아. 왜 본인한테 직접 확인도 못 하고 혼자 전전긍긍하고 있냐고."

일침을 맞은 희현은 꿀 먹은 벙어리가 됐다.

"그니까, 내가 나중에 후회하지 말고 차상윤이랑 한 번은 사귀어 보라고 했지?"

잊을 만하면 나오는 얘기에 희현이 버럭거렸다.

"야! 나 걔한테 차였던 거 기억 안 나?"

"10년도 지난 얘기 지겨워 죽겠네. 그리고 먼저 딴 사람 만난 건 너잖아."

"나랑 사귀기 싫다고 한 건 차상윤이거든?"

오랫동안 두 사람을 지켜본 도연만큼 사정을 잘 아는 사람은 없었다.

"그래도 차상윤은 너한테 고백하고 이제껏 다른 여자 안 만났잖아. 혹시 알아? 차상윤이 아직 널 좋아하고 있을지."

"네가 몰라서 그래."

한때는 희현도 도연의 말처럼 합리적인 의심을 해 본 적이 있었다.

'나 남자 친구 생겼어.'

'그래.'

부산에서 대학을 다니다가 편입으로 다시 서울에 온 상윤에게 용훈의 이야기를 했을 때도, 녀석은 놀라지 않았다.

'그게 다야?'

'뭐가 더 필요해?'

그때 완전히 기대를 버렸다.

대학교 가서 친해진 남자 동기들에게 물어봤을 때, 남자란 소유욕도 강하고 질투심도 많아서 여자 친구 주변에 있는 남자는 가족 제외하고 이유 불문 무조건 싫다고 입을 모아 말했다. 그런데 상윤은 어떤 반응도 없었다. 아직도 기억이 또렷했다.

"그러지 말고 지금이라도 네가 꼬셔서 차상윤 가져."

"가지긴 뭘 가져. 차쌍이 물건이야?"

희현이 눈을 부릅뜨고 정색하자 도연은 헛웃음을 쳤다.

"너 솔직히 말해 봐. 나랑 차상윤이랑 물에 빠지면 누구 구할 거야?"

"돈가스나 먹어."

너무 유치한 질문이라 대답할 필요조차 못 느껴서 희현은 아예 말을 돌려 버렸다. 그러자 도연이 그녀의 젓가락을 막았다.

"대답 잘해라."

"그럼 넌 진혁이랑 내가 물에 빠지면 누구 구할 건데?"

"야! 진혁이랑 차상윤이 같아?"

"그 이상이지. 차상윤은 나한테 가족이나 마찬가지야."

"성도 다르면서 가족은 개뿔."

도연은 콧방귀를 뀌었다.

"만약에 차상윤이 다른 여자 만나겠다고 하면, 너 진심으로 축하해 줄 수 있어?"

"축하해 줘야지."

"차상윤이 너 곽용훈 만났을 때 했던 것처럼, 너도 차상윤한테 거리 둬야 할 텐데?"

"할 수 있어."

다부진 목소리와는 달리 희현의 표정이 어쩐지 달갑지 않아 보였다.

"애쓴다, 임희현."

쓸데없는 일에 노력을 기울이는 친구의 모습에 도연의 한숨은 깊어져만 갔다.

도연과 수다를 떨고 아파트 정문으로 걸어오던 희현은 핸드폰에 찍힌 부재중 전화 두 통을 물끄러미 바라보았다. 망설이던 그녀는 숨을 크게 들이마신 후 전화를 걸었다.

　－ 어쭈.

　"왜에."

　－ 어디야?

　"집."

　－ 소리가 밖인데.

　핸드폰 성능이 너무 좋아져도 문제다.

　"들어가는 길이야."

　희현은 104동을 쭉 올려다보았다. 그런데 상윤의 집 불이 꺼져 있었다.

　"넌 어딘데?"

　－ 회사야.

　"아직도?"

　－ 응. 정신이 하나도 없다.

　동양호텔 카지노 설계가 끝나고 조금 한가했던 상윤이 근래 들어 다시 바빠졌다. 안 좋아하는 커피까지 사서 마실 정도면 업무량이 보통 아니라는 소리였다.

　"저녁은?"

　－ 후배가 사다 줘서 대충 먹었어. 너는?

　"오늘 도연이 만나서 돈가스 먹었어."

　－ 맛있는 거 먹었네. 잘했어.

　칭찬 섞인 말투에 저도 모르게 입꼬리가 올라간 희현은 곧장 집에 들어가지 않고 정문에 있는 놀이터 앞 벤치에 앉았다.

　－ 요즘 우리 얼굴 보기 힘들다.

"내가 바쁜가, 네가 바쁘지."

– 그럼 바쁘지도 않으면서 출근은 왜 그렇게 일찍 하는 건데.

발장난을 치던 희현이 뜨끔해서 동작을 멈췄다.

"……차쌍."

– 응?

"너 나한테 할 말 없어?"

성질 급한 희현이 먼저 화두를 던졌다. 그런데 핸드폰 너머에서 숨소리 하나 들리지 않는 정적이 흘렀다. 전화가 끊겼나 싶어 희현이 귀에서 핸드폰을 떼고 확인하려 할 때였다.

– 너는.

"어? 뭐라고?"

– 너는 나한테 할 말 없냐고.

순서로 따지면 상윤이 좋아하는 여자가 있다고 먼저 말을 해야, 서운하다는 말을 꺼낼 수 있었다.

"있지, 할 말."

그러나 그녀는 순서에 연연하지 않았다.

"너 우리 회사에 좋아하는 여자 있다면서?"

– ……뭐?

상윤의 반응이 좀 늦게 돌아왔지만 희현은 평소보다 더 밝은 목소리를 냈다.

"박 대리님한테 한 말이 내 귀에 안 들어올 거라고 생각한 건 아니지?"

– 박민주 대리가 그래? 내가 우리 회사에 좋아하는 여자 있다고?

"아니야?"

찰나였지만 상윤의 헛웃음 소리가 들린 것 같았다. 순간 민주의 오해였을지도 모른다고 생각할 때였다.

– 아니, 맞아.

순순히 인정하는 목소리에 심장이 덜컥 내려앉았다.

– 있어. 좋아하는 사람.

"아…….."

진짜구나. 진짜였구나. 진짜……였어.

희현은 입꼬리를 힘껏 끌어 올리며 벤치에서 벌떡 일어났다.

"야! 나 좀 서운하다? 다른 사람도 아니고 네 얘기를, 그것도 이렇게 중요한 얘기를 다른 사람한테 전해 듣게 하고 말이야."

– …….

"누군데? 나한테만 말해 주면 안 돼?"

– 응. 그건 안 돼.

선을 긋는 상윤의 대답에 희현이 가던 걸음을 멈췄다.

잘 안다고 생각했던 상윤과의 통화가 처음 대화하는 사람과의 통화처럼 낯설었다.

"그래, 뭐……. 네가 싫다고 하면 할 수 없지."

– 곧 알게 될 거야.

알고 싶지 않다는 못나 보일 말이 목 끝까지 차올랐지만 꾹 참았다.

– 넌 나한테 할 말이 그게 다야?

"나?"

– 어. 할 말 더 없어?

"응. 없어."

희현은 멀리 보이는 104동 건물을 바라보며 말했다.

"나 이제 엘리베이터 탈 거야! 야근 잘 하고!"

상윤에게서 대답이 돌아오기도 전에 일방적으로 전화를 끊어 버린 희현은 한숨을 푹 내쉬었다.

"……못났다, 임희현."

눈치 빠른 차상윤은 방금 자신이 연기했다는 것을 알아차렸을 것이다. 하지만 굳이 캐묻지도 않을 것이다. 가끔은 티 나는 연기인 줄 알면서도 해야 할 때가 있고, 그런 연기를 모른 척 속아 넘어가야 할 때가 있다.

서른은, 그런 때를 아는 나이였다.

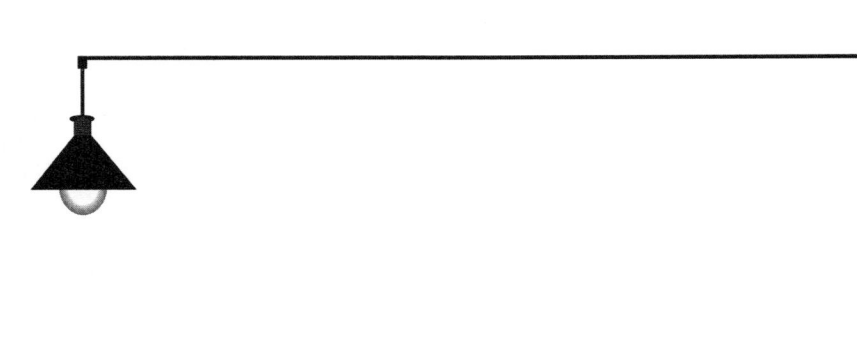

4.

　핸드폰을 책상에 던지듯 내려놓은 상윤은 그대로 눈을 감고 한숨을 내쉬었다.

　"제대로 들켰네."

　민주가 예리한 사람인 줄은 알았지만 제 감정을 그렇게 꿰뚫어 보고 그 자리에서 확인할 줄은 몰랐다. 그걸 또 곧이곧대로 희현에게 일러바칠 줄은 더더욱 몰랐고.

　"……그렇게 쉬웠으면 10년을 넘겼을까."

　그녀에게 굳이 이야기한 이유는 잘 모르겠지만, 자신의 불안한 마음을 들킨 건 확실했다.

　민주의 말을 전해 듣고도 둔한 희현은 혼자 단단히 오해하고 있음을 통화로 알 수 있었다. 민주가 깔아 준 멍석에 서서 사실 그 좋아하는 여자가 바로 너라고 말하면 그만인데, 그 한마디가 쉽지 않았다.

"숨기는 것도 쉽지 않고……."

그렇다고 다른 남자를 만나는 희현에게 제 감정을 숨기는 일도 쉽지 않았다. 쉽지 않다 못해, 괴롭기까지 했으니까.

"그런데 끝까지 손 과장 얘기는 안 하네."

다른 때였으면 자신에게 호감을 보이는 남자가 생겼다고 자랑 섞인 수다를 늘어놨을 텐데, 손 과장 이야기는 꺼내지 않는 게 영 불안했다.

'나 남자 친구 생겼어.'

모든 것이 멈춰 버린 것만 같던 그 순간이 다시 찾아오는 건 아닐까.

번쩍 눈을 뜬 상윤은 다시 희현에게 전화하기 위해 핸드폰을 집었다. 그런데 미처 확인하지 못한 메시지 하나가 있었다. 희현과 통화하는 사이 지윤에게서 온 캐치콜이었다. 상윤은 바로 전화번호를 눌렀다.

─ 응, 오빠.

차분한 동생의 목소리에 상윤은 우선 안심했다.

"전화했었네."

─ 오빠 목소리 들은 지 오래된 것 같아서. 요즘 바빠?

"아니야. 안 바빠."

바쁘다고 하면 눈치 볼 여동생을 걱정한 게 악수였다.

─ 안 바쁘면 엄마한테 전화 한 통 해 주지. 오빠 전화 기다리던데.

불편한 주제였지만 조심스럽게 타이르는 동생의 말을 가볍게 넘길 수는 없었다.

"깜빡했어."

– 엄마, 다음 달에 한국 들어올 거래. 그러니까 다음 달은 아무 약속도 잡아 놓지 말라고 나한테 신신당부하고 끊었어. 특히 오빠.

상윤은 책상 위에 있는 달력을 한 장 넘겼다. 동그라미 쳐진 하루를 제외하면 나머지 시간은 괜찮았다.

"알겠어."

– 근데…….

말끝을 늘이는 지윤의 말투가 돌연 조심스러워졌다.

– 이번에는 둘이 같이 들어올 거래. 로빈이 한국 투어하고 싶다고 했나 봐. 누군지…… 알지?

몇 번째인지는 셀 수 없지만, 지금 모친이 만나는 애인 이름이라는 건 안다.

"어."

– 오빠, 로빈은 진짜 엄마를…….

"현욱이는 뭐 해?"

상윤이 지윤의 말을 끊고 들어갔다. 오랜만에 동생과 하는 통화인데 어차피 오래 못 갈 모친의 애인 이야기를 하는 건 시간 낭비일 뿐이었다.

– 방금 막 재우고 전화한 거야.

상윤의 의도를 아는 지윤도 자연스럽게 화제를 받아치며 넘어갔다.

"현욱이 본 지 오래됐네. 현욱이가 삼촌 안 보고 싶대?"

– 현욱이는 멋있는 삼촌보다 예쁜 이모 더 보고 싶어 하던데.

희현을 떠올린 상윤이 피식 웃었다.

"벌써 보는 눈이 너무 높다."

- 어휴. 남자들이란.

장난 섞인 그의 목소리에 긴장하고 있던 지윤의 목소리도 한 결 풀어졌다.

"너는 별일 없지? 일은 다닐 만하고?"

- 오빠.

"응?"

- 진영 씨 재혼한대.

전화하며 퇴근하려고 자리에서 일어나던 상윤은 그대로 얼음이 됐다. 한때는 절친한 친구, 사이좋은 매제였지만 지금은 제 동생을 책임지지 않고 무책임하게 떠나 버린 나쁜 놈일 뿐이다. 핸드폰을 쥔 손에 저도 모르게 힘이 들어갔다.

- 양육비는 계속 주겠다고 하더라. 그래서 알겠다고 했어.

"……."

- 솔직히 마음 같아서는 자존심 챙기면서 필요 없다고, 됐다고 하고 싶었는데. 내 자존심이 뭐가 중요한가 싶더라. 우리 현욱이 더 좋은 거 먹이고, 좋은 거 입히는 게 더 중요하지.

"……그래. 잘했어."

- 칭찬해 주는 사람 목소리가 왜 그렇게 우울해?

아마 지금 지윤이 원하는 건, 위로가 아닐 것이다.

"현욱이한테 조만간 예쁜 이모랑 놀러 가겠다고 전해 줘."

- 나도 희현 언니 보고 싶다.

"오빠 안 보고 싶고?"

- 나도 보는 눈이 좀 높아서.

아무 일도 아닌 것처럼 넘어가 주는 것. 아무 일이 아니라고 생각하고 넘어가면, 정말 아무 일도 아니게 되는 법이니까.

집으로 돌아온 상윤은 1층에 있는 엘리베이터를 두고 계단으로 올라섰다. 천천히 걸어 올라 5층에 도착한 그는 희현의 집 앞에 섰다.

지금은 희현이 보고 싶으면 이 집에 벨을 누를 필요도 없이 비밀번호를 누르고 들어갈 수도 있다. 믿을 수 있는 사이, 오래된 친구라는 명분의 가장 큰 장점이었다.

'상윤아. 아빠는, 엄마랑 이혼할 거야.'
'형님, 아니…… 상윤아……. 내가 죽을죄를 지었다.'
'아들. 엄마한테 관심 좀 가져. 그 사람이랑 헤어진 지가 언젠데.'

영원히 함께할 줄 알았던, 깊게 마음을 준 사람과 다신 볼 수 없는 남이 된다는 건 정말 끔찍할 만큼 외로운 일이다. 그런데 더 끔찍한 건, 그 지긋지긋한 이별에 점점 무뎌지는 저 자신이었다.

그래서 두려웠다. 어느 순간 희현도 변심해서 제 곁을 떠나 버릴까 봐.

솔직히 아무도 믿을 수가 없었다. 사랑으로 자신들을 낳았던 부모님의 불화, 가장 믿었던 친구의 배신. 그 와중에 희현이 변하지 않으리라는 확신을 가질 수 없었다. 변하는 건 사랑이 아니라 사람이니까.

그리고 만약 희현이 제 곁에서 떠나게 된다 해도 자신은 어떻게든 결국에는 살아갈 것이다. 부모님이 그랬고, 동생인 지윤이 그랬으니까. 그게 싫었다. 그 빈자리를 익숙하게 받아들이며 살

제 모습이.

"……하아."

도어록을 향해 손을 뻗어 보던 상윤은 한숨을 쉬며 돌아섰다. 켜켜이 쌓아 온 감정의 탑에 조금씩 균열이 생기고 있었다.

✛ ✳ ✛

지윤의 반찬을 챙겨 주겠다며 내려오라 하는 성미의 연락을 받고 희현의 집에 온 상윤은 고요한 거실을 바라보며 물었다.

"주말인데 조용하네요."

"그이는 낚시 갔고, 희현이는 캘리그라피 수업 있다고 일찍 나갔어."

"캘리그라피요?"

"얘기 못 들었어?"

상윤은 식탁에 앉으며 문 닫힌 희현의 방으로 시선을 돌렸다.

남자 친구 없는 시기마다 허구한 날 제게 전화를 걸어 일상을 미주알고주알 털어놓던 그녀였는데, 최근에는 전화는커녕 출근까지 몰래 하더니 급기야 회사 구내식당에서 마주칠 때는 아예 말도 못 걸게끔 빠르게 도망쳐 버렸다.

"설마……."

손동현 과장이랑 연락하고 지내는 건 아니겠지.

"응?"

상윤의 혼잣말을 들은 성미가 고개를 돌렸다.

"희현이가 다른 얘기는 안 해요?"

"무슨 얘기?"

아무것도 모르는 성미의 표정을 본 순간 아차 싶었다. 상윤은 고개를 저었다.

"아니에요."

"무슨 일인데. 너희 둘 싸웠어?"

"제가 일방적으로 지는 거 아시면서. 별거 아니니까 신경 쓰지 마세요."

안 그래도 요새 부쩍 차분해진 딸이 신경 쓰이던 참인데 상윤의 행동까지 미심쩍으니 성미의 표정이 더 의문스러워졌다. 그녀는 고개를 갸웃거리며 김치를 마저 담았다.

"그만 주셔도 돼요. 이거 아저씨도 좋아하시잖아요."

"김치야 또 담그면 되지."

지윤이 좋아하는 갓김치를 챙기던 성미는 냉장고에서 다른 반찬까지 꺼내 아낌없이 내어 주었다.

"지윤이가 아줌마 갓김치 진짜 좋아하는데."

"그래?"

성미가 뿌듯하게 웃었다.

"하긴. 로빈도 내가 보낸 갓김치는……."

무심코 말하던 성미가 입을 꾹 다물었다. 혜란이 먹고 싶다고 해서 부쳐 준 갓김치였는데 로빈이 전부 먹었다는 이야기가 떠올라서 눈치 없이 자랑할 뻔했다. 성미는 상윤의 표정을 살피며 물었다.

"엄마랑 통화했어?"

"아니요."

"네 안부 묻더라. 전화했는데 받지도 않는다면서."

통화하는 사람한테마다 제 흉을 본 모양이다. 상윤은 가득 담

91

긴 반찬 통 뚜껑을 차례로 닫았다.

"매번 감사합니다."

"우리 사이에 무슨 그런 인사를 해? 지윤이한테 현욱이 데리고 자주 놀러 오라고나 해 줘."

"네."

아까보다 그늘진 상윤의 얼굴에 괜스레 미안해진 성미는 현관 앞까지 졸졸 따라나섰다.

"저기, 상윤아."

"네?"

딸, 미안하다.

"희현이 캘리그라피 배우는 데가 시내 근처야."

희현은 혹시나 상윤이 물어봐도 절대 대답해 주지 말라고 신신당부하고 갔지만, 지금 상윤의 기분을 풀어 줄 수 있는 사람은 단 한 사람뿐이었다.

"그럼 다음 주에 마저 진행할게요."

"수고하셨습니다."

2시간이 20분같이 짧게 느껴진 캘리그라피 수업이 끝났다. 필기구를 챙긴 희현이 선생님과 인사하고 가려는데 누군가가 뒤에서 어깨를 툭툭 두드렸다.

"저기요."

"네?"

수업 들을 때 앞자리에 앉아 있던 남자였다.

"아까 쓰고 계시던 붓 펜이요. 어디 거예요?"

"어…… 뭐였더라."

그녀도 인터넷 검색을 통해 급하게 산 거여서 정확히 기억나지 않았다. 희현은 가방에서 필통을 꺼내 직접 보여 주었다.

"이거요?"

"네. 지카 거 쓰신 거구나."

"저는 인터넷으로 샀어요."

"지카는 서점에서도 팔긴 파는데, 온라인이 더 싸더라고요. 색도 더 많고."

"아……."

남자는 목덜미를 긁적이며 말했다.

"캘리그라피 처음이라고 하셨는데, 너무 잘 쓰셔서 어떤 펜 쓰시는 건지 궁금했어요."

"아니에요. 제가 제일 못하던데요."

수업 전 자기소개 시간, 남자는 1년 정도 책으로 독학을 했고 선생님께 배우는 건 이번이 처음이라고 했다. 같이 수업을 듣던 여자 두 명도 다른 곳에서 배우다가 온 사람들이었다.

원데이 클래스였지만 소수 인원으로 진행되는 수업이라 자세히 배울 수도 있고, 분위기도 좋아서 희현은 아예 정규반을 다니기로 마음먹었다.

"그럼 다음 주에 봬요."

"네, 희현 씨."

친절한 인사를 받으며 돌아서는데 어디서 많이 본 남자가 공방 유리문 앞에 바로 서 있었다.

"어우, 깜짝이야!"

희현은 상윤을 보자마자 문을 열고 나왔다.

"뭐야? 네가 왜 여기 있어?"

"왜 그렇게 놀라? 죄지은 사람처럼."

"그럼 놀라지 안 놀라? 나 여기 있는 줄 어떻게 알았어?"

"아줌마가 알려 주셨어."

제 간절함이 모친에게 전달되지 않았던 걸까. 아니면 친딸인 저보다 남의 집 아들인 상윤이 더 좋은 걸까. 한숨이 절로 나왔다.

"근데 갑자기 이건 왜 배우는 거야?"

상윤은 전시된 캘리그라피 액자들을 가리키며 물었다.

"취미 생활 만들어 보려고."

가게 내부를 훑어보던 상윤은 방금 희현에게 말을 걸던 남자와 눈이 마주쳤다. 상윤은 보란 듯이 희현의 손에 들린 쇼핑백을 대신 들었다.

"너한테 말 걸던 남자는 누군데?"

"같이 수업 듣는 사람."

"무슨 얘기 했는데."

취조당하는 기분에 희현이 우뚝 걸음을 멈췄다. 또각거리는 구두 소리가 멈추자 상윤도 덩달아 걸음을 멈추고 그녀를 바라보았다.

"여기 왜 온 거야?"

"내 질문이 먼저였잖아."

"무슨 펜 쓰냐고 물어봐서 알려 줬다. 왜!"

"그런 건 선생님께 물어봐야지, 왜 너한테 물어봐?"

"내가 쓰는 펜이 좋아 보였대."

"학생이 좋은 거 써 봐야 선생님이 쓰는 것보다 좋은 거 쓸까."

"야!"

예고 없이 찾아와 빈정대는 상윤의 행동에 희현이 결국 폭발했다.

"너 나랑 싸우고 싶어서 여기까지 왔어?"

"지윤이네 가자. 두 모자가 예쁜 이모 보고 싶대."

화내는 모습에도 눈 하나 깜빡 안 하는 상윤은 본인 할 말만 하더니 앞장서 걸어갔다. 예쁜 이모라는 칭찬에도 희현은 씩씩대며 그를 따라갔다.

왜 항상 상윤에게는 맥없이 져 버리게 되는 건지 알 수 없었다. 분명 방금 녀석의 행동만 보면 질투인 것 같은데, 꼬집어 물어보자니 김칫국 마신다는 비웃음이 돌아올까 봐 쉽게 따지지도 못했다. 생각만 해도 민망하고 부끄러운 상황이었다.

하지만 질투냐고 따지지는 못해도, 다른 할 말은 있었다. 상윤의 차에 탄 희현은 안전벨트를 매며 말했다.

"나 지윤이 보는 것도 좋고, 현욱이 보는 것도 좋은데 앞으로는 나한테 상의 먼저 해. 내가 오늘 약속이 없어서 망정이지. 선약 있어서 못 가면 지윤이는 그렇다 쳐도, 현욱이 실망할 텐데 어쩌려고 덜컥 약속을 잡아?"

"예쁜 이모가 현욱이보다 더 보고 싶은 사람이 있나 봐, 라고 솔직히 알려 줘야지."

"너 진짜……!"

"그리고 말은 바로 해. 최근에 네가 나한테 약속 상의할 틈 준 적 있어?"

"네가 바빠 놓고 왜 내 탓이야!"

"그래. 바쁜 건 나였어. 피하는 건 너였고."

하루라도 자기 얘길 빼먹으면 입안에 가시가 돋치는 임희현
이 아무 연락 없는 것도 신경 쓰이는데, 대놓고 피해 다니기까
지 하니 상윤은 돌 지경이었다.

설마 동현과 썸이라도 타는 건지 솔직하게 묻고 싶었다. 그런
데 지금 차 안에서 할 말을 터뜨리자니, 뒷자리에 놔둔 갓김치
가 존재감을 뿜어내고 있었다.

"너 지윤이네 갔다 와서 나랑 얘기 좀 해."

"좋아. 바라던 바야."

억울함과 답답한 감정이 오를 대로 오른 희현도 지금은 상윤
의 무거워진 목소리가 하나도 두렵지 않았다.

"현욱아아아!"

차 안에서 내내 정색하고 있던 희현은 마중 나온 지윤과 현욱
을 보자마자 언제 그랬냐는 듯이 환해진 얼굴로 차에서 내렸다.

"현욱아, 이 사람 누구야?"

"모오."

"야아, 이모가 뭐야. 누나라고 해 봐."

배운 적 없는 낯선 단어에 현욱이 눈만 끔뻑거렸다. 그 모습
을 지켜보던 희현은 앓는 소리를 내며 현욱을 안았다.

"현욱아, 너 나랑 살래? 누나랑 어야 갈까?"

"문현욱, 얼른 도리도리해."

어느새 주차하고 나타난 상윤이 지윤의 옆에 서서 훼방을 놓
았다. 가늘어진 눈초리로 그를 흘기던 희현은 흐뭇하게 웃고 있
는 지윤에게 시선을 돌렸다.

"현욱이 피부 좀 봐. 남자 피부가 이래도 되는 거야?"

"아직 애기잖아."

"누구 애기 때는 사진으로 봤을 때 피부가 안 이랬던 것 같은데."

희현과 눈이 마주친 상윤은 어이없는 표정을 지었다.

"나 어렸을 때 분유 모델도 했었거든?"

"안 물어봤는데."

차갑게 대꾸한 희현은 안고 있던 현욱에게 뽀뽀하며 먼저 아파트 안으로 들어갔다. 두 사람을 지켜보던 지윤이 피식 웃었다.

"오빠 언니한테 안 되겠다."

"내가 봐주는 거야."

"그래. 생각이라도 그렇게 하자. 그런데 이게 다 뭐야?"

지윤이 위로의 뜻으로 짐을 대신 들어 주려고 했지만 상윤이 몸을 틀며 막았다.

"아줌마가 반찬 싸 주셨어."

"진짜? 이따가 전화 드려야겠다."

집으로 들어온 지윤은 곧장 빈 반찬 통들을 꺼내 반찬을 옮겨 담기 시작했다. 옆에 다가와 말없이 거드는 상윤을 올려다보던 그녀는 거실에서 현욱과 놀고 있는 희현을 바라보며 물었다.

"둘이 장난치는 줄 알았더니. 오는 길에 언니랑 싸웠어?"

"아니야."

평소 같았으면 현욱이를 가운데 두고 희현과 부부 흉내를 냈을 상윤이 조용한 게 왠지 수상했다. 게다가 희현도 집에 들어오고 나서부터 상윤에게는 눈길도 주지 않고 있었다.

"오빠가 무조건 먼저 사과해."

동생의 판결에 상윤은 억울해했다.

"네 친오빠는 난데, 왜 넌 맨날 희현이 편이야?"

"언니가 무슨 잘못을 했든, 10년이 넘도록 제대로 고백도 안 하고 버티는 오빠 잘못보다 더 클까."

"차지윤."

다행히 현욱의 장난감 자동차 소리 때문에 지윤의 말이 거실까지 새어 나가진 못했다. 상윤이 보기 드문 날카로운 눈빛으로 경고하자 지윤은 혀를 쏙 내밀며 거실로 도망쳤다.

점심을 먹고 칭얼거리기 시작한 현욱을 달래러 들어간 상윤이 감감무소식이었다. 과일 깎는 지윤의 앞에 앉아 있던 희현은 걱정스러운 얼굴로 자리에서 일어났다.

"뭐 하는지 보고 올게."

조심스럽게 문을 열고 들어가자 고요한 방 한가운데에서 현욱과 상윤이 까무룩 잠들어 있었다. 희현은 살금살금 두 남자의 머리맡으로 다가가 쪼그려 앉았다.

"천사라니까, 진짜."

호기심이 발동한 희현이 유혹을 못 참고 현욱의 손톱을 슬쩍 건드려 보았다. 포실포실한 볼을 움찔대던 현욱이 그녀의 손가락을 잡았다.

"아……. 어떡하지."

잡힌 손을 빼자니 어렵게 잠든 현욱이 깨 버릴 것 같았다. 엉거주춤한 자세로 있던 희현은 결국 아예 자리를 잡고 앉았다.

"……뭐, 피부는 인정."

그녀는 현욱의 옆에 누워 있는 상윤을 내려다보며 혼자 중얼거렸다.

"아들이라고 해도 믿겠네."

생긴 것과 다르게 의외로 정이 많은 상윤은 아이들을 좋아했
다. 정기적으로 후원하는 아이들도 있었고, 1년에 한 번씩 가는
재능기부 워크숍 때는 남들이 꺼리는 4박 5일 캄보디아 봉사활
동을 가기도 했다. 그 소문을 들은 여직원들의 상윤에 대한 호
감도 상승은 말할 것도 없었다.

한참 상윤을 바라보는 사이 현욱이 뒤척거리며 잡았던 손을
놔주었다. 희현은 아쉬운 마음으로 방에서 나왔다.

"둘이 완전 잠들었어."

"현욱이랑 놀아 주느라 오빠도 지쳤나 보다."

희현은 자리에 앉아 지윤이 내려 준 커피를 마셨다.

"현욱이는 진짜 천사 같아."

"가끔 봐서 그래. 맨날 보면 천사는 아니야."

현실적인 엄마의 대답에 희현이 웃음을 터뜨렸다.

"근데 오빠랑은 왜 싸웠어?"

"우리? 안 싸웠는데?"

동공이 흔들리는 희현을 바라보던 지윤의 표정이 심각해졌
다.

"둘 다 부정하는 거 보니까 보통 싸운 게 아닌가 보네."

상윤과 문제가 있을 때마다 도연이 제 입장에서 해답을 주는
사람이라면, 지윤은 상윤의 입장에서 해답을 주는 사람이었다.

"내가 차상윤한테 정 떼는 중. 그래서 좀 까칠하게 굴었어."

"왜 정을 떼? 혹시 오빠가 언니 서운하게 한 거 있어?"

"아니."

희현은 사과에 포크를 푹 찔렀다.

"내가 너무 쟤를 의지하는 것 같아서."

이 모든 사달은 의지에서 비롯된 일이다. 상윤을 의지하다 보니 그가 누군가를 좋아하게 됐다는 말에 질투가 나고 서운해지는 것이다. 상윤에게 여자가 생기면 좋든 싫든 녀석에게 거리를 두어야 한다는 걸 알기 때문에.

예전의 상윤이 자신에게 그러했듯이.

"그러지 마, 언니."

지윤이 진지한 표정으로 그녀를 말렸다.

"언니가 멀어지면 울 오빠 어떻게 살라고."

금방이라도 울 것 같은 지윤의 표정에 되레 머쓱해진 희현이 크게 웃었다.

"어떻게 살긴. 차쌍도 좋은 여자 만나서 잘 살겠지."

"언니 아직도 우리 오빠 잘 모르는구나."

"요즘 나도 나를 모르겠는데 저 시커먼 속을 어떻게 알겠니."

희현의 자조적인 웃음을 바라보던 지윤은 망설이다 대답했다.

"다음 달에 엄마 한국 온다고 연락 왔거든."

"진짜? 아예 오시는 거야?"

"아니, 잠깐. 로빈이랑 같이 온대."

"우와, 나 로빈 궁금했는데! 드디어 볼 수 있는 거야?"

한 달 전에 통화했던 혜란의 목소리는 확실히 전보다 밝았다. 그때도 로빈의 자랑을 얼마나 하던지, 통화만 했을 뿐인데도 혜란이 얼마나 상대를 열렬히 사랑하고 있는지 느껴질 정도였다.

"근데 오빠는 별로인가 봐."

"······이번에도?"

"저러다 말겠지 하는 반응이야."

"그래도 이번에는 좀 다른 것 같던데."

"나도 왠지 로빈은 느낌이 좋아서 설득해 보려고 했는데 들으려고도 안 해."

상윤은 모친의 연애를 달가워하지 않는다. 왜인지는 누구도 정확하게는 알지 못했다.

다만 상윤이 부친을 아버지로서도, 인간적으로도 존경하고 좋아했기 때문이라고 짐작만 할 뿐이었다. 요란하지만 언제나 오래가지 못하는 혜란의 연애 내력도 이유에 포함되는 것 같기도 하고.

"엄마 한국 오는 것 때문에 오빠가 요새 좀 예민했을 수도 있어. 오빠야말로 언니 많이 의지해. 그니까 정 떼지 말고 언니라도 울 오빠 좀 예쁘게 봐주라."

아무튼 이 남매는 사람 미안하게 만드는 데 선수다. 특히 저 비밀 많은 나쁜 놈.

"······으휴."

희현은 사과를 입에 넣고 우물거렸다. 결국은 더 좋아하는 사람이 한발 물러나게 돼 있다. 싸우지 않았다면서 어떻게 상윤의 마음을 풀어 줄지 온몸으로 고민하는 지금의 그녀처럼.

현욱의 어린이집 친구 생일 파티에 가야 했던 지윤과 아쉬운 인사를 나눈 두 사람은 집으로 향했다. 내내 눈치를 살피던 희현은 신호에 걸리자마자 핸들을 잡고 있던 상윤의 손등을 톡톡 쳤다.

"저녁 먹고 들어갈래?"

돌연 친절해진 희현의 태도에 상윤의 미간이 좁아졌다.

"왜 갑자기 친절해졌어?"

"내가 너 한 번 봐주기로 했어."

"네가? 나를?"

상윤이 황당한 얼굴로 되물었지만 희현은 되레 뻔뻔하게 히죽대며 고개를 끄덕였다.

"고맙지?"

"허."

그녀의 눈웃음을 쳐다본 상윤은 저도 모르게 따라 웃어 버리고 말았다.

"어? 웃었다!"

오랜만에 보는 상윤의 보조개가 이렇게까지 반가울 줄 몰랐다. 희현은 그제야 편안해진 얼굴로 조수석에 기댔다.

"이리 와 봐."

"응?"

불쑥 다가온 손은 앞머리에 묻어 있던 하얀 꽃가루를 떼어 주었다. 코끝에 훅 닿은 상윤의 머스크 향에 희현은 고개를 돌리며 창밖을 바라보았다.

"가, 갑자기 중국 음식 먹고 싶네."

"태화루 갈까?"

중국집이 보여서 아무 말이나 꺼낸 건데 상윤은 금방이라도 차를 돌릴 기세였다.

"음……. 그럼 오랜만에 영빈루로 가자."

"짬뽕 먹게?"

"응. 매콤한 게 당겨."

"군만두도 시키자."

"영빈루는 군만두지."

길게 말하지 않아도 이렇게 통하는 사이가 몇이나 될까. 씨익 미소 지은 희현은 고개를 끄덕이며 콧노래를 흥얼거렸다. 상윤과 말하다 보니 이젠 정말 중국 음식이 먹고 싶어졌다.

"아깐 미안했어."

젓가락을 놔 주며 사과하는 상윤 때문에 단무지를 집어 먹던 희현의 눈이 동그래졌다.

"뭐가?"

"지윤이네 상의 없이 가자고 한 거."

다짜고짜 찾아와서 시비를 거는 모습 때문에 심통이 나서 한 말이었는데 마음에 담아 두고 있을 줄은 몰랐다.

"앞으로는 너한테 먼저 물어볼게."

"아니, 굳이……."

막상 사과를 받으니 마음이 편하지 않았다. 일일이 물어보고 양해를 구하는 건 왠지 거리감 느껴져서 싫은데. 하지만 내뱉은 말이 있어서 그러지 말라는 말도 선뜻 안 나왔다.

그때 테이블에 올려놓은 상윤의 핸드폰에서 진동이 울렸다. 상윤과 희현은 약속이나 한 것처럼 동시에 핸드폰을 바라보았다. 발신자를 확인한 상윤은 말없이 핸드폰을 뒤집으며 진동을 없애 버렸다. 희현은 그의 행동을 물끄러미 바라보며 지윤이 했던 얘기를 떠올렸다.

'난 오빠 이해해. 오빠가 엄마를 피하는 데는 분명히 이유가 있을 거야. 그냥 내가…… 현욱이 낳고 보니까 엄마가 짠해서 그래. 우리 엄마가 아무리 쿨하다고 해도, 자식한테 미움받는 거 아무렇지 않을 사람 아니거든.'

상윤이 종업원이 놓고 간 짬뽕을 가위로 자르려는데 또다시 핸드폰 진동이 울렸다. 보다 못한 희현이 말을 꺼냈다.

"받아. 전화 왔잖아."

"짬뽕 불면 짜서 못 먹어."

저 정도로 피하는 걸 보면 혜란임이 틀림없었다. 상윤은 먹기 좋게 자른 짬뽕을 내밀었지만, 희현은 보란 듯 엎어져 있던 핸드폰을 집었다.

"여보세요? 네, 아줌마. 저 희현이요."

싸늘해진 상윤의 눈길에도 희현은 아랑곳없이 통화를 이어 갔다.

"잠깐 화장실 갔는데 지금 막 자리에 왔어요. 잠시만요."

도망갈 구석을 없애 버린 희현이 핸드폰을 건넸다. 상윤은 깊은 한숨과 함께 핸드폰을 귀에 갖다 댔다.

"네."

─ 목소리 비싼 아들 반가워. 잘 지내고 있지?

"네."

─ 지윤이한테 얘기 들었어? 엄마 다음 달에 로빈이랑 같이 한국 갈 거야.

"네."

─ 나 지금 로봇이랑 대화하니?

상윤은 한 손으로 머리를 괸 채 모든 걸 체념한 얼굴로 대답했다.

"들었어요."

— 5일에 도착할 거야. 그날은 너도 출근할 테고 우리도 피곤하니까 다음 날 점심 먹자. 토요일이니까 괜찮지?

날짜를 들은 상윤의 눈매가 가늘어졌다.

"그날은 안 돼요."

— 왜?

"……무슨 날인지 모르세요?"

— 무슨 날인데?

천진한 물음에 상윤은 할 말을 잃었다.

— 6일…… 6일이…… 아하.

날짜를 읊조리던 혜란이 곧 시큰둥한 말투로 말했다.

— 난 또 무슨 날이라고. 근데 너 내가 꼭 중요한 일 잊어버린 것처럼 군다? 너한테야 키워 주고 예뻐해 줬던 할머니였겠지만, 나한테는 모질고 독하게 시집살이 시키던 전남편 어머니일 뿐이야.

"그날은 저 빼고 만나세요."

상윤은 앞에 앉아 있는 희현을 바라보았다. 그녀는 시종일관 공격적인 제 말투에 연신 인상을 찌푸리고 있었다.

— 네 아빠도 네가 할머니 기일 챙기는 것 싫어…….

"저 저녁 먹어야 해요. 다음 달에 봬요."

한계에 다다른 상윤이 먼저 전화를 끊었다. 그는 핸드폰을 내려놓고 이미 다 불어 버린 본인의 짬뽕을 가위로 잘랐다.

"안 먹고 뭐 하고 있어?"

"아줌마 오랜만에 한국 오시는 거잖아."

"그 얘기는 하지 말자."

하지만 희현은 금기를 거슬렀다.

"중요한 약속 아니면 좀 미루고……."

"희현아."

상윤은 정중하게 그녀에게 부탁했다.

"나 너랑 싸우기 싫다."

모친이 친할머니의 기일을 중요하게 생각하지 않는다는 것도 안다. 그 상황을 이해도 했다. 자신이 할머니 기일을 챙기는 것이 누구에게도 환영받지 못한다는 것도 다 안다.

그런데 다 아는 일을 매정한 말투로 굳이 확인시키며 상처를 주는 모친이 원망스러웠다. 그냥 놔둬도 시리고 아플 거 뻔히 알면서, 그 상처 난 자리에 꼭 바람을 불어야만 했을까.

처음부터 전화를 받지 않았으면 될 일이었는데 굳이 전화를 받게 만든 희현도 결국은 제 편이 아니라는 생각에 서운했다.

"……알았어. 미안해."

상윤은 얼굴을 찡그렸다. 아무 잘못도 없는 그녀에게 사과를 받고 있는 이 상황도 화가 난다.

아주 많이.

말 한 마디 없는 서먹한 저녁 식사를 마치고 두 사람은 영빈루에서 나왔다. 조수석으로 걸어가던 희현은 갑자기 뒤를 돌아보았다.

"좀 걸을래?"

길만 건너면 바로 시내였다. 그렇지만 상윤은 그다지 내키지 않았다.

"일찍 들어가자."

"그럼 너 먼저 가. 나는 이대로 집 가면 체할 것 같아."

망설임 없이 돌아선 희현은 손을 흔들며 인사했다. 가방을 높이 흔들며 걸어가는 그녀의 뒷모습을 빤히 바라보던 상윤은 하는 수 없이 뒤따라 걷기 시작했다.

주말 저녁이라 술집이 즐비한 시내는 젊은이들로 북적거렸다. 네온사인이 번쩍거리는 거리를 걷던 희현이 무리지어 있는 어린 친구들을 부러운 눈빛으로 바라보았다.

"좋을 때다."

불과 작년까지만 해도 친구들과 술집에서 시끌벅적하게 게임을 하면서 술 마시는 게 좋았는데, 요새는 친구들을 만나 술을 마셔도 술집이 아닌 일반음식점에서 맛있는 식사와 함께 반주를 먹는 게 더 좋았다.

"나도 늙었나 봐. 시끄러우니까 정신이 하나도 없네."

"돌아갈래?"

"아니. 지금은 좀 시끄러워도 될 것 같아."

사방이 조용하면 머릿속에 있는 잡다한 생각들이 더 활개를 친다. 희현은 최근 우후죽순 생기기 시작한 인형 뽑기 가게로 들어갔다. 기계 앞에는 교복 입은 학생들이 삼삼오오 모여 있었다.

"나 이거 뽑을래."

그녀는 포켓몬스터에 나오는 꼬부기 인형을 가리켰다. 상윤은 문 앞에 서서 손을 흔들었다.

"됐으니까 빨리 나와. 인터넷으로 열 개 사 줄게."

"그게 무슨 재미야!"

희현은 지갑에서 천 원을 꺼내더니 그에게 보여 주었다.

"일단 한 번만 해 보자. 응?"

저 고집을 누가 말려. 상윤은 안으로 들어와 그녀가 준 천 원은 주머니에 넣고, 제 지갑에서 만 원을 꺼내며 말했다.

"딱 이것만 하는 거다."

"응!"

적극적으로 나서서 돈을 바꿔 온 희현은 기계에 돈을 넣은 뒤 호기롭게 컨트롤러를 잡았다.

"좀만 더 옆으로, 아니. 오른쪽으로!"

"이쪽?"

"아니 너무 갔…… 아우!"

인형 뽑기는 생각보다 쉽지 않았다. 순식간에 만 원을 다 쓰고 허무하게 기계를 바라보던 희현은 손을 툭툭 털었다.

"에이, 안 되나 보다. 가자."

"기다려 봐."

포기가 빠른 희현과 다르게 뒤늦게 승부욕에 불이 붙은 상윤이 지갑에서 다시 만 원을 꺼냈다.

"또 하게?"

"아깝잖아. 거의 다 작업해 놨는데."

입구 바로 옆에 인형으로 탑을 쌓아 놔서 조금만 더 하다 보면 뽑을 수 있을 것만 같았다. 상윤의 말에 혹한 희현은 어느새 돈을 바꿔 와서 그에게 건네주었다.

"오! 오! 조금만 더!"

"이거 됐다."

"됐다! 됐다! 진짜 됐어!"

희현의 호들갑에 가게 안에 있던 사람들의 시선이 두 사람에게 집중됐다.

"뽑았다!"

인터넷에서 5천 원이면 샀을 2만 원짜리 꼬부기 인형이 드디어 세상 밖으로 나왔다. 상윤과 희현은 약속이나 한 듯이 하이파이브를 했다. 부러운 시선들을 느낀 희현은 잽싸게 인형을 꺼내 들고 활짝 웃었다.

"사진 찍어야지."

인형 하나에 진심으로 기뻐하는 희현을 보니 상윤의 입가에도 미소가 걸렸다.

"찍어 줄까?"

"응!"

상윤은 피식 웃으며 핸드폰을 건네받았다. 꼬부기와 눈을 마주치며 활짝 웃고 있는 그녀를 누가 서른으로 볼까.

"차쌍. 오랜만에 펌프 한 판?"

"진 사람이 여기서 하는 게임 다 쏘기."

"콜!"

신난 희현의 제안을 순순히 받아들인 상윤은 바로 옆에 있던 오락실로 갔다. 오랜만에 펌프도 하고, 둘이 즐겨 하던 스트리트파이터, 보글보글, 테트리스까지 하다 보니 시간 가는 줄을 몰랐다.

펌프에 진 희현의 지갑에 있던 현금을 다 쓰고 나왔을 때 밖은 완전히 어두워져 있었다.

"나중에 결혼하면 신혼집에 저런 업소용 게임기 사 두고 싶어."

"돈 넣을 수 있는 거로."

"당연하지. 그래서 놀러 오는 손님들한테 백 원씩 넣고 하라고 하는 거야."

"지폐교환기도 하나 두면 좋겠는데."

맞장구를 치다 못해 한술 더 뜨는 대답에 희현이 웃음을 터뜨렸다.

"가끔 보면 네가 나보다 더해."

"다 너한테 배운 거야."

"그렇다면 내가 아주 훌륭한 인재를 발굴했군."

등을 두드려 주며 칭찬하는 희현의 귀여운 거드름에 상윤은 어이가 없어 따라 웃어 버렸다.

집으로 돌아오는 차 안에서부터 희현은 연신 하품을 쏟아 냈다. 아침 일찍 나와서 밤늦게까지 활동적으로 놀았으니 체력에 한계가 온 것이다. 마음은 10대였지만 현실은 30대였다.

"오늘 진짜 알찬 하루였다."

"피곤하지?"

"응. 완전 꿀잠 잘 수 있을 것 같아."

희현은 부드러운 꼬부기 인형을 꽈악 끌어안았다. 엘리베이터가 5층에 도착하자 상윤은 희현을 따라 내렸다.

"딴짓하지 말고 일찍 자."

"알았어. 먼저 올라가."

상윤은 고개를 끄덕이며 손을 흔들었다. 비밀번호를 누르고 집으로 들어가려던 희현이 갑자기 돌아서서 계단을 향해 뛰었다.

"차쌍!"

그녀의 목소리에 상윤이 6층에서 뒤를 돌았다.

"내 맘 알지?"

모친과의 전화로 가라앉은 제 마음을 띄워 주기 위해 지금까지 애쓴 그녀의 수고를 모를 리 없었다.

"고마워."

입매가 올라간 그의 표정에 안심한 희현은 꼬부기를 흔들며 집에 들어갔다. 문이 완전히 닫히고 나서야 상윤도 한결 가벼운 걸음으로 계단을 올라갔다.

5.

"알았다고. 나 데이트 중이야. 어! 끊어!"

전화를 끊은 진혁의 표정에 짜증이 가득했다. 화창한 주말에 나란히 카페에 앉아 밀린 부가세 신고를 정리하던 도연이 고개를 들었다.

"누군데?"

"이규빈."

"규빈이 왜?"

"여자 소개해 달라고 난리잖아. 내가 아는 여자가 어디 있다고."

친구의 간절한 부탁을 한 귀로 흘리려던 진혁에게 한 사람이 번뜩 떠올랐다.

"아! 규빈이한테 희현이 누나 소개해 줄까?"

"임희현은 안 돼."

"왜? 자기 규빈이 착하다고 좋아하잖아."

113

"그래서 안 된다는 거야. 그리고 요즘 임희현은 차상윤 때문에 아주 심란하거든."

"상윤이 형이랑 왜?"

도연은 말을 아꼈다. 남 이야기를 미주알고주알 하지 않는 건 분명 도연의 장점이지만, 이렇게 궁금하게 만들어 놓고 발을 뺄 때는 여간 답답한 게 아니었다.

"난 자기가 상윤이 형이랑 안 친해서 참 좋아."

궁금함을 못 참는 진혁은 미끼를 던졌다.

"무슨 의미야?"

"자기가 희현이 누나만큼 상윤이 형이랑 친했으면 난 자기랑 오래 못 갔을 거야. 내 여자 친구 옆에 그렇게 잘생긴 이성 친구……. 진짜 싫어."

진혁이 도연과 연애한 지도 벌써 4년이 넘었다. 오래 함께하다 보니 희현이나 상윤과 친한 건 물론, 심지어는 용훈과도 한때는 호형호제하던 사이였다.

"옛날에 희현이 누나도 상윤이 형 때문에 용훈이 형이랑 꽤 싸웠을걸?"

"싸우기는. 임희현이 곽용훈 만날 때, 차상윤이 걔한테 연락 끊어서 우리가 일부러 자리 만들어 주고 했던 거 생각 안 나?"

"아, 맞다."

그 당시 상윤과 희현의 냉전을 떠올리면 아직도 진땀이 났다.

"그땐 상윤이 형이 좀 심하긴 했어."

보통 이성 친구 사이에서 한쪽에 애인이 생기면 연락이 뜸해질 순 있어도, 아예 끊어 버리진 않는다. 그런데 상윤은 희현이 용훈을 만나는 5년 동안 희현에게 그 어떤 연락도 하지 않았다.

심지어 연락을 받아도 무시했다.

"그때 차상윤한테는 그게 최선이었겠지."

고백을 거절당했다고 생각한 희현이 상윤을 피하기 시작하면서 두 사람의 관계는 더욱 서먹해졌다. 엎친 데 덮쳐서 그 시기에 상윤의 부모님이 이혼 도장을 찍고, 상윤이 대학 진학으로 부산으로 내려가면서 물리적으로도 멀어져 버렸다.

충분히 통학 가능한 국립대들을 두고 굳이 부산까지 간 이유는 묻지 않아도 알 수 있었다.

'임희현 잘 챙겨 줘.'

늘 희현과 함께 만났던 차상윤이 처음으로 도연을 혼자 불러내서 꺼낸 첫마디였다.

'임희현은 네 담당이잖아. 왜 나한테 맡기고 그래?'
'내가 없어도.'

그 말을 남긴 상윤은 1학기도 채 마치지 않고 홀연히 군대를 가 버렸다. 뒤늦게 사실을 안 희현은 상윤의 무심함과 거리감에 며칠을 울었다.

제대하고 나서 곧장 편입 준비를 한 상윤은 4년 만에 다시 서울로 돌아왔다. 하지만 그때 희현의 옆에는 용훈이 있었고, 간발의 차로 엇갈린 두 사람의 타이밍은 또 하나의 폭풍을 몰고 왔다.

4년 만에 만난 상윤이 그저 반가웠던 희현은 서먹함과 서운함 따위 묻어 두고 그와 다시 친해지고 싶어 했다. 하지만 상윤은 곁을 주지 않았다.

그런 와중에도 제집에 들러 삼시 세끼 꼬박꼬박 챙겨 먹으며 주변을 맴도니 희현의 입장에선 환장할 노릇이었다. 그때 희현은 용훈과 싸운 것보다 상윤 때문에 분하고 억울해서 운 적이 더 많았다.

'희현이한테 좀 잘해 줘. 걔 요즘 너 때문에 울고 다녀. 알아?'
'자신 없어.'
'무슨 자신이 없는데?'
'선 지키면서 잘해 줄 자신, 없다고.'

진혁까지 동원해서 간신히 오게 만든 희현의 스물다섯 번째 생일 축하 자리. 도연이 상윤의 속마음을 직접 들은, 처음이자 마지막 날이었다.

"그냥 둘이 사귀면 안 되나? 난 희현이 누나가 상윤이 형이랑 있을 때 제일 예뻐 보이던데."

그건 도연도 인정했다. 희한하게 용훈과 사귈 때 희현은 행복해하긴 했지만 늘 애를 태우는 입장이라 지켜보는 사람이 불안할 정도였다.

그런 그녀가 상윤의 옆에만 있으면 제자리를 찾은 사람처럼 안정적이고 편안해 보였다.

"그리고 상윤이 형이 안 그런 척해도, 솔직히 희현이 누나 일이라고 하면 하던 일도 다 관두고 달려오잖아."

"그치."

"차일까 봐 그런가?"

"그건 아닐걸."

상윤만큼 희현을 잘 아는 사람은 없다. 비록 4년의 공백이 있었지만, 분명 서울로 다시 왔을 때 상윤은 용훈으로부터 희현을 흔들고 뺏을 수 있었을 것이다.

그런데도 상윤은 서두르지 않았다. 지금도 희현의 옆자리가 비어 있지만 누구보다도 신중하고 조심스럽게 희현을 대하고 있었다. 오래 봐 온 사람으로서 그 신중함이 답답했지만, 한편으로는 믿음직스러웠다.

"올해는 둘 다 삽질을 끝내야 할 텐데."

드디어 자신의 마음을 드러내기 시작한 상윤도, 어설프게 내려놓았던 자신의 감정을 다시 들여다보기 시작한 희현도, 친구 사이에 종지부를 찍을 고지가 눈앞으로 다가온 듯 보였다.

✤ ※ ✤

똑. 똑. 똑.

군더더기 없는 노크 소리가 상대를 알려 주고 있었다. 허리춤에 팔을 얹고 어깨를 들썩대던 대희가 돌아서자, 무덤덤한 얼굴을 한 상윤이 안으로 들어왔다.

"BY홀딩스 로비 설계는 언제까지 붙잡고 있을 거야?"

들어오자마자 신경질적으로 내뱉는 김 부장의 물음에 인상이 찌푸려졌지만 상윤은 금방 표정을 가다듬었다.

"부장님께서 이번 주까지 마무리하라고 하셨는데요."

"그러니까! 오늘이 목요일인데 언제 마무리할 거냐고!"

"이번 주까지는 아직 시간이 남았는데요."

상윤의 말대답에 대희가 코웃음을 쳤다.

"차 대리는 시간 약속 차암 칼같이 잘 지켜. 일찍 끝내는 법이 없어."

다짜고짜 불러서 비꼬는 모양새가 영 심상치 않았다.

"도면, 보고드릴까요?"

"뭐? 도면 나왔어?"

"네."

"배치, 평면, 입면, 단면 다?"

"네."

대희는 어이없는 표정으로 상윤을 바라보았다. 가장 마음에 안 드는 상윤의 업무 방식이었다. 그는 최종 도면이 완성됐음에도 불구하고 꼭 자신이 말한 날짜에 맞춰서 보고했다.

문제는 어느 순간부터 그 융통성 없는 태도를 설계2팀뿐만 아니라 1팀과 3팀 전체가 따라 한다는 것이었다. 패턴을 알게 된 후부터는 일부러 도면 일정을 빡빡하게 잡아서 보고하게 시키고 있지만, 한낱 대리 때문에 자신이 고수하던 방식을 바꿨다는 사실이 자존심 상했다.

"차 대리는 내가 야근하길 바라나 봐?"

"저 부장님께 실수한 거 있습니까?"

"뭐?"

"아까부터 계속 저한테 화만 내고 계셔서요."

침착하게 묻는 말투가 대희를 민망하게 만들었다.

"도면들 지금 당장 메일로 보내!"

"알겠습니다."

"이제 월드 파라다이스에 합류 가능한 거야?"

"네."

월드 파라다이스는 서울 중심부인 명동에 세워질 특급 호텔로, 한국은 물론 아시아와 유럽에서까지 준공 전부터 주목을 받고 있었다.

계열사인 대영건설이 클라이언트가 되어 각 인테리어 업체에 시공을 의뢰했는데, 그중에서도 제이디자인은 가장 중요한 객실 전체 시공을 맡았다.

월드 파라다이스의 대주주인 한국계 중국인 장천이 이번에 새로 부임한 정병준 부사장과 각별한 사이라 부적절하게 시공을 따냈다는 소문이 업계에 돌았지만, 물증은 없었다.

중요한 건, 월드 파라다이스는 설계부와 기술본부 전체가 심혈을 기울여야 할 만큼 제이디자인의 대형 프로젝트라는 것이었다.

"그럼 지금 이사실로 가 봐."

"저요?"

대희는 대꾸도 하지 않고 의자에 털썩 앉아 서류를 보는 척했다. 상윤은 대답 듣기를 포기하고 부장실에서 나왔다.

임원과의 독대는 처음 있는 일이라서 아무리 강심장인 상윤이라도 조금은 긴장한 얼굴이 됐다.

이사실로 올라가자 김 비서가 기다렸다는 듯 자리에서 일어나 고개를 숙였다. 안내해 준 이사실로 들어가니 대희와는 사뭇 다른 분위기로 형규가 웃으며 반겨 주었다.

"차상윤 대리?"

"안녕하십니까."

상윤의 인사에 형규가 악수를 청했다.

"김 부장 방에서 바로 올라온 모양이네."

"네."

"김 비서, 내가 베트남에서 가져온 노니차 좀 부탁해."

편히 앉으라는 그의 손짓에 상윤은 바른 자세로 소파에 앉았다.

"BY홀딩스 때문에 바쁘다고 들었는데, 이제 다 끝난 건가?"

"제가 맡은 업무는 끝났습니다."

그때 김 비서가 노니차를 가지고 들어왔다. 멀리서부터 전해지는 은은한 풀 냄새가 인상적이었다.

"이번에 부사장님이랑 베트남 갔다가 사 온 차야. 들게."

"잘 마시겠습니다."

문 닫히는 소리와 함께 이사실에는 다시 두 사람만 남았다. 차를 음미하는 상윤을 흐뭇하게 바라보던 형규는 미리 챙겨 놓았던 결재판을 그에게 내밀었다.

"한번 봐 주겠나?"

상윤은 들고 있던 찻잔을 내려놓고 결재판을 펼쳐 보았다. 안에는 다양한 부지 사진들과 투시도, 조감도가 들어 있었다.

"우리 부사장님 친동생이 강남에서 레스토랑을 개업했는데, 리모델링을 하고 싶어 해. 지금은 수용인원이 30명 정도인데 두 배 정도 손님을 더 수용할 수 있게 공간을 확보해 달라는 게 요구 사항이야."

"……이 건을 저희가 맡게 되는 겁니까?"

"정확히는 차상윤 대리가 맡아야 할 일이지."

상윤은 결재판을 덮었다.

"개인적으로 요청하시는 건가요?"

"설마. 정식으로 절차 밟고 회사로 들어온 의뢰야. 계약도 끝났고. 다만 담당자가 반드시 차상윤 대리여야 한다는 게 지금 자네가 여기 있는 이유지."

상윤은 그제야 김 부장이 왜 짜증을 냈는지 이해가 갔다. 사장이 일선에서 물러난 지금, 제이디자인의 실세는 누가 봐도 정병준 부사장이었다. 그런 실세의 친동생 레스토랑 리모델링 설계를 자신이 하지 못한다는 것에 분명 분개했을 것이다. 그 상대가 늘 못마땅해하는 자신이라는 것에 더 자존심 상했을 거고.

"왜 하필 저를 선택하신 건지 여쭤봐도 될까요?"

형규가 찻잔을 들며 미소 지었다.

"클라이언트가 가든클래식을 인상 깊게 봤더라고."

가든클래식은 작년에 상윤의 아이디어로 리모델링한 하강백화점의 푸드코트였다.

"그럼 저 말고 다른 설계부 사람들이 이 건을 같이 맡아도 되는 겁니까?"

"아니. 난 이 일 시끄럽게 키울 생각 없어. 어차피 시공도 다른 쪽에서 할 거니까 차 대리는 설계도만 넘기면 돼."

"제가 아무리 며칠 밤을 새워도 설계도는 저 혼자서 무립니다."

"지금 못 하겠다고 거절하는 건가?"

"거절할 수 있는 겁니까?"

"아니. 이건 무조건 차상윤 대리가 해야 해."

대답을 정해 놨으면서 은근슬쩍 떠보는 이사의 수가 보통 아니었다.

"적어도 저희 2팀과는 같이 작업할 수 있게 해 주셔야 합니다. 그래야 마무리도 빨라집니다."

설계1팀이 클라이언트와 미팅을 해서 기획설계를 진행하면, 상윤이 속한 설계2팀은 넘겨받은 자료를 바탕으로 도면을 만들어 설계3팀에게 넘긴다. 그럼 3팀은 공사 전반을 토대로 한 최종 공사용 도면을 만드는 것이다.

현재 1팀은 월드 파라다이스 기획설계에 들어갔고, 3팀은 신영미술관과 BY홀딩스 마무리로 바빴다. 상대적으로 여유 있는 2팀이 모두 집중해서 일을 시작한다면, 월드 파라다이스 설계 전까지 마무리가 가능했다.

"……좋아. 하지만 누차 얘기했듯이 이 담당은 차상윤 대리야."

"혹시 다른 사람들에겐 비밀이어야 합니까?"

"비밀로 하는 게 차 대리 정신건강에 이롭지 않겠어?"

"굳이 숨기지 않아도 된다는 뜻으로 이해하겠습니다."

상윤의 두둑한 배짱에 형규는 껄껄 웃었다.

"편할 대로 해. 그럼 그쪽이랑 미팅 날짜는 언제가 좋겠어?"

"빠르면 빠를수록 좋습니다."

"그래. 그럼 내가 그쪽 담당자한테 차 대리 연락처를 전해 줄게."

"네."

"그럼 이따 회식 자리에서 보자고."

상윤이 자리에서 일어났다. 허리를 숙여 공손히 인사하고 나가는 그를 보며 형규가 고개를 끄덕였다.

"이번 일만 제대로 하면 문제없겠어."

자신의 안목이 틀리지 않았다는 것을 확인한 형규는 흡족한 미소를 지으며 노니차를 마저 마셨다.

사무실로 내려오자 핸드폰을 하던 건우가 자리에서 일어났다.

"한참 기다렸잖아. 나 배고파, 얼른 가자. 회식 늦게 가면 김 부장 옆에 앉아야 한단 말이야."

"다들 출발했어?"

"어."

오늘은 월드 파라다이스 시공 체결 기념으로 정병준 부사장의 참석까지 정해진 대대적인 전체 회식이 있는 날이었다.

눈썰미 좋은 건우는 상윤이 들고 온 결재판을 힐끗 쳐다보며 물었다.

"김 부장이 BY홀딩스 반려시켰어?"

"아니야."

"그럼 이거 뭔데?"

"부사장님 친동생 레스토랑 리모델링 설계 건."

"뭐어?"

숨길 생각이 없었던 상윤은 솔직하게 대답했다.

"지금 부사장님 친동생이라고 했어? 아까 김 부장 호출받고 나갔던 거잖아."

상윤은 텅 빈 사무실을 훑어보았다.

"우리가 맡았다는 걸 숨길 생각은 없지만, 굳이 소문내고 다니진 말자."

"우리? 우리가 누군데! 뭐야! 어떻게 된 건데!"

대답을 재촉하는데도 상윤이 대답 없이 사무실을 나가자 건우가 가방을 들고 급히 쫓아갔다.

엘리베이터에 타고 나서야 모든 정황을 전해 듣게 된 건우는 그의 손을 덥석 잡았다.

"차 대리야."

"징그럽게 왜 이래? 놔."

상윤이 손을 빼려고 했지만 그럴수록 건우는 더욱 굳게 손을 붙잡았다.

"우리 설계부에서, 아니다. 회사에서 나랑 제일 친한 거 맞지?"

"뭐라는 거야."

"난 다 필요 없고, 나중에 베트남 지사로 파견근무나 보내 줘. 거기서 휴양하면서 놀고먹게."

"놀고 있다, 진짜."

매정하게 손을 내치자 건우가 근엄한 표정으로 팔짱을 꼈다.

"어허. 출세욕 없는 동료가 얼마나 귀한 줄 모르고!"

"제발 그 욕심 좀 가져 줬으면 싶은데."

건우는 일을 건성으로 하는 것 같지만 마무리할 때가 되면 무서운 집중력으로 완성도를 높인다. 그게 꾸준하면 무시무시할 정도로 실력 있는 설계자가 될 텐데, 문제는 열정이 없다는 것이었다.

"난 그 출세욕이 지긋지긋한 사람이라서."

건우가 싱긋 웃었다.

"그런데 이 건, 다른 사람들한테는 숨기자."

"왜?"

"김 부장이야 현역 아니니까 그렇다 쳐도 위에 차장, 과장 다 제치고 널 담당으로 정한 거잖아. 그것도 클라이언트가 부사장 친동생인 일에, 이사가 직접 개입해서. 괜히 긁어 부스럼 만들지 말자고."

"죄지은 것도 없는데 상사가 시키는 일 하면서 남 눈치까지 봐야 해?"

틀린 말 없는 그의 대답에 건우는 느릿하게 손뼉을 쳤다.

"그거 알아? 넌 가끔 내가 남자로 태어난 걸 후회하게 만들어."

"이제 쭉 후회만 하게 될 거야. 난 남자는 진짜 때리거든."

"차상윤 대리니임!"

로비를 쩌렁쩌렁하게 울리는 앳된 목소리에 두 남자가 고개를 돌렸다. 멀리서 해맑게 웃고 있는 소미와 창피한 듯 고개를 푹 숙이고 걸어오는 희현이 보였다.

"안전거리 유지!"

반가운 마음에 달려오던 소미는 건우의 철벽에 울상을 지었다.

"네? 왜요?"

"앞으로 차상윤 대리한테 얘기할 거 있으면 나 통해서 얘기해요. 차 대리는 내 소유니까."

건우의 말에 상윤은 물론, 희현과 소미까지 어이없는 표정을 지었다.

"이게 진짜 자꾸 재수 없는 소리를……!"

"건우 대리. 미저리였어?"

"임 대리야. 차 대리에 대한 내 애정을 모욕하지 말아 줄래?"

건우가 팔짱 끼는 시늉을 하려고 들자 상윤이 질색하며 한 발 물러섰다.

"너 진짜 안 꺼져?"

"왜에!"

상윤의 격한 반응에 신난 건우가 도망가는 그를 쫓아갔다.

"나이를 어디로 먹는 건지."

한심하게 두 사람의 뒷모습을 바라보다가 무심코 옆을 돌아본 희현은 소미의 표정을 뚫어져라 쳐다보았다.

"소미 씨는 또 왜 그래?"

"대리님. 차 대리님이 박 대리님한테 꺼지라고 말할 때 표정 보셨어요? 여기, 미간 팍 찌푸려졌을 때!"

"그게 왜?"

"완전 섹시하지 않아요?"

상윤이 욕을 한다거나 크게 화를 내는 모습을 본 적이 없었다. 설령 봤다고 해도 그런 모습은 대부분 섹시하다기보단 무섭다고 느끼는 게 정상 아닌가.

"다들 정상이 아닌 것 같아."

반하게 되면 욕하는 모습까지도 섹시하게 느껴지는 걸까. 희현은 소미의 콩깍지에 사뭇 심각성을 느꼈다.

"다들 조금만 고생합시다!"

형식적인 부사장의 격려가 끝나기 무섭게 도미노처럼 술잔들이 부딪쳤다. 부사장이 잔을 비우기가 무섭게 옆에 앉은 대희는 고기쌈을 싸서 부사장에게 건네주었다. 멀찌감치 앉아서 그 모습을 지켜보던 희현은 고개를 절레절레 저었다.

"임 대리. 소맥 한 잔 안 타 줄 거야?"

"벌써 제 차례예요?"

영기는 희현의 앞에 넙죽 잔을 내밀었다. 술이라면 **빼지 않는** 희현은 능숙하게 소맥을 만들기 시작했다.

"이야, 우리 임 대리 손목 스냅 봐라."

"임 대리. 나도 한 잔 타 주라."

대학교 다닐 때 선배들 등쌀에 못 이겨 폭탄주를 만들던 스킬이 회사에서 빛을 발하게 될 줄 몰랐다.

술 좋아하는 몇몇 고지식한 상사들은 술 잘 마시는 직원이 일도 잘하는 직원이라는 고정관념을 갖고 있는데, 그 대표적인 사람이 바로 박영기 차장이었다.

"소미 씨, 아직 한 잔도 다 안 마신 거야?"

희현에게 잔을 맡기고 할 게 없어진 박 차장의 시선이 소미에게 향했다. 곤란해하는 소미의 표정을 본 희현은 냉큼 그에게 잔을 주었다.

"제 잔은 차장님이 타 주세요."

"어, 좋지! 우리 임 대리 건 내가 만들어 줄게."

시선을 끌어온 희현은 그가 집중해서 소맥을 만드는 사이, 태연한 얼굴로 소미의 잔을 가져와 대신 마셔 주었다.

"대리님……."

희현은 입술에 슬쩍 검지를 갖다 대며 눈을 찡긋했다.

"임 대리, 요즘 연애 사업은 어때?"

영기는 소맥에 어울릴 만한 안줏거리를 찾고 있었다. 희현은 눈썹을 긁적이다 말했다.

"저 헤어졌는데요."

"뭐? 어쩌다가!"

"대리님! 그 남자랑 헤어졌어요?"

희현이 웃음으로 대답을 피하자 영기가 잔을 탁 내려놓으며 한숨을 쉬었다.

"나 참, 나 이해할 수가 없네. 이렇게 예쁘고 일 잘하고 술 잘 마시는 임 대리를 다들 왜 차는 거야?"

"차장님, 저 차였다고는 안 했는데요."

"그럼 임 대리가 찼어?"

"앞으로 제 연애 이야기는 모두 노코멘트 하겠습니다."

"차였네, 차였어."

말 돌리는 희현을 보고 영기는 확신했다.

"임 대리, 여자 서른은 눈 높으면 안 돼. 솔직히 남자는 이놈 이나 저놈이나 다 거기서 거기라고."

여기서 발끈하면 지는 거다. 술이 얼큰하게 오른 사람에게 이 성적으로 설명해 봤자 제 입만 아프다. 희현은 표정 관리를 하 며 씨익 웃었다.

"예쁘고 일 잘하고 술까지 잘 마시는데 눈 좀 높아야 하지 않 겠어요?"

희현이 참고 넘어간 걸 아는지 모르는지 영기는 테이블을 탁 탁 치며 크게 웃었다.

"그러지 말고, 가만있어 보자……. 우리 회사에도 아직 장가 못 간 놈들 몇 있잖아."

"굳이 우리 회사에서……."

주위를 두리번거리던 영기의 눈이 반짝거렸다.

"저기, 개발사업부 손동현 과장 어때!"

"예에?"

"손동현 과장! 이리 좀 와 봐!"

가뜩이나 목소리 큰 영기의 우렁찬 외침에 두 테이블 건너에 있던 동현이 단박에 돌아보았다. 희현과 눈이 마주친 그는 잔을 들고 자리에서 일어났다.

"손 과장, 여기 앉아서 한잔해."

마침 영기의 옆자리가 비어 있었다. 동현은 그의 옆자리에 앉았다.

"안녕하세요."

그와 마주 앉게 된 희현은 동현의 정중한 인사에 덩달아 고개를 꾸벅 숙였다. 마치 맞선이라도 보는 기분이었다.

"임 대리, 손 과장 잔 비었는데 한 잔 말아 줘."

"아, 네."

희현은 동현의 잔을 받아 소맥을 타 주었다.

"짠!"

영기의 주도하에 희현과 동현, 소미까지 잔을 들었다. 그는 동시에 잔을 비워 내는 희현과 동현을 흐뭇하게 바라보며 말했다.

"내가 전부터 느꼈는데 두 사람 참 잘 어울린단 말이야. 이름도 희현, 동현! 아주 비슷하고!"

"차장님! 저도 방금 그 생각 했는데!"

가만히 있어도 호들갑을 떨 박 차장인데 소미까지 거들고 나섰다. 억지로 동현과 엮으려 드는 두 사람 때문에 민망해진 희현이 어색하게 웃자, 동현도 덩달아 미소를 짓는다.

"손 과장은 우리 임 대리 어때? 괜찮지 않아?"

"차장님, 벌써 취하신 거 아니죠?"

"아, 임 대리는 가만있어 봐. 우리 회사에서도 이제 사내결혼 한 번 나올 때 됐지. 손 과장, 안 그래?"

말도 안 되는 영기의 억지에도 동현은 초지일관 미소를 유지했다. 워낙 말수도 적고, 조용하다는 건 알았지만 이런 상황에서도 저런 평온함을 유지하다니. 저 성격으로 어떻게 영업을 다니는 건지 의문스럽다가도, 오히려 저런 모습이 상대에게 신뢰를 얻을 수도 있을 것 같았다.

"박 차장님."

그때 담배를 피우러 우르르 몰려 나가던 기술본부 사람들이 영기를 불렀다. 그들의 손짓에 영기는 무거운 몸을 일으켰다.

"잠깐 얘기들 좀 하고 있어 봐."

시끄러웠던 영기가 나가자 테이블에는 어색한 침묵이 맴돌았다. 희현이 빈 잔을 들자 동현이 냉큼 맥주를 들었다.

"제가 따라 드릴게요."

"감사합니다."

맥주만 마시기는 싫은데. 친하지도 않은 사람에게 차마 소맥을 만들어 달라는 말이 안 나왔다.

"혹시 박민주 대리한테 얘기 들으셨어요?"

"무슨 얘기요?"

혼자서만 아무것도 모르는 소미의 눈이 부담스럽게 반짝거렸다.

"아, 네."

희현의 대답에 동현이 잔잔한 미소를 지었다.

"박 대리가 뭐라고 하던가요?"

의도를 알 수 없는 질문은 언제나 난감하다.

"손 과장님."

"네?"

"혹시 서울병원 자금 늦어져요?"

"아니요. 왜요?"

"그럼 저한테 뭐 부탁할 거라도 있으신 거예요?"

동현은 보기 드물게 소리 내는 웃음을 터뜨리며 손사래를 쳤다.

"오해하셨나 봐요. 그런 거 아닙니다. 정말 순수하게 임 대리님이랑 친해지고 싶어서 그랬던 거예요."

"그럼 저한테 말씀하시지, 왜 굳이 박 대리님한테……."

"부담스러워하실 것 같아서요."

다른 사람에게 전해 듣는 것이 훨씬 부담스럽다고 말하고 싶은 걸 꾹 참았다. 숨죽이고 대화를 듣고 있는 소미는 입을 가린 채 바쁘게 두 눈을 굴리고 있었다.

"시간 되는 날에 편하게 같이 저녁 먹어요, 대리님."

"그 자리에 저도 끼고 싶은데요."

대화를 가르고 들어오는 낮은 목소리에 희현이 고개를 들었다.

"어? 차 대리님!"

상윤은 저를 반기는 소미의 옆자리에 앉았다.

"박건우 대리가 저쪽에서 애타게 찾던데."

상윤의 고갯짓에 희현은 자신을 손가락으로 가리키며 건우가 앉아 있는 테이블을 바라보았다. 그는 턱에 손을 괴고 민주와 이야기를 나누고 있었다.

"가 봐, 얼른."

희현은 나란히 앉은 상윤과 소미를 바라보며 고개를 저었다.

"나 안 찾는 것 같은데."

"엄청 찾았다니까."

못 쫓아내서 안달 난 사람처럼 구는 상윤의 재촉에 희현은 결국 잔을 들고 자리에서 일어났다.

일부러 의자를 드르륵 끌며 일어난 희현은 터벅터벅 걸어서 건우의 옆자리에 털썩 앉았다.

"임 대리! 왔어?"

"나 왜 찾았어요?"

"응?"

"대리님이 나 찾았다면서."

"내가? 누가 그래?"

"차상윤 대리가 그랬는데?"

희현은 대답하며 자신이 앉아 있던 곳을 바라보았다. 뭐가 그렇게 즐거운지 동현의 말에 까르르 웃는 소미와 간간이 한쪽 입꼬리를 올리는 상윤이 시선에 걸렸다.

"나 여기 보내 놓고 아주 신났네, 신났어."

차상윤이 좋아한다는 여자가 소미일 확률은 이제 50%.

희현은 소맥 대신 빈 소주잔에 소주를 따라 단숨에 들이켰다. 옆에서 그녀를 바라보던 건우가 팔짱을 끼었다.

"차상윤이 왜 그랬을까……."

건우의 입 모양을 본 민주는 그의 맥주잔에 잔을 부딪쳤다.

"술이나 마셔요."

민주의 눈을 지그시 바라보던 건우가 회심의 미소를 지었다.

"야, 태경아."

"네?"

건우는 등 뒤에 앉아 있던 후배를 불렀다.

"너 잔 들고 이쪽으로 와. 내가 특별히 너한테만 우리 회사에서 얼굴로 일하시는 두 대리님을 소개해 줄게."

"박건우 대리님! 나 왜 찾았냐니까!"

상윤과 소미를 지켜보던 희현이 버럭 화를 냈다.

"그야 당연히 같이 놀자고 찾았지. 민주 대리는 내 말을 듣고 있기만 해서 재미없단 말이야."

그사이 태경은 잔을 들고 민주의 옆자리에 앉았다. 낯을 가리는 민주가 건우를 쏘아보자 그가 배시시 웃었다.

"자리 비워 놔서 부사장님 앉으시는 것보다 훨씬 낫잖아요."

민주는 건우의 음흉한 웃음에 동조하고 싶지 않았다.

"자! 여기는 우리 설계부 막내 임태경. 태경아, 자기소개 한 번 하자."

"안녕하십니까! 설계2팀 임태경입니다!"

입사한 지 얼마 안 된 그는 군기가 바짝 들어 있었다. 이왕 이렇게 된 것, 자리에 온 사람 민망하지 않게 희현은 먼저 건배를 제안했다.

"2팀이면 차상윤 대리 후배겠네요?"

"네!"

"요즘 태경이가 차 대리 때문에 스트레스 좀 받을 거야. 그치?"

"아닙니다! 열심히 배우고 있습니다!"

상윤이 팀 내에서는 어떤 모습일지 궁금한 희현의 귀가 저절로 쫑긋해졌다.

"왜요? 차 대리가 막 갈구고 그래요?"

"아닙니다! 절대 안 그러세요!"

지나친 부정에 그녀가 씩 웃었다.

"차 대리 성격 어떤 것 같아요? 까칠하지 않아요?"

"나에 대해 궁금한 거면 직접 물어보시죠, 임희현 대리님."

"엄마야!"

등 뒤에서 나타난 상윤 때문에 놀란 희현의 의자가 넘어가려고 했다. 상윤은 빠르게 의자 등받이를 붙잡고 태경을 바라보았다.

"네가 여기 왜 앉아 있어?"

"아, 저는 박 대리님이 오라고 부르셔서……."

상윤이 못마땅하게 건우를 노려보았다.

"왜 그렇게 째려봐? 슈퍼히어로 차상윤 대리?"

"뭐?"

건우는 상윤을 올려다보며 어깨를 으쓱였다.

"아까부터 누굴 그렇게 지키고 싶어서 혼자 동에 번쩍 서에 번쩍 왔다 갔다 하는지, 혹시…… 아악!"

의자에서 손을 뗀 상윤은 양손으로 건우의 어깨를 붙잡고 두 손에 꽈악 힘을 주었다.

"야! 아파! 아프다고!"

"어깨 뭉친 것 보니까 피곤한 것 같은데 술 적당히 마셔라. 쓸데없는 소리 하지 말고."

"아, 알았어! 알았으니까 놔 달라고!"

"임태경 넌 밖으로 좀 나와."

무시무시한 손아귀 힘으로 경고한 그가 태경에게 손짓했다. 날 선 상윤의 표정에 태경은 벌떡 자리에서 일어나 그를 쫓아갔다.

"대리님."

"어?"

"저 정말로 저분들한테는 대리님 욕 안 했습니다."

"그 말은 다른 분들한테는 내 욕을 했다는 소린데."

"절대 아닙니다!"

애처로운 얼굴로 변명하는 태경의 말을 듣는 둥 마는 둥, 상윤은 태경이 앉아 있던 자리에 소미가 찾아와 앉는 것을 보고 나서야 고개를 돌렸다.

"……습니다. 네? 정말 믿어 주세요."

"알아. 너 그럴 놈 아닌 거."

상윤은 미간에 힘을 풀고 그의 등을 툭 쳤다.

"일하면서 힘든 건 없고?"

"요즘 일이 너무 재밌습니다!"

"그건 다행이네. 그런데 이 일은 재미로만 하는 거 아니니까 부지런히 배워라."

"네!"

"그럼 들어가 봐."

싱거운 그의 용건에 태경이 고개를 갸웃댔다.

"저한테 할 말 있어서 부른 거 아니십니까?"

"응. 할 말 끝났는데."

후배한테 관심이라고는 없는 줄 알았던 그가 따로 불러내서 격려를 해 주다니. 태경은 감동한 얼굴로 고개를 꾸벅 숙였다.

"대리님! 저 진짜 열심히 하겠습니다!"

"열심히 하는 거 필요 없어. 잘해. 그게 중요해."

"네!"

다부지게 외친 태경이 다시 고깃집으로 들어갔다. 소미에게 자리를 뺏긴 태경은 잔을 들고 원래 앉았던 자리로 돌아갔다. 상윤은 고깃집 문밖에 서서 동태를 살폈다.

"박건우 핑계를 대는 게 아니었는데."

마음이 급해서 생각나는 이름을 말해 버린 게 실수였다. 눈치 빠른 건우의 일차원적인 떠보기에 홀랑 넘어갔으니 이건 전적으로 제 탓이었다.

물론 건우가 어디 가서 떠벌리고 다니진 않겠지만, 차라리 떠벌리고 다니라고 말하고 싶게끔 당분간은 자신을 놀려 먹는 재미로 살 인물이다.

"하…… 배도 고프고."

분명 회식인데 술은커녕 제대로 앉아 고기 한 점 먹은 기억이 없다. 상윤은 허기진 배를 달래며 다시 안으로 들어갔다.

6.

상윤과 태경이 밖으로 나가자 희현은 건우의 팔을 붙잡았다.

"차 대리가 누굴 보고 싶어 해?"

"어?"

"방금 그랬잖아요. 차 대리가 누굴 보고 싶어 한다고."

처음엔 그저 추측이라고 생각했는데 상윤이 그의 입을 막으려 했던 행동으로 보아 건우는 분명 뭔가를 알고 있는 눈치였다.

"딱 봐도 티 나잖아."

"티 난다고? 누군데?"

"선배!"

그때 소미가 해맑게 웃으며 테이블로 찾아왔다.

"잠깐 화장실 갔다 왔는데 자리에 아무도 없고 박 차장님만 앉아 계셔서 이쪽으로 도망 왔어요."

"아, 여기 앉아."

희현은 고개를 끄덕이며 옆에 있던 새 잔을 소미에게 건네주었다. 그녀가 온 이상 건우에게 상윤의 이야기를 더 캐물을 순 없었다.

"아까 선배가 이쪽으로 가니까 손 과장님이 무지 아쉬워하셨어요."

"손 과장님이면, 개발사업부 손 과장님?"

소미의 말에 건우가 불쑥 끼어들었다.

"네!"

"임 대리가 여기 왔는데 왜 손 과장님이 왜 아쉬워하지?"

물어보는 건우에게 술술 대답할 기세인 소미를 본 희현이 다급히 술잔으로 테이블을 쳤다.

"우, 우리 건배할까요?"

"뭐야, 임 대리? 이 발연기는?"

"임 대리는 거짓말하면 안 되겠다."

건우의 지적과 민주의 일침에 희현이 아랫입술을 쭉 내밀었다.

"우리 임 대리, 투명한 사람이었네. 아주 그냥 속이 다 보여."

"칭찬이죠?"

"근데 눈치는 좀 없는 것 같아."

"참나. 학교 다닐 때 내 별명이 임 무당이었거든요?"

"애먼 친구들 잡았겠네. 졸업할 때 사과는 했고?"

"아, 진짜!"

건우의 놀림을 듣고 있던 민주와 소미가 웃음을 터뜨렸다. 하여간 누가 차상윤 동료 아니랄까 봐 말로 사람 혈압 오르게 하는 솜씨가 보통 아니다.

"임 대리 힘세다. 조심해."

속으로 떠올리기가 무섭게 밖으로 나갔던 상윤이 다시 돌아왔다. 희현은 제 옆에 멀뚱히 서는 그를 올려다보았다.

"자리 없는데."

"자리야 만들면 되는 거고."

빈자리도 많은데 상윤은 굳이 옆 테이블에서 의자를 가져와선 소미와 희현의 대각선 상석에 자리를 잡았다.

"선배니임."

소미의 목소리에 희현이 반사적으로 고개를 돌렸다. 그런데 소미의 시선은 상윤을 향해 있었다. 어느새 상윤을 선배님이라고 부르는 소미의 살가운 호칭에 그녀의 표정이 은연중에 어두워졌다.

"저 아까 자리로 갔었는데 선배님 안 계셔서 박영기 차장님이랑 독대할 뻔했어요! 저 두고 사라지시면 어떻게 해요오."

"미안해요."

받아치기 힘든 소미의 콧소리 섞인 칭얼거림에 상윤은 당황해하기는커녕 사과를 했다. 이젠 두 사람이 함께 있는 모습이 낯설거나 어색하지 않았다. 희현은 가득 채워진 술잔을 또 한 번 말끔히 비워 버렸다.

"2차 갑시다! 2차!"

불편한 부사장과 부장들이 빠졌으니 진짜 회식은 지금부터였다. 건우는 옆에 서 있는 희현의 가방끈을 붙잡았다.

"같이 2차 갈 거지?"

"당연히······."

"집으로 가야겠다."

혼잣말을 가장하며 다가온 상윤은 건우의 손을 쳐 내며 사람들이 서 있는 반대 방향을 가리켰다.

"둘 다 집에 가는 거야? 그럼 나는?"

"난 2차······."

"혼자 잘 놀잖아. 알아서 놀아."

자꾸 중간에서 말을 가로채는 상윤 때문에 할 말을 못 한 희현은 상윤을 째려보았다.

"건우 대리님! 2차 가실 거죠?"

"어어! 나 데리고 가요! 이 사람들 나 버리고 집에 간대."

웬일인지 건우가 질척이지 않고 곧장 다른 무리에 합류했다. 둘만 남게 되자 희현이 그를 노려보았다.

"나 술 더 마시고 갈 거야."

"집에 가서 마셔."

"넌 2차 가기 싫어?"

"가서 뭐 해."

"소미가 일찍 집에 가니까 2차 가기 싫은가 봐?"

비꼬는 의도가 다분한 말투에 상윤의 인상이 구겨졌다.

"갑자기 양소미 씨 얘기가 왜 나와?"

"임 대리님!"

그때 사람들 틈에서 주위를 두리번거리던 동현이 두 사람을 발견하고 뛰어왔다.

"2차 안 가세요?"

"저······."

"저희는 많이 마셔서 집에 가려고요."

또! 또!

상윤이 또다시 질문을 가로채 대답했다. 그의 대답을 들은 동현은 아쉬움이 역력한 얼굴로 뒷머리를 긁적였다.

"아까 얘기 많이 못 해서 아쉬운데…… . 2차는 노래방으로 가는 거라 술 많이 안 마실 거예요. 같이 가요."

"노래방이 얘기 나눌 만한 장소는 아닌데."

상윤의 지적에 동현이 머쓱한 미소를 지었다.

"차 대리 말이 맞긴 하지만…… ."

되레 민망해진 희현은 몰래 상윤의 옷을 잡아끌며 말했다.

"과장님, 오늘 말고 다음에 박민주 대리랑 셋이 저녁 한번 먹어요."

"왜 셋만? 나는?"

사사건건 대화에 끼는 상윤 때문에 한계에 다다른 희현이 이를 악물었다.

"차상윤 대리님, 집에 안 가세요?"

"너 아직 내 질문에 대답 안 했어."

정중한 대리님이라는 호칭을 무색하게 만드는 상윤의 반말에 동현의 눈빛이 달라졌다. 희현이 당황해하자 동현은 애써 미소를 지었다.

"그래요, 그럼. 다음에 저녁 먹어요."

"네."

동현은 살짝 고개를 숙여 인사하고 돌아서서 동료들에게로 걸어갔다.

2차를 가는 사람들에게서 완벽히 멀어진 것을 확인한 희현은 가까이 따라붙어 걷는 상윤을 올려다보았다.

"취했어?"

"아니."

"아까 너 손 과장님께 무례했어."

"알아."

순순한 그의 인정에 희현이 미간을 좁히며 걸음을 멈췄다.

"내가 잘되는 게 싫은 거야?"

"……잘된다고?"

상윤은 어이없는 표정으로 희현을 바라보았다.

"손 과장님이 나한테 좋은 감정으로 대하는 거 너도 눈치챘을 거잖아. 그런데 왜 손 과장님이 나한테 말도 못 걸게 방해하는 건데?"

사실 진짜 하고 싶은 말은 이게 아니었다.

"너는 소미한테 가서 웃고 떠들고 할 거 다 하면서. 나는 안돼?"

"너 아까부터 자꾸 무슨 소릴……."

"경고야, 차상윤."

삐딱하게 짝다리를 짚고 있던 희현은 곧게 서서 상윤을 똑바로 바라보았다.

"사람 헷갈리게 하지 마."

술은 사람을 용감하게 만든다. 희현은 텅 빈 마음 한편에 놔두었던 양동이를 엎어 버렸다. 11년 동안 착실히 모아 둔 물을 엎지르다 못해 그 물 위에 맨발을 내디뎠다.

"네 행동 때문에 헷갈려서 옛날처럼 쇼하기 싫어."

"……."

"나 이번에 또 상처받으면 그땐 너랑…… 진짜 친구 못 해."

자신도 모르는 사이에 더 멀리 걸어가 버리기 전에, 혹시나 하는 마음으로 흔들렸던 제 마음을 솔직히 고백해 버렸다. 이따 침대에 누워서는 이불을 찰지도 모르지만 지금 당장은 속이 후련했다.

"협박이야?"

"경고했잖아."

"경고라고 하기엔 너무 무서운데."

무섭다는 사람 표정이 저렇게 평온할 수 있을까. 상윤은 그저 빤히 자신을 바라보기만 했다. 집요한 눈빛을 피하려 희현이 뒤돌아설 때였다.

"임희현."

상윤의 진지한 부름에 희현의 몸이 빳빳하게 굳었다. 녀석이 다음에 무슨 말을 할지 예상할 수 없어서 저절로 몸이 긴장해 버렸다.

"……내가 좋아하는 사람이 너일 거라는 생각은 안 해 봤어?"

상윤의 기습 질문에 희현이 천천히 뒤돌아섰다. 무표정한 저 얼굴은 도저히 무슨 생각을 하는지 가늠할 수 없었다.

"떠보는 거야?"

"궁금해서 물어보는 거야."

망할! 이 데자뷰!

'좋아하면 꼭 사귀어야 해?'

'진짜 궁금해서 물어보는 거야.'

옛날 기억이 떠오른 희현은 상윤에게 다가가 주먹을 쥐고 팔뚝을 있는 힘껏 세게 때렸다.

"너 나한테 앞으로 궁금하다는 소리 하지 마!"

"이번에도 내가 놀리는 것 같아?"

한 대 더 때리려던 희현의 눈이 휘둥그레졌다. 자신만 기억하는 줄 알았던 그날의 대화들을 상윤도 똑같이 기억하고 있었다.

"너……."

그런데 하필 심장이 두근거리는 반응까지 똑같았다. 11년 전이나 지금이나 달라진 게 하나도 없다. 사람이 이렇게 한결같을 수가 있나.

그런데 모든 것이 똑같아서 더 불안했다.

"나 좋아해?"

그럼에도 불구하고 희현은 그날의 질문을 똑같이 되물었다. 하지만 상윤은 쉽게 입을 열지 않았다.

"아니면 너 갖긴 싫은데 남 주긴 아까워?"

"……뭐?"

"이게 갖고 노는 거 아니면 뭔데?"

그녀의 질문에 상윤이 표정을 굳혔다.

"너 무슨 말을 그렇게 해?"

"네가 날 이렇게 만들었잖아!"

11년을 참았던 희현이 울먹이며 소리쳤다.

"나는 다른 남자한테 관심받지도 못하게 하고, 그래서 나 좋아하냐고 물어보니까 너 지금 대답 못 하잖아! 지금 이 상황을 누가 만들었는데!"

매사 모든 일을 확실하게 처리하는 차상윤이 자신에게만큼은 감정의 확신을 주지 않는 게 싫었다. 차라리 상처받을 말이라도 솔직한 그의 마음을 알고 싶었다.

"……내가."

상윤이 답답한 목소리를 냈다.

"이런 길바닥에서, 이렇게 성의 없이 말하려고 11년을 버틴 건 아니지만……."

그는 마른 얼굴을 쓸어내리더니 고개를 들었다.

"내가 살면서 가장 관심 있게 지켜보고, 재밌어하는 게 하나 있어. 그게 뭔지 알아?"

"……."

"바로 너야."

희현은 상윤의 사연 많은 인생에서 유일하게 즐거움을 주는 사람이었다. 그래서 관심을 가지고 지켜보게 되고, 항상 즐겨 찾게 되는 존재였다.

"좋아한다, 임희현. 그때도, 지금도, 여전히 너만."

"……."

"앞으로도 변함없을 거고."

아마 이어진 말이 없었더라면, 상윤의 두 번째 고백도 멋대가리 없는 고백으로 기억에 남겼을 것이다. 그런데 이번에는 과거, 현재, 미래까지. 모두 확신에 찬 대답을 해 주었다.

"……진작 이렇게 말해 주면 좋잖아."

마음고생했던 시간을 생각하면 조금 튕겨도 될 것 같은데, 자꾸 눈치 없는 웃음이 터져 나오려고 했다. 입술을 꾹 다문 채 표정 관리하는 희현을 본 상윤은 한숨을 쉬었다.

"그런데 아무리 그래도 그렇지, 어떻게 내가 널 갖고 논다는 말을 해?"

"아니…… 나는 네가 소미 좋아하는데……."

"뭐? 누가 누굴 좋아해?"

그의 표정이 아까보다 더 심상치 않게 굳어졌다. 희현은 빠르게 근거를 댔다.

"네가 오늘 회식 내내 소미 주변에서 알짱거렸잖아!"

"내내 양소미 씨 옆에 있었던 게 누군데?"

동현이 자리에 왔을 때 타이밍 맞춰서 다가와 거리를 두게 만든 것도, 태경을 불러내서 은근슬쩍 자리에서 쫓아낸 것도, 굳이 의자를 끌고 와서 같이 술을 마신 것도.

상윤의 모든 행동반경 중심에 자신이 있었다는 걸 이제야 깨달은 희현은 민망한 나머지 되레 큰소리를 쳤다.

"말을 해 줘야 알지!"

"내가 말 안 해도 눈치챈 사람만 네 주변에 벌써 셋이야."

"셋?"

"박민주 대리, 박건우 대리."

잠시 말을 멈춘 상윤은 왔던 길을 돌아보았다.

"손 과장님까지."

"손 과장님도?"

"그만한 눈치가 없으면 영업 관두셔야지."

앞서가는 상윤을 가자미눈으로 흘기던 그녀가 쫄래쫄래 쫓아갔다.

"나는 둔한 거 뻔히 알면서."

"해가 갈수록 더 심해지는 것 같아."

상윤은 흘긴 눈을 풀 시간을 주지 않았다. 굳이 콕 집어내는 것이 얄미워서 걸음을 멈추자 그가 피식 웃으며 손을 잡아 주었다.

"나는 네가 너 스스로에 대해서 조금 더 알아 가길 바랐어."

그는 손에 깍지를 단단히 꼈다.

"네 성향이 뭔지, 네가 정확히 뭘 좋아하고 싫어하는지, 어떤 남자를 만나서 어떤 연애를 하고 싶은지. 그런 것들을 다 최근에야 조금씩 알기 시작했잖아."

"그래서, 내가 다 알게 되면 그다음은?"

"네가 나한테 고백했겠지. 아무리 봐도 너 같은 남자는 없는 것 같다고."

"참나……!"

오늘 참 여러 번 걸음 멈추게 한다. 거만함이 뚝뚝 묻어나는 결론에 희현이 황당한 표정을 짓자 상윤은 깍지를 풀고 손으로 코를 잡아 흔들었다.

"그러니까 다른 남자가 들이대도 좋아하지 말라고. 너한테는 나밖에 없으니까."

"아파아!"

울상인 희현을 웃으며 바라보던 상윤이 다시 앞서 걸었다. 희현은 뜨거워진 코를 매만지며 그의 뒷모습을 바라보았다.

"……그래서 사귀자는 거야, 말자는 거야?"

분명 확신에 찬 대답도 듣고 얼떨결에 손까지 잡았는데, 정작 가장 듣고 싶었던 사귀자는 고백은 쏙 빠져 있었다. 성격대로 그럼 우리 이제 사귀는 거냐고 상윤에게 물어볼 수도 있었지만, 좋아하냐는 질문도 먼저 한 마당에 사귀는 거냐는 질문까지 엎드려 절 받기 식으로 먼저 해서 대답을 듣고 싶지 않았다.

그때 상윤이 오른팔을 뒤로 뻗어 손을 내밀었다.

"웃겨."

그 모습에 콧방귀를 뀐 희현은 청개구리처럼 그의 왼쪽으로 다가가 나란히 걸었다.

사귀자는 고백이 있기 전까지, 스킨십은 절대 금지였다.

엘리베이터에 탄 희현은 숫자 올라가는 계기판에 시선을 고정했다. 탁 트인 거리에서 같이 걸을 때는 몰랐는데, 막상 좁은 공간에 둘만 남게 되니 어색한 공기가 맴돌았다.

"배고프다."

상윤의 혼잣말에 희현이 고개를 내렸다.

"고기 많이 안 먹었어?"

"먹을 틈이 없었지. 누가 한시도 눈을 뗄 수 없게 만들어서."

그러더니 상윤은 긴 팔을 뻗어 눌렀던 5층을 지우고 7층을 눌렀다.

"라면 먹고 가."

물음도 아니고 단정 지은 대답이었다. 대놓고 꼬시는 멘트를 날리는 상윤을 보며 희현이 옆으로 한발 물러서자 그가 픽 웃었다.

"집에 가서 컵라면 먹지 말고 우리 집에서 먹고 가라고. 나도 배고프니까."

아무리 배부르게 먹고 왔어도 이상하게 술을 마신 날엔 허한 기분에 꼭 먹을 것을 찾는 버릇이 있었다. 그럴 때 만만한 게 컵라면이었고, 상윤은 그 희한한 버릇을 정확히 알고 있었다.

7층에 엘리베이터가 서자 상윤이 먼저 내렸다.

"안 내려?"

"어, 어."

라면만 먹고 집에 가면 아무런 문제 없다고 스스로를 합리화시킨 희현은 그를 따라 7층으로 올라왔다. 비밀번호를 누르고 문을 연 상윤이 옆으로 비켜서며 그녀에게 고개를 까딱였다.

희현은 마치 처음 만나는 사람 집에 들어온 것처럼 조심스럽게 안으로 들어갔다. 이 집은 벌써 수백, 아니 수천 번도 드나들어서 제2의 집이라고 해도 과언이 아니다. 그런데 오늘처럼 낯선 적은 처음이었다.

"오랜만에 짜장 라면 끓일까? 반숙 넣어서?"

"으응. 너 먹고 싶은 걸로 끓여."

소매를 걷어붙이고 싱크대 앞에서 라면을 뜯던 상윤은 멀뚱히 선 희현을 바라보았다.

"거기 서서 뭐 해?"

"내가 뭐 좀 도울까?"

"새삼스럽게. 그냥 앉아 있어."

하긴. 평소 같으면 뭔가를 시키기 전에 냉큼 소파에 앉아 TV부터 켰을 것이다.

희현은 허리를 꼿꼿이 세운 불편한 자세로 소파에 앉아 TV를 켰다. 적절한 소음이 나니 그나마 살 것 같았다.

리모컨으로 채널을 돌리던 그녀는 상윤을 힐끗 쳐다보았다. 그는 집중한 얼굴로 라면을 끓이고 있었다.

어떻게 저 외모를 가지고도 한 번도 여자 친구를 사귀지 않았을까.

볼 때마다 느끼지만 참 묘하게 생긴 얼굴이었다. 전형적인 잘

생긴 얼굴이 아님에도 자꾸 보게 되는 힘이 있다고나 할까. 지금처럼 집중하거나 표정이 없으면 날것의 거친 눈빛이 나오는데, 웃는 얼굴이 나오면 또 말도 안 되게 다정해 보였다.

저런 남자가 나를 11년이나 좋아했다니.

조금 전에 보여 주던 상윤의 표정과 말투, 호흡들을 떠올린 희현은 묘한 쾌감을 느꼈다.

"임희현!"

"어?"

그때 상윤이 뒤집개를 보여 주며 흔들었다.

"계란 프라이 반숙 좀 해 줘."

상윤의 부탁에 희현은 표정을 가다듬고 자리에서 일어났다. 팬 위에 손을 올려 전문가처럼 예열한 희현은 능숙하게 반숙을 만들어서 짜장 라면 위에 보기 좋게 올렸다.

"완성!"

"냉장고에 김치 있을 거야."

상윤의 말대로 냉장고를 열어 보니 익숙한 반찬 통이 가득이었다. 한 번에 김치를 찾아낸 희현은 먼저 자리에 앉았다.

"잘 먹겠습니다."

참기름과 고춧가루가 솔솔 들어간 짜장 라면은 먹음직 그 자체였다. 젓가락을 든 희현이 망설임 없이 계란 프라이를 반으로 가르며 노른자를 터뜨렸다.

"계란 프라이가 한 수였네."

"으음."

상윤의 칭찬에 기분이 좋아진 희현은 두 발을 흔들며 본격적으로 라면을 먹기 시작했다. 라면 먹자고 안 했으면 어쩔 뻔했나 싶게끔 맛있게 먹는 그녀를 지그시 바라보던 상윤이 물었다.

"밥 비벼 줄까?"

희현은 면을 우물거리며 고개를 저었다.

"안 모자라?"

"응. 배불러."

두 개 중에 대략 한 개 반은 자신이 다 먹은 듯했다.

"넌?"

"나도 배불러."

"내가 다 먹은 것 같은데?"

"너 배부르면 됐어."

처음부터 상윤은 라면을 먹고 잘 생각이 없었다. 조금 더 같이 있을 수 있는 명분이 필요했을 뿐이다.

"집에 가서 조금이라도 소화시키고 자. 알았어?"

"배부를 때 누워서 잠드는 기분이 얼마나 좋은데."

젓가락을 내려놓고 자리에서 일어나려는데 자리에 있어야 할 슬리퍼가 없었다. 슬리퍼를 찾으려고 바닥을 더듬거리던 그녀가 행동을 뚝 멈췄다.

엉거주춤한 자세로 발을 쭉 뻗었는데 하필이면 상윤의 발등을 스치고 지나갔다. 실수로 그의 발등을 쓸어내린 희현의 얼굴이 발개졌다.

"……너 뭐 하는 거야?"

"아니, 이 슬리퍼가 발이 달렸나…….."

큰 소리로 혼잣말을 내뱉은 희현은 고개를 숙이고 식탁 아래를 바라보았다. 슬리퍼는 엉뚱하게도 상윤 쪽이 아니라 그녀 자리의 왼쪽 맨 구석에 가 있었다.

되는 일이 없어도 어쩜……. 그의 손을 잡는 것도 거부하면서 비싼 척 굴었는데 발등을 쓸어내리다니. 희현은 상윤의 발을 쳐다보며 두 눈을 질끈 감았다. 이대로 식탁 아래로 꺼져서 5층으로 내려가고 싶었다.

"피 쏠리면 얼굴 더 빨개진다."

드르륵 의자 소리를 내며 먼저 일어난 상윤의 말투에는 웃음이 서려 있었다. 뒤늦게 고개를 든 희현은 남은 앞접시를 들고 싱크대로 갔다.

"설거지 내가 할게."

"아침에 치울 거야. 이제 내려가."

"에헤이. 먹은 건 그때그때 치워야지."

희현이 나무라며 수세미를 집으려고 하자 상윤이 가까이 다가왔다.

"설거지하다가 손 닿으면 집에 안 보낼 수도 있는데."

그의 속삭임에 귀가 간질거리면서 얼굴이 후끈 달아올랐다. 희현은 쿵쿵 뛰는 가슴을 진정시키려고 일부러 큰 소리를 냈다.

"너, 너 아주, 나 놀리는 게 재밌지?"

"말했잖아. 내 인생에서 가장 재밌는 게 너라고."

상윤은 희현의 어깨를 붙들고 그대로 신발장 앞까지 마중했다.

"그러니까 더 놀리게 하지 말고 가."

그의 눈물겨운 배려로 희현은 결국 쫓겨나다시피 상윤의 집에서 나와야 했다.

"미쳤어, 차상윤……."

희현은 계단에서 굳게 닫힌 상윤의 집을 바라보며 중얼거렸다.

집에 안 보낸다는 말을 저렇게 아무렇지 않게 하다니. 연애도 한 번 안 해 본 녀석이 저런 능글스러운 말은 어디서 배워 가지고.

"나라도 정신 바짝 차려야지."

그렇지만 말과는 다르게 미소가 좀처럼 가라앉질 않았다.

입꼬리를 씰룩거리며 집으로 돌아온 희현이 조심히 신발을 벗었다.

"이제 오냐?"

"아, 깜짝이야!"

불 꺼진 거실 소파에 누워 있던 부친의 기척에 희현이 소스라 치게 놀랐다.

"아빠. 불 꺼 놓고 뭐 해?"

"아무리 내일이 주말이어도 그렇지. 무슨 회식을 이렇게 늦게 까지 해?"

잠긴 목소리로 보아 부친은 자신이 집에 오기까지 기다리다 가 깜빡 잠이 든 것 같았다.

"회식은 일찍 끝났고, 차쌍이랑 라면 먹고 왔어."

"어디서?"

"어디긴, 7층이지."

"뭐?"

몽롱했던 동일의 목소리가 돌연 또렷해졌다.

"너 지금 상윤이랑 7층에서 라면을 먹었다는 거야?"

"아빠, 엄마 깨겠어."

"단둘이 먹었어?"

"응."

당연한 듯이 대답하는 딸의 무방비함에 동일은 소파를 툭툭 쳤다.

"너 앉아 봐."

희현은 어리둥절한 얼굴로 소파에 앉았다.

"지금 시간이 몇 시인데 남의 집에서 라면을 먹어?"

"차쌍이 왜 남이야?"

"그럼! 걔는 차 씨고 너는 임 씨인데 당연히 남이지!"

"임 씨가 아니라서 남인 거면 이성미 여사님도 우리랑 남인 가?"

"어떻게 비교를 또 거기다가……."

박박 우기려던 동일은 성미의 이야기가 나오자 이마를 긁적 이며 말했다.

"아무리 너희 둘이 오래된 친구라도 남녀 사이잖아. 그러니까 조심하라는 뜻이야."

"언제는 아빠 다음으로 상윤이만 믿으라며?"

"됐고, 이제 아빠 빼고 아무도 믿지 마."

"나 시집도 가지 말까?"

"어. 그냥 아빠랑 엄마 옆에 붙어살자."

동일의 억지에 피식 웃던 희현은 베란다에 잔뜩 놓여 있는 상 자들을 가리켰다.

"그런데 저건 다 뭐야?"

"여름 오기 전에 네 엄마가 옷장 정리했나 봐. 내일 기부 단체 에 기부할 거래."

모친과 사이즈가 비슷해서 자주 옷을 공유하는 희현은 혹시 나 건질 것이 있나 싶어 베란다 불을 켰다.

매의 눈으로 상자를 열어 보던 희현은 가장자리에 있던 상자 맨 위에 있는 원피스 하나에서 시선을 떼지 못했다.

　용훈과 사귈 당시에 그가 사 줬던 비싼 원피스였다. 헤어지고 나서는 쳐다보고 싶지도 않아서 버리려고 했는데 멀쩡한 옷이 아깝다며 모친이 입을 거라고 가져가더니 결국 상자행이 돼 버렸다.

　희현은 펼쳤던 상자에 다시 테이프를 꽁꽁 붙였다. 그런데 그 순간, 용훈에게 선물을 받고 좋아서 어쩔 줄 몰라 했던 제 모습과 몇 시간 전에 좋아한다는 상윤의 말을 듣고 심장이 두근거렸던 제 모습이 겹쳐 떠올랐다.

　차상윤과 사귀게 될 수도 있지만, 헤어질 수도 있다. 사귀면 죽고 못 살 것 같은 사이가 되지만, 헤어지면 남보다도 못한 사이가 된다.

　양날의 검을 뒤늦게 깨달은 희현은 심각한 표정으로 동일의 옆에 앉았다.

　"아빠."

　"응?"

　"우리가……."

　아니, 내가…….

　"상윤이를 안 보고 사는 날도 올까?"

　의미를 알 수 없는 딸의 질문에 동일이 몸을 틀었다.

　"너 7층 가서 무슨 일 있었어?"

　"그런 거 아니고!"

　팔을 붙잡지 않았더라면 부친은 당장 7층으로 올라갈 기세였다.

"아빠 말대로 상윤이랑 우리가 가족은 아니잖아. 무슨 일이 있었던 건 아니지만 살다 보면…… 각자 사정이 생겨서 안 보고 살 수도 있는 거고……. 아니, 그럴 일은 없어야겠지만 근데 그럴 수도 있는 거니까……."

동일은 횡설수설하는 딸을 진지한 눈빛으로 바라보았다.

"상윤이 안 보면 못 살 것 같아서?"

"그런 건 아닌데……."

대답을 하고도 문득 서글퍼졌다. 안 보고도 살 수는 있다는 현실적인 자신의 대답에.

"지금은 이렇게 가깝게 지내도 언젠가는 멀어질 수도 있는 거고……. 아빠도 친하게 지내던 동균 아저씨랑 지금은 연락 잘 안 하잖아."

"각자 사는 게 바쁘니까."

"그니까……."

희현의 목소리는 어느 순간 깊게 가라앉아 있었다. 침울해진 딸을 바라보던 동일은 잠시 생각하다 답을 했다.

"희현아."

"응?"

"사람은 언젠가 다 죽잖아. 그런데 왜 다들 악착같이 열심히 사는 걸까? 결국 다 죽을 텐데."

심오하고 염세적인 동일의 질문에 희현이 미간을 좁혔다.

"아빠도 문과였어?"

희현의 대답에 동일이 웃었다.

"언젠가 죽을 걸 알지만, 한번 태어난 인생 후회 없이 살다 가려고 최선을 다하면서 사는 거야. 대부분이 그래."

죽지 못해 산다는 말도 있지만, 죽는 방법을 아는데도 우리는 살아가는 길을 택했으니까 사는 것이다.

"일어나지도 않은 일을 상상까지 해 가면서 두려워하지 마. 그저 너한테 주어진 상황에 네 맘 가는 대로 선택해서 최선을 다해 살아. 그럼 되는 거야."

늘 투덜거리고 장난기 많은 사람이지만, 누구보다 책임감이 강하고 가족을 사랑하는 부친은 진짜 어른이었다. 그것이 희현이 동일을 존경하는 이유기도 했다.

"사랑해, 아빠."

딸의 갑작스러운 포옹에 동일이 미간을 좁혔다.

"어우, 고기 냄새 술 냄새."

"우리 1분만이라도 좀 훈훈하면 안 돼?"

딸의 부탁에 동일은 웃으며 다정히 등을 다독여 주었다.

"이제 방에 들어가서 주무세요."

"그래."

희현은 자리에서 일어나 제 방으로 들어갔다.

"저것도 조만간 아무 소용 없게 생겼네."

굳게 닫힌 희현의 방문을 바라보는 동일의 얼굴에 쓸쓸함이 드리웠다 사라졌다.

7.

"하아······ 으, 흐으으······."

식곤증을 물리치기 위해 자리에서 발버둥 치던 희현은 최후 수단으로 지압 슬리퍼를 선택했다. 엉거주춤 우스운 걸음걸이로 복도를 걷는 일은 퍽 민망하지만, 잠을 깨는 데 이만한 방법도 없었다.

"아흐으······."

"······임 대리님?"

고요한 복도에서 야릇한 신음을 내며 걷던 희현이 뒤를 돌아보았다.

"억, 손 과장님!"

절뚝거리는 희현을 본 동현이 놀란 얼굴로 그녀에게 달려왔다.

"어디 다치신 거예요?"

"다친 건 아닌데······."

방금까지 제 입에서 흘러나오던 민망한 소리를 들었을 게 분명했다. 희현은 발개진 얼굴로 시선을 아래로 떨어뜨렸다.

그제야 지압 슬리퍼를 본 동현은 허탈한 웃음을 터뜨렸다.

"전 어디 다치신 줄 알고 깜짝 놀랐어요."

"이게 잠 깨는 데는 직방이거든요."

"그래요? 그럼 저도 하나 사서 신어 봐야겠네요."

"강력 추천이요. 원하시면 최저가 사이트 알려 드릴 수 있어요."

"그럼 제가 답례로 커피 한 잔 사고 싶은데."

동현은 복도 끝에 있는 자판기 앞 간이 의자를 가리켰다.

"그럴까요?"

희현은 슬리퍼를 질질 끌며 걸어가 간신히 의자에 앉았다.

"나중에 발바닥에 멍드는 거 아니에요?"

"멍들지는 않는데, 멍든 것처럼 아프긴 하네요."

"음······ 슬리퍼 사는 거 다시 생각해 봐야 할 것 같아요."

"그래도 저 커피는 사 주세요. 여기까지 걸어왔으니까."

희현의 넉살에 동현은 환하게 웃으며 고개를 끄덕거렸다.

"그날은 잘 들어가셨어요?"

"네. 과장님도 노래방 재밌으셨어요?"

"아니요. 저는 잠깐 자리 지키다가 집에 갔어요."

"아아."

말이 끊기고 어색한 침묵의 시간이 다가왔다. 그렇다고 계속 판매원처럼 지압 슬리퍼 얘기만 할 수는 없는 노릇이었다.

"임 대리님."

"네?"

"그때 저녁 먹기로 한 거요. 시간 언제 괜찮으세요?"

희현은 괜스레 턱을 매만졌다.

"과장님은요?"

"전 아무 때나 다 괜찮아요. 대리님 편한 시간으로 정하세요."

"그럼 민주 대리랑 상윤 대리한테 한번 물어볼게요."

"둘이 먹는 건 불편해요?"

"저랑 과장님…… 둘만이요?"

"박 대리는 안 나온다고 할 것 같고, 차 대리랑은…… 꼭 그날 같이 먹어야 하는 건 아니니까."

동현의 솔직한 대답에 희현은 애꿎은 종이컵만 잘근잘근 씹었다.

"저, 손 과장님."

"네?"

결국 그녀는 어렵게 입을 열었다.

"제가 진짜 설레발치는 걸 수도 있는데요. 아무래도 확실히 해 두는 게 좋을 것 같아서요."

동현은 들을 준비가 되어 있다는 얼굴로 고개를 끄덕이기만 했다.

"과장님이 저를 좋은 직장 동료로 생각해서 친하게 지내고 싶으신 거면 저도 너무 좋아요, 감사하고요. 그런데 박민주 대리한테 굳이 음료수까지 주면서 제 얘기를 하신 게, 꼭 동료로서만은 아닌 것 같거든요."

아무리 다른 팀이더라도 저보다 직급이 높은 상사에게 이런 말을 대놓고 하는 것이 썩 편하지는 않았다. 그런데 불편한 희현의 얼굴과 다르게 동현은 그저 웃는 얼굴로 흔들 인형처럼 또다시 고개만 끄덕였다.

"그런데 저는, 음……. 사실 과장님을 그런 쪽으로 한 번도 생각해 본 적이 없거든요."

"저 지금 까이고 있는 거죠?"

"까이다뇨! 왜 또 그렇게까지 말씀을……."

미안한 마음에 부정하긴 했지만 영 틀린 말도 아니었다. 희현은 잠시 고민하다 말했다.

"저는 이미 좋아하는 사람이 있어서요. 죄송해요, 과장님."

희현은 고개를 꾸벅 숙였다. 설득조차 해 보기 힘든 그녀의 정중함에 동현은 아쉽기만 했다.

"차 대리의 일방적인 짝사랑인 줄 알았는데 그게 아닌가 봐요."

"네…… 네?"

숨기지 못하는 희현의 말투에 동현이 피식 웃었다.

"저의 슬픈 예감은 틀리지 않았네요."

"아…….."

동현은 영업을 관두지 않아도 될 눈치를 가지고 있었다.

"그날 나 때문에 두 사람이 서로 마음을 확인한 것만 아니었으면 좋겠는데."

정곡을 찌르는 말에 희현의 어깨는 더욱 쪼그라들었다.

"사실 차 대리랑 저, 오래 알고 지낸 친구예요."

이왕 이렇게 된 것, 희현은 솔직하게 털어놓기로 했다.

"친구요?"

"네. 13년 지기요."

한결같던 그의 표정이 조금 바뀌었다.

"그런 소문은 못 들었는데."

"서로 비밀로 하고 있거든요."

"왜요?"

"알려져 봤자 딱히 좋을 게 없잖아요. 여기저기 말만 많아지고."

동현은 이해한다는 듯 고개를 끄덕였다.

"그런데 저한테는 왜 알려 주는 거예요?"

"손 과장님은 입 무거우시잖아요."

"믿어 주는 건 고마운데, 왠지 씁쓸하네요."

희현은 어색하게 종이컵을 매만졌다. 이럴 때는 상대에게 어떤 말을 해도 위로가 안 될 것이다.

"궁금한 게 있는데, 물어봐도 될까요?"

"그럼요."

그 순간이 비참할지언정, 후회는 남기지 않는 게 동현의 신조였다.

"그날 내가 우겨서 임 대리랑 같이 노래방에 갔으면, 상황이 조금은 달라졌을까요?"

"아니요."

희현은 단호하게 대답했다. 그날 노래방에 갔더라도, 상윤에 대한 마음을 자각한 이상 동현에게 흔들리는 일은 결코 없었을 것이다.

"그 대답에는 위안이 되네요. 솔직하게 말해 줘서 고마워요."

"아닙니다."

아마 20대였다면 포기를 모르고 열 번, 아니 스무 번이라도 찍어 보려고 했을 것이다. 하지만 고단한 현실에 치여 사는 동현은 굳이 다른 사람을 좋아한다는 여자에게 얼마 없는 기운을 쏟고 싶지 않았다. 인연이 아니었다고 생각하는 수밖에.

"그래도 언제 한번 저녁은 먹어요. 박 대리랑 차 대리도 다 같이."

"네."

다시 본인의 표정을 찾은 동현을 본 희현도 그제야 비로소 환하게 웃을 수 있었다.

✥ ✖ ✥

"선배! 선배!"

"응?"

"이따 10시에 코리아에어 특가 열리는 거 알죠?"

"특가?"

소미는 사무실 사람 중에 누가 들을세라 희현의 옆에 가까이 다가와 속삭였다.

"이거 대박이에요. 무조건 도전해야 해요! 클릭만 잘하면 홍콩을 10만 원에 갈 수도 있다니까요?"

"진짜?"

출근하자마자 고급 정보를 공유해 준 소미가 고개를 끄덕이며 유유히 자리로 돌아갔다.

궁금한 마음에 인터넷을 켜 보았더니 소미의 속삭임이 무색하게 포털사이트 실시간 검색어 1위는 '코리아에어 특가'였다.

국내선부터 국제선까지 다양한 선택지가 있었지만, 여름휴가도 아니라서 길게 휴가를 내기엔 아무래도 눈치가 보였다.

"제주도는 해 볼 만한데……."

사실 책상 위의 달력을 보며 날짜를 고민하는 건 아무 의미 없었다. 이런 전쟁 같은 티켓팅은 그저 내 자리를 얻는다면 시간에 나를 맞추는 것이 옳다.

10시가 되자마자 희현은 모니터를 뚫어져라 바라보며 집중하기 시작했다. 고요한 사무실에서는 마우스가 딸깍거리는 소리만 울려 퍼졌다.

"헐……!"

기계처럼 검지를 움직이던 희현이 왼손으로 입을 틀어막았다. 아무 날이라도 되길 바라며 눌렀을 뿐인데 결제 창으로 넘어간 것이다.

[선배! 됐어요? 진짜?]

희현의 외마디 소리를 들은 소미가 메신저에 불을 질렀다. 희현은 사이트가 멈추기 전에 재빨리 결제를 마쳤다.

[어디 가는 거 했어요? 얼마예요?]

[제주도. 왕복 5만 원.]

[대에박! 어떻게 하신 거예요?]

[그냥 미친 듯이 눌렀는데 됐어.]

희현은 잔뜩 상기된 얼굴로 키보드를 두드렸다. 평생 이런 운이라고는 지지리도 없었는데 이제야 앞길이 좀 트이려나 싶었다.

[진짜 부럽다. ㅠㅠ 며칠 가요?]

희현은 그제야 날짜를 확인했다.

[목, 금, 토 2박 3일.]

[토요일 꼈는데 5만 원이면 완전히 거저인 거잖아요! 누구랑 가시려고요?]

소미의 질문에 말문이 턱 막혔다. 예매해야 한다는 마음만 앞섰지, 정작 누구와 갈 것인지조차 정하지 않고 한 장만 예매해 버린 것이다.

"망했네……."

누구랑 가든 이왕이면 두 장을 예매했어야 했는데 성공했다는 사실에 눈이 멀어 매수도 미처 확인하지 못했다.

"어쩐지 잘 풀린다 했다."

희현은 한숨을 푹 내쉬며 코리아에어 홈페이지를 꺼 버렸다.

"혼자 여행 가는 게 어때서요?"

희현의 고민을 알게 된 소미가 대수롭지 않게 말했다.

"전 이번에 티켓 구하면 홍콩 혼자 가려고 한 건데."

"혼자 홍콩을 가려고 했다고?"

"네!"

"혼자 여행 가면 재미없지 않아?"

"에이, 혼자 가는 여행이 얼마나 편하고 재밌는데요. 같이 가는 사람 눈치 안 보고 내 맘대로 일정도 짤 수 있고, 여행 가서 새로운 사람들 만나서 자유롭게 놀고. 처음이 어렵지, 선배도 한 번 혼자 갔다 오면 다른 사람이랑 여행 가는 게 더 불편해질걸요?"

소미의 호언장담이 못 미더운 희현이 고개를 돌렸다.

"박 대리님도 혼자 여행 가 본 적 있어요?"

"일본이나 제주도는 종종 혼자 가요."

"진짜요?"

"거봐요! 선배 빼고 다 혼자 다닌다니까요?"

민주까지 등에 업은 소미의 기세가 등등해졌다.

"흐음⋯⋯."

혼자 여행을 간다는 것은 매년 새해마다 다짐하는 막연한 목표였지, 꼭 해 보고야 말겠다는 구체적인 의지 같은 게 아니었다.

그런데 막상 상황이 닥치자 두려움보다 묘한 호기심이 앞섰다.

지금이 아니면 언제 혼자서 5만 원에 제주도를 가 볼까 싶기도 했고, 국내라서 상대적으로 덜 위험한 데다가 민주나 소미도 제주도를 혼자 여행해 봤다고 하니 나 또한 할 수 있을 것 같다는 근거 없는 자신감도 생겨났다.

"제주도는 혼자 가는 사람 많죠? 많지?"

"그럼요. 요즘 제주도 게스트하우스도 얼마나 잘 되어 있는데요."

포털사이트에 '여자 혼자 제주도'라고만 쳐도 후기가 매우 수두룩했고, 심지어 혼자 한 달 제주살이를 하는 사람도 있었다.

"좋았어!"

귀 얇은 희현의 변심에 민주가 걱정스럽게 바라보았다.

"괜찮겠어요?"

"괜찮아요. 가족들이랑 제주도 몇 번 가 봐서 헤매진 않을 거예요."

민주는 상윤의 반응은 생각조차 못 하고 놀러 갈 생각에 그저

신이 난 희현을 안타깝게 바라보며 커피를 호로록 마셨다.

"혼자 어딜 가겠다고?"

"떠나요~ 제주도~ 모든 걸 훌훌 버리고~"

퇴근길 꽉 막힌 도로에 희현과 갇혀 있던 상윤은 눈치 없는 그녀의 노래에 느슨했던 눈매를 바짝 좁혔다.

"소미 말로는 코리아에어를 타고 왕복 5만 원에 제주도를 가는 건 거의 천운이랬어. 근데 나 이걸로 올해 운 다 쓴 거면 어떻게 하지?"

"가지 마."

무방비 상태로 있다가 상윤의 정색을 뒤집어쓴 희현이 고개를 갸웃거렸다.

"왜?"

"겁도 없이 너 혼자 제주도까지 가겠다고? 게다가 2박 3일?"

상윤은 되물으면서도 기가 찼다. 식당 가서 혼자 밥 한번 먹어 본 적 없는 애가 비행기를 타고 제주도 여행이라니. 말도 안 되는 소리였다.

"그러니까 이번에 해 보겠다는 거잖아."

"안 된다고 했다."

"내가 가겠다고 하면 어쩔 건데?"

그녀의 반항에 운전하던 상윤은 어이없는 얼굴로 희현을 힐끗 쳐다보았다.

"뭐?"

"네가 무슨 자격으로 내 여행을 반대해?"

희현은 꽁한 표정으로 중얼거렸다.

"아직 남자 친구도 아니면서."

상윤이 알아차릴 때까지 가만히 내버려 뒀다가는 얼렁뚱땅 사귀는 꼴이 돼 버릴 것 같았다.

"했잖아, 그날. 고백."

"내가 이럴 줄 알았어."

그의 당당한 대답에 희현이 고개를 흔들었다.

"너 나한테 사귀자는 말 한 적 없잖아."

할 말을 잃은 상윤의 표정이 꼬깃꼬깃 구겨지자 희현이 그의 입술을 가리켰다.

"그렇다고 차에서 고백할 생각 하지 마라."

"어차피 받아 주지도 않을 거잖아."

"빙고!"

늘 상윤에게 지고 들어갔던 희현은 뒤바뀐 입장이 마냥 통쾌했다.

"아저씨랑 아줌마는 아셔?"

"당연히 모르지. 근데 걱정하실 테니까 혼자 가는 건 비밀로 할 거야."

"누구 마음대로 비밀이야?"

불길한 그의 미소에 희현이 눈을 흘겼다.

"너 치사하게……!"

"5만 원 좋은 곳에 기부했다 생각해."

"진짜 이럴래?"

마침 신호가 빨간불로 바뀌었다. 상윤은 표정을 싹 바꾸고 희현을 진지하게 쳐다보았다.

"며칠 전에 뉴스 못 봤어? 제주도에서 어떤 여자 행방불명됐다가 시신으로 발견된 거. 요즘 세상이 얼마나 흉흉한데 겁도 없이 혼자 여행을 가겠다고 해?"

"그렇다고 서울이 대단하게 안전한 것도 아니잖아."

"여긴 내가 있잖아."

"……어우."

희현은 닭살 오른 두 팔을 사정없이 문질렀다.

"그럼 네가 나 따라서 제주도 오든가."

"진짜 휴가 낸다."

"넌 왕복 18만 원인데?"

"못 갈 것 같아?"

그때 뒤에서 빵— 하고 클랙슨이 울렸다. 상윤이 차를 출발시키자 희현은 안전벨트를 길게 늘이며 그에게 가까이 다가갔다.

"내 인생 버킷리스트 중 하나가 혼자 여행해 보기였단 말이야."

상윤에게서 아무 말이 없자 희현은 그의 셔츠를 붙잡았다.

"앞으로 내가 언제 또 혼자 여행을 가 보겠어. 응?"

"…….'

"이제 너한테 고백받으면 우리 쭉 같이 다닐 텐데."

희현은 회심의 한마디를 날리고 그의 표정을 유심히 살폈다. 오른쪽 입꼬리가 슬쩍 올라간 걸 확인한 희현은 이때다 싶어 그의 옆구리를 쿡 찔렀다.

"야아."

"나 운전 중이다."

"어차피 버스 타고 다닐 거라서 늦게까지 안 돌아다닐 거야. 나 체력 거지인 거 너도 알잖아. 대신에 일정 짜면 너한테 다 공유할게. 응?"

"……."

"차상유운."

대놓고 애교 섞인 목소리를 내자 상윤이 눈썹을 매만졌다.

"……숙소는."

"게스트하우스에……."

"호텔."

한발 물러서나 싶던 상윤의 태클에 희현은 어금니를 앙다물고 말했다.

"왜에!"

"위험해."

물론 위험한 게스트하우스도 숨어 있겠지만, 제주도에는 안전하고 좋은 게스트하우스도 많았다.

"제주도는 게스트하우스에서 사람 만나는 재미인데……. 너 효리네 민박 못 봤어?"

"효리네 민박이었으면 반대도 안 했어."

그건 카메라맨이라도 옆에 따라다닐 테니까 차라리 안심이었다.

"숙소는 무조건 호텔로 잡아. 일정은 나한테 빠짐없이 공유하고. 부재중 전화 두 통 넘어가면 바로 아저씨한테 말하고 제주도 쫓아간다."

이게 진짜…….

"너 은근 집착 있다."

"대놓고 하는 중인데."

"아까도 말했지만 네가 지금은 이럴 자격이……."

"그럼 남자 친구 말고 일단 네 친구 자격으로 이따 아저씨께 말씀드릴까?"

이렇게 협박할 거면 이르라고 배짱 있게 말하고 싶은데, 그럼 차상윤은 진짜 이르고도 남을 녀석이다. 부친은 진짜 못 가게 캐리어를 빼돌려 막아 낼 사람이고. 한다면 하는 두 남자의 성격을 누구보다 잘 알아서 쉽게 지를 수 없었다.

"호텔에서 잔다! 자! 비행기 값 굳은 거 호텔비로 다 쓰게 생겼네!"

"내 카드 가져가."

희현은 콧방귀를 뀌었다.

"내가 가서 펑펑 쓰고 다니면 어쩌려고?"

"어디서 뭐 하고 다니는지 바로 알아낼 수만 있다면야."

상윤의 대답에 희현이 고개를 저었다.

"네가 고백해도 받아 주는 건 진지하게 생각해 봐야겠어."

물론 농담으로 꺼낸 말이었다. 그런데 눈이 마주친 상윤의 표정이 심상치 않았다.

"그런 말은 장난이라도 하지 마. 불안하니까."

진심에서 우러나온 그의 나직한 대답에 희현은 입술을 꾹 다물 수밖에 없었다.

8.

   강남 레스토랑 리모델링 미팅에 가게 된 상윤은 건우가 운전하는 차 조수석에 앉아 설계도를 한참 들여다보았다.

   "두 배까지 늘리는 건 힘들 것 같은데."

   "그 힘든 걸 해내라고 이사님이 담당자로 널 고르신 거 아니겠어?"

   "그런 내가 널 골랐으니까 이제 우리 임무지."

   상윤은 2팀 내에서도 자신과 가장 업무 스타일이 잘 맞는 건우에게 도움을 요청했다.

   "이럴 때만 우리냐?"

   "술 살게."

   "됐고, 술 말고 다른 걸로 갚아."

   "뭐?"

   건우는 음흉하게 웃었다.

"내가 지금 심심하니까 임희현 대리를 향한 차상윤의 눈물겨운 짝사랑 스토리를 들려주는 건 어때?"

"그만해라."

"그날 보니까 딱 사이즈 나오던데. 넌 임 대리 좋아하고, 임 대리는 그걸 모르고. 손 과장님은 임 대리한테 관심이 있고, 임 대리는 그걸 모르고. 크으."

본인의 추리가 완벽하다고 확신한 건우는 의기양양했다.

"근데 너 임 대리를 언제부터 좋아한 거야? 아니지, 대체 임 대리랑 언제부터 친했던 거야? 너 나 모르게 임 대리랑 둘이 술 마시고 다녔어?"

"아무래도 BAR를 만들어야 자리가 나오겠다."

상윤의 동문서답에 건우가 핸들을 탁 쳤다.

"나 핸들 잡고 있다. 그리고 지금 내가 갑이고, 넌 을이거든?"

사정이야 어떻든, 일을 도와주기로 한 건우의 심기를 건드려야 좋을 게 없었다.

"우리 둘은 고등학교 친구. 내가 좋아해서 회사까지 따라 들어온 거."

도면만 쳐다본 채 대답하던 상윤이 건우에게 시선을 돌렸다.

"소문내면 죽는다."

신선한 충격에 건우의 입이 쩍 벌어졌다.

"차 대리 너…… 보는 거랑 다르게 엄청 순정파구나?"

"평소에는 어때 보이는데?"

"몰라서 물어? 완전 놀게 생겼지. 물론 나는 널 가까이서 지켜봤기 때문에 네가 고지식하다는 걸 알았지만……."

"됐다. 물어본 내 잘못이지."

건우가 쿡쿡 웃었다.

"그래서 고백은? 설마 벌써 한 거야?"

"알아서 뭐 하게."

"늑장 부리지 말고 한 큐에 끝내라고. 손 과장님이 양반처럼 굴어도 은근히 한 방 있는 사람이야. 괜히 우리 회사에서 영업으로 과장까지 갔겠어?"

"걱정 마."

저로서는 고백한 게 맞지만, 사귀자는 말은 듣지 못한 희현의 입장에서는 제대로 된 고백이 아닐 수 있었다. 그래서 조만간 제대로 된 고백을 할 생각이었다.

"저기 맞지?"

"응."

건물 전체를 대형 유리 벽으로 지어 놓은 레스토랑은 외관에서부터 돈을 들인 티가 났다. 건우는 속도를 줄이며 앞 유리 너머로 건물을 훑어보았다.

"공사 길어지면 손해 꽤 나겠는데?"

특히 매장 인테리어는 1분 1초가 돈이나 마찬가지기 때문에 클라이언트 대부분이 공사 시일에 민감하게 굴었다.

"우리 5분 남았어."

첫 미팅부터 시간 약속을 어길 순 없었다. 상윤의 보챔에 건우는 서둘러 주차장으로 들어갔다.

사무실은 레스토랑 건물 5층이었다. 엘리베이터를 타고 올라가자 로비에 앉아 있던 여비서가 자리에서 일어났다.

"어떻게 오셨나요?"

"제이디자인입니다."

175

"아! 이쪽으로 오세요."

여비서는 환한 미소를 지으며 회의실까지 안내해 주었다. 레스토랑 건물에 딸린 작은 사무실일 거라고 생각했는데, 본점이라 그런지 사무실에 상주하는 직원들이 꽤 많았다.

똑똑똑.

노크 소리와 함께 문이 열리자 빔프로젝터 앞에 있던 세 명의 남자가 일제히 고개를 돌렸다.

"제이디자인에서 오셨습니다."

"안녕하세요."

먼저 회의실에 와 있던 두 사람이 환하게 웃으며 자리에서 일어났다.

"저희는 한신건설에서 나왔습니다."

한신건설은 레스토랑의 시공을 맡은 업체였다. 설계와 시공을 각각 다른 곳에서 진행하기 때문에 첫 단계부터 충분한 협의가 이루어져야 했다.

"안녕하세요. 차상윤입니다."

비슷한 또래로 보여서 일하기는 수월할 것 같았다. 상윤과 건우가 차례대로 사람들과 명함을 교환하고 있는 도중에 회의실 문이 또 한 번 벌컥 열렸다.

"다들 오셨네요."

"사장님!"

상윤의 명함을 보고 있던 한 사람이 알은체를 하며 넙죽 고개를 숙였다. 호칭을 들은 나머지 사람도 덩달아 놀라며 허리를 숙였다.

"차 대리."

고개를 슬쩍 든 건우가 뻣뻣하게 서 있는 상윤의 옆구리를 찔렀다. 하지만 사장의 뒤를 따라 들어와 회의실 문을 닫고 있는 남자를 본 상윤은 요지부동이었다.

놀람의 정도가 일정 범위를 넘어서면 아무 행동도 하지 못한다던데. 실제로 경험해 보니 진짜 그랬다.

상윤은 사장의 옆에 서는 용훈을 한참 바라보았다.

"이쪽이 차상윤 대리신가?"

"네."

호준의 물음에 뒤에 선 용훈이 군더더기 없이 대답했다. 당황하지 않는 걸로 보아서 그는 오늘 만남에 대해 미리 알고 있었던 눈치였다.

"정호준입니다. 가든클래식 잘 봤어요."

호준은 상윤을 향해 먼저 손을 내밀었다. 그제야 정신을 차린 상윤도 고개를 숙였다.

"차상윤입니다. 좋게 봐 주셔서 감사합니다."

"원래 미팅은 실무자들끼리만 해야 편한데, 그래도 내가 여러분께 부탁하는 입장이라 한 번은 얼굴을 비춰야 할 것 같아서 왔습니다."

까다롭고 예민하다고 소문난 부사장과 다르게 동생인 호준은 호탕하고 시원시원했다. 그는 건우를 비롯한 세 남자에게 차례로 악수를 청했다.

"그리고 여기는 우리 쪽 실무자."

호준의 소개에 용훈이 고개를 숙였다.

"곽용훈이라고 합니다. 잘 부탁드립니다."

용훈이 준 명함에는 강남점 매니저라고 적혀 있었다. 희현이 용훈과 소원했을 때 개업한 지 얼마 안 된 매장을 관리하느라 매우 바쁘다고 들은 적이 있었는데, 그 매장이 여기일 줄이야.

"우리 쪽에서는 이 친구가 실무자니까 필요한 거 있으면 언제든지 말씀하세요."

"네."

"그럼 바로 내려가서 매장 한번 볼까요?"

성격 급한 호준의 재촉에 용훈이 잽싸게 문으로 걸음을 옮겼다.

그가 선두로 사무실을 나가자 한신건설 관계자들이 차례로 그를 따라나섰다. 끄트머리에 서 있던 상윤이 다가오자 멀어지는 사람들의 눈치를 살피던 용훈이 용기를 냈다.

"차상윤."

용훈의 부름에 상윤을 포함, 귀가 밝은 건우까지 걷다 말고 고개를 돌렸다.

"이렇게 다 보네."

상윤은 용훈이 내민 손을 건성으로 쳐다보더니 고개를 들었다.

"난 악수까지 할 만큼 반갑지 않은데."

무례하다 싶을 만큼 딱딱한 상윤의 말에 용훈은 손을 거두며 피식 웃었다.

"성격 여전하구나."

자신을 잘 아는 듯 구는 용훈의 말에 대꾸하고 싶지 않았다. 상윤이 무시하고 지나치자 복도에 서서 기다리고 있던 건우가 그를 따라가며 물었다.

"아는 사이야?"

"나 부탁 하나만 할게."

"어?"

"우리 이 건 최대한 빨리 털자."

눈치 빠른 사람은 캐물어서 들을 수 있는 이야기와 들을 수 없는 이야기를 구별할 줄 안다. 건우는 뒤를 힐끔 돌아보더니 기지개를 쭉 켰다.

"오랜만에 밤 좀 새워 보지, 뭐."

"고맙다."

그때 상윤의 핸드폰으로 문자가 한 통 왔다.

[차상윤 님, 주문하신 물품이 금일 발송되었습니다.]

상윤은 머릿속으로 빠르게 날짜를 계산했다. 이제 더는 머뭇거릴 여유가 없었다.

딩동—

잊어버릴 뻔했던 집 안 초인종이 오랜만에 울렸다. 하지만 소파에 누워 있는 상윤은 움직일 생각을 하지 않았다.

딩동— 딩딩딩동— 딩동—

재촉하는 초인종 소리가 마치 무기력한 제 모습을 다그치는 것 같았다. 상윤은 자리에서 일어나 누군지 확인도 하지 않고 벌컥 문을 열었다.

"악!"

그때 묵직한 쿵 소리와 함께 외마디 비명이 들렸다.

"갑자기 문을 열면 어떻게 해!"

희현이 눈물 맺힌 눈동자로 원망스럽게 노려보고 있었다. 그제야 상윤은 미안한 얼굴로 그녀의 머리에 손을 얹었다.

"왜 안 하던 짓을 해. 평소처럼 비밀번호 누르고 들어오지."

"이쪽이거든?"

희현이 툴툴대며 엉뚱한 방향으로 머리를 쓰다듬는 상윤의 행동을 지적했다. 상윤은 피식 웃으며 반대 방향을 쓰다듬어 주었다.

"미안."

"너 나 두고 혼자 퇴근했더라."

"아. 오늘 외근 나갔다가 현장 퇴근했어."

희현이 빠끔 고개를 들었다.

"너 이제 외근도 나가?"

설계팀에서는 외근을 나가는 경우가 거의 없기 때문에 순수하게 궁금해할 수 있는 질문이었다.

그러나 표정 관리에 실패한 상윤은 그녀의 머리에서 손을 내렸다.

"들어와. 다리 아프다."

"뭐야. 묻는 말에 대답도 안 하고."

희현이 집 안으로 들어가려는 상윤의 와이셔츠를 붙잡았다. 그녀와 눈이 마주친 상윤의 입에서 의도치 않게 한숨이 새어 나왔다.

"……그렇게 됐어."

다른 일이라면 몰라도, 이번 일만큼은 희현에게 아무것도 말하고 싶지 않았다. 그녀가 아는 게 싫었다.

"오늘 미팅 나가서 안 좋은 일 있었어?"

"아니. 아무 일 없었어."

알아 온 세월이 13년이다. 상윤이 희현을 아는 만큼, 희현도 상윤을 알고 있었다.

"나 너한테 줄 선물 있는데."

"선물?"

희현은 비장한 얼굴로 주머니에서 반으로 접힌 티켓 두 장을 꺼냈다.

"짜잔!"

"뭐야?"

상윤은 그녀가 건네준 티켓을 확인했다.

"야구장 티켓이네?"

"응! 그날은 특별히 내가 안내할 테니까 너는 따라만, 아니, 운전만 하면 돼."

"종일 운전기사 하라는 소리로 들리는 건 기분 탓인가?"

"응. 네가 지금 기분이 안 좋아서 그래."

희현의 야구 사랑은 그녀를 아는 사람이라면 누구나 알 정도로 각별했다. 야구를 보면서 퇴근하기 위해 핸드폰 요금제도 데이터 무제한으로 바꾸고, 사정이 생겨서 경기를 놓치면 그날 올라온 모든 기사를 정독할 정도였다.

"왠지 낚이는 기분인데."

희현은 뜨뜻미지근한 상윤의 반응에 맞서 으름장을 놓았다.

"그럼 내놔. 너랑 안 가고 도연이랑 갈 거니까."

상윤은 티켓을 도로 뺏으려는 그녀의 손을 가볍게 제쳤다.

"이도연보다는 내가 더 운전을 잘하지."

아예 손도 대지 못하게 뒷주머니로 티켓을 넣어 버리는 상윤의 치밀함에 희현이 슬쩍 웃었다.

"표는 언제 예매했어?"

"그거 이번 주 티켓이라서 어렵게 양도받은 거야."

"나랑 데이트하고 싶어서?"

"응."

희현은 상윤의 돌직구에 지지 않았다.

"나는 진취적인 여자니까."

주말 야구 경기는 사전 예매일에 표를 구하는 것도 하늘의 별 따기다. 주말을 며칠 앞두고 이 표를 구하려고 애를 썼을 희현의 모습을 떠올리니 상윤은 흐뭇한 웃음이 나왔다.

"기분 좀 좋아졌어?"

상윤은 문에서 나올 때보다 한결 밝아진 얼굴로 순순히 고개를 끄덕였다.

"그럼 나 내려간다."

"가려고?"

그가 아쉬운 얼굴로 집 안을 바라보며 말했다.

"커피 한잔 하고 가지."

희현이 웃음을 터뜨렸다.

"집에 커피메이커도 없으면서."

"커피믹스 있어."

"안 돼."

단호한 거절에 상윤이 한쪽 눈썹을 찡긋 올렸다.

"잡아먹힐까 봐 그래?"

"내가 잡아먹을까 봐 그런다."

분명 웃기려고 한 말이었는데. 희현의 한마디로 7층에 깊은 정적이 흘렀다.

"……조, 좀 쉬어. 많이 피곤해 보인다."

희현은 저를 뚫어져라 바라보는 상윤에게 손을 흔들며 그가 붙잡기 전에 계단으로 후다닥 내려갔다.

"아, 푼수. 진짜."

희현은 자조하며 아랫입술을 깨물었다. 진취적인 여자까지가 딱 좋았는데.

비밀번호를 누르고 집으로 들어가자 성미가 고개를 돌렸다.

"상윤이 집에 있어?"

"어? 어, 어."

"저녁 먹었대?"

"아, 맞다."

상윤의 저녁을 묻는 엄마의 궁금증 해결을 핑계 삼아 올라갔다 온 건데 그걸 잊었다.

"얘는. 그것도 안 물어보고 뭐 하다 내려온 거야?"

다시 올라가서 저녁 먹자고 할 수도 있었지만, 방금 했던 민망한 말이 잊히기에는 지나치게 짧은 시간이라 지금 당장은 상윤과 마주 앉아서 밥을 먹기 힘들 것 같았다.

"차쌍 피곤해 보이더라고. 그냥 쉬게 둬."

"쉴 땐 쉬더라도 밥은 먹고 쉬어야지."

성미가 직접 7층으로 올라가려고 하자 희현이 다급히 그녀의 앞을 막았다.

"내가 자는 거 깨워서 걔 지금 심기 불편해! 그냥 더 자게 놔 둬."

"벌써 잔다고?"

"응. 되게 피곤한가 봐."

이제 저녁 7시인데. 졸지에 상윤을 새 나라의 어린이로 만들어 버렸다.

"그럼 할 수 없고. 그럼 우리는 기다렸다가 아빠 오시면 같이 먹자."

"알았어."

다행히 모친을 설득하고 무사히 방으로 들어왔다.

그런데 책상에 놔두고 간 핸드폰에서 진동이 울려 댔다.

"아, 왜……!"

상윤이었다. 희현은 전화를 받기 전부터 어쩔 줄 몰라 하더니 큼큼거리며 목소리를 가다듬었다.

"여보세요."

희현은 통화 내용이 새어 나가지 않게끔 침대 이불 속으로 몸을 숨겼다.

— 생각해 보니까 야구장 별로야.

"왜!"

갑작스러운 상윤의 변심에 희현의 목소리가 커졌다.

— 네가 다른 남자 보면서 좋다고 응원하는 모습을 내가 보고 있어야 하잖아.

정당한 이유를 들은 희현의 입꼬리가 씰룩거렸다.

"그럼 너도 치어리더들 보든가."

— 우리 자리는 응원석 안 보이겠던데.

"뭐야. 진짜 치어리더 보려고 그새 자리까지 찾아본 거야?"

— 질투하네. 임희현.

얕은수를 쓰다가 제 발등을 찍은 꼴이 돼 버렸다. 희현이 대답을 못 하자 반대편에서 웃음소리가 들렸다.

— 나한테 쓸데없이 밀당 하지 마.

184

"내가 언제 밀당 했다고⋯⋯!"

– 사람 설레게 해 놓고 도망갔잖아.

설레었다는 말을 전해 들은 것뿐인데 역으로 설레게 되는 이 기분은 뭘까.

희현은 피식피식 웃으며 몸을 배배 꼬았다.

"너 배 안 고파?"

– 고프다고 하면 같이 커피믹스 마셔 줄 거야?

큰일이다. 차상윤 때문에 입꼬리가 내려오질 않는다.

"내가 올라가는 건 안 돼. 엄마가 같이 저녁 먹자고 너 부르라고 해서 올라갔던 거거든."

– 나한테 안 물어봤잖아.

"깜빡했어."

– 그럼 내가 내려가?

희현은 뒤집어쓰고 있던 이불을 걷어찼다.

"아, 아냐! 안 돼! 엄마한테 너 피곤해서 자고 있다고 했단 말이야."

– 왜?

상윤의 목소리에 웃음이 묻어 나왔다.

– 내가 내려가면 네가 잡아먹을까 봐?

"야⋯⋯!"

더 큰 소리가 새어 나가기 전에 입을 다문 희현은 허공에 발차기를 반복했다.

– 내가 너 때문에 웃는다.

핸드폰 너머로 들린 한마디에 불현듯 조금 전에 문을 열고 나오던 상윤의 어두운 표정이 떠올랐다. 안 그래도 요새 야근이 부쩍 많아졌는데 외근까지 나갔으니, 아무리 일 좋아하는 상윤이라고 해도 힘에 부칠 만했다.

─ 임희현.

"응?"

─ 희현아.

연이은 부름에 희현의 표정이 진지해졌다.

"나 여기 듣고 있어."

─ 알아.

감정의 폭이 큰 자신과 다르게 상윤은 늘 침착했다. 그래서 상윤에게 알 수 없는 감정 변화가 보일 때면 긴장이 됐다.

─ 아니까 어디 가지 말고 거기 그대로 있어.

"내가 어딜 가……."

"딸! 아빠 왔다!"

그때 퇴근한 동일이 방문을 활짝 열고 들어왔다. 희현은 침대에서 벌떡 일어나 손에 든 핸드폰을 보여 주며 어색하게 웃었다.

"이런, 딸 쏘리."

동일이 조용히 방문을 닫고 나가자 상윤의 목소리가 다시 들렸다.

─ 아저씨 오셨나 보네.

"응."

─ 알았어.

"차쌍!"

희현은 전화를 끊으려는 그를 다급히 불렀다.

"나 저녁 먹고 과일 먹은 다음에 설거지하고 스트레칭 좀 하

186

다가 씻고 잘 예정이야."

- 응?

묻지도 않은 것들을 술술 말하는 희현 때문에 상윤이 당황한 목소리를 냈다.

"어디 안 간다고."

그대로 있으라는 상윤의 말이 오늘을 의미하는 게 아니라는 걸 안다. 하지만 이 일차원적인 대답이 그를 안심시킬 수 있다는 것도 안다.

- 착하네.

상윤의 칭찬에 희현은 배시시 웃었다.

- 그럼 밥 먹고 연락해.

"그냥 내려와. 나 때문에 잠 깼다고 하고 같이 저녁 먹자."

- 아니야. 오늘 저녁 생각 없었어. 좀 쉬고 있을게.

"알겠어."

전화를 끊은 희현은 아쉬운 마음을 담아 한참 핸드폰만 만지작거렸다.

✦ ✖ ✦

"여기 주 고객층이 근처 회사원들이라고 들었는데요."

"맞습니다."

"그럼 보통 점심시간에 사람이 더 많지 않나요?"

"아무래도요. 저녁보다 많은 편입니다."

"그래서 방을 일곱 개에서 네 개로 줄였습니다. 대신 접대 손님을 받을 수 있게끔 공간은 넓혔고요."

상윤의 설명이 끝나자마자 건우가 현재 주방 사진과 자신들이 수정한 설계도를 동시에 스크린에 띄웠다.

"그리고 주방도 필요 이상으로 크더라고요."

설계도를 본 용훈의 눈매가 가늘어졌다.

"오픈 주방인가요?"

"네. 지금은 공간들이 다 닫혀 있어서 상대적으로 더 좁아 보이거든요. 입구 단차를 없애고, 주방 앞에 BAR를 세워 두면 자리도 확보되고……."

"이건 좀 어려울 것 같습니다."

용훈이 상윤의 말을 자르고 들어왔다.

"저희 셰프들이 요리 과정을 보여 주는 데 예민해서요."

좋은 아이디어라고 생각했던 것이 반대에 부딪히자 건우가 머리를 긁적였다.

"근데 여기 메인이 최선우 셰프 아닌가요?"

"맞습니다."

최선우 셰프는 최근 요리를 만드는 유명 예능 프로그램에 출연하면서 실력과 외모를 겸비한 스타 셰프로 이름을 떨치고 있었다.

"이제 최 셰프 이름 보고 찾아오는 사람들이 많아질 텐데. 이번 기회에 주방 트면 홍보 효과 톡톡히 보실 것 같은데요."

"셰프 명성에 기대지 않고 이 레스토랑을 키워 내는 게 제 일이라서요."

상윤과 용훈의 팽팽한 대립을 지켜보던 건우는 화면을 넘겼다.

"오픈 주방이 부담스러우시면, 동선만 보일 수 있는 위치에 창문을 다는 건 어떨까요?"

"굳이 그렇게까지 할 필요 있나요?"

"셰프가 주방에서 일하는 모습이 보이면 손님들은 심리적으로 식당을 신뢰하게 되거든요."

"이미 신뢰는 충분히 받고 있어서요."

용훈의 발언에 좋게 중재해 보려던 건우의 표정도 미세하게 구겨졌다.

"섣부른 확신은 자만이고, 자만은 늘 위험하죠."

가만히 듣고 있던 상윤의 묵직한 한 방에 건우가 뜨악한 얼굴로 용훈을 바라보았다. 하지만 용훈은 동요한 기색 없이 상윤을 바라보고 있었다.

그때 테이블에 놓아둔 그의 핸드폰에서 진동이 울렸다. 발신자를 본 용훈은 자리에서 일어났다.

"잠깐 실례하겠습니다. 거래처 전화라서요."

"그러시죠."

양해를 구한 용훈이 밖으로 나가자마자 건우가 의자에 몸을 축 늘어뜨렸다.

"저 매니저 첫인상이랑 다르게 되게 깐깐하게 구네."

"중간에서 새우 등 터지기 싫은 거겠지."

상윤은 피곤한 눈으로 설계도를 바라보았다. 아마 호준이 이 보고서를 봤다면 당장 진행하라고 지시했을 것이다. 하지만 이 설계대로 진행되면 오픈 주방을 탐탁지 않게 생각하는 셰프들의 원성은 모두 담당자인 용훈에게 쏟아질 게 분명했다.

"일단 안 되겠다 싶으면 피하고 보는 건 성격이었나 보네."

그 성격 덕분에 희현과 헤어져 준 건 고마운 일이지만.

"너 곽용훈 매니저랑 알고 지낼 때 원수지간이었어?"

"그건 갑자기 왜?"

건우가 핸드폰을 내밀며 달력을 보여 주었다.

"우리가 이번 주까지는 한신건설에 설계도 넘겨야 그쪽도 기간 내에 공사 들어가서 끝낼 수 있어. 여기 요구 조건 맞추려면 오픈 주방 세워서 BAR 두는 방법이 최선이고."

아무리 사장이라고 해도 레스토랑은 셰프의 실력으로 돌아가는 곳이다. 만약 리모델링 문제로 사장과 셰프 사이에 의견이 엇갈린다면 매니저이자 실무자인 용훈의 중간 역할이 무엇보다 중요했다.

"잘 구슬려서 우리 편으로 만들어야지. 저 사람까지 셰프 편들면 아무리 정 사장님이라고 해도 우리 못 밀어줘."

말이 끝나기가 무섭게 용훈이 전화를 끊고 다시 회의실로 들어왔다.

"죄송합니다. 어디까지 말씀하셨죠?"

상윤은 공유했던 보고서를 덮었다.

"저희가 준비한 건 여기까지입니다."

"아."

용훈은 보고서를 뒤적거렸다. 누가 봐도 의미 없는 제스처였다. 그 모습을 지켜보던 건우는 상윤의 어깨를 지그시 주물러 주며 자리에서 일어났다.

"저도 잠깐 실례하겠습니다."

눈치껏 자리를 피한 건우 덕에 회의실에는 두 사람만 남게 됐다.

"정 사장님은 분명 만족하실 겁니다."

"내 생각도 그래."

용훈의 반말에 상윤의 눈매가 바짝 날이 섰다.

"업무 얘기 중에 반말은 제가 많이 불쾌합니다만."

"희현이 잘 지내?"

기어이 저 입에서 듣고 싶지 않은 이름이 나왔다. 게다가 반말보다 더 불쾌한 질문이었다.

"그건 네가 알 바 아니고."

"전화번호 바꿨던데."

저 말은 희현에게 전화를 걸어 봤다는 소리였다. 상윤은 신경질적으로 노트북 연결선을 뽑았다. 더는 이 자리에 있을 이유가 없었다.

"그래서 말인데, 나 희현이 번호 좀 알려 줘."

뻔뻔한 것도 어이가 없는데 당당하기까지 한 요구에 대꾸할 필요도 못 느꼈다. 상윤이 아무 말 없이 짐을 챙기자 반대편에 앉아 있던 용훈이 자리에서 일어났다.

"최 셰프는 내가 잘 설득해 볼게."

듣자듣자 하니까.

"하아."

끝까지 무시하려던 상윤이 결국 참지 못하고 입을 뗐다.

"네 눈엔 내가 그 말 들으면 고맙다고 하면서 희현이 번호 알려 줄 것 같아 보였나 봐?"

"희현이한테 할 말이 있어."

"할 말은……!"

임희현이 자존심 다 내려놓고 전화를 걸어서 제발 한 번만 만나 달라고 했을 때 했어야 했다. 잘못한 것도 없는데 미안하다고 펑펑 울면서 조금씩 맞춰 나가 보자고 애원했을 때 했어야 했다.

본인이 변심했을 때는 할 말 없다고 매정하게 딱 잘라서 사람 상처 줘 놓고, 이제 와서 본인이 할 말 있다고 상처 아문 사람 마음을 들쑤시겠다니. 뭐 이런 새끼가 다 있나 싶었다.

"너나 있겠지. 임희현은 이제 너한테 할 말 없어."

상윤은 간신히 이성의 끈을 붙잡고 흥분을 가라앉혔다. 헤어지고 나서 희현이 얼마나 힘들어했는지, 그걸 지켜보는 자신은 얼마나 아팠는지. 용훈에게 말해서 깨닫게 해 주고 싶은 생각은 없었다.

"그리고 우리 이 설계도 고칠 생각 없어. 셰프가 못 하겠다고 하면 더 늦기 전에 다른 곳 알아보든가."

"우리 사장님이 너희 부사장님 동생이라는 거 알아?"

"그 이유 아니었음 처음에 너 보자마자 손 떼고 나갔어."

상윤은 건우의 노트북까지 챙기며 말했다.

"너, 한 번만 더 임희현 얘기 꺼내면 그땐 나 진짜 이 건 손 떼고 엎을 거야."

이를 악물고 말하는 그에게서 진심이 느껴졌다. 상윤은 문을 쾅 닫고 회의실을 나가 버렸다.

1층으로 내려온 상윤은 건우가 있을 만한 건물 앞 벤치로 향했다. 예상대로 건우는 커피까지 사서 여유롭게 벤치에 앉아 담배를 피우고 있었다.

"어?"

뿌연 연기를 뿜어내며 커피 한 모금을 마시려던 건우가 상윤을 발견하고 깜짝 놀랐다.

"왜 벌써 나와?"

건우는 그의 손에 들린 제 노트북을 바라보며 물었다.

"얘기 잘 해 봤어?"

"한 대만."

"뭐?"

그의 앞에 선 상윤은 두 번 묻지 않고 그의 셔츠 주머니에 있던 담배를 꺼냈다.

마치 몇 시간 전까지 담배를 피우던 사람처럼 익숙하게 담배를 입에 가져가려던 상윤이 돌연 멈칫했다.

'너 담배 피워?'

부모님의 이혼 과정을 생생히 지켜보면서 진절머리가 난 상윤은 부산으로 내려오자마자 술과 담배를 동시에 배웠다.

그런데 지윤을 만나기 위해 몇 달 만에 서울에 올라왔을 때, 희현만이 그 변화를 귀신같이 알아챘다. 혹시 몰라서 향수를 몸에 붓다시피 뿌리고 갔는데도 냄새가 난 모양이었다.

'좀 떨어져 앉아.'

'싫어.'

그런데 그날 제 옆에 앉아서 잦은 기침을 하던 희현의 괴로워하는 표정이 부산에 내려와서도 내내 잊히지 않았다. 그때부터 술은 마셔도 담배에는 손도 대지 않았다.

"후우……."

담배 연기를 내뿜듯 길게 한숨을 뿜어낸 상윤이 다시 입에 물려던 담배를 손으로 구겨 버렸다.

"야! 안 피우려면 곱게 돌려줄 것이지, 구기긴 왜 구겨! 이 담배가 얼마나 비싼데!"

건우는 담배를 구긴 손등을 때리면서도 상윤의 표정을 유심히 관찰했다.

"설마 쳤어?"

"쳤으면 담배 안 찾았지."

"아, 맞네."

노트북을 뺏어 든 건우는 상윤의 손에 담배 대신 본인이 마시던 커피를 쥐어 주었다.

"앞으로 이쪽 미팅은 내가 맡을 테니까 넌 한신건설 맡아."

이렇게 마주치는 걸 피한다고 될 일이 아니었다. 두 사람이 함께한 시간이 5년이다. 아무리 희현이 번호를 바꿨더라도 용훈과 희현 사이에 교집합이 되는 인물이 있을 것이다.

만약에 곽용훈이 다시 연락한다면, 희현은 어떤 반응일까.

……흔들릴까.

상윤은 두 사람을 떠올릴수록 마음이 돌덩이에 짓눌린 것처럼 답답하기만 했다.

9.

"차쌍! 선글라스 챙겼어?"

"응."

"고고!"

드디어 기다리고 기다리던 주말이었다. 오랜만에 야구장 갈 생각에 즐거운지 희현은 차에 탄 순간부터 내내 들떠 있었다.

"신났네."

"오늘 선발 양연중 선수거든."

그는 희현이 좋아하는 팀에서 승리 요정이라고 불리는 선발 투수였다.

"나 야구장 처음 가 봐."

"진짜로?"

상윤이 꺼낸 말에 희현의 표정이 돌연 어두워졌다.

"혹시 야구 좋아해?"

195

"질문이 너무 늦다는 생각 안 들어?"

"안 좋아해?"

상윤은 핸들을 돌리며 피식 웃었다.

"부산에 있을 때 야구 동아리 잠깐 들어갔던 적 있었어."

"야구를? 너 축구 좋아하잖아."

야구 유니폼을 입고 해맑게 웃고 있던 누군가의 사진을 보고 나니 발걸음이 저절로 야구 동아리로 향하고 있었다. 그걸 희현에게 곧이곧대로 말할 생각은 없지만.

"야구에 호기심이 생겨서."

오늘도 희현은 집에서 나올 때부터 야구 유니폼을 입고 나왔다.

"배고프다."

"점심 간단히 먹고 들어갈까? 야구장에는 간식밖에 없을 거야냐."

"그러자! 나 야구장 근처에 맛있는 쌀국수집 알아."

희현이 자신 있게 대답했다. 상윤은 야구장 근처로는 가 볼 일이 없었기 때문에 희현이 안내하는 국숫집으로 향했다.

"제대로 기억하는 거 맞지?"

"당연하지."

그녀는 차 한 대가 들어가기 벅찬 골목길을 가리키며 말했다.

"저어 끝에 있는 곳이야."

"여기 식당이 있다고?"

그녀가 가리킨 골목은 평범한 주택가로, 식당이 있을 만한 곳이 아니었다.

"주차장 없으니까 대충 아무 데나 세워."

196

"먹고 나왔는데 차 없어지는 거 아니지?"

"한 번도 그런 적 없어. 걱정하지 마."

하긴, 너무 으슥해서 견인차조차도 못 보고 스쳐 지나갈 골목이었다.

주차한 차에서 내리자마자 희현이 들뜬 목소리로 상윤에게 말했다.

"여기야."

희현은 간판조차 없는 허름한 나무문을 가리켰다. 고풍스러운 브라스 종이 달린 것을 보아 식당인 것은 분명했다.

삐거덕 소리를 내며 문을 열자 완전 다른 세상이 열렸다. 10평 남짓한 협소한 공간에 벽돌로 꾸며진 투박한 인테리어는 마치 비밀 아지트에 온 것 같은 느낌을 주었다. 밖에서 보던 허름한 건물의 내부라고는 볼 수 없을 정도였다.

"몇 분이세요?"

"두 명이요."

마침 두 명이 앉을 수 있는 테이블이 비어 있었다. 희현은 자리에 앉으며 안도의 숨을 내쉬었다.

"예약 안 하고 와서 자리 없으면 어쩌나 걱정했는데."

설레는 그녀의 표정이 귀여워서 상윤이 소리 없이 웃었다.

"되게 먹고 싶었나 보네."

"응. 여기 와 본 지 엄청 오래됐거든."

주변을 두리번거리던 상윤이 메뉴판을 찾아서 꺼내 주자 그녀가 고개를 저었다.

"여긴 비빔 쌀국수가 진짜 맛있어."

"그래? 그럼 비빔 쌀국수랑 국물 있는 양지차돌 쌀국수 어때?"

고개를 끄덕이던 희현은 갑자기 아차 싶은 얼굴로 손을 저었다.

"비빔 쌀국수는 네가 먹어."

"왜? 비빔 쌀국수가 맛있다며."

"그니까 네가 맛있는 거 먹어."

원래 맛있는 음식에서는 양보라고는 없는 앤데, 뭔가 수상했다.

주문 후에 음식은 금방 나왔다. 희현이 추천해 준 비빔 쌀국수는 보기만 해도 고춧가루가 잔뜩 들어가 보여서 매콤함에 침이 고였다. 희현은 상윤 앞에 놓인 비빔 쌀국수에서 눈을 떼지 못했다.

"바꿔 줘?"

"아니야. 너 먹어."

"마지막 기회야."

"아아. 안 먹어, 안 먹어."

한사코 거절한 그녀는 대신 쌀국수 국물을 떠먹었다.

"맛있다."

그녀를 따라 쌀국수 국물부터 먹어 본 상윤도 인정하며 고개를 끄덕였다.

"맛있네."

"그치?"

"이런 데는 어떻게 알아낸 거야?"

맛은 좋지만, 위치가 안 좋아서 일부러 찾아오려고 해도 쉽지 않은 곳이었다. 그런데 식당에 들어선 이후로도 신나게 종알거리던 희현이 갑자기 말을 뚝 멈췄다. 가게에서 튼 잔잔한 성시

경의 노래가 유난히 크게 들렸다.

"……알려 준 거구나, 누가."

그 누군가는 굳이 말하지 않아도 알 수 있었다. 희현은 눈치를 보며 입을 느리게 오물거렸다. 그 모습을 바라보던 상윤이 물을 밀어 주었다.

"체하지 말고."

상윤은 최대한 아무렇지 않은 표정으로 본인의 앞접시에 비빔 쌀국수를 덜어서 그녀에게 주었다.

"이거 먹어 봐."

"아니야! 너 먹으라니까."

"너 이거 먹고 싶잖아."

계속 권유하자 희현은 못 이기는 척 비빔 쌀국수를 한 젓가락 먹었다. 눈으로 셀 수 있을 만큼 몇 가닥을 집어 먹는 그녀의 행동에 상윤의 미간이 좁아졌다.

"푹푹 먹어."

"아니……."

희현은 휴지를 꺼내더니 입 근처를 톡톡 두드렸다.

"이게, 고춧가루가 많단 말이야……."

매운 음식을 좋아하는 희현에게 이 정도 고춧가루쯤은 약과였다. 그녀가 고춧가루를 신경 쓰는 이유를 한 박자 늦게 깨달은 상윤의 입가에 미소가 떠올랐다.

"난 또 뭐라고."

상윤은 희현의 앞에 놓인 쌀국수를 제 것과 바꾸며 말했다.

"이에 껴도 괜찮고, 묻어도 괜찮으니까 편하게 먹어."

"이거 진짜 안 되는데……."

"너 다 먹을 때까지 안 나갈 거야."

으름장을 놓으니 희현은 그제야 본인이 먹던 대로 맛있게 쌀국수를 먹기 시작했다.

예뻐 보이려고 노력하는 모습도, 제 앞에서 꾸밈없이 구는 모습도, 그냥 임희현이라는 여자가 어떤 모습이든 예뻐 보여서 참 큰일이었다.

"저게 다 야구장 들어가는 차들인가?"

식당에서 나와 반대편 차선으로 가던 상윤이 깜짝 놀랐다. 야구장 입구 주변에 수십 대의 차들이 줄지어 서 있었다.

"오늘 주말이라서 사람이 더 많은가 보다."

"들어갈 수 있을까? 경기 시작도 얼마 안 남았는데."

신호 대기 중이던 상윤은 주차장을 방불케 하는 차들을 보며 심란해했다. 편하던 차가 짐이 되는 순간이었다.

"저기…… 상윤아."

"응?"

"저 신호에서 우회전하면 야구장 뒷문 있거든? 평일은 안 열어 주는데 주말에는 가끔 열어 줘."

"그래?"

야구장을 많이 와 본 사람들은 아는 정보지만, 모르고 정문에서 하염없이 기다리는 사람이 더 많았다.

상윤은 희현이 가르쳐 준 곳으로 향했다.

"열었나 보다!"

희현이 손으로 후문 방향을 가리켰다. 후문에도 차들이 대기하고 있긴 했지만 정문만큼 많지는 않았다.

"······이쪽으로 오길 잘했네."

"그치? 야구장까지 좀 걷긴 해야 하는데 그래도 주차할 수 있는 게 어디야."

"그래, 주차가 제일 중요하지."

상윤이 맞장구를 치자 그의 수고를 덜어 줬다고 생각한 희현이 뿌듯한 표정을 지었다.

"빨리 가서 치킨 사야지!"

"배 안 불러?"

"치킨 먹을 배는 남겨 놨지."

"그럼 우리 파닭 먹을까?"

"파······닭?"

비빔 쌀국수도 고춧가루 때문에 망설인 그녀가 파 향이 잔뜩 날 치킨을 먹자는 데 순순히 동의할 리 없었다.

"나 파닭 먹고 싶어. 그걸로 먹자."

"······그럼 순살 파닭."

상윤은 터져 나오려는 웃음을 가까스로 참으며 고개를 끄덕였다.

주차하고 야구장 정문으로 가자 경기 시작이 얼마 안 남았는데도 불구하고 사람이 많았다.

"오늘 경기 매진이라더니 사람 진짜 많다."

"그러게."

동조한 상윤이 희현의 손을 붙잡았다. 깜짝 놀란 그녀가 손을 빼려고 하자 상윤이 엷게 웃으며 사람들을 둘러보았다.

"놓칠까 봐 그래."

스킨십에 인색한 희현에게 그럴싸한 이유를 댄 상윤은 그녀의 손을 더 단단히 붙잡았다.

인파를 헤치고 치킨을 사서 자리를 찾은 희현은 상윤에게 막대풍선을 건넸다.

"불어 줘."

상윤은 두 개나 되는 막대풍선을 일단 받아 들었다.

"아까 바람 넣는 곳 있었는데 거기서 넣고 오지."

"깜빡."

말과 동시에 눈까지 깜빡이더니 희현은 태연하게 치킨을 꺼냈다.

……예쁘니까 해 준다.

기고만장해질까 봐 차마 말로는 하지 못한 상윤이 있는 힘을 다해 풍선을 불어 주었다.

"시작한다!"

애국가가 끝나고 본격적인 경기가 시작됐다.

"와아아!"

희현이 예매한 자리는 응원석과는 좀 떨어진 곳이었지만, 경기가 한눈에 잘 보이는 명당이었다.

"1번! 타자! 이! 재! 원!"

"안! 타! 이! 재! 원!"

희현은 치킨을 잠시 내려놓고 목이 터져라 응원가를 부르며 열심히 응원했다. 그녀가 선심 쓰듯 준 막대풍선 한쪽을 흔들던 상윤은 희현의 모습을 물끄러미 바라보았다.

야구장은 희현과 용훈이 자주 데이트를 하던 장소였다. 기억이 맞다면 희현은 용훈 때문에 야구를 알게 됐고, 이 팀도 용훈이 좋아했던 팀이라서 따라 좋아하게 된 것이다.

물론 나중에는 전도한 용훈보다 더 야구를 좋아하게 되어 그와 헤어지고 나서도 도연과 꾸준히 야구장을 다녔지만.

그것뿐만이 아니다. 희현이 입고 온 야구 유니폼도 사실 용훈과 같이 산 옷이었다.

야구 유니폼이야 야구장에 오면 너도 나도 커플룩이 되니까 상관없지만, 문제는 저 유니폼을 입고 용훈과 함께 찍었던 사진을 본 적이 있어서 자꾸 머릿속에 아른거린다는 것이었다.

……진짜 찌질하다, 차상윤.

희현과 야구 경기를 즐기지는 못할망정, 자꾸 용훈과 그녀가 사귀던 시절을 떠올리는 스스로가 너무 못나게 느껴졌다.

헤어지는 일이 두려워서 도망치는 바람에 놓쳐 버린 게 누군데.

'희현이한테 할 말이 있어.'

먼저 헤어지자고 했던 남자가 자신을 끝까지 붙잡던 여자에게 할 말이라고는 뻔하다. 희현에게 그만큼 상처 준 주제에 그렇게 자신만만한 이유가 뭐였을까. 대체 무슨 확신이 있어서.

"……차상윤!"

희현의 부름에 초점 없이 경기장을 바라보던 상윤이 고개를 돌렸다. 어느새 경기는 공수교대가 됐고 그녀의 무릎에는 다시 치킨이 놓여 있었다.

"무슨 생각 해?"

"진지하게 보고 있었던 거야."

희현은 태연한 거짓말에 속아 넘어갔다.

"오늘 느낌이 안 좋아."

"저 투수 잘하는 선수라고 하지 않았어?"

"근데 공이 안 좋아. 1회에만 벌써 20개나 던졌잖아. 질 것 같은데."

"말이 씨가 된다. 조심해."

"생각해 보니까 내가 경기장 오면 항상 졌던 것 같아."

"내가 왔으니까 이길 거야."

치킨을 먹던 희현의 눈빛이 반짝였다.

"우리 내기할래?"

"안 봐줄 건데."

"너야말로 나중에 무르기 없기다? 깔끔하게 이긴다, 진다로 하자."

이제 고작 2회 초였고, 스코어는 0:0이다. 야구는 9회말 2아웃부터라는 말도 있으니 아직 승부는 알 수 없었다.

"난 이긴다."

"앗싸! 그럼 내가 진다!"

"너 이 팀 팬 맞아?"

"네가 몰라서 그렇지, 저쪽 팀 요즘 완전 상승세야. 근데 우린 지금 4연패란 말이야."

내기에 지기 싫어서 상대방 팀에게 손을 드는 승부욕이 딱 임희현답다.

"무슨 소원 빌까."

이미 희현은 자신의 팀이 질 거라고 확신하는 모양이었다. 상윤은 치킨을 입에 넣으며 다시 야구에 집중하기 시작했다.

"승리! 투수!"

"양! 연! 중!"

누군가의 선창에 야구장을 빠져나가던 사람들이 약속이나 한 것처럼 선발 투수 선수의 이름을 외쳤다.

"완봉! 투수!"

"양! 연! 중!"

희현은 사람들과 함께 투수 이름을 외치는 상윤을 흘겨보았다.

"왜?"

"아, 진짜…….."

"양연중 선수 진짜 멋있더라. 나 오늘부터 그 선수 팬 하려고."

상윤은 울상이 된 희현을 바라보며 어깨를 으쓱였다.

"네가 좋아하는 팀이 이겼는데 하나도 안 좋은가 봐?"

"좋아! 좋은데……!"

1회에 많은 공을 던졌던 양연중 선수의 부진 때문에 분위기가 상대 팀으로 넘어가는 듯했지만, 동료 타자들의 호수비와 안타로 힘을 얻은 양연중 선수는 시간이 지날수록 본인의 페이스를 찾더니 급기야 오늘 경기를 완봉승(투수가 상대 팀에게 점수를 허용하지 않고 경기를 끝냈을 때 주어지는 기록)으로 끝냈다.

경기가 끝나자마자 팬들은 흥분을 가라앉히지 못하고 환호했지만, 희현은 내기 때문에 웃지도 울지도 못하는 아이러니한 입장이 되었다.

"소원 뭐 말할 건데?"

"글쎄."

205

"유효기간은 오늘까지인 거 알지?"

"뭐야. 그런 말은 없었잖아."

"오늘 한 내기니까 당연히 오늘까지 말해야지."

배짱도 이런 배짱이 없다.

"알았어."

상윤의 물러섬으로 타협을 본 두 사람은 한산한 후문으로 걸어갔다.

"차쌍! 여기가 지름길이야."

희현은 자신이 알고 있는 길로 상윤을 안내했다.

"우리 어느 쪽에 주차했더라……."

당당히 앞서가던 희현이 뒤를 돌아보았다. 그런데 바로 가까이에 있을 거라고 생각했던 상윤이 저만치서 느리게 걸어오고 있었다.

"왜?"

"우리 차 어디 있지?"

"네가 다 아는 거 아니었어?"

희현은 눈을 동그랗게 떴다.

"주차한 곳은 운전한 사람이 외우셨어야죠."

"아아."

상윤은 아까보다 더 느릿한 걸음으로 뒷짐을 졌다.

"난 오늘 네가 모르는 게 없길래 주차한 곳도 당연히 아는 줄 알았지."

"어……?"

"알기 힘든 식당도 소개해 주고, 차도 없는 애가 야구장 주차장까지 척척 알려 주고, 이렇게 지름길까지 아는데 주차한 곳쯤

이야 모를까 싶어서."

말이 퉁명스럽게 나간다. 상윤은 희현을 지나쳐 앞서 걸으며 아랫입술을 지그시 깨물었다.

삐쳤다고 아주 광고를 해라, 차상윤.

오늘 하루 잘 참았는데 이 어두컴컴한 지름길까지 알고 있는 모습에 무너지고 말았다. 집으로 돌아가는 차 안은 어색 그 자체였다. 희현도 흘끗 눈치만 보면서 쉽게 말을 꺼내지 못했다.

"나 소원 지금 말할게."

묵언 수행을 하며 104동 앞에 도착한 상윤이 먼저 안전벨트를 풀며 입술을 뗐다. 이왕 유치한 감정 들킨 김에, 아예 끝장을 보기로 했다.

"나 그 쌀국수 별로더라."

하지만 유치하다고 해서 진지하지 않은 건 아니었다.

"네가 그 식당 좋아하니까 가지 말라는 말은 못 하겠어. 그런데 나는 너랑 거기 가면…… 계속 못나게 굴 것 같다. 그러니까 거긴 다른 사람이랑 가."

항상 멋있을 수는 없겠지만, 적어도 못나 보이고 싶진 않았다.

"다른 사람이라고 했다고 또 이상한 남자 데리고 가지 말고, 이도연이랑 가라는 뜻이야."

그의 말을 가만히 듣고 있던 희현은 입꼬리를 씰룩거렸다.

"그러니까 나한테 빨리 고백을 해."

희현이 심각한 얼굴로 팔짱을 꼈다.

"아니, 그렇다고 내가 네 고백만 기다리고 있는 건 절대 아니지만, 네가 나한테 정당하게 질투를 하고 화를 내려면 얼른 우리가 사귀는 게 좋지 않겠어?"

상윤은 제대로 몸을 돌려 희현을 바라보았다.

"받고 싶은 고백 있어?"

"요즘 내가 확실히 나이 들었는지 꽃들이 그렇게 예쁘더라."

"길거리에서 무릎 꿇고 꽃다발 주면서 고백하면 돼?"

상윤의 대답에 희현은 몸서리를 쳤다.

"그러기만 해!"

"희현아, 나랑 사귀어 줄래? 외치면서."

"고백도 차이고 정강이도 차이고 싶으면 어디 한번 해 봐."

발끈하는 희현을 보니 웃음이 터져 나왔다.

이렇게 속이 훤히 보이는데, 오늘 대체 무슨 걱정을 한 걸까. 지나간 연애를 기억하고 있기는커녕, 이렇게 빨리 자신이 고백해 주길 바라고 있는 여자 앞에서.

"나랑 빨리 연애하고 싶어?"

"넌 아닌가 봐?"

"그럴 리가."

주말에는 택배가 오지 않는 게 한스러울 따름이었다. 지금도 당장 저 꼬물거리는 손도 잡고 싶고, 뽀뽀도 하고 싶고, 더한 것들도 얼마나 하고 싶은데.

"빨리 사귀어야 오늘처럼 네가 서운해하면 내가 애교라도 부리면서 금방 풀어 주지."

희현의 말대로 사귀지 않는 애매한 관계는 행동에 제약이 따랐다.

"그런데 상윤아, 나 정말 다른 뜻은 없었어. 정말 순수하게 너랑 맛있는 거 먹고, 재밌게 야구 보고 싶어서 그랬던 거야."

"알아."

희현의 순수한 의도를 모르지 않았다. 아마 묻기 전까지는 식당을 알려 준 사람이 용훈이었다는 걸 생각도 안 하고 있었을 것이다. 애초에 그걸 신경 쓰고 있었다면 그 식당 근처로는 얼씬도 안 했을 그녀임을 알기 때문이다.

"그럼 미안하단 말은 안 할게."

"응, 하지 마. 그 말 들으면 더 기분 나쁠 것 같다."

상윤은 그제야 시동을 껐다.

"나랑은 더 맛있는 집으로 다니자. 내가 맛집 열심히 찾을게."

"초심 잃기 없기다."

"당연하지."

배시시 웃은 희현이 감질나게 새끼손가락만 쏙 내밀었다. 상윤은 웃으며 손가락을 걸었다.

영원히 잊지 못할, 날이 참 좋았던 첫 데이트였다.

✣ ✖ ✣

전신 거울 앞에서 셔츠 소매를 접던 상윤은 불만족스러운 얼굴로 다시 옷장 근처를 기웃거렸다. 오늘만 벌써 세 번째였다.

좋아해서 즐겨 입던 셔츠들도 오늘따라 하나같이 다 이상한 것 같았다.

양손에 옷을 들고 거울에 하나씩 대 보고 있는데 요란하게 핸드폰 벨소리가 울렸다. 발신자와 동시에 시간을 확인한 상윤이 아차 싶어 전화를 받았다.

"어, 나야."

– 아직 멀었어? 나 내려왔는데.

그때 셔츠 하나가 상윤의 눈에 들어왔다.

"아니야. 지금 나가."

급하게 전화를 끊은 상윤은 마지막으로 옷을 갈아입었다.

"아, 맞다."

상윤은 서랍에서 네모난 케이스를 챙겨서 가방에 집어넣고 서둘러 1층으로 내려갔다.

"이렇게 늑장 부리면 되겠어요? 차상윤 대리님?"

"미안."

"어? 이거 그때 산 옷이네?"

셔츠를 본 희현이 반색했다. 옷을 사야 한다는 핑계로 그녀를 집 밖으로 데리고 나갔을 때 산 옷이었다.

"역시 내가 잘 골랐어."

"잘 어울려?"

"응!"

의심의 여지가 없는 칭찬에 상윤은 싱긋 웃으며 차 문을 열어 주었다.

평소보다 늦게 나온 바람에 부지런히 회사로 가고 있는데 모르는 번호로 전화가 걸려 왔다. 그는 의아한 얼굴로 전화를 받았다.

"여보세요."

– 차상윤 대리님?

회사 직급을 부르는 말에 상윤의 표정이 진지해졌다.

"누구세요?"

– 대리님, 저 지난번에 인사드렸던 한신건설 채진수입니다.

"아, 네. 안녕하세요."

상윤의 깍듯한 인사를 들은 희현은 듣고 있던 음악 볼륨을 줄여 주었다.

– 제가 아침부터 전화 드려서 놀라셨죠?

"아닙니다. 무슨 일 있으신가요?"

그러면서도 상윤은 시간을 확인했다. 출근 시간 전에, 사무실도 아닌 핸드폰으로 전화가 왔다는 건 공사 중에 뭔가 좋지 않은 일이 생긴 것이 분명했다.

– 다름이 아니라, 자리 배치 작업을 하고 있는데 좀 이상해서요.

"정확히 어떤 부분이요?"

– 설계도에 나와 있는 카운터 테이블 사이즈랑 저희가 받은 사이즈가 달라요. 분명 수치상으로는 공간이 여유로운데…….

"아."

상윤은 관자놀이를 빙빙 돌려 눌렀다. 분명 건우를 통해 용훈에게 수정된 사이즈를 전달하라고 했는데 착오가 생긴 모양이었다.

"많이 좁나요?"

– 네. 이거 설계도대로 가긴 힘들 것 같은데요.

"지금 현장이신가요?"

– 네.

"그럼 제가 가겠습니다. 그런데 출근길이라 차가 좀 막혀서…… 한 40분 정도 걸릴 것 같습니다."

– 저희야 늦어도 와 주시기만 하면 감사하죠.

진수와 통화를 끊고 곧장 김 부장에게 현장 상황을 보고한 상윤은 미안한 얼굴로 희현을 바라보았다. 통화를 모두 들어서 대충 상황을 파악한 희현은 고개를 저었다.

"난 괜찮아. 저 앞 횡단보도에서 세워 줘."

"지하철역까지 가."

"날씨 좋으니까 운동 삼아 걸어갈래. 그런데 심각한 거야?"

"수정했던 부분인데 전달에 오류가 있었나 봐. 심각한지는 가봐야 알 것 같아."

"별일 아니어야 할 텐데."

"그러게."

상윤은 희현을 내려 줘야 할 횡단보도에 도착하기 전 신호에 걸린 사이 잽싸게 말했다.

"대신 오늘 같이 저녁 먹자."

"저녁? 밖에서?"

"응."

결연한 표정으로 말하는 상윤을 빤히 바라보던 희현의 입꼬리가 솟아올랐다.

"오늘인가 봐?"

"뭐가?"

"네가 나한테 고백하는 날."

"……아니거든?"

대놓고 묻는 말에 순간 당황한 상윤은 저도 모르게 한발 늦게 목소리를 높였다.

"너 지금 완전히 들켰는데?"

그의 반응에 더욱 확신을 얻은 희현은 들뜬 기분을 드러내며 상윤에게 몸을 가까이 했다.

"어떻게 고백할 건데? 꽃은 샀고? 그럼 나한테 미리 말 좀 해 주지! 자기만 오늘 이렇게 꾸미고."

편하기 그지없는 맨투맨과 청바지 차림이었던 희현이 옷을 내려다보며 울상을 지었다.

"예뻐."

"진짜?"

어떻게 이 조그만 얼굴에 눈, 코, 입이 다 들어가 있을까. 희현을 신기하게 바라보던 상윤의 눈길이 부드러워 보이는 입술에 멈춰 섰다.

"그럼 어디가 제일 예쁜지 한 군데만 말해 봐."

마침 상윤의 홧홧해진 얼굴을 식혀 주려는 듯 신호가 파란불로 바뀌었다.

"구두 신었는데 무리하지 말고 지하철 타고 가."

상윤의 흰히 보이는 말 돌림에 희현이 웃었다.

"바쁘니까 봐줬다. 대신 잘 해결하고 와. 운전 조심하고!"

상윤이 고개를 끄덕이자 희현이 안전벨트를 풀고 차에서 내렸다.

씩씩하게 혼자 걸어가는 그녀의 뒷모습을 한참 바라보던 상윤은 클랙슨 소리에 정신을 차리고 현장으로 향했다.

공사를 시작하고 나서 처음 들러 본 레스토랑은 구조공사를 끝내고 마감 공사가 한창 진행 중이었다.

입구 앞에서 설계도를 보고 있던 진수는 상윤을 발견하고 잽싸게 달려왔다.

"대리님!"

"죄송합니다. 제가 많이 늦었죠?"

"아닙니다."

상윤은 곧장 입구 앞 카운터 자리를 확인했다. 카운터 테이블을 억지로 맞춰 넣으면 들어갈 수야 있겠지만 그렇게 되면 시야가 좁아져서 답답해 보일 터였다.

주변을 둘러보던 상윤은 반대쪽 대기석을 가리켰다.

"이 대기석 벤치를 보조 간이 의자로 바꿔서 둘의 위치를 반대로 해보죠."

"아! 그럼 사이즈가 얼추 맞을 것 같은데요?"

"안녕하세요."

인부들이 벤치를 꺼내고 카운터 테이블을 넣을 즈음 용훈이 도착했다. 용훈과 눈이 마주친 상윤은 카운터 테이블을 가리키며 말했다.

"매니저님, 저희 쪽에서 수정한 테이블 사이즈 전달 못 받으셨습니까?"

"아니요. 전달받았습니다. 그런데 이게 주문 제작 들어간 거라 취소가 안 되더라고요. 업체에서 사이즈 들더니 들어갈 수 있다고 했는데……."

다시 말하자면 사이즈를 전달받았으나 무시하고 테이블 제작 업체 말대로 진행했다는 뜻이었다. 자신들에게 한 마디 상의도 없이.

표정이 굳어진 상윤과 난감해하는 용훈을 번갈아 보던 진수는 어색한 웃음소리를 내며 무거운 분위기를 깼다.

"그게 들어가긴 하는데, 딱 맞게 들어가다 보니까 입구부터 좁아 보이더라고요. 그래서 차 대리님이 아이디어를 내신 게……."

"대기석 벤치 없애고 간이 의자로 바꾸시죠."

상윤은 고압적인 목소리로 말했다. 어차피 점심시간도 예약
제로 운영되는 곳이기 때문에 대기하는 사람이 많지도 않았다.

"뭐, 할 수 없네요. 그렇게 하시죠."

용훈도 지금은 상윤의 말을 들을 수밖에 없었다.

"두 분 여기까지 오셨는데 시간 괜찮으시면 구경하고 가세
요."

진수의 제안에 두 사람은 2층 홀부터 주방까지 차례로 들어
갔다.

"공간이 더 효율적으로 나뉘긴 했네요."

주방을 본 용훈은 만족스러운 표정이었다. 정사각형으로 넓
기만 했던 주방을 긴 일자 구조로 바꿨다. 안전과 위생을 위해
결국 창문을 달긴 했지만, 손님들이 요리하는 과정을 눈으로 지
켜볼 수 있어서 BAR 자리는 탁 트인 창가 자리와는 또 다른 매
력이 있었다.

"조명도 그때 차 대리님이 말씀해 주셨던 거로 바꾸니까 주방
이 훨씬 잘 보이더라고요."

진수의 덧붙임에 주방을 쭉 둘러보던 용훈이 상윤을 바라보
았다.

"셰프들도 마음에 들어 할 것 같네요."

"다행입니다."

용훈은 고개를 까닥 숙이고는 전화를 받으러 밖으로 나갔다.
진수와 상윤은 앞장서 걷는 그의 뒤를 천천히 따라갔다.

"차 대리님, 감사합니다. 선뜻 와 주신다고 해서 진짜 감동받
았어요, 저."

"아니에요. 설계도랑 차이가 생겼는데 당연히 와 보는 게 맞죠."

"근데 그 카운터 테이블, 크기만 크지 별로 예쁘지도 않던데……."

그때 위층에서 뭔가가 우당탕탕 소리가 들렸다. 상윤에게 속삭이며 앞을 바라보던 진수의 눈이 커다래졌다.

"매니저님!"

하지만 철제 소리에 먼저 반응하고 위를 쳐다본 상윤이 더 빨랐다. 전화하느라 정신이 팔린 용훈에게 달려간 상윤은 나무 지지대 위에 서 있는 용훈을 밖으로 밀쳐 내며 지지대 위에 그대로 넘어졌다.

쾅- 하는 굉음과 동시에 철제 구조물이 나무 지지대의 절반을 순식간에 부숴 버렸다. 지켜보는 것만으로도 겁을 먹은 진수가 눈을 질끈 감았다 뒤늦게 떴다.

"차 대리님!"

굉음에 놀란 인부들도 영문을 모르고 도망치듯 밖으로 나왔다.

"이게 무슨 일이래?"

"이봐요! 괜찮으세요?"

"거, 뭐 하고 있어! 빨리 누가 119 좀 불러 봐!"

천만다행으로 구조물에 깔리는 아찔한 상황은 벌어지지 않았다. 구조물 바로 지적에 쓰러져 있는 상윤을 본 관리소장의 고함에 인부들이 일사불란하게 움직였다.

"차 대리님! 괜찮으세요?"

분명 진수의 목소리도 들리고, 의식도 분명 있는데 말이 나오지 않았다. 신음을 토해 내며 얼굴을 일그러뜨리던 상윤은 눈을 감아 버렸다. 그러자 희미하게 들렸던 진수의 목소리도 허공으로 흩어지더니 이내 완전히 사라졌다.

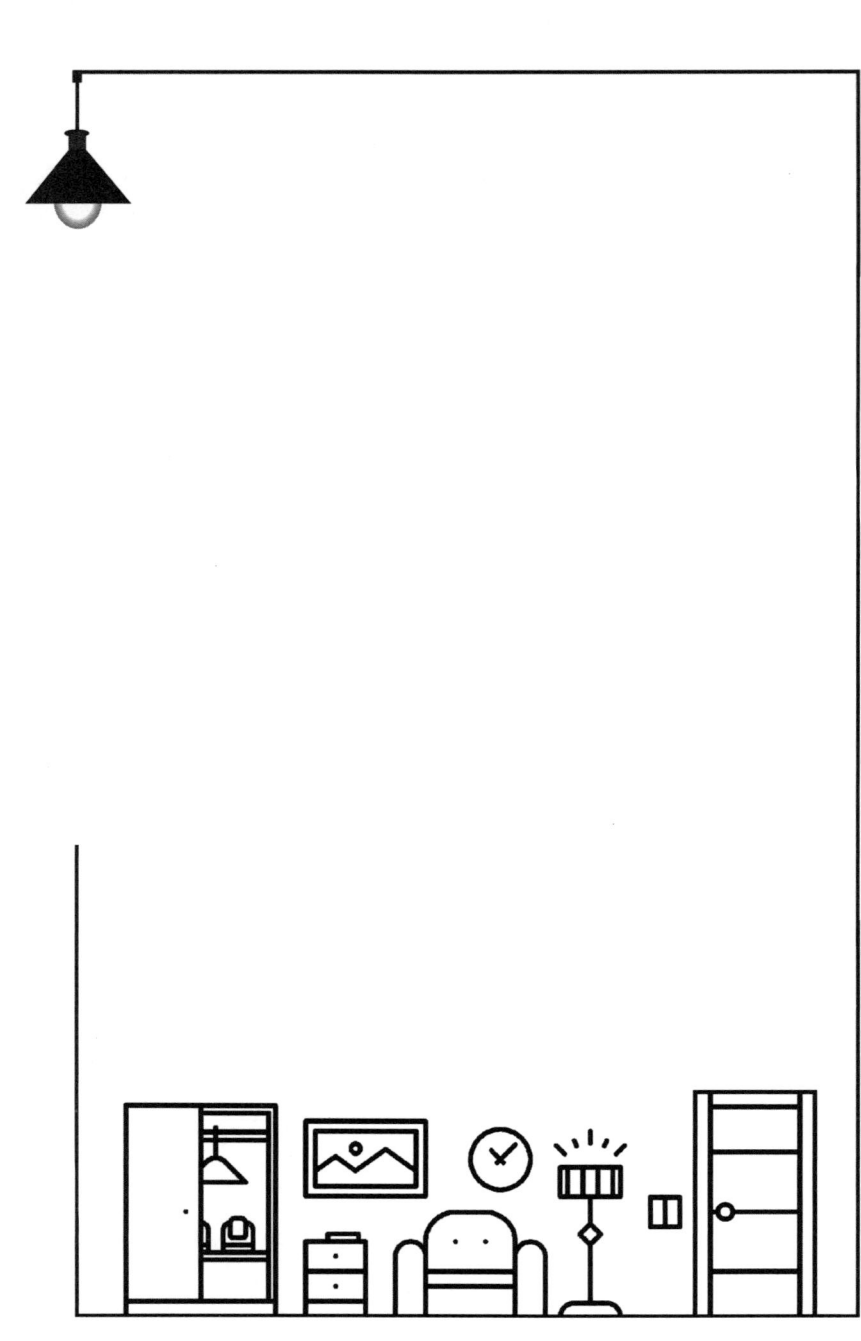

10.

"소미 씨!"

"네?"

"작년 자금대행실적 좀 뽑아서 지금 바로 회계팀에 주고 와."

"그거 지난주에 부장님께 드렸는데……."

"메일이 너무 많아서 못 찾겠으니까 그러지."

오 부장의 지시에 소미가 아랫입술을 쭉 내밀며 자리에 앉았다.

"메일을 보내 주면 뭐해. 다시 나한테 다 시킬 거면서. 두 번 일 시키는 것도 아니고. 메일을 보내라고 하지나 말든가."

소미의 구시렁거리는 소리를 들은 희현이 픽 웃었다.

"자료만 프린트해 놔. 내가 갔다 올게."

"아니에요. 제가 갈게요."

"나 어차피 신용평가보고서 갖다 주러 가야 해. 가는 김에 전달해 줄게."

"정말요?"

희현은 보고서를 챙기며 말했다.

"대신 서울병원 자금 들어왔는지 확인 좀 해 봐."

"알겠습니다!"

마침 나른했는데 민주도 볼 겸 잘됐다 싶었다. 희현은 보고서들을 들고 회계팀으로 갔다.

"안녕하세요."

"임 대리!"

희현은 다급하게 뻗친 구 과장의 손에 자금대행실적을 넘겨주었다.

"고마워!"

그는 보고서를 받아 들고 다시 회의실로 들어갔다. 텅 빈 자리들을 확인한 희현은 생긋 웃으며 민주에게 다가갔다.

"박 대리니임."

민주는 희현이 사무실에 들어올 때부터 그녀를 지켜보고 있었다.

"우리 커피 마시러 가요. 나 너무 졸려서 미치겠어."

희현의 한가한 잠투정에 민주의 표정이 의아하게 변했다.

"아직 못 들은 거예요?"

"뭘요?"

민주는 자리에서 일어나 사무실에 아무도 없음을 확인한 뒤 말했다.

"차 대리, 현장에서 다쳤대요."

"네?"

희현은 자신이 잘못 들었나 싶었다.

"차상윤 대리요?"

민주의 끄덕임에 희현의 표정이 급격히 어두워졌다.

"……어, 저 아무것도 못 들었는데."

"현장에서 구조물이 떨어졌대요. 그래서 아까 김 부장님이랑 박 대리가 급하게 병원으로 갔고."

"……."

"난 당연히 알고 있는 줄 알았지."

설계팀과는 다른 층을 쓰고 있으니 소식을 알 길이 없었다.

"저……."

희현은 말도 다 잇지도 못하고 서둘러 사무실에서 나왔다. 엘리베이터를 타려던 그녀는 비상계단으로 내려가며 상윤에게 전화를 걸었다.

– 지금 고객님께서 전화를 받을 수 없습니다. 다음에 다시 걸어 주시기 바랍니다.

전화를 받지 않는 번호에 몇 번이고 다시 걸어 봤지만 들리는 음성은 같았다.

초조해진 얼굴로 희현이 사무실에 들어오자 자리에 서서 팀원들과 이야기를 하던 소미가 호들갑을 떨었다.

"선배! 차 대리님 얘기 들으셨어요?"

소미의 말이 하나도 들리지 않았다. 희현은 책상에 붙여 놓은 사내 비상 연락망에서 건우의 이름을 찾기 시작했다.

"현장에서 구조물에 깔리셨대요. 차 대리님 어떻게 해요? 119까지 왔다는데 많이 다치셨으면……."

"조용히 좀 해 줄래?"

희현이 싸늘한 목소리로 소미의 말을 잘랐다. 상윤이 그랬다. 말이 씨가 된다고. 그런 상황은 듣고 싶지도, 생각하고 싶지도 않았다.

건우의 번호를 찾은 희현은 핸드폰을 쥐고 사무실을 나갔다. 아무도 없는 비상계단으로 들어간 희현은 전화를 걸며 입술을 깨물었다.

"받아라…… 받아…… 제발……."

핸드폰을 쥔 손에 힘이 들어갔다.

길어지는 통화 연결음에 전화를 끊으려고 할 때였다.

– 여보세요.

"박 대리! 지금 병원이에요? 차 대리랑 같이 있어요? 걔 왜 전화 안 받는대요? 현장에서 구조물에 깔렸다면서! 많이 다쳤어요? 어디 병원이에요?"

희현은 건우의 목소리가 들리기가 무섭게 질문을 쏟아 냈다.

– 임 대리?

"괜찮은 거죠? 많이 안 다쳤죠?"

괜찮을 거라고 믿어야 한다고 생각하면서도 막상 괜찮지 않다고 하면 어떻게 하나 두려웠다.

– 차 대리 괜찮아요. 꿰매긴 해야 할…… 아, 왜에. 임 대리, 잠깐 기다려 봐요.

몇 초의 정적이 흐르고 나자 핸드폰 너머에서 귀에 익은 반가운 목소리가 들렸다.

– 희현아.

상윤의 목소리가 들리자마자 긴장이 풀린 희현은 제자리에 주저앉았다.

– 임희현?

"너 괜찮아?"

아침과 다르지 않은 목소리를 듣고 나자 청승맞게 눈물이 핑 돌았다.

– 임희현, 너 울어?

"그러니까 내가 현장 다니지 말라고 했잖아!"

희현은 회사 비상계단이라는 것도 잊고 버럭 화를 냈다.

가끔 주말에 현장으로 나가서 공사 과정을 확인한다는 이야기를 들었을 때 왜 저렇게까지 할까. 다치기라도 하면 어쩌나 싶은 걱정이 들었지만, 굳이 잔소리 같은 말을 하지 않았다. 차상윤이었으니까. 걱정시킬 일 같은 건 하지 않는 녀석이니까. 그래서 믿었던 거다.

그런데 믿는 도끼에 제대로 발등을 찍혀 버렸다.

– 나 진짜 많이 안 다쳤어.

"많이 안 다치긴, 떨어지는 구조물에 깔렸다면서!"

– 누가 그래?

"회사에 소문났어. 그래서 너 119에 실려 갔다고!"

– 하…….

근거 없는 소문을 전해 들은 상윤은 한숨을 내쉬었다.

– 구조물 피하려다가 넘어져서 조금 다친 거야. 뭐 이런 거 가지고 울어. 진짜 별거 아니야.

평소와 같이 침착한 상윤의 목소리를 듣고 있던 희현도 아까보다는 차분해졌다.

"어디 병원이야? 내가 이따가 갈게."

– 안 돼. 오지 마.

"왜에!"

고민도 없는 거절에 희현이 또 한 번 욱했다.

— 병원에 오래 안 있을 거야. 검사만 다 받으면 오늘 늦게라도 퇴원할 수 있어.

"퇴원하는 거면 내가 더……."

— 말씀 감사하지만 괜찮고요. 제 핸드폰이 고장 나는 바람에 통화가 안 될 거예요. 이따가 따로 연락드리겠습니다.

갑작스러운 존댓말과 함께 전화가 뚝 끊겼다. 아무래도 김 부장이 온 모양이었다.

허무하게 전화가 끊겨 버린 희현은 양손에 얼굴을 파묻었다. 괜찮다니까 다행이었지만 걱정을 무색하게 만드는 오지 말라는 단호한 거절이 야속하고 섭섭했다.

한참 뒤에 사무실에 들어왔을 땐 상윤의 소식으로 어수선한 분위기가 모두 정리되어 있었다.

"선배님……."

희현의 정색을 입사 이래 처음 봤던 소미가 깍듯한 높임말을 쓰며 다가왔다.

"서울병원 자금 아직 입금 전이라 우선 개발사업부에 말해 놨어요."

"아, 고마워."

희현은 쭈뼛거리며 제자리로 가는 소미를 보고는 머리칼을 손으로 쓸어 올렸다.

"소미 씨, 잠깐 나 좀 보자."

그녀의 부름에 더욱 긴장해 버린 소미는 겁먹은 얼굴로 사무실을 나서는 희현의 뒤를 따라왔다.

224

"선배님, 아까는……."

"내가 미안했어."

"……네?"

"개인적인 일 때문에 좀 예민해져서 나도 모르게 목소리가 날카롭게 나갔어. 상처받았지?"

"아……. 전 제가 시끄러워서 화나신 줄 알았어요."

"절대 그런 거 아니야."

그제야 소미의 얼어붙은 표정이 풀어졌다.

"그리고 차 대리, 구조물에 깔린 거 아니래."

희현은 유언비어부터 바로잡았다.

"네? 아니래요?"

"피하려다가 넘어지면서 다친 거래."

"정말요? 누가 그래요?"

"아까 회계팀 갔다가 들었어."

"아…… 다행이다. 전 진짜 크게 다치신 줄 알고……."

안도감이 느껴지는 소미의 말투와 표정에서 희현은 복잡한 감정을 느꼈다.

"걱정하지 마."

하지만 지금은 소미에게도, 스스로에게도 해 줄 수 있는 말이 이것뿐이었다.

"먼저 가 보겠습니다."

6시 정각이 되자마자 희현이 가방을 챙겨 나왔다. 그런데 문밖에 서 있던 누군가가 손목을 탁 붙잡았다.

"어딜 그렇게 바쁘게 가십니까?"

"박 대리님!"

건우는 놀란 희현을 바라보며 생긋 웃었다.

"어? 박 대리. 차 대리는 좀 괜찮아?"

그때 뒤따라 퇴근하던 팀원들이 그를 보고 상윤의 안부를 물었다. 건우는 천연덕스러운 표정으로 손을 저었다.

"너무 괜찮아서 탈이에요."

"구조물에 깔렸다며?"

"과장님은 무슨 그런 끔찍한 소릴. 구조물 피하려다가 넘어져서 다친 거예요."

"넘어져서 다쳤는데 119까지 불러?"

건우는 희현의 눈치를 보며 말했다.

"그게…… 넘어지면서 잠깐 정신을 잃었는데 지금은 다 회복됐어요."

"아유, 천만다행이네."

"하늘이 도왔죠."

친절하게 대답을 끝낸 건우는 희현을 바라보았다.

"갑시다, 임 대리."

건우의 부름에 팀원들이 짓궂은 야유를 보냈다.

"임 대리, 쏜살같이 나가더니. 박 대리랑 데이트하는 거야?"

"오오. 두 사람 무슨 사인데?"

"이러지들 마세요. 전 지금 심부름하는 거라고요."

건우는 꾸벅 고개를 숙이곤 희현의 어깨를 붙잡아 밀며 주차장으로 데리고 갔다.

"지금 우리 어디 가는 거예요?"

"임 대리 집."

병원으로 가는 줄 알고 순순히 건우를 따라가던 희현이 걸음을 뚝 멈췄다.

"박 대리님이 우리 집은 왜요?"

"그야 임 대리를 무사히 집까지 데려다주라는 누구 부탁 때문이지."

두 사람의 오작교가 돼 버린 건우가 투덜거렸다. 가뜩이나 외로워서 속이 쓰릴 지경인데, 그렇다고 아픈 사람 부탁을 외면할 수도 없었다.

"그리고 어차피 임 대리는 지금 차 대리 못 만나."

"왜요?"

"지금 병원 가면 우리 팀 사람들부터 병문안 핑계 대고 찾아온 여직원들까지 바글바글할 텐데. 임 대리는 차 대리랑 친한 거 들키기 싫어서 여태 데면데면 굴었던 거 아니었어? 이제 그냥 막 다 시원하게 커밍아웃하려고?"

툭 던져진 질문에 희현은 제대로 당황해 버렸다.

"내, 내가 뭘 커밍아웃해요?"

"알 만한 사람들끼리 왜 이래. 그리고 나 임 대리가 생각하는 것보다 차상윤이랑 아주 친하다?"

건우의 허세라고 생각한 희현은 일단 콧방귀를 뀌었다.

"얼마나 친한데요?"

"이거 아는 척해도 되나 모르겠네."

그는 어깨를 으쓱였다.

"둘은 고등학교 친구고, 차 대리가 예전부터 임 대리를 열렬히 짝사랑해서 이 회사까지 따라 들어왔다는 걸 터놓고 얘기하는 사이랄까."

'열렬히'에 유난히 힘을 줘서 말하는 건우 때문에 희현은 부끄러움으로 얼굴이 화끈 달아올랐다.

"아니, 무슨 그런 얘기를……!"

"그러니까 차상윤 말 좀 들어줍시다."

왜 상윤이 이 정도로 희현을 말리는 건지는 건우도 알 수 없었다. 다만 확실한 건 상윤은 진심으로 희현이 병원에 오는 것을 싫어한다는 거였다.

"……정말 괜찮은 거 맞죠?"

"그렇다니까."

부딪친 부분이 생각보다 많이 찢어져서 일곱 바늘이나 꿰매긴 했지만, 분명히 의사가 괜찮다고 했으니까 거짓말은 아니었다.

"알았어요. 안 갈게요."

어렵게 설득에 성공한 건우가 엄지를 치켜세웠다.

"타요. 집까지 데려다줄게."

"괜찮아요. 혼자 갈게요."

"집까지 데려다주라고 신신당부해서 그래."

건우는 말하면서 희현의 신발을 확인했다.

'오늘 구두 신어서 발 아플 거야. 계속 우기면 억지로라도 태워. 부탁 좀 하자.'

본인은 깁스를 하는 주제에 희현의 발을 더 걱정하던 상윤의 표정이 떠올랐다.

"대단하다, 차상윤."

그의 기막힌 기억력에 건우는 속으로 혀를 내둘렀다.

"다녀왔습니다."
"오늘 일찍 왔네."
"응."
"상윤이는 요즘 바쁜가 봐?"
힘없는 목소리로 겨우 대답하고 방으로 들어가려던 희현이
상윤의 얘기에 돌아섰다.
"얼굴 못 본 지 꽤 됐어."
성미의 눈에 서운함이 내비쳤다. 다쳤다는 말을 할까 했지만,
자신보다 더 심각하게 걱정할 모친을 상상하니 쉽게 말이 나오
지 않았다.
상윤도 이런 마음이었을까.
"요새 좀 바빠. 나도 얼굴 보기 힘들어."
"밥은 챙겨 먹고 다니는지 모르겠네."
그러고 보니 오늘은 상윤과 저녁을 먹기로 했었다.

'네가 나한테 고백하는 날.'

잊고 있었던 선약을 떠올리는 바람에 다시 마음이 심란해졌
다.
방으로 들어온 희현은 옷도 안 갈아입고 침대에 털썩 누워 창
문을 바라보았다. 하늘에 빼곡하게 지기 시작한 붉은 노을은 애
가 타는 사람의 속도 모르고 그저 아름다웠다.
차라리 잠이나 왔으면 좋겠다. 그래서 빨리 내일이 와 버렸으

면 좋겠다.

눈을 감고 잠들기 위해 노력했지만, 머릿속이 시끄러우니 잠은커녕 정신만 더욱 또렷해졌다. 거실 밖에서 저를 찾는 아빠의 목소리도, 피곤해서 자는 것 같다며 대신 말해 주는 엄마의 목소리도 모두 선명했다. 이대로 있다가는 꼴딱 밤을 새울 것 같았다.

눈을 뜬 희현은 벌떡 몸을 일으켜 가방과 핸드폰을 챙겼다.

거실로 나가자 소파에 앉아 과일을 먹고 있던 성미와 동일이 눈을 동그랗게 떴다.

"너 자다가 말고 갑자기 어디 가?"

"친구가 다쳤대. 병원 갔다 올게."

"친구? 친구 누구? 이 시간에 어딜 다쳤는데!"

동일의 물음에 대답할 정신도 없었다. 희현은 빠르게 계단을 뛰어 내려갔다.

"아, 병원."

아파트 정문 앞에서 택시를 타려던 희현은 그제야 자신이 상윤의 병원조차 모른다는 사실을 깨달았다. 건우한테 전화해 봤자 안 알려 줄 게 뻔한데. 연락처를 보며 고민하던 희현은 민주에게 전화를 걸었다.

ㅡ 임 대리.

"주무신 거 아니죠?"

ㅡ 아니야. 무슨 일 있어?

"혹시 차상윤 대리 입원한 병원 어딘지 들은 거 있으세요?"

ㅡ 서울대학병원.

역시 회계팀은 인사팀과 붙어 있어서 정보가 빠르고 정확하다.

"고마워요, 대리님!"

– 이제 가 보는 거예요?

"네. 오지 말라고 했는데 도저히 안 되겠어요."

희현은 멀리서 오는 빈 택시를 잡기 위해 손을 들었다.

"서울대학병원이요!"

전화를 끊은 그녀는 몸을 싣기도 전에 목적지를 외쳤다.

다급한 목소리에 불안하게 흔들리는 눈동자까지. 룸미러로 희현을 본 택시 기사는 속력을 높였다.

구조물 붕괴 원인은 지난 주말 수도권을 스쳐 지나갔던 태풍 때문이었다. 한신건설은 구조물 관리에 소홀했던 본인들의 책임이 크다며 상윤에게 병원 1인실을 제공해 주고 각종 정밀검사를 권유했다.

그 덕분에 병문안 온 회사 사람들은 다른 환자 눈치 보지 않고 세월아 네월아 시간을 보내고 갔다. 그들의 수다에 정신없었던 상윤은 혼자가 되고 나서야 시간을 확인했다. 희현에게 일찍 전화를 해야 했는데 어느덧 10시가 다 되어 가고 있었다.

공중전화를 찾으러 1층으로 가야 하는 상윤이 힘겹게 침대 시트를 누르며 일어섰다. 꿰맨 부분도 욱신거리고, 넘어지면서 정강이에 멍이 드는 바람에 통증이 있었다.

그런데 그때 병실 문이 스르륵 열렸다.

"어디 가려고?"

똑같은 환자복을 입은 용훈이 서둘러 다가왔다. 건우의 말에 의하면 그는 타박상 정도의 가벼운 상처를 입었지만, 혹시 모를 후유증에 대비해 옆 병실에 입원해서 정밀검사를 받을 예정이라고 했다.

"여긴 왜?"

사고 이후 처음 대면한 두 사람의 관계는 더욱 애매해져 버렸다. 쌀쌀한 상윤의 인사에 용훈이 헛기침을 하며 말했다.

"괜찮나 해서. 사실 아까 오고 싶었는데 너희 회사 사람들이 너무 많이 왔길래 이제 온 거야."

목숨 구해 준 사람에게 이제야 온 것에는 사정이 있었다고, 용훈은 자신이 파렴치한이 아님을 구구절절 설명했다. 그의 말이 길어지자 상윤은 다시 침대에 걸터앉았다.

"보다시피 괜찮아."

괜찮다는 대답이 얼굴에 붙인 네모난 반창고를 더욱 민망하게 만들었다.

"……고맙다."

"됐어."

감사 인사를 튕겨 내는 상윤이 아니꼬웠지만, 그가 아니었으면 정말 크게 다칠 뻔했기 때문에 말투로 꼬투리를 잡을 입장은 못 됐다.

"근데 왜 그렇게까지 한 거야?"

용훈은 진심으로 궁금했다. 구해 줘 놓고 이렇게 못마땅해할 거면 왜 본인 목숨을 걸어 가면서 저를 구해 준 건지.

그런데 상윤은 도리어 질문을 이해할 수 없다는 얼굴이었다.

"착각하는 것 같은데 그럴 필요 없어. 그저 본능이었으니까."

그 자리에 서 있는 사람이 용훈이 아니라 다른 철천지원수였더라도 몸을 날려 구했을 것이다.

"그런데 그런 질문 하는 거 보니까 넌 같은 상황이었으면 나 안 구했겠다?"

되돌아온 질문에 용훈은 재깍 대답하지 못했다. 과연 자신이 그 두려움에 맞서서 누군가를 구할 수가 있는지에 대한 확신이 없었다.

지나치게 솔직한 용훈의 반응에 상윤이 고개를 끄덕였다.

"이걸로 내가 너보다 더 괜찮은 놈인 건 확실해졌네."

"차상윤!"

그때 갑자기 우렁찬 목소리와 함께 벌컥 병실 문이 열렸다. 용훈은 아는 목소리에 뒤를 돌아보았다.

"……뭐야?"

다급하게 들어오던 희현은 용훈과 눈이 마주치자 걸음을 물리며 서늘한 목소리로 물었다.

"네가 왜 여기 있어?"

마치 불청객을 대하는 듯한 말투에 정작 그녀를 보고 환하게 웃었던 용훈은 조금 머쓱해졌다.

"얘기 안 했어?"

희현의 시선을 외면한 용훈이 상윤에게 고개를 돌렸다. 그러자 상윤이 어깨를 으쓱였다.

"내가 굳이 왜."

혼란스러워하는 희현의 표정을 본 상윤은 다시 자리에서 일어났다.

"할 말 끝났으면 넌 가고."

발을 절뚝이며 한 걸음 떼려고 하자 멀찌감치 서 있던 희현이 잽싸게 다가왔다.

"넌 오지 말라니까 왜 왔어? 병원은 어떻게 알고."

희현은 절뚝거리는 상윤의 오른 다리를 보며 미간을 찡그렸다.

"지금 그게 중요해? 괜찮다더니 하나도 안 괜찮잖아!"

똑똑.

오늘 출입한 사람 중에 가장 정중한 노크 소리를 낸 간호사가 문을 열고 들어왔다.

"차상윤 씨. 물리치료 받으러 내려가실게요."

간호사의 말에 희현이 눈을 크게 떴다.

"지금이요? 이 시간에?"

"오늘 먼저 잡혀 있던 환자들이 너무 많아서요. 차상윤 씨는 당일 접수라서 좀 많이 밀리셨어요."

"저 괜찮은데."

다리를 본 간호사가 무슨 소리냐는 듯 고개를 갸웃댔다.

"지금도 많이 부어 있는데. 통증 심하지 않으세요?"

절묘한 타이밍에 지탱하고 서 있던 오른 다리가 욱신거렸다. 상윤이 눈썹을 찡그리자 간호사가 문을 가리켰다.

"많이 힘들면 침대에 누워 계시겠어요? 저희가 옮겨 드릴게요."

"아니요."

희현의 앞에서 침대에 실려 나가는 꼴을 보일 순 없었다. 상윤은 멀뚱히 서 있는 용훈을 흘끗 바라보았다.

"어디 가지 말고."

그러고는 제 팔을 붙잡고 있는 희현에게 시선을 돌렸다.

"여기 있어, 임희현."

희현에게 하는 말 같지만, 사실은 용훈에게 보내는 무언의 경고였다. 상윤은 기다리고 있는 간호사와 함께 병실을 나섰다.

두 사람만 남게 된 병실에 침묵이 내려앉았다.

"잘 지냈어?"

크흠, 하고 목을 가다듬은 용훈이 먼저 입술을 뗐다. 하염없이 병실 침대만 바라보던 희현이 그제야 용훈에게 눈길을 줬다.

"어."

"더 예뻐졌다?"

달갑지 않은 칭찬을 듣게 된 희현은 용훈을 머리부터 발끝까지 내려 보더니 말했다.

"넌 살 좀 쪘네."

희현의 꾸밈없는 솔직함을 좋아했던 용훈이 웃음을 터뜨렸다.

"일이 적응돼서 편해졌나 봐."

"그런데 아까 내 질문에 대답 좀 해 줄래?"

"아."

용훈은 아무것도 모르는 희현에게 자초지종을 밝혔다.

두 사람의 첫 만남부터 사고 이야기까지 모두 들었을 때 희현의 얼굴은 일그러지다 못해 참담하게 가라앉아 있었다.

"……차상윤이 그렇게 몸을 날릴 줄은 정말 몰랐어."

용훈의 말을 들은 희현은 한숨을 내뱉었다. 건우 말대로 본인이 진짜 슈퍼히어로인 줄 아나. 왜 어울리지 않게 오지랖을 부려서 다치기나 하고.

이제껏 상윤을 알아 오면서 그가 병원에 있는 모습을 보는 건 오늘이 처음이었다. 그래서인지 몰라도 병실 앞에서 차상윤이라는 이름을 마주하는 순간부터 지금까지 주체할 수 없는 불안감에 심장이 쉴 새 없이 뛰고 열이 올랐다.

"희현아?"

이상함을 느낀 용훈이 금방이라도 쓰러질 것 같은 희현의 팔을 붙잡았다. 하지만 그녀는 매정하게 뿌리쳤다.

"괜찮아. 놀라서 그런 거야."

"……여전하구나, 차상윤 생각하는 네 우정은."

우정이란 단어를 콕 집어 말한 용훈은 가볍게 표정을 바꾸었다.

"병실 공기가 좋진 않아. 나가자. 병원 바로 옆에 카페 하나 있어."

"아까 얘기 못 들었어?"

희현은 자신이 서 있는 바닥을 발로 쿵쿵 굴렀다.

"나한테 어디 가지 말고 여기 있으랬잖아, 차상윤이."

"네가 애도 아니고."

빈정거리며 대답한 용훈이 본인의 얼굴을 가리켰다.

"그리고 나도 다쳤어."

새끼손가락만 한 반창고를 본 희현은 어이없는 표정으로 고개를 끄덕였다.

"그러네. 쾌차하길 바랄게."

기계 같은 대답으로 응수한 희현이 소파 위에 빼곡하게 쌓인 과일 바구니들과 버려진 음료수 병의 개수를 매의 눈으로 확인했다.

"도대체 몇 명이나 온 거야……."

"임희현."

자신을 부르는 용훈의 목소리에 희현은 아직도 거기 서 있느냐는 표정으로 그를 바라보았다.

"나 퇴원하면 밥 한번 먹자."

"……."

"쌀국수 어때? 우리 자주 가던 잠실역 거기."

희현은 용훈을 가만히 바라보았다.

그와 헤어지고 이별을 받아들일 수 없었을 때, 인터넷에 떠돌아다니는 재회 방법을 찾아본 적이 있었다. 가볍게 밥 한번 먹자는 말로 연락을 해 보라는 글을 보고 데이트할 때 가장 자주 먹었던 쌀국수를 먹으러 가자는 문자를 보냈었다.

"나 이제 그 집 안 좋아해."

그때 용훈은 그 문자에 답장하지 않았다.

"왜?"

"사람 마음이 어떻게 한결같을 수 있어. 다 변하면서 사는 거지."

문자를 무시할 땐 언제고 이제 와서 그 쌀국수를 찾는 네가 그렇고, 답장만 손꼽아 기다리던 내가 지금은 그 당시를 기억하고 싶지 않아 하는 것처럼.

"나는 아무래도 상윤이한테 가 봐야 할 것 같은데. 여기 계속 있을 거야?"

"아니야. 그만 나가자."

병실에서 함께 나온 희현은 나오자마자 곧장 간호사에게로 가더니 상윤이 있는 진료실로 내려갔다.

복도에 혼자 남은 용훈은 허무하게 그녀의 뒷모습을 바라보았다. 연애 시절 수없이 봐 왔던 뒷모습이, 오늘은 꽤 낯설게 느껴졌다.

11.

"다 끝나셨습니다."

상윤은 벌떡 일어나 슬리퍼를 신었다. 설마 아직도 같이 있는 건 아니겠지.

1시간의 치료가 무색하게 조심성 없이 무리하게 뛰어나온 상윤은 물리치료실 바로 앞에 앉아 있는 희현을 발견했다.

"끝났어?"

"언제 내려왔어?"

"아까."

그녀는 휠체어를 가지고 다가왔다.

"이거 타고 가자. 간호사님이 이거 써도 된대."

"그 정도 아니야."

"나 무지 화났거든? 좋은 말 할 때 그냥 타고 가지?"

박력에 압도당한 상윤은 조용히 휠체어에 몸을 실었다.

"곽용훈은?"

"본인 병실로 갔겠지."

"무슨 얘기 했어?"

"그거 물어보기 전에 너 나한테 할 얘기 있을 텐데."

화가 난 희현은 호락호락 넘어가지 않았다. 고개를 치켜들었던 상윤도 무시무시한 눈빛에 스르륵 고개를 숙였다.

병실에 도착하고 나서도 그녀는 무뚝뚝한 얼굴로 말없이 상윤을 노려보기만 했다. 그가 장난스럽게 두 눈을 양손으로 가리자 희현이 한숨을 길게 내쉬었다.

"장난칠 기분 아니야."

"예쁜 눈 찢어질까 봐 그래."

능글스러운 칭찬도 지금은 하나도 달갑지 않았다. 희현은 그의 손을 거두었다.

"왜 곽용훈이랑 같이 일하게 된 거 나한테 말 안 했어?"

"말하기 싫었으니까."

이유는 간단명료했다.

"네가 아는 게 싫었어."

그제야 희현은 상윤이 필사적으로 병원에 오는 것을 막았던 이유를 깨달았다.

"나 자금팀이야. 나중에 레스토랑 이름 보면 결국은 알게 될 일이었어."

"그랬겠네."

허무한 대답에 힘이 쭉 빠졌다. 고개를 돌리던 희현은 한 가지 짚이는 게 떠올랐다.

"혹시 내가 곽용훈한테 흔들릴까 봐?"

"……."

"정말 그렇게 생각해서 말 안 한 거야?"

그의 침묵이 사실이라고 대답하고 있었다.

"으휴, 진짜! 차상윤!"

희현이 주먹으로 옆에 앉은 그의 가슴팍을 툭 때리자 방심하고 있던 상윤이 쿨럭, 기침을 내뱉었다.

"너 환자한테 너무한 거 아니야?"

"불리할 때만 환자지?"

때론 열 마디 말보다 하나의 행동이 더 강력한 확신을 줄 때가 있다. 상윤은 희현의 무력에 안심하고 머리칼을 쓰다듬어 주었다.

"그런데 이 시간에 어떻게 여길 왔어? 아저씨랑 아줌마께는 뭐라고 하고?"

"친구 다쳤다고 둘러대고 나왔어."

"나라고 안 했지?"

"그럼."

아마 그 친구가 상윤이라는 걸 알았다면 정신없이 병원으로 달려올 분들이셨다.

"지윤이한테도 말 안 했고?"

"말할 정신이 어디 있어서."

사고 소식을 듣는 순간부터 종일 차상윤 걱정하느라 지윤은 생각도 못 했다.

"내 걱정 많이 했나 보네, 임희현."

"거짓말 아니라 오늘 하루 동안 10년은 늙은 기분이야."

"연상은 내 취향 아닌데."

"말이나 못 하면……!"

상윤은 괘씸해서 어쩔 줄 몰라 하는 희현의 양 볼을 붙들었다.

늘 누군가를 걱정하고 신경 쓰는 입장이었지, 걱정과 신경 쓰임을 받는 사람은 아니었다. 그래서 오늘 하루 희현의 신경이 온통 자신에게 쏠려 있었다는 게 나쁘지 않았다. 이거 딱 한 가지는 곽용훈에게 고마웠다.

"멀쩡하게 장난치는 거 봤으면 이제 안심하고 집에 가. 지금도 늦었어."

"내가 가긴 어딜 가?"

자리에서 일어난 희현은 병실을 쭉 둘러보았다.

"내 방보다 넓고……."

뒷짐을 지고 걷던 발길이 침대 옆에 있던 사물함에서 멈췄다.

"먹을 것도 많고."

백화점에서 산 거로 보이는 각종 디저트는 누가 봐도 여직원들이 사 온 것이 분명했다.

괜한 심술로 마카롱 상자를 툭 건드려 본 희현은 소파로 가서 신발을 벗고 양반다리로 앉았다.

"푹신하니 좋네."

"거기서 잘 생각 꿈에도 하지 마."

"싫은데에."

말끝을 늘이며 혀를 쏙 내민 희현은 소파에 벌러덩 누워 버렸다.

"아, 좋다."

들으라는 듯 중얼거리는 혼잣말에 상윤이 한숨을 내쉬었다.

"나 다리 때문에 소파에서 못 잔단 말이야."

"네가 왜 소파에서 자? 침대에서 자야지. 넌 내려올 생각 하지 말고 거기서 자."

"네가 거기서 자는데 내가 여기서 잠이 와?"

"난 벌써 졸려."

어설픈 연기를 보인 희현은 자리에서 일어나 상의도 없이 불을 꺼 버렸다.

"너 진짜……!"

"잘 자, 차상윤."

희현은 손을 흔들며 상윤에게 등을 보이고 소파 등받이를 향해 누웠다.

당장 다가와 내쫓을 줄 알았던 상윤은 무슨 이유에서인지 잠잠했고, 불 꺼진 병실은 금세 적막해졌다.

"임희현."

그런데 예상치 못한 순간에 상윤의 목소리가 튀어나왔다. 멀리서 들리는 거로 보아 침대에서 부르는 듯했다.

"자?"

"으응."

희현은 최대한 자연스럽게 몸을 뒤척거리며 잠꼬대를 하는 척했다.

"안 자는 거 아니까 나 이것 좀 도와줘."

"어디 불편해?"

도와 달라는 소리에 희현이 냉큼 돌아서며 반응을 보였다. 평소 밤눈이 어두운 그녀는 신발 찾기를 포기하고 맨발로 상윤에게 조심스럽게 다가갔다.

"뭐 해 줄까?"

"이쪽으로, 가까이."

순진한 희현이 그가 말하는 대로 침대로 다가갔다. 그러자 갑자기 상윤이 팔목을 확 끌어당겼다.

"으엇!"

놀란 희현이 정체 모를 외마디 소리를 내며 엎어지듯 침대 위로 떨어졌다.

"괜찮아?"

딱딱한 침대에 눌린 얼굴이 아파 죽겠는데, 미리 옆으로 피해 있던 상윤은 즐거웠는지 웃음을 터뜨렸다.

"무슨 짓이야!"

침대에 엉거주춤 눕게 된 희현이 다시 일어나려고 했지만, 손은 멀쩡한 상윤이 힘을 써서 다시 눕혔다.

"집에 안 갈 거면 옆에 누워 있어. 사람 신경 쓰이게 하지 말고."

"좁잖아."

"내 말이. 누구 고집 때문에 이게 무슨 고생이야."

투덜거리는 말과는 다르게 전혀 싫지 않은 목소리로 중얼거리던 상윤은 바짝 다가와 희현을 품에 안아 버렸다. 그의 돌발 행동에 희현은 본능적으로 숨을 참았다.

"자."

이렇게 자라고? 사람 심장마비 걸리게끔 만들어 놓고 자라니?

희현은 기도하듯 양손을 모아 가슴 위에 올려놓은 채로 얌전히 굳어 버렸다.

"잠깐 정신 잃고 쓰러졌다가 눈을 뜨니까 병원 천장이 보이는 데, 그게 그렇게 안심이 되더라."

자라던 상윤은 나직한 목소리로 말을 걸었다.

"너한테 혼날 수 있어서 다행이다 싶었어."

"……."

"걱정시켜서 미안해."

희현은 고개를 들어 상윤을 올려다보았다. 그 역시 자신을 내려다보고 있었다. 눈이 마주친 희현은 그대로 상윤의 입술에 입을 맞췄다.

"사귀자는 고백에 대한 내 대답이야."

"……사귀자고 말한 적 없는데."

상윤의 당황한 목소리에 희현이 웃음 지었다.

"나한테는 그렇게 들렸어."

생각해 보니 상윤은 이미 여러 차례, 아니 11년 전부터 지금까지 꾸준하고 성실하게 자신에게 고백하고 있었다. 멍청한 자신이 못 알아차렸을 뿐.

이제는 사귀자는 말 같은 건 하나도 중요하지 않았다. 지금처럼 거짓 없는 진심으로, 온 마음을 다해서 사랑하는 눈빛으로 바라봐 주는 것 하나면 충분했다.

왜 이 소중한 걸 눈앞에 두고도 알아보지 못했을까.

"꽃도 없는데, 괜찮아?"

"여기 있잖아."

희현의 윙크에 상윤이 피식 웃었다.

"앞으로는 불안해하지 마, 차상윤."

"……."

"나 이제 네 거야."

귀여운 선포가 끝나기가 무섭게 상윤은 희현을 더욱 꼭 끌어 안으며 입을 맞췄다. 살짝 벌어진 입술 사이로 말캉한 혀가 들어오자 희현의 팔이 그의 목을 휘감았다.

이미 오랜 시간 돌고 돌아온 그들에게 더 이상의 망설임은 없었다. 부드럽고 간지럽다가, 때로는 뜨겁고 강렬했다.

시간 가는 줄 모르고 서로를 원하던 두 사람은 입술이 얼얼해짐을 느끼고 나서야 아쉽게 입술을 뗐다.

"병원에서 하고 싶지는 않았는데."

길바닥 고백도 모자라서 병원에서의 첫 키스라니. 상윤은 늘 2% 부족한 상황이 마음에 들지 않았다. 마뜩잖은 그의 표정을 본 희현이 자신의 가슴에 상윤의 손을 얹었다.

"느껴지지? 엄청나게 두근거리는 거."

"근데 너 너무 방심한다."

"응?"

"내가 다리를 다친 거지, 거기까지 다친 건 아니거든."

그제야 희현은 자신의 아랫배 근처에서 느껴지는 단단한 존재를 알아차렸다.

"미안……! 아니, 이게 미안한 건 아닌데, 그러니까 내가 소파로……."

이제껏 당당했던 희현이 횡설수설하며 침대에서 내려가기 위해 버둥거렸다.

"쉿."

상윤은 웃음을 참으며 그녀의 등을 다독였다.

"계속 움직이면 진짜 위험해진다."

"아, 알았어."

진심이 느껴지는 한마디에 희현은 얼음이 돼서 가만히 그의 품에 안겨 있었다.

일정한 간격으로 다정한 다독임이 계속되자 쌔근거리는 희현의 숨소리가 들렸다. 안정을 찾은 상윤도 그녀의 숨소리를 자장가 삼아 곧장 피곤한 눈을 감았다.

✛ ※ ✛

일주일 후에 나온 정밀검사 결과는 다행히 모두 정상이었다. 회복 속도도 빨라서 실밥도 예상보다 빨리 풀어낼 수 있었다.

다리가 완전히 회복되고 나서 상윤은 오랜만에 출근하기 전에 아침을 먹으러 희현의 집에 들렀다.

"저 왔어요."

"너어……."

성미가 많이 서운해한다는 건 희현을 통해 들어서 이미 알고 있었다. 상윤은 넉살 좋게 웃으며 반찬을 나르기 시작했다.

"죄송해요. 너무 바빴어요."

"난 네가 내 음식 먹기 싫어서 안 오나, 그 생각까지 했어."

"설마요."

상윤이 성미의 어깨를 주무르며 달래 주었다.

"이게 누구야?"

그때 동일이 수건으로 머리를 털며 화장실에서 나왔다.

"차상윤이, 얼굴 까먹을 뻔했다?"

보란 듯이 90도로 허리를 숙이는 상윤의 장난에 웃으며 동일

247

이 허리를 툭툭 쳐 주었다. 아무리 제 딸을 훔쳐 갈 예정인 놈이라고 해도, 막상 식탁 한 자리가 텅 비어 버리니 좀 허전하긴 했다. 물론 티를 내지는 않았지만.

"근데 얘는 왜 안 나와? 아직 안 일어난 거야?"

"내가 아까 깨웠는데? 희현아! 나와서 밥 먹어!"

"설마 또 잠든……."

그때 희현이 방문을 열고 나왔다. 그녀를 본 동일은 베란다를 바라보았다.

"오늘 해가 서쪽에서 떴나?"

매일 일어나자마자 흐리멍덩한 눈으로 흐느적대며 밥을 먹던 딸이, 오늘은 웬일로 화장하고 옷까지 갈아입은 완벽한 모습으로 나온 것이다.

"나 원래 부지런하잖아."

희현은 상윤에게 슬쩍 미소를 던지며 자리에 앉았다.

"우리가 딸이 하나 더 있었나?"

아침부터 시작된 부친의 장난에 희현은 입술을 삐죽였다.

"잘 먹겠습니다."

분위기를 바꾸는 상윤의 인사에 동일이 먼저 수저를 들었다.

"상윤이는 일이 언제까지 바쁜 거야?"

"아마 이번 분기까지 쭉 바쁠 것 같아요."

"어머, 이제 혜란이 올 때 되지 않았나? 네가 바쁘면 네 엄마 어떻게 해."

"혼자 오시는 것도 아닌데요, 뭐."

두 사람이 대화하는 중에 희현이 은근슬쩍 상윤의 앞에 고등어조림을 가져다 놓으려고 했다. 그러다 마침 고등어조림으로 젓가락이 향하던 동일과 눈이 딱 마주쳤다.

동일은 시선을 피하는 딸을 빤히 바라보았다. 아까부터 한 마디도 없이 밥만 먹는 것도 수상한데, 이제 상윤에게 반찬까지 들이밀고 있었다.

그러고 보니 제 딸에게 부모보다 더 잔소리를 많이 하는 상윤도 오늘은 어쩐지 조용했다. 평소처럼 티격태격 말다툼하는 일도 없었다.

요것들 봐라?

동일은 옆에 앉아서 눈도 안 마주치는 상윤과 희현을 번갈아 보며 말했다.

"차상윤, 임희현."

그의 부름에 두 사람이 동시에 고개를 들었다.

"너희 둘 사귀냐?"

"네?"

"응?"

질문과 동시에 서로를 바라보는 눈빛 교환까지.

역시 분위기가 심상치 않았다.

"이 사람이 아침부터 또!"

아무것도 모르는 성미가 밥그릇을 치며 경고하자 동일이 옆구리를 쿡쿡 찔렀다.

"아니, 얘네 진짜 뭐 있다니까?"

"뭐가 있는데!"

동일은 성미에게 이르듯 말했다.

"이것들이 왕년에 우리가 하던 짓을 그대로 하잖아. 내가 아버님께 들킬까 봐 하숙집에서 조용히 밥만 먹는 모습이며, 당신이 얌전한 척하면서 나한테…… 아악!"

주책인 줄도 모르고 생각나는 대로 말하는 동일의 허벅지가 사정없이 꼬집혔다.

"진짜 애들 앞에서 못 하는 말이 없어!"

동일에게 주의를 주면서도 성미는 그제야 두 사람을 눈여겨보았다. 그런 거 아니라고 발뺌부터 했을 희현도, 무심히 한마디 보탤 상윤도 조용히 눈치만 보고 있었다.

"너희…… 진짜야?"

희현은 상윤을 바라보았다. 회사 사람들이나 부모님께 먼저 말하지는 않더라도, 들키면 거짓말은 하지 말자고 서로 약속했는데 이렇게 쉽게 들켜 버릴 줄이야.

"응."

그것도 출근길에 아침 먹다가.

"제가 고백했습니다."

두 사람의 인정에 성미가 젓가락을 내려놓았다.

"진짜로 사귄단 말이야?"

"거봐, 이놈들. 귀신을 속여라!"

어깨를 활짝 편 동일은 상윤을 노려보았다.

"근데 차상윤. 넌 나한테 내 딸 뺏어 가면서 너무 당당한 거 아니야? 내가 두 사람 허락 안 하면 어쩌려고?"

"허락하실 거잖아요."

"허락 안 해 줘도 사귈 건데?"

상윤의 말을 거들고 나서는 딸을 보는 동일은 충신에게 배신당한 임금의 얼굴이었다.

"저, 저…… 하나밖에 없는 딸이라고 열심히 키워 놨더니……."

250

"딸 키우셨는데 아들까지 생기셨네요."

"우리 아빠 엄마, 자식 농사 잘 지으셨네."

쿵짝이 맞아떨어지는 두 사람의 만담에 동일은 어이없이 웃으며 성미를 바라보았다. 마냥 기뻐할 줄만 알았던 성미의 표정은 몹시 심각해져 있었다.

"상윤아, 잠깐만!"

출근 준비하러 올라가려던 상윤이 성미의 목소리에 걸음을 멈췄다.

"네?"

성미는 굳게 닫힌 희현의 방문을 다시 한 번 살피며 그를 바라보았다.

"너희 둘…… 진지하게 만나는 거 맞지?"

희현이야 당연히 눈에 넣어도 안 아플 제 딸이지만, 성미는 상윤도 못지않게 소중한 제 자식이라 생각하며 살았다.

만약 두 사람이 사귀다가 헤어지게 된다면 누구의 잘못으로, 무슨 상황으로 헤어졌든 다신 친구로 돌아갈 수 없는 성격들임을 잘 알아서 걱정이었다.

"마음 같아서는 바로 결혼하자고 하고 싶었는데, 그럼 차일 것 같아서 연애부터 시작한 거예요."

상윤은 성미를 안심시키려는 듯이 빙긋 웃었다.

"그만큼 진지해요, 저."

확신에 찬 눈빛을 바라보던 성미는 그의 손을 꼭 붙잡았다.

"상윤아, 연애도 결혼도 다 똑같아. 상대방이 좋아하는 걸 해주는 것도 좋지만, 싫어하는 걸 하지 않는 게 제일 중요해. 그렇게 배려하면 서로 싸울 일도 없고. 뭐든 숨기기보다 대화 많이 하고."

진지하게 충고하던 성미가 갑자기 한숨을 쉬었다.

"근데 사실 너보다 우리 희현이가 문제지. 쟤도 성격이 아빠를 닮아서 워낙 감정적이라……."

상윤은 걱정만 하는 성미를 보며 미소 지었다.

"제가 더 잘하면 되죠. 아줌마가 그러시듯이."

"그럼 나 진짜 너만 믿는다, 상윤아?"

성미는 상윤의 손을 다독거렸다.

"내가 출근 준비해야 하는 사람 너무 길게 붙잡았다. 얼른 올라가."

"네."

상윤은 성미의 따뜻한 조언들을 되새기며 7층으로 올라갔다.

"안녕하세요!"

활기찬 희현의 아침 인사에 미리 와 있던 영기가 손을 흔들었다.

"임 대리, 오늘은 컨디션이 좋아 보이네?"

"저야 늘 기분 좋죠."

"무슨 소리야. 요 며칠 임 대리 눈가가 얼마나 퀭했었는데."

매일 병원에 있는 상윤과 새벽 3시가 넘도록 통화하느라 잠을 못 잔 것이 티가 났나 보다.

"그랬나요?"

"서른 지나면 아이크림 꼭 챙겨 발라야 해."

"명심하겠습니다."

잊을 만하면 시전되는 나이 공격이었지만 오늘은 하나도 기분 나쁘지가 않았다. 희현은 콧노래를 흥얼거리며 컴퓨터를 켰다.

기분이 좋으니 일의 능률도 올라갔다. 오전 내내 꼼짝 안 하고 일만 하던 희현은 오매불망 기다렸던 시간이 되자마자 자리에서 벌떡 일어났다.

"점심 먹으러 가시죠!"

그녀의 외침에 팀원들이 하나둘 자리에서 일어났다. 제일 먼저 사무실에서 나온 희현은 상윤에게 문자를 보냈다.

[점심 먹는 중?]

[응. 너는?]

답장을 본 희현은 히죽 웃었다. 같은 회사라고 해도 설계팀과는 접점이 없었기 때문에 유일하게 상윤을 마주칠 수 있는 시간은 점심시간뿐이었다.

구내식당으로 내려간 희현은 미어캣처럼 고개를 들고 두리번거리며 상윤을 찾기 시작했다.

"선배, 뭘 그렇게 봐요?"

"아, 자리가 어디 있나 해서."

그때 희현의 눈에 조잘거리고 있는 건우가 보였다.

저기다!

팀원들이 먹고 싶은 음식들을 골라 담는 사이, 희현은 볶음밥을 대충 담고 눈치를 보기 시작했다.

"자리가 많이 없구나."

이럴 때는 분위기 형성이 가장 중요했다. 난감한 척 한마디를 흘린 희현은 자연스럽게 상윤이 있는 방향으로 앞장섰다. 음식을 다 푼 팀원들도 귀신에 홀린 듯이 그녀를 따라나섰다.

"안녕하세요."

무사히 상윤의 앞까지 온 희현은 안쪽으로 들어가지 않고 굳이 그의 앞에 자리를 잡았다.

"헙, 선배님!"

뒤따라오던 소미가 상윤을 보고 눈을 번쩍 떴다.

"출근하셨네요?"

"네."

"이제 괜찮으신 거예요?"

"네."

"어? 차 대리 언제 출근했어?"

"오늘 복귀했습니다."

병문안을 오지 않았던 사람들은 마치 약속이라도 한 것처럼 상윤에게 몸 상태를 물었다.

"병원 오는 거 안 좋아한다고 하셔서 병원도 못 가 봤어요. 죄송해요."

"괜찮아요."

소미의 사과에 상윤이 친절한 얼굴로 고개를 저었다. 그제야 환하게 웃는 소미를 지켜보는 희현의 눈이 가늘어졌다.

"임 대리님."

"네?"

그때 건우가 그녀의 얼굴을 가리켰다.

"오늘 화장했네?"

건우의 말을 들은 소미도 희현의 얼굴을 바라보았다.

"어? 진짜! 선배 오늘 아이라인에 볼터치까지 했네요?"

소미는 틀림 그림 찾기를 하는 사람처럼 화장한 부분을 조목조목 짚어 냈다.

"쉐딩도 하셨어요?"

상윤이 빤히 쳐다보는 게 곁눈질로 느껴졌다. 희현은 민망한 웃음을 지으며 고개를 숙였다.

"별로 많이 안 했는데……."

"에이, 누가 봐도 공들인 화장인데요?"

"우리 임 대리, 잘 보이고 싶은 사람 생겼나 봐."

건우는 당황하는 희현이 재밌는지 실실 웃으며 놀림을 이어 갔다.

"선배, 혹시 남자 친구 생겼어요?"

"어?"

"뭐? 임 대리 남자 친구 생겼다고?"

"진짜?"

밥 먹느라 제대로 못 들은 사람들이 남자 친구라는 말만 듣고 하이에나처럼 달려들었다. 심심한 구내식당 반찬들 사이에서 이것만큼 자극적인 반찬이 없었다.

"아니……."

갑자기 쏠린 관심에 무의식적으로 부정하려던 희현이 상윤과의 약속을 떠올리곤 머리를 긁적거렸다.

"아, 뭐…… 예. 생겼네요. 하하하."

"와, 임 대리 남자가 끊이질 않네. 전에 사귀던 남자랑 헤어진 지 얼마 안 되지 않았어?"

소미 못지않게 박영기 차장도 입이 방정이었다. 희현은 억울한 마음에 발끈했다.

"차장님! 제가 언제……! 그리고 그 사람이랑은 제대로 사귄 것도 아니었어요!"

진짜 효석과는 추억이 별로 없었다. 집까지 바래다주겠다며 효석이 예고 없이 회사 앞으로 찾아왔던 그날, 영기만 마주치지 않았더라면 소리 소문 없이 지워졌을 연애였다.

희현은 조용한 상윤을 바라보았다. 그는 효석의 이야기가 나오자 묵묵히 듣고만 있었다. 망했다. 등에서 식은땀이 나는 것 같았다.

이 모든 원흉은 건우였다. 독이 바짝 오른 눈으로 그를 노려보자 건우는 어깨를 으쓱이며 고개를 저었다.

"그래서 이번에 만나는 사람은 누군데? 뭐 하는 사람인데?"

"잘생겼어요? 사진 있어요?"

어쩜 이렇게 남 일에 관심들이 많으실까.

"제 연애에 이렇게들 관심을 가져 주시니 황송하지만, 이제부디 그만해 주세요."

희현은 똑 부러지게 선을 긋고 밥을 먹었다.

"설마 우리 회사 사람이고 그런 건 아니지?"

"크흡."

계란말이를 씹던 희현이 사레가 들려 캑캑거리자 상윤이 자리에서 일어나더니 물과 휴지를 가져다주었다. 소미는 말없이 상윤을 올려다보았다.

"어? 놀라는 거 보니까…… 혹시 손 과장이랑 잘돼 가고 있는 거야?"

눈치 없는 영기는 상윤이 싫어하는 폭탄들만 골라 던지고 있었다. 이쯤 되니 다 알고 저러는 건가 싶었다.

256

"아니에요!"

"워, 아니면 아닌 거지. 되게 뭐라고 하네."

상윤을 보러 왔다가 괜한 소리만 들려줬다. 표정이 안 좋아진 희현을 보던 건우가 드르륵 의자를 끌었다.

"그럼 저희는 먼저 일어나겠습니다. 식사 맛있게 하세요."

아무 말 없이 건우를 따라 일어서는 상윤을 본 그녀는 머리칼을 손으로 쓸어 올렸다.

사내 연애 이거, 아무나 하는 게 아닌가 보다.

"차 대리."

"왜."

식당을 나오며 건우가 상윤을 불렀다. 심기가 불편해진 상윤에게 이 말을 해도 될까 싶었다. 건우는 구내식당을 흘끔 돌아보았다.

"혹시 임 대리한테 후배 문제로 혼난 적 없어?"

"후배?"

"아까 임 대리 옆에 앉았던 여자 있잖아. 소미 씨라고 했나?"

건우의 질문에 상윤이 인상을 찡그렸다.

"네가 봐도 내가 양소미 씨한테 관심 있어 보여?"

"물론 넌 하나도 없어 보이지. 근데 임 대리가 그랬어? 네가 양소미 씨한테 관심 있어 보인다고?"

"전에 오해 때문에 한 번."

아니다. 돌이켜 보니 한 번이 아니었던 것 같다.

"아, 커피 얘기까지 두 번."

"오늘 보니까 양소미 씨가 너 좋아하는 것 같은데."

상윤은 이해할 수 없었다. 아무리 생각해 봐도 소미가 자신을 좋아할 이유가 전혀 없었다.

"양소미 씨랑은 지난번에 너랑 같이 있을 때 커피 한 잔 사 준 게 전부야."

희현이 늘 소미를 말할 때마다 아끼는 후배라고 말했던 게 생각나서, 커피 한 잔 사 달라기에 흔쾌히 사 줬을 뿐이다.

"그게 어린 친구 마음에 불씨가 된 모양이네."

건우도 그 상황을 기억하고 있었다. 그땐 상윤이 웬일인가 싶었는데, 지금 와서 생각해 보니 그저 희현과 엮인 인물이라 잘해 준 것뿐이었다.

혼자 착각하고 설레었을 소미 생각에 건우는 혀를 차며 그의 어깨에 손을 얹었다.

"미안하다. 이건 전적으로 영역 관리를 못 한 내 탓이야."

"뭐?"

"여직원들한테 친절하게 호의를 보이는 건 내 담당인데 네가 하도록 내버려 뒀잖아."

남이 듣기에는 그저 어이없는 말인데 건우는 진심으로 반성하는 얼굴이었다.

"네가 친절하기까지 하면 내가 설 자리가 없어. 우리 라이벌끼리 상도는 지키자고."

"누가 누구랑 라이벌이야?"

"우리 여직원들 이상형이 박건우파, 차상윤파로 나뉘는 거 몰라?"

상윤은 정색한 표정을 지었다.

"알고 싶지 않은데."

회사 내 여직원들에게 친화력 좋고 살가운 성격의 건우가 찔러 볼 수 있는 감이라면 상윤은 찔러 볼 수 없는 감, 이를테면 연예인 같은 동경의 대상이었다.

두 사람은 성격도, 외모도 모두 달랐다. 건우가 짙고 강한 이목구비, 매일 한 올도 흐트러짐 없는 헤어스타일, 창백하리만큼 하얀 얼굴을 가졌다면, 상윤은 쌍꺼풀은 없지만 날카롭고 선명한 눈매, 시원하게 뻗은 콧날, 운동으로 인한 다부진 어깨와 잔근육을 가지고 있다.

여직원들 사이에서 우스갯소리로 박건우파와 차상윤파라는 단어가 만들어진 계기도 그 이유 때문이었다.

"너…… 나처럼 인기를 겸허히 받아들여야지. 부정하면 더 재수 없어 보여."

병원에 있는 동안 병문안 운운하며 찾아온 여직원들만 열 명은 넘었다. 물론 모두 무뚝뚝한 상윤과의 어색함을 견디지 못하고 10분도 안 돼서 가 버렸지만.

"그나저나 둘 연애하는 거 밝혀지면 임 대리가 여기저기서 공격 좀 받겠어."

실없는 말을 자주 하긴 해도, 없는 말을 하는 녀석은 아니었다. 상윤의 얼굴에 피로한 기색이 선연했다.

12.

　상윤은 옆에서 열심히 문자를 보내는 희현을 흘깃 바라보았다.

　"이도연이 뭐래?"

　"지금 자기만 혼자라고 빨리 오라고 난리야."

　도연에게 두 사람이 사귀기로 했다는 소식도 전할 겸, 오랜만에 셋이 만나기로 한 날이었다. 그런데 상윤은 운전에 집중하지 못하고 계속 희현의 눈치만 보고 있었다.

　"희현아."

　"응?"

　그의 부름에 희현이 드디어 핸드폰을 내려놓았다.

　"나 물티슈 좀 꺼내 줄래?"

　"물티슈?"

　"글로브 박스에 있을 거야."

희현은 상윤의 말대로 조수석 글로브 박스를 열어 보았다. 그런데 달라는 물티슈는 없고 누가 봐도 선물인 게 티가 나는 네모난 상자 하나가 덩그러니 놓여 있었다.

"이게 뭐야?"

질문하는 희현의 입은 이미 귀에 걸려 있었다.

"어? 물티슈가 아니네?"

모르는 척하는 그의 능청스러운 연기에 희현은 잔뜩 설레는 얼굴로 상자를 열어 보았다.

"우와⋯⋯."

영롱한 빨간색이 매력적인 꽃 모양 펜던트의 목걸이였다.

"꽃 마음에 들어?"

상윤이 손을 내밀며 묻자, 희현은 냉큼 그의 손을 잡았다.

"응! 진짜로! 너무 예뻐!"

"고백하는 날 주려고 했던 건데 이제야 주인한테 갔네."

사실 진짜 꽃을 받고 싶어 하는 눈치라서 장미꽃 100송이를 사 줄까도 고민했는데, 그런 꽃은 평소에도 얼마든지 사 줄 수 있으니 기념일에는 조금 특별한 꽃을 선물하고 싶었다.

"이따가 채워 줄게. 그거 하고 가서 이도연한테 자랑해."

"당연하지."

목걸이를 가방 속에 고이 넣어 둔 희현은 히죽 웃었다. 상윤이 손을 내밀자 그녀가 왼손을 내어 주며 깍지를 꼈다.

"맞다. 그 소식 들었어?"

"뭐?"

"이번에 우리 회사 보도기사 자료에 박건우 대리 사진 실린대."

"그래?"

"디자인팀에서 투표했다던데."

희현이 의미심장하게 웃었다.

"1등이 박 대리고, 2등이 너였대."

상윤이 1등이 된다고 해도 물어보면 안 한다고 할 게 뻔했기 때문에 감투 쓰기 좋아하는 건우로 대세가 쏠렸다고 했다.

"내가 2등?"

믿을 수 없다는 목소리로 되묻는 상윤의 반응이 신기했다.

"왜? 네가 1등이 아니라 놀랐어?"

"그건 아니고."

1등을 한 건우가 한동안 옆에서 얼마나 자랑을 하며 놀려 댈지 눈에 훤해서 재차 확인한 것뿐이다. 상윤은 희현을 슬쩍 바라보았다.

"넌?"

"응?"

"박건우파야, 차상윤파야?"

그의 유치한 질문에 희현이 웃음을 터뜨렸다.

"그 말은 또 어디서 들었어?"

"대답해 봐."

희현은 선이 굵고 짙은, 고수나 장동건 같은 조각 미남을 선호했다. 얼굴로만 놓고 봤을 때 굳이 둘 중에 이상형을 고르라고 한다면 건우 쪽이었다.

"내가 건우 대리 고르면 질투할 거면서."

"그러니까 대답해 보라고."

이렇게 귀여운 질투를 하는 상윤을 보면, 내가 이제껏 알고

263

지낸 차상윤이 맞나 의심마저 들었다.

"나야 당연히 너지."

"그치. 나여야지."

정면에 시선을 준 채 담담하게 대답했지만, 입꼬리가 실룩거리고 있었다. 희현은 장난기가 발동했다.

"박 대리는 너무 비현실적으로 잘생겼잖아."

"뭐?"

상윤의 시선이 희현에게 꽂혔다.

"그리고 너무 말라서 좀…… 모성애를 자극하는 스타일이랄까?"

"그럼 난 어떤데?"

상윤은 기가 찬 나머지 희현에게 따져 물었다.

"너?"

깍지를 낀 손에 잔뜩 힘이 들어갔다. 희현은 입술을 꾹 다물며 웃음을 참아 냈다.

"너는…… 모성애를 자극하진 않지. 대신 다가가기 힘든 아우라가 있달까? 까칠한 성격이나, 이런 몸도 한몫하는 것 같고."

다부진 어깨와 잔근육 있는 팔을 쓰다듬으며 간지럽게 웃어 봤지만, 상윤은 눈썹을 치켜세운 채 코웃음을 쳤다.

"신랄한 평가 잘 들었습니다, 임희현 대리님."

사실 만인에게 해당하는 친절함보다 옆에서 나만 챙겨 주는 다정함을 더 좋아하는 게 여자들이었다. 그래서 두 남자를 오래 봐 온 연차가 있는 여직원들은 모두 건우보다 상윤을 선택했다. 그만큼 상윤은 알면 알수록 더 매력 있는 사람이었다.

"나는 네가 더 좋다니까?"

"아, 예."

희현은 삐친 상윤의 손등을 어루만졌다.

"난 네가 다른 여직원들이랑 친하게 안 지냈으면 좋겠어."

내내 시선을 주지 않던 상윤이 고개를 돌리자 희현은 보조개를 피우며 간지러운 눈웃음을 쳤다.

"그 사람들이 네 매력에 빠지면 어떻게 해."

사랑스럽게 자신을 바라보는 희현이 시도 때도 없이 예뻐 보여서 큰일이었다.

"……꼬시지 마. 차 돌리기 전에."

"그럼 우리 이도연한테 죽어."

"그래서 참고 있어."

임희현이랑 결혼도 하기 전에 이도연 손에 죽을 수는 없어서 상윤은 그녀의 손등에 입을 맞추는 거로 아쉬움을 대신했다.

도연은 한쪽 다리를 꼬고 의자에 기댄 채 드라마에 나오는 재벌 시어머니의 표정을 하고 깍지 낀 두 사람의 손과 얼굴을 번갈아 쳐다봤다.

"이렇게 당당하기 있어?"

"그렇다고 소심하게 있을 필요도 없잖아."

화를 돋우는 한마디에 도연의 시선이 이번에는 희현에게 향했다.

"넌 왜 자꾸 목을……."

아까부터 가려운 사람처럼 목 주변을 긁적이며 실실 웃는 행동이 거슬렸던 도연이 앞으로 몸을 쑥 내밀었다.

"목걸이?"

"상윤이가 사 줬어. 예쁘지?"

희현은 기다린 사람처럼 재깍 대답했다.

"참나."

사귄 지 일주일이 지나서야 소식을 전하는 것이 괘씸해서 심통을 부려 볼까 했는데 실패다. 목걸이를 보여 주며 자랑하는 희현의 표정이나, 그 표정을 보며 흐뭇해하는 상윤을 보니 도저히 화를 낼 수가 없었다.

"길었던 삽질을 끝낸 걸 진심으로 축하한다."

도연은 두 사람의 잔에 소주를 따라 주었다. 그런데 상윤은 엉뚱하게 물 잔을 들었다.

"뭐야? 안 마셔?"

"차 가져왔어."

"대리 부르면 되잖아."

명쾌한 해답에도 상윤은 물 잔을 내려놓지 않았다. 부디 희현이가 저 고집에 지지 않아야 할 텐데. 도연은 고개를 저으며 잔을 부딪쳤다. 깔끔하게 물 한 잔을 다 마신 상윤은 자리에서 일어났다.

"그럼 난 간다."

"응?"

상의 없던 그의 행동에 희현이 놀랐다.

"뭐야. 간만에 셋이 회포 좀 풀어 보려고 했더니."

도연도 서운하긴 마찬가지였다.

"오늘은 임희현 남자 친구로 온 거야. 다음에 진혁이랑 넷이 보자. 못 본 지 오래됐는데."

상윤은 희현의 머리를 쓰다듬었다.

266

"적당히 마시고 들어갈 때 전화해."

처음부터 그는 오랜만에 만난 두 사람이 편하게 대화할 수 있게 자리를 피할 생각이었다.

상윤이 가자마자 도연은 테이블 앞으로 몸을 바싹 붙였다.

"뭔데? 갑자기 어떻게 급진전한 거야?"

"엄청난 사건들이 있었지."

감자튀김을 집어 먹는 희현을 바라보는 도연의 눈빛이 기대감으로 부풀었다.

"풀어 봐, 빨리."

"뭐부터 얘기해야 하나……. 역시 너한테는 상윤이가 몸을 날려서 곽용훈 목숨 구해 준 얘기가 제일 흥미롭겠지?"

"케헤엑!"

"어우! 야!"

희현은 도연이 사레가 들려 격한 기침을 하다 테이블에 흘린 소주를 휴지로 닦았다.

"차상윤이 곽용훈을? 언제? 어디서? 어떻게? 아니, 그것보다 둘이 왜 만났는데?"

"어떻게 하다 보니까 둘이 같이 일하게 됐어."

"어쩌다가……."

대한민국이 좁다고 해야 하는 건가. 도연은 두 사람의 악연에 혀를 내둘렀다.

"그런데 나도 만났어, 곽용훈."

"뭐어?"

도연이 격앙된 목소리로 소리쳤다.

"상윤이 병문안 갔다가 우연히. 나보고 더 예뻐졌대."

"미친 새끼."

도연의 입에서 험한 말이 거침없이 튀어나왔다.

"그러더니 나한테 1년 전에 못 먹었던 밥 먹자더라."

"그거 완전⋯⋯!"

시끄러운 술집 음악 때문에 도연의 욕이 잘 들리지는 않았지만, 입 모양이 쉴 새 없이 움직이는 거로 보아 분명 미친 새끼보다는 더 심한 말로 추정됐다.

"설마 그러자고 한 건 아니지?"

"내가 미쳤어?"

도연은 안도의 한숨을 내쉬었다.

"곽용훈이 너한테 밥 먹자고 했던 거, 차상윤이 알아?"

"당연히 모르지."

"설령 네 목에 칼이 들어온대도 절대 말하지 마라."

희현은 결연한 표정으로 고개를 끄덕였다.

"근데 넌 어땠어?"

"뭐가?"

"헤어지고 곽용훈 처음 본 거잖아. 뭔가 느껴진 게 있을 거 아냐."

그녀의 질문에 희현은 한참을 생각하다 대답했다.

"잘 모르겠어."

두루뭉술한 대답이 마음에 들지 않았다. 도연이 한쪽 눈썹을 치켜세우며 팔짱을 끼자 그녀가 다급히 정정했다.

"그날 내가 걔한테 무슨 말들을 했는지 기억이 안 나."

예뻐졌다, 밥 먹자 같은 어이없는 굵직한 말들은 들은 기억이 난다. 하지만 무슨 말로 받아쳤는지, 그 외에 무슨 말들을 했는지는 진짜로 잘 기억나질 않았다.

눈앞에 있던 용훈보다도 상윤이 다쳤다는 사실과 여직원들이 떼로 왔다 갔다는 것에 신경 쓰기도 바빴으니까.

살면서 해야 할 말과 하지 않아도 될 말이 있는데, 그건 모두 시간이 흐르면서 정해지는 것 같다.

용훈에게 매달리던 시절에는 그에게 하고 싶은 말이 참 많았는데, 다시 만난 그날 모두 잊어버린 것을 보면 그에게 하려고 했던 말들은 모두 하지 않아도 될 말이었나 보다.

"너 곽용훈한테 미련 없지?"

"말하기 입 아프다."

그에 대한 미련은 자신을 더는 사랑하지 않는 것 같다는 대답을 듣게 됐을 때 한 톨도 남기지 않고 버렸다.

"그래도 이번에 곽용훈 만나고 나서 하나 느낀 건 있어."

희현은 소주를 털어 넣고 말했다.

"마음 떠난 상대방을 붙잡으려고 노력하는 것만큼 멍청한 짓이 없다는 걸."

자신에게서 관심을 끌어내리던 용훈의 행동을 떠올려 보니, 그에게 구질구질하게 문자를 보내며 매달렸던 자신이 얼마나 어리석어 보였을지 되돌아보는 계기가 됐다.

희현의 말을 잠자코 듣고 있던 도연은 갑자기 핸드폰을 꺼내더니 그녀에게 사진 한 장을 보여 주었다.

"뭐…… 야! 너, 진짜!"

사진을 본 희현은 경악했다.

"당장 안 지워?"

도연은 킬킬 웃으며 혀를 쏙 내밀었다.

"너 내가 그랬지? 분명히 땅을 치고 후회하는 날이 올 거라고."

도연이 보여 준 사진은 용훈 때문에 폐인처럼 지내던 어느 날에 찍힌 얼굴이었다.

"지우라고 했다!"

"너 나한테 잘해. 안 그러면 이 사진 바로 차상윤한테 전송될 줄 알아."

"어디 협박할 게 없어서……!"

"정신이 확 들지?"

머리 검은 짐승은 거두는 게 아니라더니!

몇 년 전에 진혁이랑 권태기로 힘들어했을 때 얼마나 위로를 하며 달래 줬는데!

"너 진짜 그러는 거 아니다."

도연은 어깨를 으쓱이며 술을 따랐다.

"그때 내 말 안 들은 대가야. 내가 그랬잖아. 곽용훈은 똥차라고."

시작보다 끝이 더 중요하다는 게 괜히 있는 말이 아니다. 5년 연애의 끝맺음을 달랑 문자 한 통으로 해 버리는 놈은 똥차 중에서도 제일 똥차다.

"나는 이제라도 네가 차상윤을 만나서 정말 다행이라고 생각해."

"너 상윤이한테 꽤 관대하다?"

도연도 오랜 시간 상윤을 봐 왔지만 차상윤이라는 사람에 대해서는 희현만큼 잘 알진 못했다. 그래도 하나, 임희현에 대한 차상윤의 마음만큼은 알기 때문에 믿을 수 있었다.

"그래도 너희 둘이 잘못된다고 하면, 난 네 편이야."

우정이 듬뿍 담긴 낯간지러운 말과 함께 도연이 소주잔을 들었다. 하지만 희현은 콧방귀를 뀌었다.

"웃겨. 차쌍이랑 싸웠다고 하면 무조건 내 잘못이라고 나부터 혼낼 거면서?"

"원래 내 자식이 남의 자식이랑 싸우고 들어오면, 내 자식부터 단속하는 게 참된 부모야."

"누가 어린이집 선생님 아니랄까 봐."

희현은 픽 웃어 버리며 잔을 부딪쳤다. 그래도 저를 생각해 주는 도연의 애정이 느껴져서 마음이 빈틈없이 빠듯하게 채워지는 하루였다.

❖ ✖ ❖

금요일 퇴근 1시간 전은 가장 즐겁고 설레는 시간이다. 일찍 업무를 끝낸 희현은 한가롭게 쇼핑몰을 구경하고 있었다. 장바구니에 신중히 물건을 넣고 있는데 책상 위에 둔 핸드폰에서 진동이 울렸다.

[희현아.]

액정에 뜬 문자를 보자마자 희현의 표정이 굳어졌다. 다 잊었다고 생각했는데, 5년 동안 외우고 다녔던 무서운 세뇌는 열한 자리의 숫자를 보자마자 상대를 떠올리게 했다.

그때 또 한 번 진동이 울렸다.

[나 용훈이야. 지금 너희 회사 근처에 와 있는데 끝나고 잠깐 볼 수 있을까 해서.]

271

마지막으로 한 번 더.

[할 얘기가 있어.]

희현은 연달아 온 문자를 멍하니 바라보았다.

지금 그를 만난다는 것이 상윤에게 예의가 아니라는 걸 안다. 연락을 무시할 수도 있고, 용훈이 했던 것처럼 더는 널 사랑하지 않는다고 모진 말로 상처를 줄 수도 있다. 하지만 그럴 수가 없었다.

밥도 못 먹을 정도로 밤낮으로 고민하다가 어렵게 결정하고 보낸 문자일 수도 있다는 생각 때문에. 다른 사람도 아니고, 자신이 용훈에게 그래 봤으니까.

고민하던 희현은 상윤에게 문자를 보냈다.

[상윤아.]

[응?]

[곽용훈이 근처에 와 있다면서 잠깐 보자고 연락이 왔어.]

전송 버튼을 누르고 나니 할 수 있는 건 초조하게 상윤의 답장을 기다리는 것뿐이었다. 쇼핑할 때는 1분이 1초처럼 느껴지던 시간이 그의 답장을 기다리고 있으려니 더디게만 흘렀다.

퇴근 시간에 다다를 즈음 핸드폰이 진동을 울렸다. 그녀는 애꿎은 입술을 꼬집으며 뒤집어 놓았던 핸드폰을 슬쩍 바라보았다.

[늦지 않게 와.]

더 묻지 않고 자신을 믿어 준 상윤에게 미안함과 고마움을 느끼며 희현은 용훈에게 전화를 걸었다.

퇴근 후 희현은 용훈이 알려 준 회사 근처 카페로 향했다.

"희현아."

그의 부름에 희현이 자리를 찾아 앉았다.

"이 근처는 무슨 일로?"

종업원이 주문을 받고 돌아선 후에야 두 사람은 제대로 된 대화를 시작할 수 있었다.

"레스토랑 리모델링 건 때문에 잠깐 너희 회사 갔었거든."

"아."

손이 빠른 종업원은 늦지 않게 커피 두 잔을 가지고 다가왔다.

"할 얘기 해."

"천천히 하자."

"내가 시간이 없어서."

"그럼 다음에 시간 여유 있을 때 다시 볼래?"

"용훈아."

희현은 차분한 얼굴로 용훈을 바라보았다.

"나는 너한테 구질구질하게 매달렸었고, 결국 우린 바닥까지 가서 헤어졌잖아. 그래서 그런지 나는 미련이 없어. 근데 너는 아닌 것 같아서, 나도 너 미련 같은 거 갖지 않게 해 주려고 나왔어."

길게 문자 주고받으며 연락하는 것보다, 얼굴 보고 직접 말하는 것이 그녀의 방식이었다.

"그러니까 하고 싶은 말 다 해."

쉽게 입을 열지 못하던 용훈은 그녀를 지그시 바라보며 들고 있던 잔을 내려놓았다.

"보고 싶었어."

"……."

"그리웠고, 후회했어."

사랑은 타이밍이라는데, 그와의 사랑은 이미 타임아웃이 돼 버렸다.

"나 만나는 사람 있어."

이 말만큼 상대방의 마음을 정리시키는 말이 또 있을까.

적잖게 놀랐는지 눈을 치켜뜨던 용훈이 뭔가를 생각하더니 아랫입술을 깨물었다.

"……차상윤이라고만 하지 마."

"상윤이야."

희현의 대답에는 망설임이 없었다.

"나 요즘 너무 행복해, 용훈아."

"하……."

저 말을 제 옆에서 했을 때가 있었다. 용훈은 헛웃음을 지었다.

"내가 너희 둘 사이에서 놀아난 거야?"

희현은 미간을 좁혔다.

"무슨 뜻이야?"

"나랑 사귈 때도 둘이 뭔가 있었냐고."

희현은 얼토당토않은 그의 오해가 그저 기막혔다.

"너한테 난 대체 어떤 사람이었니?"

"그래. 너는 아닐 수 있지. 그럼 차상윤이 친구랍시고 네 옆에 붙어 있다가 나랑 헤어지자마자 힘들어하던 너 꼬신 거네. 우리 둘이 헤어질 기회만 엿보면서."

"말조심해, 곽용훈."

계속되는 용훈의 빈정거림을 더는 참을 수 없었다.

"우리가 만나면서 차상윤 때문에 싸웠던 적 있어?"

희현의 반문에 용훈은 대답하지 못했다.

"나 너 만나는 동안 차상윤이랑 따로 만나거나 연락했던 적 단 한 번도 없어. 내가 하려고 했어도 차상윤이 독하게 다 끊어 냈어."

그땐 서운하기만 했던 상윤의 무시가, 사실은 이런 오해를 만들지 않기 위해 비롯된 행동이었다는 걸 이제야 깨달았다.

"그리고 네가 잊었나 본데, 우리가 헤어진 게 차상윤 때문이 아니잖아?"

"……."

"나한테 그만하자고, 너무 힘들다고, 마음이 예전 같지 않다고, 사랑하지 않는 것 같다고 했던 건 너야, 곽용훈."

"진심 아니었어!"

용훈은 카페인 것도 잊고 소리쳤다.

"나는 그때 일이 너무 바빠서 힘들었는데 넌 그런 나한테 매번 서운해하고 지쳐서 울었어. 그런 상황에서 우리가 만나는 게 독이라고 생각했어."

아마 용훈과 헤어지고 나서 발전하지 않은 채로 제자리에 있었다면, 저 말에 그대로 홀렸을 것이다.

"그건 핑계야."

하지만 그녀는 예전의 임희현이 아니었다.

"그냥 너는, 서운해하고 힘들어서 우는 내가 버겁고 귀찮으니까 내 손을 놔 버린 거야. 그게 제일 쉽고 간단하거든."

그땐 시련에 눈이 멀어 차마 인정하지 못한 사실이었다.

"모든 사람이 바쁘고 힘들다고 옆에 있는 사람의 손을 놔 버리지는 않잖아."

"……."

"너는, 아니 우리는…… 딱 거기까지였던 거야."

희현의 가시 박힌 말들을 묵묵히 듣고 있던 용훈이 고개를 들었다. 날이 선 그녀의 눈빛이 기어이 마음을 조각 낼 모양이었다.

"바쁜 게 정리되면 너한테 돌아가서 다시 시작하자고 할 생각이었어."

용훈은 씁쓸한 웃음을 지었다.

"그런데 선수를 뺏겼네."

"뺏긴 거 아니야."

아직도 그는 큰 착각을 하고 있었다.

"내가 상윤이를 만나지 않았더라도, 널 다시 만나는 일은 없었을 거야."

그는 이해할 수 없다는 표정으로 왜냐고 묻고 있었다.

"네가 내 손을 언제 다시 놓을 줄 알고?"

용훈이 헤어지자는 이야기를 꺼낸 순간 믿음도, 관계도 사실상 모두 끝이었다. 아마 다시 만난다고 해도 다시 헤어질 수도 있다는 불안감에 오래가지 못했을 것이다.

"나는 이제 불안한 연애는 하고 싶지 않아."

"……."

"그게 우리가 다시 만날 수 없는 이유야, 곽용훈."

1년 전의 용훈보다 더 잔인하게 굴었다. 하지만 겪어 본 사람으로서, 모호한 것보다 잔인한 게 마음 정리하기는 훨씬 수월하

276

다는 것을 알고 있었다.

"나 먼저 가 볼게."

행복하길 바란다는 인사는 하지 않았다. 물론 지금은 용훈이 다른 좋은 사람을 만나서 행복하길 바라지만, 옛 연인에게 듣는 그 말은 너무 기분이 더럽다는 걸 겪어 봤기 때문이다.

문을 열려고 손잡이를 잡으려던 희현이 먼저 열린 문에 머리를 쿵 부딪쳤다.

"어머, 미안해라."

쾌활한 목소리가 어디서 많이 들어 본 것 같았다. 희현은 이마를 문지르며 고개를 들었다.

"희현이?"

"아줌마⋯⋯!"

놀랍게도 문을 열고 들어온 사람은 혜란이었다. 그녀의 뒤에는 상윤도 함께 있었다. 용훈과 만나는 장소를 몰랐던 그도 많이 놀란 눈치였다.

"우리 이게 얼마 만이야! 예쁜 희현이, 오랜만에 한번 안아나 보자."

혜란은 문 앞에서 희현을 와락 끌어안았다. 그녀에게 안긴 채 상윤과 눈이 마주친 희현이 눈빛으로 상황을 물었지만, 그는 눈썹을 매만지며 고개를 흔들 뿐이었다.

"다음 주 금요일에 오시기로 한 거 아니셨어요? 로빈은요?"

질문을 듣자마자 그녀는 팔을 풀며 한숨을 푹 쉬었다.

"촬영 예약했던 사람이 갑자기 날짜가 미뤄졌다고 통보를 한 거야. 원래는 사정 봐주면 안 되는데, 태풍 때문에 결항한 탓도 있고 뭣보다 그쪽이 신혼여행 촬영이라 로빈이 취소하면 다른

업체 찾아야 하거든. 그래서 어쩔 수 없이 나 혼자 날짜 앞당겨
서 빨리 왔지."

"아아⋯⋯."

"내가 이번에는 너희한테 로빈 꼭 소개해 주고 싶었는데 아쉬
워 죽겠어."

오랜만에 본 혜란은 여전히 말투부터 몸짓까지 애교가 철철
넘치는 소녀 같았다.

"그런데 상윤이가 너 일찍 퇴근했다고 했는데, 카페에 있었던
거야?"

"아, 네에⋯⋯."

"어?"

마침 입구로 걸어 나오던 용훈과 눈이 마주친 혜란이 그를 손
가락으로 가리켰다.

"이 친구! 희현이 남자 친구 맞지?"

쓸데없이 좋은 그녀의 기억력에 상윤과 희현은 물론, 용훈도
당황스러웠다.

"아줌마, 저기⋯⋯."

"반가워요. 내가 사람은 진짜 잘 기억하거든. 우리 예전에 한
번 영상통화도 한 적 있는데."

낯선 한국에서 아는 사람을 만난 것이 그저 신기했던 혜란은
용훈에게 손을 내밀었다.

"나 상윤이 엄마예요. 기억하려나?"

"아, 예. 기억납니다."

주책없는 인사를 받아 주고 있는 용훈을 본 상윤의 표정이 일
그러졌다.

278

"여기서 나가요, 엄마."

"왜에! 희현이랑 데이트 중인가 본데, 괜찮으면 내가 저녁이라도 사 주고…….

"저희 헤어졌어요!"

넋 놓고 지켜만 보다가는 오해로 일이 걷잡을 수 없이 커질 것 같았다. 희현은 결국 최후의 방법으로 말을 막아 냈다.

"응? 헤어졌다고? 이 친구랑?"

"네."

이렇게 카페 문 앞에서 전 남자 친구와 헤어진 사실을 털어놓다니. 그것도 현 남자 친구 앞에서, 현 남자 친구의 어머니가 된 그녀에게.

이건 모두 제 탓이었다.

"제가 설명해 드릴 테니까 우선 좀 나오세요."

표정이 굳어진 상윤이 먼저 카페를 나갔다. 뒤따라 카페에서 나온 혜란은 희현에게 팔짱을 끼었다.

"얼굴도 잘생기고, 전에 성미도 통화했을 때 성격 좋다고 칭찬했던 것 같은데. 왜 헤어진 거야?"

"저…….

아줌마, 다 들리잖아요. 제발……!

친구였으면 옆구리를 찌르거나 입이라도 틀어막아 버리겠는데 혜란에게는 할 수 있는 게 아무것도 없으니 그저 발만 동동 굴렀다.

"희현이가 저랑 헤어지고 아드님을 만난다더라고요."

그때 뒤에서 잠자코 따라오던 용훈이 폭탄선언을 했다.

"곽용훈!"

"아드님? 우리 아들? 상윤이?"

"네. 그래서 다시 만나자고 했다가 차였습니다."

"너 진짜 입……."

희현은 혜란의 눈치를 보며 겨우겨우 입을 막았다. 혜란과 상윤이 있는 자리에서 험한 말이 튀어 나오기 일보 직전이었다.

"희현아."

충격받은 그녀의 얼굴에 희현은 공손히 손을 모았다.

"그게 사실은요……."

"너 드디어 우리 상윤이 데려간 거야?"

"……네?"

예상과 다르게 환해진 얼굴로 혜란은 그녀의 손을 덥석 붙잡았다.

"내가 진짜 너희 둘 가망 없는 것 같아서 속으로 얼마나 속상해했는데! 내가 말을 안 해서 그렇지, 저 자식이 남자구실을 못 하는 건가 걱정까지 했다니까?"

"엄마."

상윤이 나서려고 했지만, 오히려 더 큰 목소리가 돌아왔다.

"진짜야! 난 너 평생 장가 못 가고 노총각으로 늙어 죽으면 어쩌나 걱정했단 말이야!"

혜란은 정말 은인이라도 만난 사람처럼 감동한 얼굴로 희현을 바라보았다.

"우리 상윤이랑 만나 줘서 고마워, 희현아. 저 무뚝뚝한 놈 네가 살린 거야."

"아니에요! 무슨 그런…… 차쌍이 얼마나 인기가 많은데요."

"그거 다 거품이야."

호호거리며 웃던 혜란은 뒤에서 홀로 벙쪄 있는 용훈에게 시선을 돌렸다.

"미안해요. 아무리 나한테 정 없이 구는 애여도 팔은 안으로 굽는다고, 희현이가 내 아들 만난다고 하니까 기분이 너무 좋아서."

거침없이 쏟아져 나오는 말들에 이젠 상윤도 백기를 들었다.

"저기, 아줌마. 그런데 짐은 어디 맡기셨어요? 호텔? 아니면 상윤이 차? 아니다. 일단 저희 집으로 가요."

"희현아, 미안. 나 오늘은 상윤이만 잠깐 보러 온 거고, 저녁에는 선약이 있어서."

"아⋯⋯."

"내일은 지윤이도 봐야 하고. 우선 성미한테는 내가 전화할테니까 그때까지는 나 온 거 비밀로 해 줘."

"그럴게요."

제 편이 된 희현에게 코를 찡긋하며 웃은 혜란은 아직 자리를 뜨지 않은 용훈을 검지로 가리켰다.

"그리고 희현이 구 남친?"

"예?"

"앞으로 다시는 우리 희현이한테 연락하지 마요. 알았지?"

검지를 모으며 순식간에 주먹을 내보이는데 하나도 위협적이지가 않았다. 희현은 혜란의 행동에 끝내 웃음이 터지고 말았다.

홀연히 나타나 폭탄을 제거해 준 혜란은 약속 시각이 늦었다며 택시를 타고 먼저 가 버렸다.

그녀를 보내고 집으로 가는 길. 운전하던 상윤은 고개를 돌린 채 혼자서 자꾸만 피식거리는 희현을 바라보며 미간을 좁혔다.

"그만 웃어."

"아줌마 너무 귀여우신 거 같아."

"철이 없는 거지."

희현은 부정적인 상윤에게 눈을 흘겼다.

"젊게 사신다는 좋은 표현이 있는데."

"곽용훈한테 얼마나 창피하던지."

"왜? 아줌마가 곽용훈한테 한 방 제대로 날리셨는데."

카페에서 혜란을 마주친 걸 떠올리면 아직도 눈앞이 아찔했다. 용훈을 알아보던 그때는 정말 가슴이 덜컥 내려앉다 못해 다리에 힘이 풀려서 주저앉을 뻔했었다.

"그나저나, 정리 잘했어?"

"당연하지. 이제 정말 끝이야. 다신 볼 일 없어."

"그럼 됐어."

"이번에는 아줌마한테 좀 잘해 드려. 한국 오랜만에 오신 거잖아."

희현이 상윤의 손을 잡으며 말하자 그는 고개를 저었다.

"싸움 거는 건 늘 내 쪽이 아니라서."

회피하는 대답이 맘에 안 든 희현이 옆구리를 쿡 찔렀다.

"아까 봤잖아. 나랑은 안 맞아."

"워낙 자유분방하신 분이잖아."

"그 자유분방함 때문에 힘들다는 거야."

한국에 오는 일만 해도 그랬다. 아무리 즉흥적으로 일정을 바꿨다고 해도 출국 전에 공항에서 한 번쯤 연락해 줄 법도 한데,

모친은 한국에 와서 짐까지 다 풀고 나서야 대뜸 회사 앞이라고 연락을 했다.

　프라하에 있어야 할 사람이 갑자기 회사 앞이라고 하니 상윤의 입장에서는 황당할 수밖에 없었다.

　"그런데 어디서 지내시겠대? 너희 집? 아니면 지윤이네?"

　"호텔."

　"그게 편하실 수도 있지."

　희현이 아까부터 쭉 긍정적으로 대답하는 건 기분 탓일까. 상윤은 미간을 좁혔다.

　"뭐든 우리 엄마 편들려고 애쓰지 않아도 돼."

　자신도 때때로, 아니 매번 이해할 수 없는 모친이었다.

　"애쓰는 거 아니야. 난 아줌마 너무 좋아."

　싫어하는 게 아니라 다행이라고 해야 하는 걸까. 모르겠다. 마음의 준비를 할 틈도 없이 갑자기 들이닥친 모친의 방문에 상윤은 심란하기만 했다.

13.

혜란의 연락으로 모두 모이기로 한 동일의 집은 모처럼 시끌
벅적했다.

"나 진짜 얘기 듣고 깜짝 놀랐잖아. 쟤네 둘이 만날 줄 누가
알았겠어."

"솔직히 난 만날 줄 알았지."

"진짜? 나만 몰랐던 거야? 지윤이 너도 예상했어?"

동일의 대답에 혜란이 두 눈을 휘둥그레 뜨며 놀라자 현욱을
안고 있던 지윤이 웃음으로 대답을 대신했다.

"딱 보면 답이 나오잖아. 그런데 누구는 계속 아니라고, 아니
라고."

우쭐대던 동일은 주방에서 아귀찜을 담는 성미를 힐끔 쳐다
보며 속삭였다.

"눈치가 부족해."

"얘, 성미야! 동일이가 나한테 네 욕 한다!"

"뭐?"

"야! 오혜란!"

아무리 어른이 됐어도 반가운 친구의 앞에서는 대화에 허물이 없었다.

"자, 기다리고 기다리셨던 아귀찜 나왔습니다!"

"어머!"

혜란은 희현이 들고 온 성미표 아귀찜에 열렬히 환호했다.

"프라하에서 이게 얼마나 먹고 싶었는지."

프라하에도 한국 음식을 파는 식당은 많지만, 아귀찜을 파는 곳은 없었다. 판다고 해도 한국에서 먹는 것만큼 매콤하면서 칼칼한 맛을 재현해 내기란 힘든 일이었다.

"성미야, 그만하고 얼른 와서 먹자!"

"응."

앉아 있던 상윤은 대답만 하고 부엌에 머물러 있는 성미를 직접 데리고 왔다.

오랜만에 한국에 온 친구를 환영하기 위해 그녀는 집 밥을 먹이겠다며 아침부터 고생을 자처했다.

그래서 식탁에는 혜란이 전부터 노래를 불렀던 아귀찜과 해물탕, 잡채 등이 푸짐하게 놓여 있었다. 그야말로 잔칫상이었다.

"잘 먹겠습니다."

"으앙!"

저녁을 먹기 위해 지윤이 자리에 앉자 현욱이 안아 달라며 칭얼거리기 시작했다. 앉았던 지윤은 벌떡 일어나 현욱을 안아 주었다.

"현욱아, 오늘 왜 그래? 낯설어서 그래?"

희현의 집에 오고 나서부터 현욱의 투정이 심해졌다. 희현은 덩달아 자리에서 일어났다.

"현욱아! 이모한테 올래?"

평소에는 희현의 얼굴만 봐도 방긋거리며 웃던 현욱이 오늘은 미소는커녕, 고개도 돌린 채 엄마 품에 매미처럼 찰싹 붙어 있었다.

"졸려서 그런가? 아니면 배고파서?"

낮잠은 충분하게 잤고, 밥때는 아직 오지 않았다. 혹시나 하는 마음에 지윤은 현욱의 이마를 만져 보았다.

"열이 있는 것 같기도 하고."

"열? 감기 걸렸나?"

"지금 병원 가 봐야 하는 거 아니야?"

"아직 그 정도 아니에요. 얼른 식사하세요."

수저를 들다 말고 걱정하는 성미와 동일에게 미안했던 지윤은 현욱을 데리고 희현의 방으로 들어갔다.

"이거 식기 전에 먹어야지. 성미가 고생해서 만든 건데."

"그래, 일단 다들 먹자."

"성미야, 고생했는데 너도 한잔하자."

술을 따르는 혜란의 주도하에 다시 식사가 시작됐다. 상윤은 굳게 닫힌 방문을 바라보다 결국 자리에서 일어났다.

"왜?"

"잠깐 보고 올게요."

아무것도 못 먹는 동생이 걱정된 상윤이 희현의 방으로 들어가 보았다.

"왜?"

방으로 들어오는 상윤을 올려다보는 지윤의 물음에도 상윤은 현욱이 진정될 때까지 잠자코 기다려 주었다.

"현욱이 표정 어때?"

한참이 지난 후 현욱의 투정이 사그라지자 지윤이 조심스레 말을 걸었다.

"문현욱."

상윤은 통통한 볼을 꾹 누르며 현욱에게 장난을 쳤다. 그러자 현욱이 작은 입술을 오물거렸다.

"괜찮아진 것 같아."

그의 말에 지윤은 다시 거실로 나갔다.

"으앙."

그런데 거실로 나가자마자 현욱이 다시 칭얼거리기 시작했다. 어쩌다 한 번 현욱을 볼 때마다 너무 얌전하게 굴어서 칭얼거림은 모르는 아기인 줄 알았는데 그게 다가 아니었다. 아무리 예쁜 조카라도 동생을 힘들게 하는 행동에는 표정이 굳어질 수밖에 없었다.

"문현욱. 삼촌한테 와."

"으아아앙."

좋아하는 희현에게도 고개를 돌렸는데, 정색하는 상윤에게 갈 리 없었다. 현욱은 자지러지며 울기 시작했다.

"누가 우리 현욱이 울렸어!"

결국 성미가 현욱에게 다가갔다. 성미는 구슬같이 뚝뚝 흘리는 현욱의 눈물을 닦아 주었다.

"삼촌이 그랬어? 삼촌 혼내 줄까?"

성미는 상윤의 무릎을 때리는 척했다.

"갑자기 못 보던 어른들이 있어서 무섭지?"

성미는 온화하게 웃으며 현욱을 안고 일어났다. 그런데 싫다고 발버둥 칠 줄 알았던 현욱이 성미의 품에서 얌전해졌다.

"어머머. 현욱이가 성미 좋아하는 것 좀 봐."

"내가 남자한테는 몰라도 애들한테는 인기가 좀 있지."

성미의 말에 혜란과 동일이 깔깔 웃었다.

"현욱이 무거워요."

"괜찮아. 지윤이 넌 얼른 뭐 좀 먹어."

"지윤아."

그때 희현이 아귀찜을 덜어 그녀의 앞에 놔 주었다.

"잡채도 줄까?"

"아니야. 내가 먹을게."

"우리 술 더 있나?"

"술이요?"

혜란이 가져온 와인 두 병은 순식간에 비워졌다. 술을 더 찾는 혜란의 말에 희현이 벌떡 일어나 냉장고로 향했다.

"집에는 맥주랑 소주밖에 없는데."

"그래? 나 소주 잘 못 먹는데."

"한국 왔으면 소주 한잔 해야지!"

"그래? 오늘 한번 달려 봐?"

술기운이 올라 신난 혜란은 동일과 함께 소주를 기울였다.

이를 가만히 지켜보고 있던 상윤의 표정이 더더욱 굳어졌다. 아무리 아이를 좋아하지 않고, 본 지 얼마 안 됐다고 해도 엄연한 손자였다. 그런데 우는 손자를 걱정하기는커녕 술 마시는 데 더 집중하고 있다니. 도저히 모친과 성미와 비교를 하지 않을 수 없다.

보다 못한 상윤은 혜란의 소주잔을 슬쩍 막았다.

"와인도 넘치게 드셨잖아요. 적당히 드세요."

"나 얼마 안 마셨어."

"얼굴 빨개졌어요."

혜란은 두 볼을 감싸 쥐었다.

"그래서, 엄마가 창피해?"

"그러지 않길 바라니까 말씀드리는 거예요."

솔직한 대답이 마음에 안 든 혜란은 희현을 바라보았다.

"희현아, 상윤이가 너한테도 잔소리 심하지?"

"장난 아니에요."

희현이 맞장구를 쳐 주자 혜란이 두 손을 저었다.

"너 그러지 마. 잔소리 많이 하는 남자 진짜 매력 없다? 동일이 봐. 이제까지 성미한테 잔소리 한 번을 안 하잖아."

아줌마는 잔소리할 일을 만들지 않으시잖아요.

하고 싶은 말을 꺼내려는 순간, 희현의 손이 허벅지에 지그시 내려앉았다. 말리는 그녀의 손길에 상윤은 깊은 한숨을 내쉬었다.

"이제 가 봐야겠다."

급하게 몇 술 떠먹은 지윤이 수저를 놓고 자리에서 일어났다.

"벌써? 현욱이 이제 괜찮아졌는데."

혜란의 아쉬운 목소리에 지윤이 다시 현욱을 안으며 말했다.

"아니에요. 집에 가서 일찍 재우는 게 나을 것 같아요."

칭얼거리는 아이를 데리고 있으면 그 자리에 있는 모든 사람이 불편해진다는 걸 지윤은 알고 있었다.

"그럼 잠깐 기다려, 지윤아. 음식 싸 줄게."

"지난번에 주신 것도 아직 많이 남았는데."

"그때 반찬들이랑 다른 거니까 두고두고 먹어. 안 그래도 마른 애가 더 홀쭉해져서는."

성미는 미리 지윤의 몫까지 해 놓은 여러 반찬을 바리바리 싸 주었다.

"고맙습니다, 매번."

어느새 다가온 상윤도 덩달아 고개를 꾸벅이며 반찬을 들었다.

"데려다줄게."

"아니야. 택시 타면 돼."

"너 이거 들고 현욱이 안고 택시 못 타."

주방에서 세 사람이 나오자 술에 얼근하게 취한 동일이 눈을 게슴츠레 떴다.

"지윤이 가는 거야?"

"네, 아저씨. 죄송해요. 현욱이 때문에 많이 시끄러우셨죠?"

"아니야. 오랜만에 시끌벅적해서 좋았는데, 왜. 다음에 또 놀러 와."

"네."

"딸! 이따가 엄마가 전화할게!"

"응. 술 조금만 마셔요."

희현은 두 사람을 배웅해 주기 위해 엘리베이터 밖까지 따라 나왔다.

"현욱아, 나중에 예쁜 이모가 놀러 갈게. 알았지?"

희현이 웃으며 옆구리를 간질이자 현욱이 까르르 웃었다.

"아, 비싼 문현욱. 이제야 웃어 주네."

"이제 들어가 봐."

"응."

상윤은 지윤 몰래 잡고 있던 희현의 손을 꽉 쥐었다가 아쉽게 놓았다.

"지윤아, 조심해서 가."

"응. 그리고 언니, 고마워."

"고맙긴. 내가 한 게 뭐 있다고."

"큰일 했지. 울 오빠 받아 줬잖아."

지윤이 두 사람을 바라보며 흐뭇하게 웃었다. 어른들과 함께 있느라 티 내지 않으려고 노력한 것 같지만, 희현을 바라보는 상윤의 눈빛에 꿀이 뚝뚝 흐르고 있었다. 이제껏 저 눈빛을 어떻게 숨겼나 신기할 만큼.

"앞으로 잘 부탁해, 언니."

"그 부탁을 왜 네가 해? 내가 해야지."

"둘 다 부탁하면 언니가 부담스러워하려나?"

"엄마까지 셋이야. 더 보태지 마."

"차씨 남매들! 티격태격 그만하고 가. 현욱이도 안녕."

희현은 엘리베이터를 잡아 두 사람을 태웠다. 지윤의 뒤에 선 상윤은 희현을 향해 옅게 미소를 띠곤 주차장으로 내려갔다.

내내 칭얼대느라 지쳤던지 현욱은 차에 탄 지 얼마 안 돼서 까무룩 잠이 들었다.

292

"오빠 배고프지? 나 때문에 저녁도 많이 못 먹고."

"나보다 네가 더 못 먹었지."

"아니야. 나 희현 언니가 옆에서 계속 챙겨 줘서 꽤 먹었어."

현욱을 다독이던 지윤이 갑자기 쿡 하고 작게 웃었다.

"희현 언니랑 제대로 연애 시작한 기분이 어때?"

"좋아."

대답과 다르게 석연찮은 목소리가 마음에 들지 않았다.

"뭐야, 전혀 좋은 목소리가 아닌데?"

"지윤아."

"응?"

"나랑 같이 살래?"

지윤은 코웃음을 쳤다.

"그 말은 희현 언니한테나 가서 해."

"진지하게 고민해 보라고 말하는 거야."

결혼으로 일찍 독립한 지윤은 이혼하고 나서도 끝까지 현욱과 둘이 살기를 고집했다. 오붓하게 둘만의 시간을 보내고 싶다는 이유였다.

그런데 오늘 부쩍 마른 몸으로 현욱을 안고 달래는 동생을 보니 혼자 두면 안 될 것 같다는 생각이 들었다. 고작 이 짧은 시간 칭얼거리는 걸 달래 주는 것만으로도 기가 빠지는데, 일 끝나고 집에 가서 혼자 육아를 하며 집안일까지 도맡아 할 지윤을 생각하니 마음이 안 좋았다.

같이 살면 적어도 집안일은 신경 쓰지 않게 해 줄 수 있으니까. 힘든 걸 조금이라도 줄여 주고 싶은 마음이었다.

"진지하게 고민해 볼 필요도 없이 싫어."

하지만 지윤은 여전히 단호했다.

"현욱이, 남자애 중에서 손에 꼽게 얌전한 편이야. 오늘은 낮을 가려서 힘들어한 거고."

생각해서 제안한 일은 쏙 거절하면서 제 자식 변명부터 하는 동생이 안쓰러우면서도 한편으론 섭섭했다.

"넌 나랑 같이 살기 그렇게 싫어?"

"싫어. 그러니까 희현 언니한테 얼른 장가나 가."

어이없는 결론에 상윤은 픽 웃어 버렸다.

"내 걱정하는 거에 반만 떼서 엄마한테도 신경 좀 써."

어떻게 내 주변 여자들은 대화의 끝이 다 엄마인가.

"왜 또 이야기가 그쪽으로 튀어?"

"또 피한다."

지윤의 다그침에 상윤이 한숨을 내쉬었다.

"아까 너 현욱이 때문에 힘들어할 때만 해도 그래. 손자가 칭얼거리고 우는데 보는 둥 마는 둥. 오히려 성미 아줌마가 더 안절부절못하시고. 거기다가 딸이 집에 간다는데 나와 보지도 않고……."

자식에게 지나치게 무관심한 혜란에 대한 불만이 기어이 입 밖으로 터져 나왔다.

"엄마는 동일 아저씨 받아 주느라 정신없었잖아."

"받아 주긴. 같이 즐기느라 바빴던 거지."

지윤은 현욱을 다독이던 손을 멈췄다.

"오빠는 엄마한테 좀 관대해질 필요가 있어."

사는 동안 너무 실망만 했기 때문에 매번 이게 끝일 거라고 마음을 다잡았다. 그런데 모친은 항상 그 이상을 보여 주었다.

"그 말도 맞아."

이게 끝일 거라고 은연중에 기대하고 있는, 내가 문제일 수도.

상윤은 씁쓸해진 얼굴로 핸들을 돌렸다.

희현의 집으로 돌아오니 어지러웠던 거실은 말끔히 치워져 있고, 거실에 엉덩이를 붙이고 있던 혜란과 동일은 어디 갔는지 보이지 않았다.

"다 어디 가셨어요?"

"둘 다 뻗었어. 그이는 안방에서 재우고, 혜란이는 희현이 침대에 눕혔어."

상윤은 미간을 좁히며 베란다에 있는 빈 병을 바라보았다. 와인에, 소주에, 맥주, 심지어 막걸리까지. 지윤을 바래다주러 간 사이에 다양하게 주종을 바꾼 모양이다.

"희현이는요?"

"혹시 몰라서 내일 마실 숙취 음료 사러 갔어."

상윤이 조용히 싱크대로 향했다. 그가 고무장갑을 끼자 남은 요리를 반찬통에 담고 있던 성미가 말렸다.

"아유, 상윤아. 이거 희현이 시키면 되니까 넌 혜란이 데리고 얼른 올라가."

희현이 할 일이라면 더욱더 하고 가야 했다.

"제가 할게요."

상윤은 잔뜩 남은 요리들을 보며 말했다.

"아까 현욱이 때문에 힘드셨죠?"

"애들은 다 그래. 오며 가며 많이 보고 지냈어야 하는데 처음

295

보는 사람들이라 낯서니까 애가 더 힘들었을 거야."

이해까지 해 주니 더 면목이 없었다.

"오늘 감사합니다."

상윤의 깍듯한 인사에 성미가 온화하게 웃었다.

"내 친구 한국 와서 내가 대접한 건데, 네가 뭐가 감사해?"

"그렇게 말씀하시면 제가 더 죄송해져요."

"진짜야. 오랜만에 성미 만나서 너무 즐거웠어. 저이도 신났고."

어릴 때부터 친구였던 세 사람은 상윤과 희현, 도연을 볼 때마다 자신들을 보는 것 같다며 신기해했다.

특히 성미는 친구 중에서도 자유롭고 시원시원한 혜란의 성격을 좋아했다. 희현의 친구 무리 중에서 유난히 도연을 예뻐하는 이유도 자신이 아끼는 혜란과 그녀가 묘하게 닮아 있어서였다.

"맞다."

방앗간에서 해 온 쑥떡에 랩을 씌우던 성미가 문득 떠오른 생각에 뒤를 돌아보았다.

"다음 주가 친할머니 기일 아니야?"

상윤은 설거지를 하다 말고 성미를 바라보았다. 모친도 기억하지 못하는 날을 성미가 기억하고 있었다.

"어떻게 아세요?"

"다음 주가 입하잖아. 딱 그맘때였던 게 기억나서. 쑥을 보니까 생각나네."

해마다 절기의 날짜가 조금씩 바뀌니 정확하지 않지만, 기일 날짜는 늘 입하에서 하루 이틀 차이가 났다. 살아 계실 적에 할머니가 소화에 좋다며 쑥떡을 손수 만들어 주셨던 게 생각나서, 산소에 갈 때마다 항상 입하에 제일 맛이 좋다는 쑥떡을 사 가곤 했다.

"……아버지랑은 아직 연락 안 하고?"

"네."

연락하고 싶어도 연락처를 모르니 할 수 없었다.

모친과 이혼하고 나서 아버지는 자식들에게도 연락을 딱 끊었다. 평생 자식에게 자상했던 아버지가 그만큼 매정하게 돌아선 데는 분명 이유가 있을 거라고 생각했다. 그래서 모친을 더 원망스러워했던 것도 같고.

서로에게 완전히 질린 눈빛으로 돌아서는 부모님의 모습을 떠올리던 상윤은 그릇을 더욱더 바득바득 닦았다.

"저 그럼 올라가 볼게요."

"그래, 상윤아. 설거지 고마워."

성미가 설거지와 주변 정리까지 모두 마친 상윤의 등을 다독여 주었다.

희현의 방으로 들어간 상윤은 가벼운 혜란을 단숨에 들어 안고 걸어서 7층으로 올라갔다.

곧장 자신의 방으로 들어가 침대에 내려놓자 술에 취한 혜란은 얼굴을 찌푸렸다.

"어지러워……."

얼굴 한 번 보지 못한 로빈에게 연민을 느끼며 상윤은 부엌에서 컵과 주전자를 가져와 협탁에 두었다.

"물 좀 드세요."

누워 있던 혜란은 몸도 가누지 못하고 손을 뻗으며 허우적거렸다. 결국 상윤은 모친을 일으켜 세워 컵을 쥐여 주었다.

"너어⋯⋯."

물을 다 마신 혜란은 컵을 돌려주며 상윤을 흘겨보았다.

"왜 그렇게 날 미워하니?"

"⋯⋯."

"내가 뭘 그렇게 잘못했다고⋯⋯."

주정인지 진심인지 알 수 없는 말들은 못 들은 척하는 게 최선이었다. 거추장스러워하는 카디건을 대신 벗겨 주자 혜란이 그대로 침대에 다시 누워 버렸다.

"나 좀 그만 미워해⋯⋯."

진심이 묻어나는 한마디와 함께 혜란은 순식간에 잠들어 버렸다.

이불을 덮어 주기 위해 다가간 상윤은 모친을 가까이 들여다보았다. 오랜만에 가까이서 본 얼굴은 이젠 화장으로 모두 가릴 수 없을 만큼 많이 늙어 있었다.

엄마지만 한편으로는 여자인 그녀에게 엄마의 역할만 기대하고 있는 자신이 너무 나쁜 놈인 걸까.

하지만⋯⋯ 자신들에게 소홀했던 모친이 지금이라도 조금이나마 그 역할을 해 주길 바라던 마음이었던 건데. 그럼 상처받았던 마음들을 풀어낼 수 있을 명분이 생길 것 같아서.

상윤은 혜란에게 이불을 덮어 주며 불을 끄고 방에서 나왔다.

"어?"

조금 지친 듯한 기분을 느끼며 거실로 나오자 희현이 활짝 웃으며 손을 흔들고 있었다.

"언제 왔어?"

"아까. 아줌마가 아침에 일어나서 찾으실 것 같아서."

희현은 상윤이 미처 못 챙긴 혜란의 가방을 가리켰다.

"고마워."

상윤의 목소리에 힘이 하나도 없었다. 소파에 앉아 있던 희현은 어깨를 두드렸다.

"엄마 안 주무셔서 오래 못 있어. 딱 5분만."

지금은 5분도 감사했다. 상윤은 희현의 옆에 앉아 아무 말 없이 그녀를 끌어안았다. 희현에게서만 느낄 수 있는 살 냄새가 마음을 차분하게 만들었다. 그는 희현의 목덜미에 입술을 지분거렸다.

"수고했어."

희현은 고단했던 그의 등을 쓰다듬어 주었다. 힘들어 보이는 지윤을 보면서 내내 속상해했던 것도, 세심하지 않은 혜란의 행동에 섭섭했던 것도 모두 다 알고 있었다.

"희현아."

"응?"

"……난 좋은 사람은 아닌 것 같아."

누구에게도 좋은 사람이 돼 본 적 없었다. 다 받아들이는 척했지만, 누구보다 부모님의 이혼을 이해하지 못했던 답답한 아들이었고, 그 현실에서 도망치고 싶어서 사춘기였던 동생을 자유분방한 엄마 옆에 두고 떠난 못난 오빠였다.

친한 친구였던 진영이 지윤과 이혼을 결심한 사정 따위는 듣고 싶어 하지도 않던 매정한 친구였고, 희현의 마음을 알면서도 관계에 대한 두려움으로 모르는 척 시간을 끌었던 나쁜 남자였다.

"넌 충분히 좋은 사람이야."

희현은 잠시 상윤의 품에서 떨어져 나와 그를 곧은 눈으로 바라보았다.

"아줌마한테는 자랑스러운 아들이고, 지윤이한테는 믿음직스러운 오빠고, 우리 부모님한테는 든든한 아들이고."

"너한테는?"

"그걸 다 갖춘 멋있는 남자지."

"……너무 띄워 주네. 날아가면 어쩌려고."

가끔 상윤이 너무 많은 짐을 가지고 있는 것 같다는 생각이 든다. 그런데 그 짐을 너무 오래 짊어지고 살았던 본인은 인이 박여 버려서 짐이 있다는 것조차 모른 채 내려놓을 생각도 하지 못한다. 희현은 그게 제일 안쓰러웠다.

"다른 사람들한테 다 나쁘게 굴어도 돼."

그게 가족이든, 친구든, 회사 동료든. 누가 되더라도.

"다른 사람들한테는 내가 착하게 굴게. 넌 노력하는 거지만, 난 하던 대로 하면 되는 거니까 쉽거든."

"……허."

상윤이 바람 빠진 웃음을 흘렸다.

"요즘 너 이과답지 않게 말 잘한다?"

"사랑하면 닮는다잖아."

상윤은 잠시 품에서 떨어뜨렸던 희현을 끌어당겨 입술을 포갰다. 살짝 벌어진 틈을 가르고 들어오려는 혀에 놀란 희현이 그의 가슴을 밀쳐 내며 속삭였다.

"아줌마 주무시는데……!"

"2분 남았어."

그녀 말대로 정말 사랑하면 닮는 건지 이제 상윤이 계산을 하고 있었다. 물론 2분으로 끝날지는 모르겠지만.

그는 뜨거워진 손길로 희현의 허리를 감쌌다.

14.

변덕 많은 소나기가 지나가고 쨍쨍한 햇볕이 내리쬐기 시작했다. 적막함을 없애 주는 TV 소리를 벗 삼으며 작은 평상에서 쉬고 있던 할머니는 가게 앞에 서는 자동차에 고개를 돌렸다.

"아이고."

차 안에서 내리는 훤칠하게 잘생긴 총각을 보자마자 할머니가 앓는 소리를 내며 자리에서 일어났다. 반가운 총각이 온 걸보아 이 동네에도 여름이 찾아올 모양이구나, 싶었다.

"안녕하세요."

"쑥떡 줄까?"

"네."

상수리나무가 푸른빛을 띨 무렵에 찾아와서 쑥떡을 사 가는 젊은 총각은 기억에서 지워질 만하면 나타나곤 했다. 손자가 서울로 대학을 올라간 무렵부터 찾아왔으니 벌써 10년째였다.

"올해는 좀 더 넣었어."

"감사합니다."

"그런데 매년 이거 사서 어디 가는 건지 물어봐도 되나?"

딱 봐도 서글서글한 성격이 아닌 것 같아서 말 걸기가 조심스러웠는데 오늘은 희한하게 물어봐야 할 것만 같았다.

"친할머니 산소가 근처여서요."

"아…….."

어쩐지. 늘 말쑥하게 정장을 차려입고 오는 행색이 동네 사람은 아닌 것 같다고 생각했는데.

"생전에 쑥떡을 좋아하셨나 봐."

"네."

이 총각을 볼 때마다 할머니는 서울에서 회사 다니고 있는 손자를 떠올렸다. 손자가 늘 나이를 말해 줘도 까먹는 바람에 기억나진 않지만, 분명 손자 또래였다. 할머니는 검은 봉지 하나를 더 뜯어서 갓 만들어 식히고 있던 가래떡도 넣어 주었다.

"가는 길에 먹어. 방금 한 거라서 따뜻해."

"……감사합니다."

계산한 총각은 떡집을 한번 훑어보더니 할머니에게 꾸벅 고개를 숙였다.

"건강하세요."

짤막한 인사와 함께 총각이 가게를 나갔다.

슬슬 걸어 나온 할머니는 뒷짐을 지고 멀어지는 총각의 차를 바라보았다. 왠지 내년부터는 다른 방법으로 여름이 다가오고 있음을 알아차려야 할 것 같았다.

"참 푸르네."

할머니는 울창하게 들어서 있는 상수리나무를 한참 동안 바라보았다.

올 때마다 헤매던 산소 가는 길이 이제는 눈 감고도 찾을 수 있을 만큼 익숙해졌다. 산소 앞에 다다른 상윤은 다른 산소들에 비해 유난히 깔끔한 할머니의 무덤을 바라보았다.

상석을 깨끗하게 치운 그는 할머니가 생전에 좋아하셨던 바나나와 쑥떡, 그리고 시장에서 미리 샀던 동그랑땡을 소박하게 접시에 올려놓았다.

신발을 벗고 돗자리에 올라가 절을 한 상윤이 말없이 묘비를 바라보았다.

'너무 오랜만에 왔죠?'

1년 만에 뵙는 할머니께 마음속으로 그렇게 말했다. 이곳에서는 굳이 말이 필요 없었다. 할머니는 늘 어디선가 자신을 지켜보고 있고, 제 마음을 다 알고 계실 것 같다는 생각 때문에.

대신 상석에 현욱과 지윤이 함께 찍은 사진을 올려 두었다. 함께 오지 못한 지윤의 부탁이었다.

어렸을 때 부모님보다 할머니를 더 오래 보고 자랐던 두 사람은 할머니에 대한 애정이 남달랐다. 지윤도 아이를 갖기 전까지는 함께 산소에 왔었지만, 지금은 아이를 안고 산에 오르는 게 쉽지 않아서 몇 년째 오지 못하고 있었다.

1시간가량 멍하게 하늘을 보며 앉아 있다 보니 해가 뉘엿뉘엿 지기 시작했다. 상윤은 음식과 돗자리를 정리하고 다시 묘비 앞에 섰다.

"할머니."

오랜만에 입 밖으로 불러 보았다. 상윤은 고개를 숙였다.

'저 내년부터는 여기 안 오려고요.'

이곳에 오면 혹시라도 아버지를 우연히 마주칠 수 있지 않을까 싶은 마음에 10년간 기대를 품고 찾아왔었다. 그런데 이젠 헛된 희망을 접어야 할 것 같았다. 대신 지윤과 함께 할머니의 기일을 따로 챙기기로 했다. 산소를 찾아오는 것만이 돌아가신 할머니를 기리는 방법은 아니니까.

"대신 더 자주, 오래 생각할게요."

인사를 끝낸 상윤이 짐을 챙겨 언덕을 내려가기 시작했다. 그런데 헐레벌떡 언덕을 올라오던 한 남자아이가 넘치는 힘을 주체하지 못하고 제 다리에 걸려 풀썩 넘어졌다.

이런.

상윤은 빠른 걸음으로 꼬마에게 다가갔다.

"조심해야지."

"괜찮아요!"

씩씩한 꼬마는 의젓하게 몸을 일으키고 바지를 털더니 다시 뛰기 시작했다.

"차명한! 천천히 가!"

뛰어가는 아이를 바라보던 상윤이 고개를 돌렸다. 목소리가 들린 언덕 아래에서는 중년 남자가 젊은 여자의 손을 끌어 주며 다정하게 산을 오르고 있었다.

무심히 언덕 위를 올려다보던 남자는 문득 귀신이라도 본 사람처럼 걸음을 뚝 멈췄다.

"……상윤아…….."

자신의 이름을 부르는 목소리에 상윤은 온몸이 차게 얼어붙었다.

"아빠! 엄마! 빨리 와!"

그때 까랑까랑한 아이의 목소리가 굳어 버린 몸을 깨부숴 버렸다.

상윤은 제게 점점 가까워지는 부친의 얼굴을 바라보았다. 10년 만에 보는 아버지는 아이러니하게도 모친과 헤어지던 그날보다 훨씬 더 얼굴이 좋아 보였다.

"상윤아……."

부친의 옆에 서 있는 여자는 이름을 듣더니 대놓고 불편한 표정을 지었다. 상윤이 그녀를 빤히 바라보자 세민이 아차 싶은 얼굴로 여자를 다독였다.

"먼저 올라가 있어. 금방 따라갈게."

"빨리 와요."

'빨리'라는 말에 힘을 준 여자가 옆을 스쳐 지나갔다. 산소와 어울리지 않는 짙은 향수 냄새가 머리를 어지럽게 했다.

"저…… 상윤아……."

10년 만에 아들을 보는 아버지는 제 이름만 벌써 세 번째 부르고 있었다.

본인이 잊고 살았던 그 이름이 맞는지 재차 확인하듯이.

"잘 지내고 계셨네요."

"어…… 그래. 할머니께 왔다 가는 길이야?"

"네."

그는 상윤의 뒤로 천천히 올라가고 있는 여자의 모습을 보며 안절부절못했다.

"이 산 주차장에 울림이라고 카페 하나가 있어. 시간 괜찮으

307

면……."

"가 있을게요."

하고 싶은 말과 들어야 할 말이 남아 있었다. 뛰는 가슴을 내
색하지 않고 무심하게 대답한 상윤은 뒤를 돌아보지 않고 언덕
을 내려갔다.

카페 창가에 앉아 있던 상윤은 본의 아니게 산에서 내려온 세
사람을 지켜보게 되었다.

부친은 여자의 팔을 다독이며 뭔가를 설득하고 있었고, 이내
여자는 잔뜩 심술 난 걸음으로 아이와 함께 차 뒷좌석에 탔다.

두 사람이 차에 타고 나서야 걸음을 옮기던 부친과 눈이 마주
쳤다. 상윤은 미리 시켜 놓은 커피로 시선을 내렸다. 정리되지
않은 많은 생각이 그를 괴롭혔다.

카페에 들어온 세민은 익숙하게 커피를 시켜 와서 자리에 앉
았다.

"오래 기다렸지?"

상윤은 천천히 고개를 들었다. 우선 하고 싶은 말이 먼저였
다.

"재혼하신 거예요?"

"……어, 그래. 그렇게 됐다."

"축하드려요."

분명 진심이었는데, 얼굴은 웃어지지 않는다.

"……고맙다."

축하를 해 주는 사람도, 축하를 받는 사람도 모두 표정이 밝
지 못했다.

"아이가 제법 크던데."

"……."

"몇 살이에요?"

이젠 들어야 할 말만 남아 있었다. 그런데 쉬운 질문에 부친은 아무 대답을 하지 못했다. 어두워진 표정을 주시하던 상윤의 입매가 아까보다 딱딱하게 굳었다.

"아홉…… 살쯤 돼 보이던데."

이번에도 역시 대답이 없다. 상윤은 테이블 아래로 내려놓은 오른손을 저릴 만큼 움켜쥐었다.

분명히 할 수 있는 대답은 많은데. 좀 더 어리다거나, 아내에게 원래 있던 자식이라거나, 입양했다거나.

생각하는 대답, 그 하나만 아니면 되는데.

"그게, 상윤아……."

"어머니도 아세요?"

변명할 여지를 주지 않자 부친은 고개를 푹 숙였다. 고개를 들지 못하는 그를 보고 있으니 턱이 덜덜 떨렸다. 상윤은 어금니를 세게 물었다.

기억 속의 아버지는 늘 곧고 옳은 사람이었다. 거짓말하지 마라, 남에게 피해 주지 마라, 정직하게 살아라, 누구에게도 한 치의 부끄럼 없는 사람이 돼라. 지금까지 자신이 믿고 지키며 살았던 원칙을 세워 준 사람이었다.

그런데 막상 아버지는 본인이 했던 말과 정반대되는 삶을 살고 있었다. 철석같이 믿었던 아버지에 대한 배신감으로 눈언저리가 홧홧해졌다.

"그래서 내가 진작 이혼하려고 했었는데……."

"진작이요?"

상윤의 목소리가 격앙됐다.

"그걸 지금…… 제 앞에서 변명이라고 하시는 거예요?"

세민은 한숨을 내쉬었다.

"나도, 네 엄마도 각자 인생이 있는 건데……."

"그럼 저랑 지윤이는요?"

"……."

"두 분 때문에 상처받은 저희는, 대체 누구한테 힘들다고 해야 하는 건데요?"

폭탄 돌리기를 하듯 그 누구도 책임지려고 하지 않는 아픔을 또다시 겪고 싶지 않았다. 상윤은 더 상처받기 전에 자리에서 일어났다.

"차마 행복하시라는 말씀은 못 드리겠네요."

"……."

"사는 동안 건강하세요."

할머니. 10년 동안 피해 가게끔 하셨으면 마지막까지 모르는 채 살 수 있게 해 주시지. 왜 그러셨어요.

카페에서 나와 산소 방향을 바라보는 상윤의 콧날이 시큰해졌다.

"오빠?"

지윤은 연락도 없이 찾아온 상윤을 의아한 눈길로 바라보았다.

"현욱이는?"

"TV 보느라 정신 팔렸어."

그녀 말대로 현욱은 뽀로로를 보느라 삼촌이 찾아온 것은 안 중에도 없었다.

"근데 이건 다 뭐야?"

상윤은 그제야 양손 무겁게 들고 있던 것을 내려놓았다.

"과일이랑 장난감."

과일은 지윤을 위해, 장난감은 현욱을 위해 사 온 선물이었다. 현욱 몰래 장난감을 확인한 지윤은 조용히 웃었다.

"오빠 한발 늦었는데?"

"이거 있어?"

"응."

분명 직원이 이번 달에 들어온 신제품이라고 해서 사 온 자동차였다. 게다가 지윤이 사기에는 꽤 고가의 장난감이었다.

"이리 와 봐."

지윤의 손짓에 상윤은 작은방으로 따라갔다. 그곳에는 온갖 백화점 쇼핑백들과 장난감이 가득했다. 심지어 오늘 사 온 자동차 장난감도 보였다.

"이게 다 뭐야?"

"엄마가 한국 와서 사 준 것들. 이거 다 현욱이 거야."

며칠 만에 산 것치고는 양이 꽤 됐다. 딱 봐도 백만 원은 넘게 쓴 듯 보였다.

"애들 옷이랑 장난감은 유행 타서 많이 살 필요 없다고 했는데도 이만큼 사 온 거 있지? 아무튼 울 엄마 손 큰 건 알아줘야 해."

선물들을 쳐다보며 웃던 지윤은 상윤을 바라보았다.

"……오빠, 무슨 일 있어?"

311

지윤의 집을 향하면서도 말할까 말까 끊임없이 고민했지만, 이젠 동생도 어린애가 아니니까 알 건 알아야 했다. 상윤은 복잡한 얼굴로 말했다.

"산소 갔다가 우연히 아버지 뵀어."

아버지라는 말에 지윤의 얼굴이 굳었다.

"……아버지만?"

마치 누군가가 더 있었는지를 확인하는 뉘앙스였다. 그가 지윤을 바라보았다.

"너, 뭔가 알고 있는 거야?"

"…….""

"차지윤."

그녀는 낮은 숨을 내뱉었다.

"이제 초등학교 6학년쯤 됐으려나."

상윤은 지윤의 말에 선뜻 대꾸하지 못했다. 동생이 아버지의 재혼을 알고 있었다는 것, 심지어 아이까지 낳았다는 것과 그 아이가 열 살이 넘었다는 것, 셋 중에 어떤 게 더 충격적인지 고를 수가 없었다.

"아빠랑 엄마 이혼한 지 얼마 안 됐을 때였어. 친구들이랑 어린이대공원에 갔는데 거기서 아빠를 봤어."

아빠 옆에 서 있는 젊은 여자와, 두 사람의 시선을 한 몸에 받는 세 살배기 남자아이.

"……그날 알았어."

"왜…….""

상윤은 차마 말을 잇지 못했다. 왜 자신에게 말하지 않았냐는 바보 같은 질문의 대답은 뻔했으니까.

가장 늦게 모든 사실을 안 그는 말없이 지윤을 안아 주었다. 품에 가만히 안겨 있던 동생의 어깨가 조금씩 들썩이기 시작했다.

동생은 어린 나이에 너무 많은 상처를 받았고, 그 상처를 혼자 감당했다. 그런 줄도 모르고 더 많이, 더 철없이 부모를 미워하고 원망했던 스스로가 부끄러웠다.

"미안해, 지윤아."

아무 잘못 없는 오빠의 사과에 지윤은 결국 흐느껴 울기 시작했다. 10년이 지나서야 쏟아진 동생의 눈물에 상윤도 마음속으로 눈물을 흘려야 했다.

너무 긴 하루였다. 지윤을 달래 주고 집에 돌아온 상윤은 늦은 시간이었음에도 주저 없이 희현의 집으로 향했다.

"차쌍!"

마침 혼자 있었던 희현은 인터폰으로 상윤을 확인하고 들뜬 목소리를 내며 뛰쳐나왔다.

"이제 온……."

그런데 상윤을 본 희현이 안기려다 말고 그의 얼굴을 두 손으로 잡았다.

"왜 그래?"

"두 분은 어디 가셨어?"

힘없는 물음에 희현은 우선 고개를 끄덕였다.

"엄마랑 혜란 아줌마가 낚시 배워 보고 싶다고 해서 아빠 모임 사람들이랑 다 같이 구야도 갔어. 내일 오실거래."

사람이 죽으라는 법은 없나 보다.

상윤은 그녀의 손을 잡았다.

"그럼 나랑 같이 있자."

절절한 부탁에 고개를 끄덕여 준 희현과 함께 상윤은 7층으로 올라왔다.

"나 좀 씻을게."

"응."

상윤이 욕실로 들어가고 주방을 배회하던 희현은 냉장고를 열어 보았다. 큰 냉장고가 무색하게 안에는 1.5ℓ 물 하나가 전부였다. 고민하던 희현은 그가 씻는 동안 몰래 집으로 내려와서 반찬과 밥을 챙겨 왔다.

샤워를 마치고 나와 식탁을 본 상윤은 놀란 눈으로 희현에게 시선을 돌렸다.

"저녁 안 먹었지? 조금이라도 먹자."

밥 생각은 없었지만 희현이 집에 내려가서 가져온 수고를 생각해서라도 먹어야 했다. 상윤은 자리에 앉았다.

"넌 저녁 먹었어?"

"먹었지만 또 먹을 수 있어."

희현의 배려에 상윤은 희미하게 웃으며 젓가락을 들었다.

"오늘 배운 캘리그라피는 너무 어려웠어. 이제 손이 내 맘 같지 않아."

밥 먹는 동안 희현은 종알종알 말을 이어 갔다. 마치 화수분처럼 이야기 소재가 쏟아져 나왔다. 대부분은 의견을 필요로 하는 것이 아니라 인터넷 가십거리 정도라서 상윤은 적당한 호응만 해 주면 됐다.

"다 먹었어?"

"응."

한참 이야기를 쏟아 내던 희현은 상윤의 밥그릇을 힐끗 확인했다. 한 톨도 남김없이 비워진 그릇에 그녀가 생긋 웃었다.

"착하다, 차상윤."

자리에서 일어난 희현이 그릇을 잡자 상윤이 그녀의 손을 막았다.

"내가 할게."

"같이 해야 빨리 끝나지."

손을 거둔 희현은 빈 그릇을 싱크대에 담아 두었다. 반찬들을 냉장고에 집어넣은 그는 설거지하려는 희현을 뒤에서 끌어안았다.

"나중에."

"그, 금방 끝날 것 같은데."

"그러니까 나중에."

희현의 물기 어린 손을 수건에 닦아 낸 상윤이 그녀를 안방으로 데리고 들어왔다. 그녀의 긴장을 풀어 주기 위해 상윤은 먼저 침대에 누우며 팔을 뻗었다.

"네 침대라 생각하고 와서 누워."

단단한 팔뚝을 만져 보던 희현이 배시시 웃으며 그의 팔에 안기듯 머리를 베고 누웠다. 그녀의 맨다리가 무릎에 닿자 저조한 기분과 상관없이 몸은 솔직한 반응을 보였다.

"잠깐만."

침대에 누워 있던 상윤은 방을 나가서 재킷에 있던 콘돔을 가져왔다. 다시 안방으로 들어왔을 땐 누워 있던 희현이 머쓱한 표정으로 침대에 앉아 눈을 끔뻑거리고 있었다.

"왜 앉아 있어?"

"……너도 없는데 나 혼자 누워 있기 민망하잖아."

뾰루퉁한 대답에 피식 웃은 상윤은 다시 이불 안으로 들어갔다. 희현이 엉거주춤 다시 침대에 눕자 그가 손을 뻗어 가깝게 끌어당겼다. 얼굴이 코앞에 다가오자 그녀는 검지로 눈가를 어루만져 주었다.

"피곤하지?"

"아니."

낮에 부모님들의 구야도행을 통보받을 때만 해도 희현은 오늘을 디데이로 잡아야겠다는 앙큼한 생각을 했었다. 그런데 산소에 다녀온 상윤의 얼굴이 생각보다 너무 안 좋아서 오늘은 푹 쉬게 해 주고 싶었다.

"자. 얼른."

"안 피곤하다는데 왜 재워."

상윤은 제 얼굴을 어루만지는 손을 잡았다.

"이게 언제 또 올지 모르는 기회인데."

희현은 소리 없이 웃었다.

"이제 기회야 많지."

"너 외박 잘 안 되잖아."

"나 서른이거든?"

이제 더는 부모님에게 일일이 허락받고 외박해야 할 나이가 아니었다.

"다 컸네."

상윤이 칭찬하며 부드럽게 머리칼을 쓸어 넘겨 주었다.

"그런데 왜 안 물어봐?"

"뭘?"

"오늘 내 하루가 어땠는지."

말하지 않아도 네 눈빛이, 네 목소리가, 네 걸음이 다 말해 주고 있었으니까.

희현은 대답 대신 상윤을 지그시 바라보았다.

"물어보기 싫어?"

그녀는 고개를 저었다.

"오늘 하루 어땠어?"

"되게 아팠어."

주저 없는 대답이었다. 희현은 팔을 뻗어 말없이 등을 다독거려 주었다. 왜 아팠는지 이유를 묻지 않는 그녀의 배려가 고마웠다.

"그런데 나보다 더 아픈 사람을 알아 버려서, 아프다는 티를 못 내겠더라."

"……."

"그래서 지금 나는 네 위로가 필요해."

눈을 크게 깜빡이던 희현은 결연한 표정으로 상윤을 바라보았다.

"어떻게 위로해 줄까?"

상윤이 마른 입술을 그녀의 입술에 겹쳤다. 자신과 다르게 부드럽고 말캉한 촉감이 좋다. 장난스럽게 고개를 저으며 통통한 입술을 쓸어 보던 그는 자연스럽게 입술을 파고 들어갔다.

미끈한 혀는 입안을 점령하듯 들이닥쳐 치열을 훑고, 상윤의 손은 얇은 티셔츠 안을 배회했다. 자연스럽게 손을 뒤로 보낸 그는 후크를 풀어 버렸다. 갇혀 있던 가슴이 해방되자마자 기다렸다는 듯 상윤이 손으로 봉긋한 가슴을 움켜쥐었다.

"하아……."

그가 별로 힘을 주지도 않았는데 흥분으로 딱딱해진 가슴이 조금 아팠다. 희현은 나른한 눈으로 상윤의 배를 더듬거렸다. 옷에 가려져 있는데도 단단한 잔근육들이 여실히 느껴졌다. 상윤은 아예 판을 깔아 주듯 그녀에게 바짝 더 다가갔다. 뒷목에 자잘한 키스를 남기던 그는 귓불을 살짝 깨물었다.

"벗겨도 돼."

나직한 중저음으로 속삭이는 유혹의 말이 그 어떤 애무보다 야했다. 희현은 상윤의 티셔츠를 과감히 벗겨 버렸다. 이불 속 따뜻한 공기와 뜨거운 스킨십으로 그의 몸은 매우 달아올라 있었다.

"화보 같아."

남자의 복근을 처음 본 희현은 신기한 눈빛으로 굵직한 선을 따라 그리며 천천히 만져 보았다. 그 천진한 손길을 내려다보던 상윤은 피식 웃었다.

"참 느긋하시네요, 임희현 씨."

"신기해."

상윤은 어디까지 안달 나게 할 작정인가 싶어 아예 눈을 감고 참아 보기로 했다. 예술품을 관람하듯 바라보고 있던 희현은 뒤늦게 눈을 감고 있는 상윤을 발견했다.

'네 위로가 필요해.'

희현은 고개를 숙여 그의 갈비뼈 근처에 자잘한 키스를 시작했다. 말랑한 감촉에 놀란 상윤이 눈을 떴을 때 그녀는 이미 배꼽을 지나쳐 점점 더 아래를 향해 가고 있었다. 속옷 위로 존재감을 드러내는 분신에 잠시 주춤하자 상윤이 희현의 손을 끌었다.

"이리 와."

그러나 한 번에 말을 잘 들으면 임희현이 아니었다. 그녀는 잡힌 손에 깍지를 끼더니 과감하게 속옷 위로 입술을 내렸다. 상윤은 저도 모르게 깍지 낀 손에 힘을 실었다. 움찔거리는 분신에 뜨거운 숨결이 닿자 상윤이 벌떡 일어났다.

"엄마야……!"

한계가 온 상윤이 그녀를 곧장 눕혀 버렸다. 순식간에 아래에 깔리게 된 희현의 눈이 동그래졌다.

"왜에, 내가 더……."

상윤은 어깨에 아슬아슬하게 걸쳐져 있던 원피스 끈을 끌어내렸다. 그리고 공평하게 그녀의 티셔츠도 벗겨 버렸다. 햇빛이라고는 본 적 없을 것 같은 하얗고 뽀얀 살결이 눈앞에 보였다.

상윤은 욕망을 억누르고 검지로 그녀의 유두에 원을 그리며 괴롭혔다. 간지럼을 못 참는 희현이 버둥거리며 상윤을 흘겨보았다.

"얼마나 괴로운지 알겠지?"

흥분으로 뾰족하게 선 유두를 다 괴롭힌 그의 손이 곧장 예민한 곳으로 향했다. 속옷 선을 따라 거침없이 들어오는 손바닥에 희현이 숨을 들이마셨다.

"자, 잠…… 읍….."

나는 여기까지 괴롭히지 않았다고 따져 물으려고 했지만, 몸을 겹쳐 온 상윤이 입술로 입막음했다.

"훗……."

굵직한 손가락이 예민한 곳을 깊이 찔러 누르자 신음이 새어
나왔다. 질척이는 소리가 적나라해질수록 집요해지는 손길에
온몸에 열이 올랐다.

다리에 조금씩 힘이 풀리는 기회를 놓칠 리 없는 그가 희현의
다리를 벌렸다. 그러더니 입술을 떼고 고개를 아래로 숙였다.

"차상……."

이름 세 글자를 다 부르지 못할 정도로 머릿속이 아득해졌다.
상윤은 뒤척이는 골반을 양손으로 붙잡더니 고개를 더 깊숙이
묻었다.

"흐읏……."

희현은 신음을 참지 못했다. 부끄러움을 생각할 여유 자체가
없었다. 혀를 세워 은밀한 곳을 쓸어 올리는 것이 손가락보다
몇만 배는 더 자극적이었다. 계속되는 자극에 다리를 꼬아 보려
고 해도 차상윤의 힘 때문에 마음대로 되는 게 하나도 없었다.

"잠깐이면 돼."

그러더니 이번에는 키스하듯 안에서 혀를 굴리기 시작했다.

"하……."

이건 야해도 너무 야했다. 아랫배가 찌릿찌릿한 것이, 몸이
흥분으로 움찔거리는 게 느껴졌다. 침대 시트를 움켜쥐고 있던
희현은 결국 상윤을 끌어당겼다. 이번에는 순순히 끌려왔지만
그는 미간을 좁히고 있었다.

"왜에."

"지금……."

흥분으로 볼이 발개져서 자신을 원하고 있는 희현을 보니 사고가 마비됐다.

너무 위험해.

그녀의 달궈진 몸은 충분히 받아들일 준비가 되어 있었다. 물론 저도 마찬가지였지만. 그런데 너무 준비되어 있어서 빨리 절정에 다다를까 봐 문제였다.

그렇지만 이제 상윤도 참기 힘들었다. 그는 주머니에 넣어 온 콘돔을 꺼내 순식간에 끼웠다. 준비를 마친 상윤이 희현에게 몸을 겹쳤다.

"흐으, 아……."

아직 다 넣지도 않았는데 희현은 빠듯하게 안을 조였다. 움직이지도 않았는데 돌아 버리겠다.

"희현아, 힘 빼 봐."

"어, 어."

그런데 말과는 다르게 희현은 더욱 바싹 조여 댔다. 도저히 안 되겠다. 이마에 핏줄이 선 상윤은 천천히 움직이기 시작했다.

"하아, 하……."

넘치도록 촉촉했던 덕분에 조금씩 움직임이 수월해졌다. 초반의 아픔이 무뎌진 희현도 상윤의 박자를 맞추며 허리를 들었다. 깊숙이 맞물리는 감각에 희현이 상윤의 볼을 쓰다듬었다.

"차상윤……."

잠겨서 쉬어 버린 목소리로 이름을 부르는 게 얼마나 위험한 짓인지도 모르고.

"올라올래?"

희현의 끄덕임에 상윤이 몸을 움직여 그녀를 다리에 앉혔다. 통통한 엉덩이를 조금씩 들어 올려 주자 희현이 감각을 찾고 움직이기 시작했다.

두 손으로 목을 휘어 감고 허리를 들썩거릴 때마다 봉긋한 가슴이 흔들거리며 가슴에 맞닿았다. 상윤은 그녀의 허리를 세게 끌어안았다.

조금씩 움직임이 느려지는 희현이 한계에 다다른 듯했다. 상윤은 그녀를 조심스럽게 눕히고 발개진 볼에 입을 맞추었다. 그가 거칠게 다시 움직이자 희현도 부응하듯 허리를 높이 들었다.

"하앗……!"

절정에 다다른 희현이 바르작 몸을 떨었다. 속도를 높이던 상윤도 이내 그녀의 목덜미에 얼굴을 묻었다. 천천히 숨을 고르던 그는 고개를 들어 이마에 입술을 가져다 댔다.

"희현아."

"응?"

"사랑해."

사랑한다고 직접 희현에게 말로 표현한 건 오늘이 처음이었다. 상윤은 눈두덩, 광대, 보조개, 입술까지 마음을 담아 하나도 빠짐없이 입을 맞추며 진심을 전했다.

새벽에 뒤척이던 희현은 바스락거리는 이불 소리에 흠칫 놀라며 몸을 움직이다 눈을 떴다.

그런데 옆으로 돌아누워 있던 상윤이 눈을 뜨고 빤히 쳐다보고 있었다.

"아, 깜짝이야……!"

놀란 희현의 표정을 본 상윤이 숨죽여 웃었다.

"미안."

"왜 안 자고 그러고 있어?"

"깼어."

"깼으면 다시 자야지."

아직 새벽 해가 뜨기도 전이었다. 창가로 어두운 바깥 풍경을 확인한 희현은 상윤의 등을 토닥여 주었다.

"자자."

어린아이 대하듯 구는 태도에 상윤은 그녀의 허리를 당겨 빈틈없이 밀착했다. 부드럽게 닿는 맨살의 감촉이 좋았다.

"네가 깰까 봐 아무것도 못 했어."

희현이 눈을 감은 채 빙긋 웃었다.

"깨웠어도 됐는데."

반가운 대답에 상윤이 조심스럽게 입을 맞추자 희현이 천천히 눈을 떴다.

"또 위로해 줄까?"

졸음이 가득한 목소리에 상윤은 고개를 저었다.

"아니야. 지금은 더 자."

"으응."

반쯤 잠에 취해 있던 희현은 금세 다시 잠들었다. 상윤은 돌아서서 자는 그녀의 뒤로 바짝 다가가 그녀를 안았다. 그리고 가녀린 어깨에 자잘하게 입을 맞췄다.

내 인생이 앞으로 지금처럼만 평화로웠으면 좋겠다. 더도 말고 덜도 말고, 딱 이만큼만.

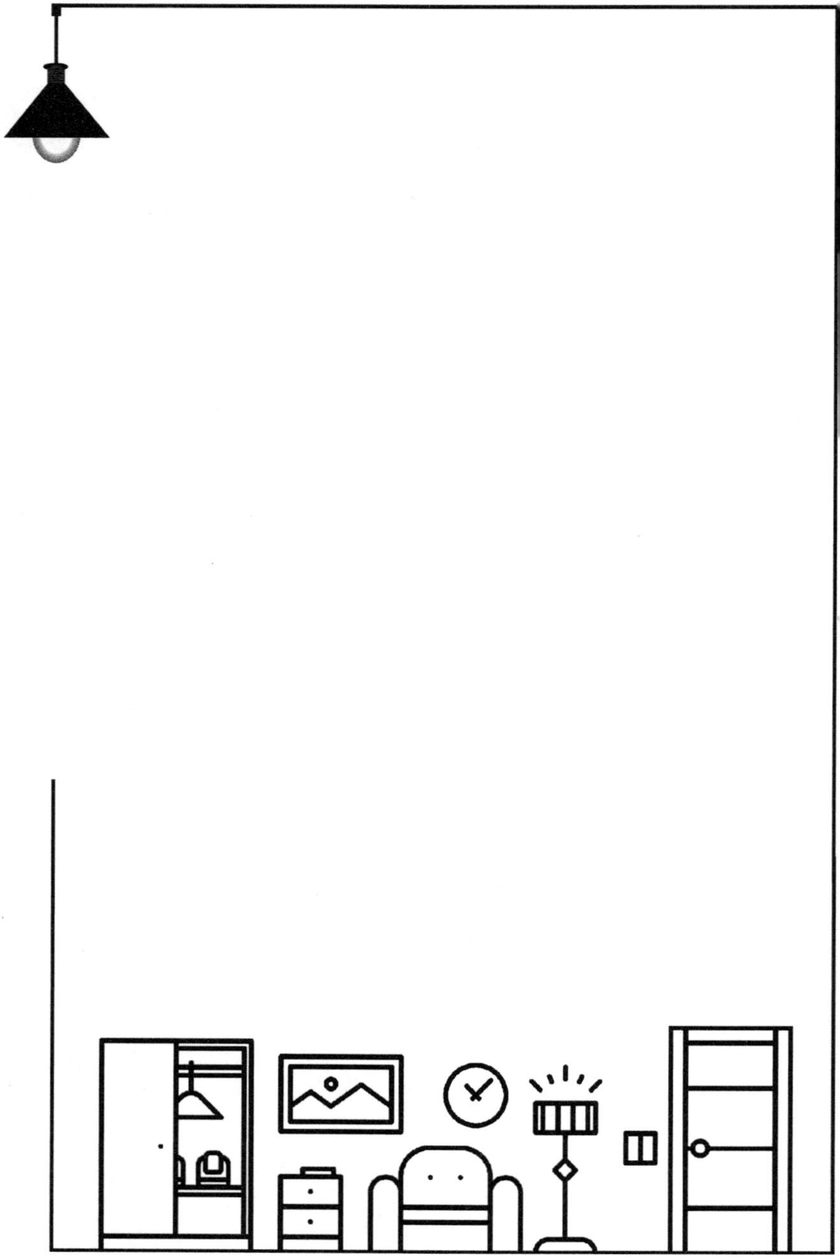

15.

월드 파라다이스 설계로 늦게 퇴근하던 상윤은 엘리베이터에 설치된 TV에 나오는 광고를 바라보았다.

– 다가오는 어버이날에는 부모님께 따뜻한 마음을 전해 보세요.

그러고 보니 내일은 어버이날이자, 모친이 한국에서 머무는 마지막 날이었다. 이제껏 하루도 빠짐없이 모친을 만났어도 단둘이 시간을 보낸 적은 한 번도 없었다.

핸드폰을 만지작거리며 고민하던 상윤은 결국 전화를 걸었다. 신호음이 얼마 가지 않아 딸깍, 하고 끊기고 통화가 연결됐다.

– 여보세요?

"저예요, 상윤이."

긴장한 나머지 말 안 해도 저를 알 사람에게 자기소개를 해 버렸다.

－응. 무슨 일이야?

"어디세요?"

－나 현욱이 옷 고르고 있어.

현욱이 옷이라는 말에 그의 눈썹이 치켜세워졌다.

"현욱이 옷 많이 사 주셨다면서요."

－그랬는데. 여기 백화점 오니까 또 예쁜 옷이 보이네.

도대체 옷을 몇 년 치나 살 생각인 건지 모르겠다. 상윤은 잔
소리를 하려다 말고 고개를 저었다.

"혼자 계세요?"

－그럼. 혼자지.

"저녁은, 드셨어요?"

－아직. 이따 먹어야지.

여덟 시가 다 돼 가는데 아직이라니.

"어디 백화점이신데요?"

－여기 강남이야.

강남이라면 금방이었다. 상윤은 내비게이션으로 최단 거리를
검색했다.

"음…… 마침 제가 외근 끝나서 그쪽으로 가고 있네요."

－그래?

물음 뒤에는 그래서 어쩌라고? 하며 되묻는 듯했다. 무슨 말
을 할지 전혀 예상을 못 하는 목소리였다.

"……저녁 같이하실래요?"

－응?

예상대로 모친은 제대로 듣고도 한 번 더 물었다.

– 나랑 너랑? 둘이서?

"20분이면 가요."

– 진짜? 나랑 밥을 먹겠다고?

"도착해서 연락드릴게요."

자꾸 확인하는 모친의 물음에 민망해진 상윤은 빠르게 전화를 끊었다.

모친은 알고 있을까. 이렇게 단둘이 밥을 먹는 게 오늘이 처음이라는 것을.

어색하게 마주 앉아 있는 상윤과 반대로 혜란은 싱글벙글한 얼굴로 메뉴판을 살펴보았다.

"네가 사는 거지?"

"그럼요."

이번 기회에 제대로 얻어먹겠다는 듯 혜란은 레스토랑에서 가장 비싼 코스요리를 시켰다.

물로 배를 채울 생각은 없었는데 자꾸만 목이 탄다. 상윤이 물을 홀짝거리고 있는데 갑자기 혜란이 어딘가로 전화를 걸었다.

"로빈!"

전화를 하는 모친의 표정은 지금 당장이라도 비행기 표를 끊어서 프라하로 돌아갈 기세였다.

"촬영 준비 중이야? 응, 나 지금 상윤이가 저녁 사 준대서 레스토랑 왔어! 지금?"

상윤을 슬쩍 바라보던 혜란은 갑자기 핸드폰을 귀에서 뗐다.

"어때? 잘 보여?"

세상이 너무 좋아져도 문제였다. 상의 없던 영상통화 때문에 상윤은 미간을 찌푸린 무방비한 표정으로 로빈의 얼굴을 처음 대면했다.

"상윤아, 인사해. 로빈이야. 너는 처음 보지?"

모친이 불쑥 핸드폰을 들이밀었다. 프라하 시내로 보이는 거리에서 전화를 받은 로빈은 선글라스를 벗고 손을 흔들어 주었다. 상윤은 어색하게 그에게 고개를 숙였다.

모친보다 연하라고 들었던 그는 단정히 쓸어 올린 짧은 머리에 귀밑에서 턱까지 수염을 길러서 나이보다 훨씬 중후한 멋을 풍겼다. 동안 외모인 모친과 나란히 서 있는 모습이 꽤 잘 어울릴 것 같았다.

– 반가워요. 듣던 것보다 훨씬 더 잘생겼네.

능숙한 그의 한국말에 놀란 상윤이 혜란을 바라보았다.

"아, 로빈은 한국계 프랑스인이야."

해맑게 웃던 혜란은 상윤 쪽으로 핸드폰을 더 가까이 들이밀었다.

"우리 아들 진짜 잘생겼지? 실물은 더해."

– 당신 닮은 것 같아.

"나 잘생겼어?"

– 당신은 눈부시게 아름답지.

같이 듣고 있기 민망한 그의 애정 표현에 상윤이 시선을 피했다. 혜란은 영상통화를 끄고 로빈과 마저 통화를 이어 갔다.

모친이 만나고 헤어진 사람 중에 아버지를 제외하고 간접적으로나마 보게 된 사람은 로빈이 처음이었다.

사랑에 빠진 엄마는, 저런 표정을 짓는구나.

문득 이번에는 다른 것 같다고 넌지시 말하려 하던 지윤이 떠올랐다. 제발, 부디 그랬으면 좋겠다는 바람을 속으로 읊조릴 즈음 웨이터가 음식을 가지고 나왔다.

"자기야, 나 음식 나온다. 내가 사진 찍어서 보내 줄게. 으응."

웨이터는 고개를 한 번 숙인 후 음식을 내려놓았다.

"푸아그라를 곁들인 감자 벨루떼입니다."

수프를 먹어 본 혜란은 고개를 끄덕거렸다. 입맛을 돋울 스타터로 나쁘지 않았다.

"로빈 첫인상 어때?"

"잘생기셨네요."

"그치?"

"다정하신 것 같고."

인색한 아들의 입에서 두 번 연달아 칭찬이 나오자 혜란의 입꼬리가 말려 올라갔다.

"좋은 사람이야."

"그래 보였어요."

"그런데 나 너 때문에 프라하 돌아가면 그이 소원 들어줘야 해."

"왜요?"

"한국 와서 너랑 둘이 밥 한 끼 먹는 게 내 소원이랬더니 로빈이 분명 이루어질 거라는 거야. 그래서 내가 넌 절대 그럴 애 아니라고, 그렇게 투덕거리다가 내기했거든."

기막힌 내기 내용에 상윤은 황당한 표정을 지었다.

"무슨 그런…… 여기서도 모자라서 타국에서까지 절 불효자로 만드신 거예요?"

"그렇다고 내가 틀린 말 한 건 아니잖아?"

마음 같아서는 강하게 항의하고 싶었지만 할 말이 없었다.

"레드와인을 사용해서 만든 뵈프 부르기뇽과 루꼴라와 파마산 치즈가 들어간 크림 리조또입니다."

그때 타이밍 좋게 웨이터가 메인 코스 요리를 가지고 나왔다.

"그런데 정말 갑자기 왜 밥은 먹자고 부른 거야?"

"……배고파서요."

혜란은 의심하는 눈초리로 상윤을 바라보았다. 진짜 배고팠던 거면 희현을 먼저 떠올렸을 녀석이다.

"외근 끝나고 지나가던 길이었고."

변명하던 상윤의 숟가락질이 조금씩 느려졌다.

"……내일이 어버이날이잖아요."

"아, 5월 8일……."

혜란은 귀국하는 날이라고만 생각했지, 어버이날인 줄은 생각도 못 하고 있었다. 챙겨 드릴 부모님이 없고 외국에 나가 살다 보니 어버이날 자체를 아예 잊고 살았던 것 같다. 그리고 보니 매년 이맘때쯤 상윤과 서먹한 통화를 하다가 산소에 가는 일로 늘 다퉜던 것 같기도 하다.

날짜를 곱씹던 혜란이 상윤을 바라보았다.

"너 혹시…… 올해도 산소 갔었어?"

"……네."

상윤의 표정이 어두워지자 혜란이 나이프를 내려놓았다.

"혹시 네 아버지 만났어?"

아버지라는 말에 상윤의 손이 멈칫했다.

"그 여자도?"

물음에는 악의도, 비꼼도 없었다. 다만 함께 온 사람들을 마주쳤다면, 그 모습에 적잖게 충격받았을 아들이 걱정이었다. 그런데 대답하지 않는 상윤의 반응을 보니 걱정하기에는 이미 늦은 듯했다.

"그래서 내가 말했잖아. 네가 거기 가는 거, 네 아빠가 싫어할 거라고."

상윤은 덤덤하게 자신을 나무라는 모친을 바라보았다.

"언제부터 아셨어요?"

"처음부터."

혜란은 다시 나이프를 들고 소고기를 썰어 입에 넣었다.

"애까지 낳아서 바쁘게 두 집 살림하는 꼴을 보니까 한심하더라. 그래서 도장 찍어 준 거야."

세민은 참 허술한 남자였다. 대학 강의를 나가기 시작하면서부터 세미나 출장 핑계를 지나치게 댔으니 의심을 안 해 볼 수가 없었다.

"저한테는 말해 줄 수 있으셨잖아요."

상윤이 오래전부터 소원해진 부부 관계를 눈치챘다는 것을 알고 있었다. 하지만 제 아버지가 그런 짓을 했다고는 굳이 말하고 싶지 않았다.

"나한테는 거지 같은 남편이었어도, 너랑 지윤이한테는 꽤 괜찮은 아빠였으니까."

그런데 이제 그것도 틀려먹었으니 인과응보였다.

"물론 나도 썩 좋은 부인은 아니었지만."

혜란은 부동산 사업가로 바빴던 남편의 부재 때문에 늘 외로웠다. 그렇다고 천성이 현모양처도 아니라 밥을 차려 놓고 오매불망 남편을 기다린다거나, 뒷바라지를 제대로 하지도 못했다.

그 역시 자신에게 그런 것을 원하지 않았다. 그래서 벌어다 주는 돈으로 신나게 살았다.

그렇게 해 놓은 짓이 있어서인지 그가 조교와 바람이 나서 애가 생겼다는 사실에도 배신감이 들거나 하진 않았다. 아무 소문도 내지 않고 입 다물고 이혼하는 조건으로 넉넉한 위자료도 받았고, 그 돈으로 지윤과 부족함 없이 지냈다.

"그래도 너희한테는 꽤 괜찮은 엄마 아니니?"

순수한 물음에 상윤의 눈썹이 치켜 올라갔다.

"진심이세요?"

"어머."

혜란은 오히려 더 황당한 얼굴을 했다.

"내가 언제 너희들 인생에 끼어든 적 있어? 하고 싶은 대로 다 하고 살라고 자유롭게 풀어 줬잖아."

"너무 풀어 줬다는 생각은 안 하시고요?"

그녀가 고개를 저었다.

"다 그런 건 아니지만, 대한민국 부모들은 너무 애들 인생을 쥐고 흔들려는 경향이 있어. 다 클 때까지만 밥 먹여 주고 옷 입혀 주고 키워 주면 되지. 그 이상 부모가 할 게 뭐 있어?"

구구절절 옳은 말이었지만 오류가 하나 있었다.

"지윤이는요?"

"지윤이가 왜?"

"지윤이는 한창 사춘기였던 열다섯 살 때 두 분의 이혼을 지켜봤어요. 말은 안 해도 애가 얼마나 상처받았을지, 짐작 안 해 보셨어요?"

상윤은 어렵게 말을 꺼냈다.

"그리고…… 다 컸다고 해서 상처받지 않는 것도 아니고요."

상윤의 말에 혜란은 풀이 죽은 얼굴을 했다.

"그래. 내가 너희 둘한테 미안해."

반성하는 듯 보였던 혜란은 얼마 가지 않아 고개를 들었다.

"그런데 한국 드라마처럼 너무 간섭하고 옭아매는 엄마보다
야 내가 낫지 않니?"

원하는 대답을 들을 때까지 계속 물을 기세에 상윤은 결국 한
발 물러섰다.

"그것보단 낫죠."

"거봐. 내가 나은 거라니까?"

칭찬이 아니었는데도 소녀처럼 좋아하는 모친의 맑은 미소에
상윤은 저도 모르게 따라 웃고 말았다.

디저트까지 배부르게 먹고 나온 혜란은 호텔 로비에서 상윤
을 배웅했다.

"운전 조심하고."

"네."

사실상 모친의 얼굴을 보는 건 오늘이 마지막이었다. 지금 헤
어지면 또 언제 볼지 모를 기약 없는 이별을 앞두고도 두 모자
는 담담했다.

"내일 조심해서 가세요."

"성미랑 동일이가 공항에서 끝까지 있어 준댔어. 너무 걱정하
지 말고."

참 감사한 분들이었다. 상윤은 고개를 끄덕였다.

"내일 공항 가서 전화할게."

"네."

혜란이 쿨하게 먼저 돌아섰다.

"엄마."

망설이던 상윤은 더 멀어지기 전에 그녀를 불렀다.

"응?"

부산에 있을 때 지윤에게 전화가 온 적 있었다. 엄마가 사귀던 아저씨와 헤어졌다고. 그 말을 전하던 지윤은 엉엉 울었다.

그때였던 것 같다. 모친의 연애를 탐탁지 않게 보기 시작했던 건. 가뜩이나 정 많은 지윤이 모친의 애인에게 정을 줬다가 상처받는 일이 싫었다. 애인이 여러 차례 바뀌면서 지윤의 상처가 덧날 때마다 반감은 더 커졌다.

"지금, 행복하시죠?"

그런데 이제야 한발 물러서서 돌아보게 됐다. 그 관계들을 정리하면서 가장 힘들었을 사람은 당사자인 엄마였다는 걸.

"당연하지."

앞으로도 지금껏 그래 온 것처럼, 본인의 행복을 우선으로 두고 사세요.

"그럼 됐어요."

상윤은 하고 싶은 말 대신 퉁명스러운 말로 대답했다.

"싱겁긴."

혜란은 얼굴에 미소를 띠며 돌아섰다. 모친의 모습이 완전히 사라진 후에야 상윤도 조금 가벼운 마음이 되어 집으로 향했다.

　혜란은 무사히 한국을 떠났고, 모두에게는 다시 평범한 일상이 찾아왔다.

　사무실에 앉아서 혼자만의 눈치 게임을 하고 있던 희현은 조심스럽게 결재 서류를 들고 오 부장의 방으로 향했다. 노크 하고 안으로 들어가자 컴퓨터를 보고 있던 오 부장이 고개를 내밀었다.

　"결재할 게 있었나?"

　"휴가원입니다."

　오 부장은 가까이 다가온 희현을 흘깃 올려다보더니 서류를 들춰 보았다.

　"평일이네?"

　"네."

　하필 주중에 제일 바쁜 목요일과 금요일에 연차를 써야 하는 게 눈치 보이긴 했지만, 이럴 때일수록 당당하게 굴어야 했다.

　"어디 놀러 가?"

　사유 좀 안 물어봤으면 좋겠다. 놀러 간다고 솔직하게 말하면 싫어할 거면서.

　"5월은 가정의 달이니까요. 부모님과 휴가로 겸사겸사……."

　"업무 차질 없게 해 놓고 가."

　"네!"

　희현은 속으로 안도의 한숨을 쉬었다. 부모님께는 도연과 제주도 여행을 갈 거라고 미리 입을 맞췄기 때문에 이제 훼방 요소들은 완벽히 사라진 셈이었다.

팀원들에게도 가족 여행이라고 대충 둘러대며 철저히 비밀에 부쳤다. 혼자 제주도에 간다고 하면 참견하기 좋아하는 사람들은 훈수 두기 바쁠 것이고, 뻔뻔한 사람들은 은근슬쩍 특산물들을 얘기하며 선물을 원할 것이기 때문에 그저 조용히 갔다가, 조용히 돌아오는 게 제일 현명했다.

연차가 확정된 희현은 집에 오자마자 캐리어를 챙겨 짐을 싸기 시작했다.

– 짐을 벌써 챙겨?

"미리미리 챙겨 놔야지. 그런데 뭘 챙기지?"

희현은 스피커폰으로 상윤과 통화하며 발을 동동 굴렀다.

"옷! 아, 근데 입고 갈 옷 없는데. 내일 사러 가야 하나?"

– 옷이 왜 없어? 네 옷 방에 잔뜩 있잖아.

"아니야. 거기 입을 옷 하나도 없어. 인터넷으로 시키면 늦겠지?"

이미 희현은 머릿속으로 자주 가는 옷가게를 1층부터 훑고 있었다.

– 흥분하지 말고 미리 챙길 수 있는 것부터 잘 생각해 봐.

"아! 셀카봉!"

혼자 여행 갈 때 제일 중요한 물건이었다. 희현은 캐리어에 셀카봉 하나를 덩그러니 넣었다.

"근데 이 셀카봉 오래됐는데. 고장났으면 어떻게 하지? 새로 살까?"

– ……돈 쓰고 싶어서 여행 가는 거야?

"원래 여행은 돈 쓰러 가는 거야."

잔뜩 들떠 있는 희현과는 반대로 스피커폰으로 넘어오는 목소리는 침통하기만 했다.

– 혼자 신났네. 남자 친구는 고군분투하면서 일하고 있을 텐데.

"내가 네 몫까지 실컷 놀다 올게!"

그거 하나는 자신 있었다.

– 그런데 일정 아직 안 짰어? 왜 나한테 공유 안 해?

"이제 슬슬 짜야지."

희현은 대충 얼버무렸다. 여행을 계획하고 가는 편이 아니라서 숙소만 예약해 놓고, 가고 싶은 곳은 그때그때 찾아보면서 발길 닿는 대로 가고 싶었다.

– 버스는? 예약했어?

"아, 이제 해야지."

– 몇 시 버스 탈 건데?

"이제 찾아봐야지."

대책 없는 대답이 이어지자 핸드폰 너머가 잠깐 조용해졌다.

– 너 캐리어 접고 지금 버스 시간부터 찾아봐. 그리고 빨리 일정 짜고. 혼자 여행 가면 챙겨 줄 사람도 없는데 아무것도 안 해 놓으면 어떻게 해?

그의 잔소리 폭격에 희현은 입술을 삐죽거렸다.

"너 아줌마가 하신 말씀 잊었어? 잔소리하는 남자 매력 없다고?"

– 그새 변심이야?

"아니! 그건 아니고…… 적당히 혼내라는 뜻이지."

– 혼내고 있는 건 알아서 다행이네.

희현은 배시시 웃었다.

"나 그럼 버스 예약하고 다시 전화할게!"

- 알았어.

상윤의 잔소리 덕에 잊지 않고 무사히 버스를 예약한 희현은 핸드폰을 슬쩍 보고는 쇼핑몰 홈페이지로 들어갔다.

혼자 가는 여행에는, 꽤 많은 비밀이 필요했다.

✣ ✖ ✣

"다녀오겠습니다!"

"조심히 다녀와! 천혜향 잊지 말고!"

희현은 성미의 당부를 새기며 집을 나섰다.

캐리어는 참 신기했다. 가까운 제주도를 가는 것뿐인데 마치 어딘가 멀리 떠나는 것 같은 기분을 느끼게 해 준다. 비행기도 마찬가지였다. 고작 1시간 가는 거리지만 버스나 기차랑은 또 다르게 설레는 감정을 느끼게 했다.

공항에 도착하자마자 간단하게 먹을 샌드위치와 음료를 야무지게 산 희현은 수속을 마치고 게이트 근처에 앉았다.

본방송을 놓쳤던 예능 프로그램을 보면서 혼자 키득키득 웃고 있는데 누군가 어깨를 툭툭 두드렸다.

"저기요."

희현은 말을 거는 남자를 올려다보며 귀에서 이어폰을 뺐다.

"네?"

"여기 코리아에어 제주도 4시 비행기 타는 곳 맞나요?"

"네. 맞아요."

"감사합니다."

남자는 빙긋 웃으며 맞은편 자리에 앉았다. 희현은 다시 이어폰을 꽂고 예능 프로그램을 재생했다.

그런데 핸드폰을 보는 시선 아래로 수상한 그림자가 어른거렸다. 이상한 기분에 고개를 드니 아까 그 남자가 손을 흔들며 말을 걸고 있었다. 희현은 한 번 더 이어폰을 뺐다.

"네?"

"혼자 제주도 가시는 거예요?"

그제야 희현이 주위를 둘러보았다. 그녀의 양옆으로는 젊은 커플이 나란히 앉아 있었다.

"그런데요?"

희현은 남자를 경계하며 퉁명스럽게 대답했다.

"아, 저도 혼자 가거든요. 혼자 여행은 처음이라서…….."

또래로 보이는 남자도 혼자 여행을 간다니 묘한 동질감이 느껴졌다. 경계가 느슨해짐을 알아차렸는지 남자는 의자에서 엉덩이를 떼더니 희현 쪽으로 몸을 가까이 숙였다.

"혹시 몇 박으로 가세요?"

"저…… 2박 3일이요."

"짧게 가시네요. 그럼 어느 방면으로 도세요? 애월? 아니면 성산?"

인터넷으로 찾아봤을 때 같이 여행하는 사람들과 일정을 공유하면 내가 모르는 맛집을 알아낼 수 있다는 글을 본 적이 있었다. 게다가 혼자 여행하는 사람이라니 정보를 공유하면 좋을 것 같았다.

"저는 애월 근처에만 있으려고요. 그래도 시간이 부족하겠더라고요."

"하긴. 애월에도 볼 게 너무 많죠. 거기 나는야 왕돈가스라

고, 제주도 흑돼지로 만드는 돈가스집이 있는데 되게 맛있어
요."

마침 그녀가 가장 눈여겨본 가게 이름이었다.

"저 거기 가 보려고 했는데! 맛있어요?"

"네. 전 제주도 갈 때마다 거기 꼭 들러요."

"아, 제주도 많이 가 보셨나 봐요."

"시간 날 때마다 종종 혼자서 가요."

"아…….아무튼 가게 고급 정보 감사합니다."

남자는 또다시 미소를 지었다.

"그럼 우도도 못 가시겠네요?"

"네에. 혹시 우도도 가 보셨어요?"

"그럼요. 전 이번에도 가요. 6박 7일이라 시간이 남아서요."

"우와…… 부럽다!"

일주일 내내 제주도 여행을 하는 것도, 가장 가고 싶었던 우
도에 가는 것도 모두 부러웠다. 사실 말만 2박 3일이지, 목요일
오후 늦게 출발해서 토요일 아침 일찍 돌아오는 일정이었기 때
문에 제대로 된 제주 여행은 금요일 하루가 전부였다.

"숙소는 어디로 잡으셨어요? 호텔? 아니면 게스트하우스?"

이제껏 남자의 질문들에 선뜻 대답했던 희현은 민감한 질문
에 조금 망설였다. 하지만 애월만 해도 호텔은 수십 곳이 넘었
다.

"저는 호텔이요."

"아…… 게스트 하우스가 싸고 좋은데."

'그러게요. 저도 게스트 하우스로 가고 싶었는데, 남자 친구
가 허락을 안 해 주더라고요.'

라고 곧이곧대로 말하기엔 친절한 남자 앞이라고 해도 너무 푼수처럼 보일 것 같아서 희현은 그저 아쉬운 미소만 지었다.

"그런데 실례지만…… 남자 친구 있으세요?"

"네?"

여행 얘기에서 갑자기 사적인 질문으로 넘어가는 것이 당황스러웠지만, 이제 와서 무시할 수는 없었다.

"네. 있어요."

"아…….."

남자는 고개를 끄덕이더니 갑자기 정중하게 인사를 건넸다. 희현도 덩달아 고개를 꾸벅 숙이자, 갑자기 가방에서 이어폰을 꺼내서 귀에 꽂았다.

뭐지?

비행기 이륙 속도 못지않게 태도를 바꾼 남자를 보며 조금 황당해하고 있을 때 상윤에게서 전화가 걸려 왔다.

"여보세요."

— 공항 도착했어?

"응. 아까 도착해서 앉아서 대기하고 있어."

통화하는 모습을 흘깃 쳐다보던 남자는 자리에서 일어나더니 게이트 반대 방향으로 유유히 걸어갔다.

"뭐야……?"

— 뭐가?

"아니, 어떤 남자가…….."

앗. 망했다.

— 어떤 남자?

순식간에 날카로워진 상윤의 목소리에 희현은 목덜미를 긁적거렸다.

"그 어떤 남자가…… 말을 걸더니 갑자기 가 버리네?"

– 정확히 설명해. 말을 걸더니 가 버리다니?

그의 정색에 바짝 쫄아 버린 희현은 남자와 했던 대화를 하나도 빠짐없이 설명했다.

"……그러더니 일어나서 가 버리더라고. 지금은 안 보여."

상윤은 한동안 말이 없었다.

"……여보세요?"

– 그 돈가스집 절대 가지 마.

"당연하지!"

이미 찜찜해져서 갈 마음이 뚝 떨어졌다.

– 어디 이동할 때마다 꼬박꼬박 연락하고.

"응!"

마침 게이트가 열리고 사람들이 하나둘 줄을 서기 시작했다.

"상윤아, 나 이제 비행기 타려고. 도착해서 바로 연락할게."

– 임희현.

"응?"

– 정신 똑바로 차리고 여행해. 알았어?

"응!"

희현은 고개까지 수차례 끄덕였다. 상윤과의 전화를 끊은 그녀는 찜찜한 기분에 줄이 사라질 때까지 의자에 앉아 기다렸다. 그런데 자신에게 말을 걸었던 남자는 끝내 나타나지 않았다.

"코리아에어 4시 비행기 탑승 곧 마감합니다."

희현은 그제야 게이트로 다가갔다. 그녀가 비행기를 탐과 동시에 게이트 앞에 서 있던 승무원이 무전기를 들었다.

"KY101, 탑승 확인 끝났습니다."

승무원의 말을 들은 희현은 안도하며 비행기에 올라탔다.

제주도에 도착한 희현은 약속대로 상윤에게 곧장 연락한 뒤 냉큼 공항 앞에서 택시를 타고 호텔로 향했다.

"안녕하세요."

"예약하셨나요?"

"네."

희현은 로비에서 간단한 확인 절차를 끝내고 키를 받아 객실로 올라갔다. 캐리어를 끌고 방으로 들어온 그녀는 어둡게 쳐져 있던 커튼을 활짝 열었다.

"와아!"

액자 역할을 하는 창가 너머로 에메랄드빛 협재 해변이 햇빛에 눈부시게 반짝거리고 있었다. 풍경을 바라보다 보니 이 좋은 전망을 혼자서 느끼고 있다는 것이 아쉬웠다. 희현은 아쉬운 대로 핸드폰으로 사진을 찍어서 상윤과 부모님, 친구들에게 보냈다.

"좋다……."

그대로 침대에 몸을 던진 희현이 비스듬히 누웠다. 어떤 자세로 어떻게 봐도 한 폭의 그림 같았다.

"아, 배고파."

저녁 시간이라 슬슬 허기가 졌다. 희현은 옷도 갈아입지 않고 지갑만 챙겨서 동네 마실 나가듯 호텔을 나섰다.

제주도에 도착하면 바로 먹어 보겠다고 다짐했던 게 바로 흑돼지 오겹살이었다. 미리 알아본 맛집은 버스를 타고 30분이나 이동해야 했지만, 검증된 맛집에 가기 위해 이 정도 수고는 아무렇지 않았다.

"이게 줄이라고?"

어둑한 저녁이 돼서야 가게 앞에 도착한 희현이 미간을 좁혔다. 평일 저녁이었는데도 가게 앞에는 기다리는 사람들이 줄지어 서 있었다. 하지만 일부러 가장 평이 좋았던 곳까지 찾아온 거라 포기하고 다른 곳으로 가기에는 너무 아쉬웠다.

"몇 분이세요?"

"한 명이요."

혼자 고깃집에 와 본 건 살면서 처음이었다. 그런데 여행지라 그런지 눈치 보이지 않고 오히려 더 편했다.

하지만 단점도 있었다. 말할 사람이 없어서 기다리는 시간이 지루함 그 자체였다. 희현은 가게 내부와 본인의 셀카를 찍어서 상윤에게 전송했다.

"임희현 님?"

"네!"

간당간당하게 남아 있던 배터리로 내일 돌아다닐 일정을 검색해 보는 사이 드디어 차례가 돌아왔다. 희현은 들뜬 걸음으로 가게에 들어갔다. 네 명 이상도 앉을 수 있는 깡통 원형 테이블에 덩그러니 혼자 앉자 주변에 있던 사람들의 시선이 집중됐다.

"저 흑돼지 2인분이랑……."

그때 가게 입구에 대문짝만하게 붙어 있는 '한라산 소주' 포스터가 눈에 띄었다.

"소주 하나 주세요."

"네."

제주도까지 왔는데 제주도 술을 마셔 주는 게 예의지. 희현은 합리화를 하면서 물수건으로 손을 닦았다.

　곧 테이블에 숯불이 들어오고 두꺼운 흑돼지가 불판에 올라갔다. 이곳을 선택한 이유 중에 하나는 사장님이 직접 구워 주는 편리한 시스템 때문이었다.

　"혼자 오셨나 봐요?"

　고기가 익어 갈 즈음 사장님이 집게를 들고 다가와 말을 걸었다.

　"네!"

　사장님은 신기한 눈으로 희현을 바라보았다.

　"용기가 대단하시네. 혼자 고깃집까지 오시고."

　"제주도까지 왔는데 맛집에서 흑돼지 한번 먹어 줘야죠."

　"고기 좀 먹을 줄 아는 아가씨일세."

　호탕하게 웃은 사장님은 먹기 좋은 크기로 고기를 잘라 주었다.

　"이거 우리 집에서 자랑하는 멜젓인데, 여기 찍어 먹으면 더 맛있어요."

　"감사합니다."

　적당히 노릇하게 구워진 고기를 보니 군침이 돌았다. 바로 먹고 싶었지만 상윤이 떠올랐던 희현은 그에게 영상통화를 걸어 았다. 하지만 바쁜 건지 전화를 받지 않았다.

　"나도 모르겠다."

　배고픔의 한계에 다다른 희현은 젓가락을 들었다. 고기 본연의 맛을 느껴 보기 위해 딱 고기 한 점만 입에 넣었다.

　"와."

배가 고파서일까, 아니면 먹고 있는 곳이 제주도라서 그런 걸까. 서울에서도 흑돼지를 먹어 봤지만 이제껏 먹어 본 고기들과는 차원이 달랐다.

희현은 콧소리를 내며 소주를 따른 뒤 사장님이 추천해 준 멜젓 찍은 고기를 안주 삼았다.

"크으."

이게 행복이지.

배가 슬슬 차오르니 그제야 주변이 보이기 시작했다. 희현은 가게를 쭉 둘러보았다. 혼자 온 사람은 한 명도 없고, 대부분 연인들이나 가족 단위였다. 고기 굽는 소리와 왁자지껄 떠드는 소란의 중심에 있던 희현은 핸드폰을 바라보았다. 상윤에게서는 아직도 연락이 없었다.

"고기나 먹어야지."

희현은 야무지게 싼 쌈을 한입에 넣고 우적우적 씹어 삼켰다.

16.

엎어 놓은 핸드폰이 연신 진동 소리를 내며 울고 있었지만 상
윤은 손을 뻗어 받을 수 없었다. 그는 관자놀이를 누르며 태경
이 가져온 자료를 밀어냈다.

"스위트룸 스위치 위치는 어디다 빼먹었어?"

"아……."

저 자책 섞인 탄식이 오늘만 벌써 다섯 번째였다.

"TV 선반 자재비도 예산액에서 빠져 있잖아."

"아…… 수정하겠습니다."

태경은 조용히 가져왔던 서류를 도로 가져갔다. 늘어진 자세
로 함께 야근을 하는 건우가 입에 물고 있던 막대사탕을 빼고
한마디 했다.

"살살 해라. 태경이 울겠다."

"그러다가 도면 잘못 나오면 네가 대신 책임질 거야?"

건우의 입에 다시 사탕을 물린 상윤은 뒤늦게 핸드폰을 확인했다. 불판에 빼곡히 찬 고기들과 활짝 웃는 희현의 셀카를 보던 그의 미간이 찌푸려졌다.

최대한 몸을 틀어서 술을 안 보이게 찍으려는 요량이었겠지만 희미하게 보이는 파란색 병은 누가 봐도 한라산 소주였다.

"술까지 시키고……."

지금까지 희현의 제주도 여행은 마음에 드는 게 하나도 없었다. 공항에서부터 다른 남자한테 대시를 받질 않나, 혼자 제주도 가서 겁도 없이 술을 마시고 있질 않나.

"제주도 갔나 보네?"

등 뒤에서 들리는 목소리에 깜짝 놀란 상윤이 핸드폰을 감추며 돌아보았다.

"너……!"

건우는 방긋 웃으며 그의 어깨를 두드렸다.

"설마 혼자?"

상윤은 대답 대신 핸드폰을 내려놓았다.

"오호. 이래서 오늘 하루 심기가 불편하셨나?"

"아니거든."

"아니긴. 지금 뭐 마려운 강아지처럼……."

가뜩이나 정신 사나운데 옆에서 종알거리는 게 마음에 안 들었다. 상윤이 손등으로 배를 툭 치자 건우가 신음을 내며 한 발 떨어졌다.

"와, 진짜 야비하게……."

하지만 이쯤에서 돌아설 박건우가 아니었다.

"언제 오는데?"

상윤은 깊은 한숨을 내쉬었다.

"……토요일."

"그럼 고민할 게 뭐 있어? 내일 당장 표 구해서 제주도로 날아가."

자신이라고 그 생각을 안 해 본 게 아니었다. 하지만 인생의 버킷리스트였다고 말하며 혼자 여행하길 원했는데 그걸 방해하고 싶지 않았다.

"……혼자 여행해 보는 것도 나쁘지 않지."

"나쁘지는 않지만, 토요일까지 기다리다가는 네가 고혈압으로 쓰러질 것 같은데?"

상윤은 사탕을 오물거리는 건우를 올려다보았다.

"내가 고혈압으로 쓰러지면 그건 다 너 때문인 줄 알아라."

건우는 어깨를 으쓱였다.

"어차피 연차 쓰긴 글렀고, 내일 퇴근해서 김포로 곧장 가면 좀 아슬아슬해도 마지막 비행기는 탈 수 있어. 내가 전에 그렇게 가 봤거든."

"대리님. 도면 한 번만 더 봐 주세요."

그때 도면을 수정한 태경이 쭈뼛거리며 다가왔다. 건우는 태경의 어깨를 두드리며 제자리로 돌아갔다.

"예산 총액 맞춰 봤어?"

"네!"

"내가 계산해 봤는데 틀리면 죽는다."

"어…… 그럼 저……."

연이은 실수로 확신이 없던 태경은 다시 도면을 뺏어 가더니 금액을 맞춰 보기 시작했다. 뭉친 어깨를 주무르던 상윤은 핸드폰으로 코리아에어 홈페이지를 검색했다.

✤ ✖ ✤

햇빛에 눈이 부셔 잠에서 깬 희현은 팔을 뻗어 기지개를 켰다. 지금까지 여행을 다니면서 알람도 맞추지 않고 잤다가 개운하게 일어나 본 건 처음이었다. 혼자 여행 오니까 누구에게도 맞출 필요 없이 하고 싶은 대로 할 수 있어서 좋았다.

침대에서 뒹굴거리다 보니 슬슬 배가 고파졌다. 아침 겸 점심으로 먹을 맛집을 찾던 그녀의 머릿속에 미리 알아 놨던 나는야 왕돈가스가 떠올랐다.

"……가면 차상윤이 가만 안 두겠지."

어제도 한라산 소주 한 병을 다 마신 걸로 자기 전까지 혼났으니, 이제 혼날 짓은 그만해야 했다.

"아! 고기국수 먹어야겠다."

일본에 라멘이 있다면, 제주도에는 고기국수가 있었다. 희현은 부리나케 준비를 마치고 고기국수집으로 향했다.

"몇 분이세요?"

"한 명이요."

제주도는 어딜 가나 기다림의 연속이었다. 그래도 어제 흑돼지 고깃집보다는 짧은 줄에 위안 삼으며 차례를 기다리기로 했다.

다행히 고기국수집은 금방 자리가 났다. 메뉴판에는 시키고 싶은 음식이 잔뜩 있었지만 혼자기 때문에 욕심 부릴 순 없었다.

350

"고기국수 하나랑 지슬만두 하나 주세요."

상윤과 같이 있었다면 비빔국수에 돔베고기도 시킬 수 있었을 텐데. 그의 빈자리가 두고두고 아쉽기만 했다. 희현은 생각난 김에 그에게 문자를 보냈다.

[점심 먹고 있어?]

[아니. 일하는 중.]

[점심시간인데?]

[임태경이 크게 한 건 했어.]

답장을 보자마자 탄식이 새어 나왔다. 점심도 못 먹고 후배의 사고 수습으로 바쁜 사람에게 메뉴 투정은커녕, 음식 사진을 보낼 수도 없었다. 희현은 핸드폰을 내려놓고 조신하게 음식을 기다렸다.

"맛있게 드세요."

잠시 후 종업원이 따끈한 고기국수와 지슬만두를 동시에 가져다주었다. 어제 먹은 한라산 소주로 해장이 필요했기 때문에 제일 먼저 고기국수 국물부터 한술 떠먹었다.

"하……."

깔끔하고 담백한 맛이 일품이었다. 희현은 고기국수는 물론, 만두까지 하나도 남기지 않고 깨끗하게 그릇들을 비워 냈다.

배가 부르니 소화도 시킬 겸 산책 코스가 필요했다. 호텔에서 나오면서 야무지게 삼각대를 챙겨 나온 희현은 사진 찍기 좋다는 카멜리아힐로 향했다.

입장권을 사서 들어간 희현은 아무도 없는 하트 현수막 앞에 삼각대를 설치했다.

"이쯤이면 되나?"

대충 거리를 가늠해서 구도를 잡은 희현은 벤치에 앉아 리모 컨을 꾹꾹 눌렀다. 끊임없이 셔터를 터뜨린 그녀는 쪼르르 삼각 대로 향했다.

"음……."

초록이 무성한 나무가 있어서 망정이지, 덩그러니 벤치에 앉 아서 찍은 것이 잘못 보면 영정사진 같기도 했다. 희현은 다시 자리로 돌아가 좀 더 밝은 표정으로 웃었다.

그런데 그때 카메라 뒤로 팔짱 낀 커플이 큰 소리로 웃으며 지나갔다.

'뭐지? 나 보고 웃은 건가?'

혼자 앉아서 쓸쓸히 카메라를 향해 웃고 있던 희현은 순간 자 괴감에 빠졌다. 혼자서 셀카 찍기까지는 괜찮았는데, 삼각대는 아무래도 너무 처량한 것 같았다.

"저기요."

잽싸게 삼각대를 정리하고 있는데 하트 현수막 앞으로 한 커 플이 다가와 말을 걸었다.

"네?"

"저희 사진 한 장만 찍어 주시면 안 돼요?"

"아, 네. 찍어 드릴게요."

희현은 삼각대를 챙기고 흔쾌히 커플의 사진을 찍어 주었다.

"감사합니다."

인사를 받고 다른 골목으로 들어서자 이번에는 또 다른 커플 이 누군가가 오기만을 기다리는 눈치로 핸드폰을 들고 서 있었 다.

"저기요……."

"아, 네네. 핸드폰 주세요."

희현은 독촉하는 사람처럼 손을 내밀었다.

"자, 찍습니다."

핸드폰을 손에 들고 어깨에 삼각대까지 메고 있으니 마치 이곳에서 커플 사진을 찍어 주는 사진작가가 된 것 같은 기분이었다.

"감사합니다."

출구 근처에서까지 커플 사진을 찍어 준 희현은 입술을 쭉 내밀며 한숨을 쉬었다.

"부럽다……."

산책하러 온 곳에서 온통 다정한 커플만 봤더니 상윤이 더욱 보고 싶었다.

감감무소식인 핸드폰을 아련하게 바라보던 희현은 무작정 근처에 있던 카페에 들어갔다. 꽤 넓은 공간에 식물원처럼 꾸며 놓은 자연친화적인 공간이 딱 제 취향이었다.

게다가 마침 편해 보이는 침대 의자 자리가 비어 있었다. 희현은 책장에서 산문집 하나를 가져와 편하게 누웠다. 듣기 좋은 재즈 음악이 흐르는 카페의 여유로움이 마음에 들었다.

「그날 깨달았다. 여행은 어디를 가느냐가 중요한 것이 아니라, 누구와 함께 가느냐가 중요하다는 것을.」

산문집을 읽어 내려가던 희현이 문장 한 구절에 시선을 고정시켰다. 공감되는 말이었다. 아무리 제주도라도 혼자 하는 여행은 제겐 그다지 재미있지 않았다. 하지만 상윤과 함께라면 제주도가 아니라 당장 동네 앞 편의점을 함께 가는 것만으로도 좋고 재미있을 것 같았다.

희현은 잠시 책을 내려놓고 상윤에게 문자를 보냈다.

[보고 싶어.]

고작 하루밖에 안 지났는데, 빨리 서울로 돌아가고 싶었다.

산문집을 정독하고 카페를 나왔을 땐 어느덧 저녁이었다. 그녀는 버스를 기다리며 뚱한 얼굴로 핸드폰을 바라보았다.

"대체 얼마나 큰 사고를 친 거야……."

오늘 상윤은 너무하다 싶을 만큼 연락이 뜸했다. 서운했지만 회사 전체가 프로젝트 사업으로 바쁘고, 특히 이 시기는 설계팀이 제일 바쁠 때인 것을 알아서 보챌 수 없었다.

우울한 마음으로 동문시장에 도착한 희현은 엄마의 심부름이었던 천혜향부터 샀다. 제집과 지윤의 집으로 배달시키고, 유명하다는 오메기떡과 감귤 초콜릿도 잔뜩 샀다. 쇼핑을 하니 상윤 때문에 가라앉았던 마음이 조금 나아지는 것도 같았다.

"역시 여행은 돈 쓰는 재미지."

신나게 카드를 긁고 나니 슬슬 배가 고팠다.

"아, 회……."

시장 근처를 배회하던 희현은 회센터를 바라보며 입맛을 다셨다. 고기는 몰라도 회는 왠지 혼자 먹고 싶지 않았다.

결국 그녀가 선택한 음식은 보말칼국수였다. 연락 없는 상윤에게 반항하는 의미로 과감히 땅콩막걸리를 시킨 희현은 걸쭉한 막걸리를 시원하게 들이켰다.

"카!"

칼국수와 함께 홀짝홀짝 따라 마시다 보니 눈 깜짝할 사이 막걸리 한 병이 비워졌다.

"사장님, 감사합니다!"

기분 좋게 가게에서 나온 희현은 택시를 타서 호텔 앞에 내렸다. 시간은 벌써 밤 9시를 넘어가고 있었다.

"아무리 바빠도 그렇지……."

이 시간까지 연락 없는 상윤이 점점 괘씸해지기 시작했다. 참다못한 그녀가 결국 먼저 상윤에게 전화를 걸었다.

- 지금은 전화를 받을 수 없습니다. 나중에 다시 걸어 주시기 바랍니다.

어디 이동할 때마다 꼬박꼬박 연락하라고 집착할 땐 언제고 핸드폰을 꺼 놓다니! 도대체 연락을 기다리긴 했었던 건지…….

"어이없네, 진짜! 차상윤!"

희현은 걸음을 돌려 편의점으로 들어가 맥주를 골랐다. 이젠 혼내든 말든 하나도 무섭지 않았다.

호텔로 돌아와서는 핸드폰을 테이블 위에 팽개쳐 두고 TV를 틀었다. 마침 금요일이라 볼 만한 예능 프로그램도 많았다.

시장에서 산 초콜릿을 안주 삼아 맥주를 마시고 있는데 드디어 핸드폰이 제 역할을 시작했다. 발신자를 본 희현은 길게 콧김을 뿜어냈다.

이걸 받아, 말아?

3초 고민하던 희현은 핸드폰을 들었다.

"야!"

- 깜짝이야.

태연하게 놀라는 목소리에 울컥 짜증이 솟았다.

"너 뭐야! 왜 이렇게 연락이 안 되는데!"

- 미안해. 정신이 없었어.

"아무리 그래도 문자 한 통은 해야지……. 내내 걱정했잖아!"

누가 여행 온 사람이고, 누가 서울에 있는 건지 헷갈리는 통화였다.

– 어디야?

"호텔이다."

– 호텔 확실해?

늦게 연락한 주제에 의심부터 하는 상윤의 말에 희현이 폭발했다.

"그럼 내가 호텔이지! 이 시간에 어디겠어!"

– 그럼 문 좀 열어 봐.

"뭐?"

– 문 좀 열어 보라고.

그때 밖에서 쿵쿵 소리가 났다. 화를 식히려고 맥주를 벌컥벌컥 마시던 희현은 동작을 멈추고 문을 바라보았다.

"뭐, 뭐야?"

– 왜?

"방금 누가 내 방 문을 두드렸어."

– 이렇게?

말이 끝나기가 무섭게 또다시 쿵쿵 소리가 들렸다. 희현은 맥주를 내려놓고 부리나케 달려가 문을 열어 보았다.

"너……!"

"가깝네, 제주도."

희현은 삐딱하게 서서 웃고 있는 상윤을 3초 동안 멍하니 바라보다가, 뒤늦게야 그를 와락 끌어안았다.

"뭐야아! 언제 왔어? 여길 어떻게 왔어!"

상윤은 그녀를 더 깊이 끌어안았다.

"보고 싶다며. 그래서 왔지."

몰래 제주도까지 온 상윤의 깜짝 선물에 오늘 하루 서운했던 감정들이 눈 녹듯 녹아내렸다.

"차쌍⋯⋯. 진짜 보고 싶었어."

"나도."

그런데 애틋하게 희현의 머리를 쓰다듬던 상윤의 미간이 좁아졌다.

"근데 너 술 마셨어?"

"응?"

술을 마시지 않은 그는 낯선 냄새를 귀신같이 알아차렸다. 잽싸게 품에서 떨어져 나온 희현은 어색하게 웃었다.

"조, 조금?"

이미 상윤은 방 안 테이블에 놓여 있는 맥주 캔을 세어 보고 있었다.

"나 왔으니까 혼자 마시지 말고 나가서 마시자."

"진짜?"

"제주도 왔는데 회 한 접시는 하고 가야지."

상윤이 온 것만으로도 행복한데 취향 저격하는 그의 메뉴 선정에 희현의 눈이 반짝거렸다.

"나! 나! 내가 아까 봐 둔 곳 있어!"

희현은 룸 카드만 챙겨서 상윤과 곧장 밖으로 나갔다. 씩씩거리며 로비를 지나갔던 그녀는 30분도 안 돼서 생글생글 웃는 얼굴로 다시 로비를 지나갔다.

"제주도 여행 진짜 외로웠어."

"그랬어?"

"먹고 싶은 거 엄청 많았는데 혼자라서 다 시키지도 못하고…… 사진 찍으러 갔는데 커플들이 다 나한테 사진 찍어 달라고 하고……."

택시에 타서 오늘 겪은 서러운 일들을 털어놓는 동안 아까 눈여겨봤던 회센터에 도착했다. 그런데 다시 도착한 회센터는 일찍 장사를 마무리하고 있었다.

두 사람은 아쉬운 대로 근처에 있던 횟집으로 갔다. 상에 차려진 푸짐한 안주를 두고 상윤과 희현이 소주잔을 부딪쳤다.

"네가 와서 너무 좋아."

희현의 적극적인 고백에 상에 턱을 괸 상윤이 픽 웃었다.

"또 혼자 여행 다닐 생각 있어?"

"절대! 이제 혼자 하는 여행 끝이야."

"진짜?"

"응. 이제 너랑 다닐래."

상윤의 입매가 아까보다 높게 올라갔다. 혼자 여행하는 게 얼마나 외로운지 본인이 몸소 느끼고 깨달았다고 하니 잠시나마 혼자 두길 잘한 거라는 생각도 들었다.

"짠."

하지만 그 생각은 그리 오래가지 못했다.

"야아, 차상유우운!"

"얼씨구."

막 소주 두 병을 따기 시작했을 때 희현의 혀가 꼬이기 시작했다.

"너 조심해에! 나 여기서 인기 짱 마나써! 알지?"

"알아."

그것 때문에 불안해서 한달음에 온 건데 모를 리가 없었다.

"임희현, 아직 안 죽었따!"

"이제 둘이 소주 한 병인데…….."

상윤은 빈 소주병을 바라보았다. 평소에는 혼자서 소주 한 병 마시고도 멀쩡하던 희현이 벌써 취해 가는 이유를 알 수 없었다.

"나느은 아까 막걸리도 마셨거든!"

"뭐? 언제?"

"너 연락 안 와서 화가 나 가지고."

희현은 말하면서 몸을 좌우로 흔들거렸다. 1차는 막걸리, 2차는 맥주, 3차는 소주로 모든 주종을 섞어 먹었으니 취할 만도 했다.

"그만 가자."

"술 남았자나!"

술 남기는 걸 싫어하는 희현이 가득 남은 소주병을 가져가려고 했지만 상윤의 손이 더 빨랐다. 그는 소주병을 치우고 먼저 자리에서 일어나 희현에게 손을 내밀었다.

"일어나."

상윤은 멀뚱히 자신을 바라보는 희현을 잡아 일으켰다.

"너 지금 취하면 안 돼."

"왜?"

"나랑 해야 할 게 남았잖아."

귓가에 속삭이는 낮은 목소리에 흥분이 서려 있었다. 술 때문인 건지, 아니면 상윤의 말 때문인지 희현의 두 볼이 발그레

했다.

무슨 정신으로 호텔까지 왔는지 잘 기억나지 않을 정도로, 두 사람의 마음은 이미 호텔 침대에 가 있었다. 상윤의 도발에 술이 다 깨 버린 희현이 룸 카드로 먼저 문을 열고 안으로 들어갔다.

"그런데 너 짐……."

뒤돌아서 물어보던 희현의 입술을 상윤이 막아 버렸다. 이렇게 여유 없이 본능대로 구는 건 처음이었다. 놀라서 살짝 비틀댄 희현을 번쩍 안아 들어 올리자 그녀가 다리로 상윤의 허리를 휘감으며 그대로 품에 안겼다.

침대에 도착해서 서로의 옷을 벗겨 주는 손길들이 다급했다. 순식간에 옷을 벗게 된 상윤은 곧장 희현의 목덜미에 얼굴을 묻었다.

"하……."

처음에는 자잘한 입맞춤만 하던 그의 키스가 점점 격렬해졌다. 거칠게 물고 빠는 그의 입술에 희현이 목을 움츠렸다.

"이러다 자국 나겠어."

"내면 안 돼?"

희현은 그의 어깨를 살짝 밀어냈다.

"이제 여름이거든요, 차상윤 씨?"

하지만 보이는 곳에 흔적을 남기고 싶었다. 다른 남자들이 얼씬도 하지 못하게, 내 여자라고 대놓고 알리고 싶었다.

"흐읏……."

그녀의 방어에 심술이 난 상윤은 가슴을 움켜쥐고 유두를 혀 끝으로 문지르다 빨기를 반복했다. 자극적인 그의 행동에 희현

360

은 그의 부드러운 머리칼을 만지며 달래 보았지만, 상윤의 입술은 되레 가슴에서 아래로 내려와 움푹 들어간 허리에 집요하게 머물렀다.

그의 입술뿐만 아니라 호흡이 닿는 모든 곳들이 다 간지러워서 정신을 차릴 수가 없었다. 허리를 비틀고 싶었지만 움직이지 못하게 붙잡고 있는 상윤이 야속했다.

"야아……!"

그녀의 애원을 들어주듯 상윤의 입술은 허리를 지나쳐 사타구니로 향했다. 까슬한 음모를 헤친 그의 입술이 기어이 허벅지를 벌리더니 예민해진 곳으로 향했다.

"흣."

희현은 저도 모르게 그의 머리를 살짝 눌렀다. 아까보다 훨씬 느려진 혀가 조금 더 자극해 주기를 바라다가도, 생각했던 것 이상의 자극이 오면 몸이 바르르 떨려서 도저히 견딜 수가 없었다.

"상윤아……."

본인을 부르는 가느다란 목소리에 상윤이 한참 만에 고개를 들었다. 그는 희현의 입술에 제 입술을 깊게 눌렀다 뗐다.

"못 참겠어."

그러자 희현이 잔망스럽게 손가락을 움직이며 손짓했다. 유혹에 못 이기는 척 상윤이 무게를 실어 다가가자 술로 과감해진 희현은 그를 옆으로 눕혔다.

"너, 뭐 하려고……."

당황한 상윤에게 윙크를 날린 희현은 상윤이 해 줬던 것처럼 그의 가슴을 혀로 간질이기 시작했다.

"아…….."

처음 들어 보는 상윤의 신음이 듣기 좋았다. 자신감이 붙은 희현이 아래로 내려가려고 하자 그가 핏줄 선 팔뚝으로 희현을 끌어당겼다.

"하자."

"으으응."

희현은 고개를 저었다. 받은 만큼 돌려주고 싶은 마음이 컸다. 이번에야말로 지난번에 못다 한 소임을 다하고 싶었다. 희현은 조막만 한 손으로 상윤의 탄탄한 허벅지를 잡았다. 그리고 그의 분신에 입술을 가져다 댔다.

"아."

그러나 희현은 거기서 멈추지 않았다. 쪽쪽거리며 입술로 지분대던 장난을 넘어 불거진 핏줄에 말캉한 혀를 내밀었다. 상윤의 이마에 핏줄이 바짝 섰다.

그의 반응을 살핀 희현은 조금 더 과감하게 입을 벌렸다. 상윤이 신음할수록 그의 분신도 걷잡을 수 없게 커지는 것이 조금 무섭긴 했지만, 그렇다고 중간에 멈추기는 싫었다. 희현이 혀를 굴리자 참다못한 상윤이 몸을 일으켰다.

"누워."

희현은 으르렁거리며 저를 눕히는 그의 행동을 순순히 따랐다. 콘돔을 낀 상윤은 옆으로 바짝 눕더니 성난 분신을 그녀의 엉덩이에 비볐다.

"하……!"

그대로 삽입한 상윤은 야생마처럼 거칠게 허리를 치받기 시작했다. 어깨에 입을 맞추던 상윤이 손을 뻗어 그녀의 까슬까슬한 음모로 향했다.

"아, 아……!"

희현의 입에서 처음으로 울음 같은 신음이 터져 나왔다. 뒤에서 치고 들어오는 것도 벅찬데, 다리 사이로 파고 들어온 손이 클리토리스까지 애무하니까 몸에 힘이 풀리며 녹아내릴 것 같았다.

"하아……."

격렬하게 움직이던 상윤이 속도에 흔들리는 가슴을 움켜쥐었다. 희현에게서 쾌락에 잠긴 신음이 터져 나오자 상윤도 그녀의 안에 저를 모두 쏟아부었다. 그럼에도 불구하고 그는 몸을 바짝 밀착시켜 희현의 어깨에 자잘하게 입을 맞추어 주었다.

"상윤아."

"응?"

"사랑해."

쑥스럽지만 처음 해 보는 말이었다. 상윤은 체력을 소진한 희현의 허리를 끌어안았다.

"내가 더."

얼마 지나지 않아 새근거리는 숨소리가 들려왔다. 그녀가 잠들 때까지 계속됐던 상윤의 느릿한 토닥거림도 점차 느려졌다.

17.

　다음 날, 서울로 떠나기 전에 두 사람이 마지막으로 선택한 가게는 사연 많은 나는야 왕돈가스였다. 앉기 힘들다는 창가 자리에 운 좋게 앉게 된 희현은 멀리 보이는 해변을 바라보다가 상윤에게 시선을 돌렸다.

　"그런데 너, 제주도 구경도 못 해서 어떻게 해?"

　"괜찮아. 어차피 제주도 볼 생각으로 온 거 아니니까."

　상윤이 테이블 위로 손을 내밀자 희현이 웃으며 그의 손을 잡았다.

　"다음에 제대로 오자."

　"응."

　그때 주문한 오므라이스와 왕돈가스가 나왔다. 얼굴보다 더 큰 왕돈가스 크기에 희현이 웃음을 터뜨렸다.

　"이거 진짜 크다!"

"다 못 먹겠는데?"

"아니야. 천천히 다 먹고 갈 거야."

패기에 찬 그녀를 돕기 위해 상윤이 먹기 좋은 크기로 돈가스를 잘라 주었다. 희현은 부지런히 돈가스를 자르는 그에게 오므라이스를 한 입 먹여 주었다.

"음, 맛있다."

"그래?"

상윤이 보답으로 희현에게 돈가스를 먹여 주고 있을 때였다.

"……임 대리?"

많이 들어 본 목소리에 두 사람의 고개가 활짝 열린 창문으로 향했다.

"크흡."

영기를 본 희현은 하마터면 돈가스를 뿜어낼 뻔했다.

"어? 이게 누구야? 차 대리!"

상윤을 본 영기는 손가락으로 그를 가리켰다. 좀처럼 당황하지 않는 상윤도 갑작스러운 영기의 등장에 표정 관리를 못 한 채 그에게 고개를 숙였다.

"여보. 아는 사람 있어요?"

그때 영기의 뒤로 그의 와이프가 초등학생 아들 둘을 데리고 등장했다.

"세상이 이렇게 좁나 그래? 제주도에서 우리 회사 사람들을 다 만났지 뭐야."

"어머. 진짜요?"

"일단 들어가자고!"

신난 영기의 목소리가 창문으로 고스란히 넘어왔다. 그가 가

366

게로 들어오는 사이 희현은 울 것 같은 얼굴로 상윤을 바라보았다. 정말 기가 막혔다. 제주도에도 맛집이 얼마나 많은데 하필이 식당에서, 그것도 상윤에게 돈가스를 받아먹고 있던 하필 그때, 회사에서 제일 입이 가벼운 영기에게 들켜 버리다니!

"우리 어떻게 해?"

"임 대리!"

걸음도 빠른 영기는 상윤이 대답도 하기 전에 자리를 찾아와 한 번 더 알은체를 했다. 그는 마주 앉은 희현과 상윤을 호기심 어린 눈빛으로 내려다보았다.

"차장님, 제주도는 어떻게 오셨어요!"

그의 질문을 차단하기 위해 희현은 숨도 안 쉬고 다급히 물었다.

"나 5월에 제주도 놀러 간다 그랬잖아."

솔직히 하나도 기억나지 않았다. 워낙 말 많은 사람의 이야기라서 한 귀로 듣고 흘렸던 게 화근이었다.

"그런데 임 대리는 가족 여행 간다고 하지 않았어?"

오지랖들을 피하고자 했던 거짓말이 부메랑으로 돌아왔다. 두 사람 주변을 돌아보던 영기는 음흉하게 웃으며 상윤의 팔을 툭 쳤다.

"차 대리, 그런 거였어?"

"차장님, 여기 오므라이스 맛있더라고요."

어느새 침착해진 상윤은 영기에게 오므라이스를 가리켰다. 뜬금없이 메뉴를 추천해 주는 상윤의 말에 그가 의아한 얼굴로 오므라이스를 바라보았다.

"그래?"

"네. 꼭 시켜 드세요."

웃으며 고개를 까딱인 상윤은 다시 밥을 먹기 시작했다. 자연스럽게 세워진 상윤의 철벽에 영기는 허허 웃으며 뒷목을 긁적였다.

"그럼 둘도 맛있게 먹으라고."

영기가 자리로 돌아가자마자 희현이 상윤을 다그쳤다.

"그냥 보내면 어떻게 해! 설명을 해야지!"

"일단 먹어."

상윤이 돈가스를 주었지만 입맛이 사라져 버린 지 오래였다. 그리고 어디선가 영기가 계속 주시하고 있을 것만 같은 불안감에 먹더라도 체할 것만 같았다.

통 먹지 못하는 희현을 바라보던 상윤도 결국 포크를 내려놓았다.

"나갈까?"

"응."

가방을 챙기던 희현이 몸을 숙이더니 조그만 목소리로 속삭였다.

"우리 더치페이 할까? 우연히 여기서 만났는데 자리가 없어서 합석했다고 하면 되잖아."

"우연히 만났는데 돈가스를 먹여 줘?"

"하······."

먹여 주는 모습이 아니었더라도 눈치 백단인 영기가 그런 허술한 거짓말에 속아 넘어갈 리도 없었다.

계산을 하러 나왔는데 하필 영기가 앉은 자리가 카운터 바로 옆이었다. 오므라이스를 먹고 있던 영기는 두 사람을 보고 손을 흔들었다.

"임 대리, 차 대리! 벌써 가는 거야?"

"아, 네……."

"그럼 월요일에 보자고."

영기의 인사가 마치 사형선고처럼 느껴졌다. 두 사람은 그의 가족에게도 인사를 하고 차에 탔다.

"차쌍 어떻게 해! 우리 진짜 망했어!"

"침착해. 이미 엎질러진 물이야."

"아아악!"

식당에서 일찍 나오는 바람에 비행기를 타기까지 여유가 있었다. 상윤은 흥분한 희현을 데리고 이호테우 해변으로 향했다.

"월요일에 다 소문나겠지?"

해변을 걷던 상윤이 고개를 끄덕였다.

"월요일이면 다행이게."

하기야 영기는 월요일까지도 못 기다리고 지금이라도 회사 사람들에게 전화해서 소문을 내고도 남을 사람이었다.

"그냥 여행 간다고 할걸……."

괜히 가족 여행이라고 살을 붙여서 빼도 박도 못하게 생겼다. 출근해서 일어날 상황들을 생각하니 머리에 쥐가 나는 것 같았다. 희현이 죄 없는 머리칼을 헝클어뜨리자 그가 손을 잡으며 말렸다.

"비밀로 해 달라고 할까?"

희현의 애처로운 질문에 그가 고개를 저었다.

"그런 부탁 들어줄 사람이었으면 내가 진작 말했지."

"하긴……."

희현은 깊은 탄식을 내뱉으며 모래사장 위에 털썩 앉아 버렸다. 그녀를 지켜보던 상윤도 따라 앉았다.

"근데 뭐 이렇게까지 싫어해? 같이 들킨 사람 섭섭하게."

무심한 듯 내뱉어진 상윤의 말에 희현이 그를 바라보았다.

"그게 아니고……."

다른 사람들에게 알려지는 건 상관없었다. 다만 딱 한 사람이 마음에 걸렸다.

"소미 씨가 너 좋아해. 알고 있어?"

"흠……."

상윤은 고개를 갸웃거렸다.

"그게 우리 사이가 밝혀지는 거랑 상관이 있나?"

"나한테 배신감 느낄 수도 있지."

상윤과 친한 사이라는 것도 말하지 않았고, 여태껏 그에게 무관심한 척했는데 사귄다는 소문을 들으면 제게 뒤통수 맞았다고 생각할 수도 있다. 가까운 사이였기 때문에 더욱더.

"왜 양소미 씨가 너한테 배신감까지 느끼는지 잘 모르겠어. 내가 양소미 씨를 헷갈리게 한 것도 없고, 네가 거짓말을 한 것도 없는데."

이럴 때 보면 참 무딘 남자였다.

"여자 마음을 너무 모르시네요, 차상윤 씨."

"양소미 씨는 나한테 여자가 아니니까."

상윤은 희현의 손을 잡았다.

"죄지은 거 아닌데 우리 눈치 보지 말자. 좀 불편하겠지만 어차피 평생 숨길 수 없다는 거 알고 있었잖아."

그의 말이 맞았다. 지금은 그저 상황이 흘러가는 대로 놔두는 수밖에 없다. 희현은 체념한 얼굴로 고개를 끄덕였다.

✤ ※ ✤

오지 않길 바랐던 월요일 출근길 발걸음이 유독 무거웠다. 새벽에 자다 깨기를 몇 번이나 반복하는 바람에 희현의 얼굴은 퀭해 있었다.

"후우."

사무실 문 앞에서 깊은 숨을 내쉰 희현이 마음을 다잡고 문을 열었다.

"안녕하세⋯⋯."

"어? 임 대리!"

"임 대리! 진짜 차 대리랑 사귀어?"

인사도 다 하기 전에 옹기종기 모여 있던 팀원들이 득달같이 달려들었다. 그 어느 때보다 환한 영기의 미소를 보며 희현은 입꼬리를 간신히 올렸다.

"다들 아침부터⋯⋯."

"박 차장님이 봤다는데? 진짜야?"

"가족 여행 간다더니 차 대리랑 여행 간 거야?"

팀원들은 가방 내려놓을 틈도 주지 않고 자리로 다가와 몰아붙였다.

"아, 그게⋯⋯ 어쩌다 보니 그렇게 됐네요."

"어떻게 사귀게 된 거야? 말 좀 해 봐! 응?"

"차 대리가 먼저 사귀자고 했어?"

하지만 희현의 두루뭉술한 대답이 오히려 팀원들의 호기심에 불을 지폈다.

"다들 월요일 아침인데 활기차네."

그때 마침 오 부장이 사무실에 들어왔다.

"부장님! 글쎄 임 대리랑 차 대리가 제주……."

희현은 옆에 있던 김 과장의 입을 다급히 막았다. 뒤끝 긴 오 부장에게 가족 여행이 거짓말이었다는 걸 들켜서는 안 됐다.

"임 대리랑 차 대리가 뭐?"

"둘이 사귄답니다! 제가 제주도에서 딱 봤지 뭡니까! 하하하 하!"

빨랐던 수비가 무색하게 영기가 오 부장의 귀에 골을 넣어 버렸다. 자리로 걸어가던 오 부장이 희현을 쳐다보았다.

"진짜야?"

"아, 그게……."

희현은 어색한 웃음만 흘렸다. 왠지 생각했던 것보다 훨씬 더 고단한 하루가 될 것 같았다.

❖ ✳ ❖

"맞다. 다들 그거 들었어요? 임희현 대리랑 차상윤 대리랑 사 귄다는 거."

"나 들었어요!"

요즘 제이디자인에서는 월드 파라다이스 프로젝트보다 희현 과 상윤의 연애를 훨씬 더 중요한 사안으로 다루고 있었다. 민 주는 동요하지 않고 묵묵히 밥만 먹었다.

"근데 차상윤 대리가 좀 아깝지 않아요?"

"아무래도 좀 그렇죠."

잘 알지도 못하는 사람들이 남의 연애를 함부로 판단하는 말에 끼어들고 싶지 않았다. 사람이 사람을 좋아해서 만나는 건데 왜 누가 아깝고, 누가 더 잘났는지를 재는 건지 그녀는 이해할 수 없었다.

"둘이 어떻게 만났을까요? 박 대리님은 아세요?"

"아니요."

정은은 그녀의 단호한 대답에 크게 실망했다.

"그럼 박 대리님도 모르고 계셨던 거예요? 와, 임 대리님 진짜 여우 맞네."

민주가 고개를 들자 정은이 새침한 목소리를 냈다.

"그동안 시치미 뚝 떼고 있었던 거잖아요. 저번에 내가 한번 건우 대리랑 상윤 대리 중에 누가 더 좋은지 물어봤는데 끝까지 대답 안 할 때부터 알아봤다니까요."

"질문이 너무 유치했나 보죠."

가만히 있던 민주의 대답에 밥을 먹던 사람들이 픽 웃음을 터뜨렸다. 정은은 민주를 흘겨보고는 다시 말했다.

"오 부장님한테 가족 여행 간다고 거짓말하고 차 대리랑 놀러 간 거라던데."

"정은 씨도 지난달에 병원 간다고 연차 써서 태닝하고 왔잖아요."

자꾸만 끼어들며 시비를 거는 민주의 말이 거슬린 정은이 젓가락을 내려놓았다.

"박 대리님, 제가 임 대리 여우 같다고 해서 지금 이러시는 거예요?"

"난 사실만 말하는 건데요."

"내 질문이 유치했다면서요!"

"그래서 여기 있는 사람들이 공감하면서 웃었잖아요."

정은은 아까 웃었던 사람들을 흘겨보았다.

"평화로운 점심시간에 왜 얼굴 붉히고 그래요."

"맞아요. 싸우지 마요."

괜히 불똥이 튈까 걱정된 사람들은 상대적으로 만만한 정은을 말리기 시작했다.

"식사 맛있게 하세요."

민주는 불편한 자리에서 먼저 일어났다. 하루 동안 약간의 허기짐을 느껴 보는 것도 나쁘지 않을 것 같았다.

소미는 사람들의 눈을 피해서 옥상으로 숨어 들어왔다. 요 며칠 희현의 연애 소식 때문에 사무실이 시끄러웠다. 그것도 모자라 점심시간에는 다른 팀 사람들이 구내식당에서 희현을 볼 때마다 상윤의 이야기로 말을 걸었다. 심지어 자신에게도 두 사람의 연애 소식을 묻는 사람이 있었다.

'소미 씨, 커피 한잔 할래?'

'죄송해요. 저 체한 것 같아서요.'

희현에게 말이 퉁명스럽게 나간 건 제 의지가 아니었다. 돌아서서 금방 후회했지만 거절당한 희현은 잡을 새도 없이 앞서가고 있었다.

상윤이 희현을 좋아하고 있다는 건 눈치채고 있었지만 희현도 그를 좋아하는 줄은 몰랐다. 아마 진작 알았더라면 희현의 앞에서 상윤을 좋아하는 내색을 하지 않았을 것이다.

"하아……."

옥상 난간에 기대서 한숨을 내쉬고 있는데 머리 위로 긴 그림자가 졌다.

"저기 뭐 있어요?"

"……어? 대리님."

소리 없이 다가온 건우는 소미를 바라보았다.

"차상윤 대리 때문에 심란해하는 사람 피해서 왔더니 여기도 있네."

"누가 심란해해요?"

"우리 부서 여직원들이요. 밥 먹는데 구내식당 꺼지는 줄 알았네."

"아……."

소미는 눈앞에 보이는 빌딩을 멍하니 쳐다보며 말했다.

"대리님은 알고 계셨어요?"

"뭘요? 둘이 사귀는 거?"

"네."

"눈치만 채고 있었죠. 차 대리가 워낙 임 대리 좋아하는 티를 많이 내서."

"아……."

건너 듣기로 두 사람은 오래된 친구 사이라고 했다. 그래서였을까. 지난번 상윤이 구내식당에서 희현을 챙겨 주던 행동이 무척 자연스러웠다.

"좀 얄밉지 않아요?"

소미의 물음에 빌딩을 보던 건우가 그녀에게 시선을 돌렸다.

"차 대리님이랑 임 대리님이요. 친하게 지내던 사람들 다 속인 거잖아요. 아마 민주 대리님도 몰랐을걸요?"

건우는 불만이 터진 소미를 빤히 바라보았다.

"회사에서 사내연애 못 하게 하는 것도 아닌데…… 어떻게 말한 마디 없이…….."

"꼭 말해야 돼요?"

퉁명스러운 반문에 소미가 건우 쪽으로 고개를 돌렸다.

"지극히 개인적인 일이잖아요. 누굴 만나는지에 대해 말하고 말고는 내 자유고."

"그렇긴 하지만…….."

"양소미 씨가 임희현 대리한테 서운한 마음 이해 못 하는 건 아니지만, 본인 감정은 본인이 다스려야죠. 개인적인 일로 서운하다고 이렇게 다른 팀 사람한테 상사 흉보는 거, 본인한테 좋을 게 없을 것 같네요."

늘 장난기와 가벼움을 담고 있던 얼굴이 싸늘해졌다.

"여긴 유치원이 아니라 엄연한 직장인데."

"……죄송합니다."

금방이라도 울 것 같은 얼굴로 사과하는 소미를 보고 한숨을 쉰 건우가 다시 표정을 바꾸었다.

"그러지 말고 이번 기회에 내 쪽으로 넘어와요. 지금 다른 여직원들도 나한테 많이 돌아서는 추세라니까?"

"네?"

"난 팬 서비스가 확실하거든요. 이제야 내 쪽으로 넘어온 사람들을 위해서라도 나는 당분간 연애는 안 할 생각인데…….."

시답잖은 소리임을 파악한 소미는 끝까지 듣지 않고 인사를 하며 돌아섰다. 건우는 고개를 가로저으며 주머니에서 담배를 꺼냈다.

"내놔."

권 이사의 부름으로 이사실로 가던 상윤은 대뜸 오른손을 내미는 건우를 바라보았다.

"뭘?"

"수임료."

상윤은 들은 척도 하지 않고 엘리베이터 TV로 시선을 돌렸다.

"내가 요즘 너 변호하고 다니느라 바빠 죽겠다고. 그러니까 수임료 내놔."

"고용하겠다고 한 적 없거든."

"치사하게."

건우는 손을 거뒀다.

"그럼 다른 걸로 보상해."

"고용한 적 없다니까?"

"나 외로워. 여자 소개해 줘."

번지수를 한참 잘못 찾아온 부탁이었다.

"네 눈에는 내가 알고 지내는 여자가 있어 보여?"

"그럼 새끼 쳐. 임 대리 친구라도 소개해 달라고!"

"희현이 친구들 다 결혼했고, 딱 한 명 남았는데 걔는 남자 친구 있어."

쓸모없는 소식에 건우가 실망하고 포기하려는데, 갑자기 번

377

뜩 떠오른 생각에 눈을 크게 떴다.

"아! 너 여동생 있잖아!"

"뭐?"

"이참에 우리 직장 동료에서 한층 더 가까운 사이가 돼 보는 건 어때?"

상윤은 어깨에 올라온 그의 손을 툭 밀었다.

"말도 안 되는 소리 하지 마라."

여동생 있는 오빠들은 동생 이야기에 특히 민감하다는 걸 알지만, 농담 반 진담 반으로 한 소리에 지나치게 정색하는 상윤의 표정에 건우는 민망해졌다.

"어이, 차 대리. 나 지금 되게 서운했어."

"······."

"평소에 날 굉장히 별로라고 생각했나 봐?"

상윤은 진심으로 서운해하는 건우를 지그시 바라보았다.

"박건우."

이름을 불린 건우의 눈이 커다래졌다. 상윤이 호칭 없이 온전히 이름만 부르는 건 입사 이래 처음이었다.

"난 만약에 여기서 다른 곳으로 이직해도 너랑은 연락할 것 같거든."

"너 이직할 거야? 임 대리 때문에?"

그의 진지한 물음에 상윤이 피식 웃었다.

"오래 보자고."

의미 모를 말을 던진 상윤이 먼저 엘리베이터에서 내렸다. 잘은 모르겠지만, 상윤의 투박한 애정 표현임은 확실했다.

"그럼 여동생 친구는 어때? 응?"

건우는 헤실헤실 웃으며 상윤을 쫓아갔다.

"이번 일 아주 훌륭하게 끝내 줘서 고마워."

베트남에서 돌아온 형규는 건우와 상윤에게 차례로 악수를 건넸다.

"차 대리 다쳤다는 소식은 들었어. 내가 출장 때문에 병문안도 못 가 봐서 많이 미안했네."

"아닙니다."

"그래도 잘생긴 얼굴 그대로인 거 보니까 많이는 안 다쳤나봐."

형규가 웃으며 두 사람에게 소파를 가리켰다. 김 비서는 자리에 앉은 그들의 앞에 마카롱과 홍차를 두고 돌아섰다.

"정 사장이 바뀐 레스토랑을 아주 마음에 들어 해."

"다행입니다."

"나도 가서 보니까 가든클래식보다 더 훌륭한 것 같던데?"

"박건우 대리가 많이 도와줬습니다."

두 사람의 시선이 쏠리자 마카롱만 쳐다보고 있던 건우가 생긋 웃었다.

"네. 제가 많이 도왔습니다."

당당한 그의 인정에 상윤은 물론 형규도 웃음을 터뜨렸다.

"차 대리가 좋은 동료를 뒀네."

"이사님도 아시는 걸 본인만 모르고 있는 것 같습니다."

건우의 넉살에 웃고 있던 형규가 상윤을 바라보았다.

"내가 아는 게 또 하나 있는데."

"어떤……."

"요즘 차 대리, 연애한다면서?"

두꺼운 이사실 문까지 뚫는 소문의 힘이란 어마어마했다. 상윤이 이마를 매만지자 형규가 손을 저었다.

"아, 오해하지는 마. 나는 사내연애 금지하는 꽉 막힌 임원은 아니야."

형규는 소파 옆에 있던 서랍에서 서류를 꺼내 내밀었다.

"다만 사내연애 하는 사람한테 이런 제안을 해야 하는 게 좀 미안해서 그렇지."

상윤과 건우는 동시에 서류를 바라보았다.

"이게 뭡니까?"

건우의 질문에 형규가 열어 봐도 좋다는 의미로 고개를 끄덕였다. 호기심 많은 건우는 망설이지 않고 서류를 열어 보았다.

서류 안에는 체코공항 증축 건설에 대한 보도기사 자료가 들어 있었다. 이번 체코공항 증축 건설에는 대한민국 굴지의 기업들이 투자할 예정이며, 추후 인천공항공사와도 MOU 체결을 맺을 예정이라는 내용이었다.

"각 기업들에서 사람이 추려지면 TF팀이 꾸려질 거야."

형규는 몸을 숙이고 두 사람을 바라보았다.

"나는 우리 회사 설계부에서는 두 사람이 체코로 가 줬으면 좋겠어."

"저희를요?"

놀란 건우와 다르게 상윤은 표정 없는 얼굴로 기사를 정독하고 있었다.

"이건 월드 파라다이스보다 훨씬 더 큰 건이야. 체코를 간다는 건 우리 회사를 대표하는 자리로 가는 거고, 더 나아가서 대한민국을 알리는 자리로 가는 거지.”

이미 윗선에서 일이 진행될 때부터 형규는 상윤을 염두에 두고 있었다. 다른 회사 사람들과의 협업에서는 누가 먼저 우위를 선점하는지가 중요하다. 그래야 나중에 사람을 통솔할 수 있기 때문이다. 우위를 선점하기 위해서는 설계와 현장을 전체적으로 볼 줄 아는 실력 있는 사람이 가야 했다.

그런 면에서 상윤은 체코 파견근무를 가기에 더없이 훌륭했다. 실력은 물론이거니와 일 욕심도 있고, 유부남이 아니라서 딸린 식구들도 없다. 비서들에게 물어보니 애인도 없는 것 같다고 해서 금상첨화다 싶었는데 사내연애를 한다는 소식이 걸림돌이 돼 버렸다.

“차 대리, 욕심나지 않아?”

형규의 질문에 상윤은 뚫어지게 쳐다보던 보도자료를 내려놓았다. 솔직히 일로만 보자면 욕심나는 제안이긴 했다.

“아마 체코에서 현지 근무를 하게 될 거고, 기간은…… 사실 장담은 못 하겠어. 3년으로 보고 있긴 한데, 자네들도 알다시피 큰 공사일수록 변수가 많은 법이니까.”

3년이라니. 보도기사 위로 희현의 얼굴이 아른거렸다.

“긴 시간이긴 하지만 다녀오면 분명 자네들 인생에 굉장한 커리어가 될 거야. 회사 내 입지도 달라질 거고.”

형규는 달콤한 제안을 멈추지 않았다.

“내일 오전 중으로 기사가 나올 거야. 오후에는 부사장님이 전 직원을 불러서 프로젝트를 설명하고 파견근무 지원 신청을 이야기하실 거고. 사실 지원자들은 자네들이 거절하면 대신 가게 될 후보들에 지나지 않아.”

끊임없이 설득을 하는 형규도, 이야기를 들으며 고개만 설렁설렁 끄덕이는 건우도 상윤의 표정에 집중했다. 그는 부정인지 긍정인지 알 수 없는 눈빛으로 보도기사만 바라보고 있었다.

친절한 설명을 다 듣고 이사실에서 나온 건우는 기지개를 켜며 늘어지게 하품을 했다.

"졸려 죽는 줄 알았네."

"다 들리겠다."

상윤의 핀잔에 건우가 피식 웃었다.

"근데 지금 차 대리 네 표정 보면, 임 대리가 엄청 서운해하겠어."

"내 표정이 왜?"

"파견근무 고민하고 있잖아."

"그럴 리가."

상윤은 고민이랄 게 없었다. 좋은 조건이라는 걸 알지만, 가지 않을 거니까.

"넌 어쩔 생각이야?"

"난 절대 안 가지."

"왜?"

"내가 끝까지 지켜 줘야 하는 사람이 있거든."

그의 대답에 상윤이 미간을 좁혔다.

"여자 있어?"

"뭐, 여자가 맞긴 한데……. 그 표정은 뭐야? 난 여자 있으면 안 돼? 동생도 소개 안 해 줄 거면서."

"또…….."

"아, 알았어. 되게 정색하네."

건우는 엘리베이터를 기다리며 이사실을 바라보았다.

"그나저나 우리 임 대리 어쩌나. 연애 시작한 지 얼마 안 돼서 장거리 연애 하게 생겼네."

"나 안 간다고."

"안 가는 거 맞아? 못 가는 거 아니고?"

허를 찌르는 건우의 질문에 상윤은 아무 말도 하지 못했다.

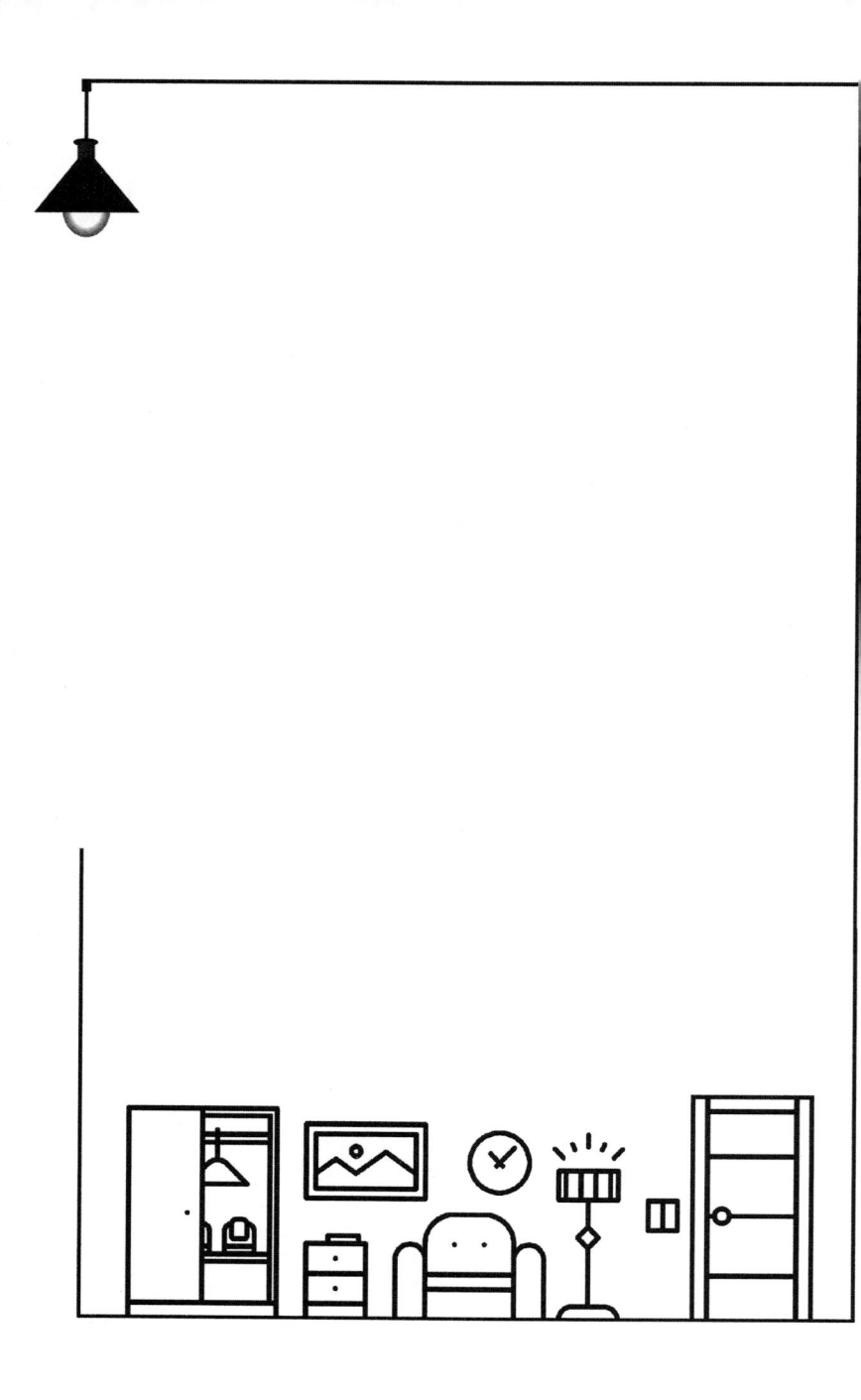

18.

"갑자기 웬 티타임이래요?"

"체코공항 증축 건 때문이겠지. 기사 보니까 우리 회사 이름
도 있더라."

영문도 모르고 대회의실에 모인 사람들이 같은 주제를 두고
다른 의견들로 술렁였다. 관심 없는 내용이었기 때문에 희현은
최대한 뒷자리에 가서 앉았다. 그런데 그때 소미가 슬쩍 옆자리
로 다가왔다.

"크흠……."

괜스레 헛기침을 하며 자리에 앉는 소미를 보며 희현이 슬쩍
웃었다.

"이제 풀렸어?"

"저 삐친 적 없는데요?"

"나 삐쳤다고 말한 적 없는데."

"치."

소미는 새침한 얼굴로 입술을 내밀었다.

"부사장님 들어오십니다."

누군가가 던진 한마디에 회의실이 일순 부산스러워졌다. 병준이 회의실 문을 열고 들어오자 앉아 있었던 직원들이 쭈뼛거리며 일어섰다.

"앉아도 됩니다."

병준이 상석에 앉음과 동시에 같이 들어왔던 형규가 먼저 마이크를 잡았다.

"오늘 갑작스럽게 여러분들을 부른 이유는, 오전에 미리 기사로 확인하신 분들도 있겠지만 체코공항 증축 건설에 대한 우리 회사 참여 소식을 내부에 정확히 공유하기 위해서입니다."

희현은 듣는 둥 마는 둥 하면서 본격적으로 상윤을 찾기 시작했다.

"저기 있잖아요."

"응?"

몸을 이리저리 왔다 갔다거리는 희현을 보다 못한 소미가 맨 앞자리를 가리키며 상윤을 찾아 주었다. 저와 다르게 앞쪽에 앉은 그는 건우와 함께 이야기를 듣고 있었다.

"……그래서 1차적으로 지원 신청을 받을 예정이며, 양식은 사내 인트라넷에 공유되어 있습니다."

지원 신청이라는 말에 회의실이 웅성거렸다.

"에이, 뭐야. 우리 쪽 사람은 안 뽑나 봐요. 지원 자격 부서에 이름도 없어요."

궁금함을 못 참고 핸드폰으로 인트라넷에 접속해 양식을 다

운받아 본 소미가 실망한 투로 말했다.

"소미 씨는 파견근무 가고 싶어?"

"그럼요! 파견근무 나가면 프라하에서 살 수 있는 거잖아요. 이런 기회 아니면 제가 언제 프라하에서 살아 보겠어요."

생각해 보니 혜란이 있는 곳도 프라하였다. 나중에 상윤과 놀러 오라고 했던 그녀의 말이 떠오른 희현의 시선이 자연스레 상윤을 향했다.

그런데 건우가 보기 드문 진지한 얼굴로 상윤에게 귓속말을 하고 있었다. 장난 같지는 않은 게, 그 역시 귓속말을 한참 듣더니 스크린을 바라보며 건우에게 뭔가를 설명하고 있었다.

"이상하네."

"뭐가요?"

"……오전에 커피를 너무 많이 마셨나."

희현은 유난히 두근거리는 가슴에 손을 얹은 채 두 사람의 뒷모습을 한참 지켜보았다.

대회의실에서 나와 사무실로 돌아가는 길에 오 부장이 은근슬쩍 희현의 옆으로 다가왔다.

"임 대리 서운해서 어떻게 해?"

"네?"

제주도 휴가 건으로 자신에게 한동안 저기압이었던 오 부장의 갑작스러운 동정에 희현이 고개를 빠끔히 들었다.

"차 대리 체코로 파견 나간다며. 사귄 지도 얼마 안 돼서 생이별하게 생겼네."

확신을 가지고 말하는 오 부장에 희현은 어안이 벙벙해졌다.

그녀의 벙찐 얼굴을 본 오 부장이 혀를 찼다.

"몰랐어?"

심지어 그것도 모르고 있었냐며 나무라는 말투였다.

"그런 얘기 없었는데요."

"그래?"

그럴 리가 없다.

"잘못 들으신 거겠죠."

이번에는 희현이 확신하며 말했다. 상윤이 자신에게 한 마디 상의도 없이 파견근무를 결정했을 리 없다. 아주 만약의 확률로 프라하에 가게 됐다 하더라도, 그 이야기를 다른 사람의 귀를 통해 듣게 하지 않았을 것이다.

"아니야. 지난번에 부장들 회식에서 김 부장이 술 마시고 얼마나 욕을 했는데. 원래 체코공항 자리, 김 부장이 눈독 들이고 있었거든. 그런데 이미 권 이사가 설계부는 차상윤 대리랑 박건우 대리를 염두에 뒀다고 하더라고."

오 부장의 말을 듣는 순간, 대회의실에서 진지한 얼굴로 대화를 나누던 두 사람의 모습이 스쳐 지나갔다.

"그런데 설계부에 다른 과장님이나 차장님들도 계신데……."

"그쪽은 다 유부남이잖아. 아내도 있고. 거기에 애까지 있으면 어디 파견근무가 쉽겠어? 막말로 공항이 언제 지어질지도 모르는데."

오 부장은 혼란스러워하는 희현의 어깨를 두드렸다.

"힘내, 임 대리."

응원인지 놀리는 건지 모를 말을 남기고 사라지는 오 부장의 뒷모습을 바라보던 희현은 핸드폰을 확인했다. 액정 화면에는 이호테우 해변에 앉은 상윤과 자신이 해맑은 미소로 웃고 있었다.

오 부장이 무심코 던진 돌에 맞아서 종일 머리가 아팠던 희현은 퇴근길에 운전하는 상윤을 유심히 관찰했다.

"차쌍."

"응?"

워낙 제 속을 드러내지 않는 데 능숙한 녀석이었다. 그래서 행동과 말투만 보고 알아차리기란 쉽지 않았다. 차라리 대놓고 묻는 편이 나았다.

"왜 불러 놓고 아무 말도 안 해?"

상윤이 잡고 있던 손에 힘을 줬다 풀며 장난을 쳤다.

"너 파견근무 나가?"

단도직입적으로 질문을 던지자 상윤의 눈빛이 흔들렸다. 희현이 잡고 있던 손을 빼려고 하자, 그가 힘을 주며 손을 놔주지 않았다.

"안 가."

"정말 이사님한테 제안받았어?"

"안 갈 거야."

상윤의 대답은 한결같았다.

"왜 안 가는데?"

"너 하루 못 보는 것도 못 버텨서 제주도 날아간 거 잊었어? 그런데 널 두고 내가 어딜 가."

희현의 미간이 좁아졌다. 기분이 좋아져야 할 대답을 들었는데도 전혀 좋지 않았다.

389

"왜 나한테 아무 말도 안 했어?"

"거절한 제안인데 굳이 너한테 말할 필요 없잖아. 자랑할 일도 아니었고."

그의 입장에서는 충분히 일리 있는 말이었다. 단호한 태도의 상윤을 한참 바라보던 희현은 고개를 끄덕였다.

"하긴, 네가 날 두고 어딜 가겠어."

그녀의 당당한 대답에 상윤이 피식 웃었다.

"가라고 마음에도 없는 소리 하는 것보다 낫네."

"싫어. 너 못 가. 우리 사귄 지 얼마나 됐다고 프라하를 가?"

"응. 안 가."

"내가 지금 너랑 하고 싶은 게 얼마나 많은데……."

이제 여름이 다가오고 있었다. 물도, 놀이기구도 무섭지만 상윤과 함께 워터파크도 가 보고 싶었고, 양양에 가서 서핑도 배워 보고 싶었다. 별이 잘 보이는 천문대에 가서 여름 밤하늘도 함께 보고 싶고, 저녁노을이 아름다운 바닷가에 가서 손잡고 나란히 걷고도 싶었다.

"설계부에 사람이 얼마나 많은데. 가겠다는 사람도 있다는데 왜 굳이……."

"희현아."

쉴 새 없는 투정을 잠자코 듣고 있던 상윤이 그녀의 손등을 쓸어 만졌다.

"나 너 두고 어디 안 가. 못 가."

"……응."

상윤에게 가지 않는다는 대답을 들으면 불안한 마음이 해소될 줄 알았다. 그런데 전혀 아니었다. 오히려 가지 않겠다는 그의 단호한 말이 마음을 무겁게 짓눌렀다.

✤ ※ ✤

내색은 안 하고 있었지만, 상윤의 파견근무 소식을 듣고 난 뒤부터 잠이 잘 오지 않았다. 답답해진 마음을 시원하게 털어놓을 사람을 찾던 희현은 지윤에게 의견을 구하기 위해 일이 끝나자마자 그녀의 집을 찾았다.

"지윤아!"

문을 연 지윤은 희현을 보고 적잖게 당황했다.

"언니가 왜……."

"너랑 현욱이 보고 싶어서 왔지."

희현이 방긋 웃으며 안으로 들어갔다.

"뭐 하고 있었어?"

"어, 나 그냥……."

"저녁 먹었어? 우리 뭐 시켜 먹을까? 현욱이는? 자?"

반가움에 질문을 쏟아 내는 희현과 다르게 지윤은 대답을 못 하고 안절부절못하는 얼굴로 희현을 졸졸 쫓아다녔다.

딩동–

희현이 들어온 지 5분도 안 돼서 또 한 번 초인종이 울렸다. 지윤은 인터폰과 그녀를 번갈아 바라보았다.

"누구 오기로 했어?"

"언니. 일단 모른 척 좀 해 줘."

"응?"

지윤은 어리둥절해하는 희현의 눈치를 보며 문을 열었다.

"어머, 저녁 늦게 미안해요."

"아니에요. 들어오세요."

공손히 인사를 한 지윤이 비켜서자 모습을 드러낸 중년 부부는 한 치의 머뭇거림도 없이 신발을 벗고 제집인 양 들어왔다.

"여기가 둘이 살긴 딱 좋다니까."

집에 들어서자마자 남자는 베란다와 거실, 주방을 훑어보았다.

"아무래도 이쪽 방은 트는 게 좋겠지?"

"그래야지."

중년 부부는 지윤의 안내 없이도 집 안 구석구석을 둘러볼 수 있을 만큼 구조를 정확히 꿰뚫고 있었다. 현욱이 자고 있는 방까지 꼼꼼히 살펴보던 중년 부부는 다시 거실로 나왔다.

"고마워요. 잘 봤어요."

"네."

그들이 집에서 나가자마자 희현이 지윤을 바라보았다.

"지윤아, 너 이사 가?"

"그게…….."

지윤은 곧장 대답하지 못했다. 혼자 조용히 처리하고 이야기하려고 했던 계획이 모두 수포로 돌아갔다. 그녀의 어색한 미소에 희현이 얼굴을 찌푸렸다.

"빨리 말해라. 지금 바로 네 오빠 부르기 전에."

무시무시한 협박에 지윤은 할 수 없이 입을 열었다.

"방금 온 사람들이 집주인인데, 이번 계약 끝나면 자기네들이 들어와서 살겠다고 하더라고."

"계약이 언제까진데?"

"이제 세 달 정도 남았어."

2년 전만 해도 이 근처는 편의점조차 찾아볼 수 없는 허허벌판이었는데, 지하철이 개통되면서 편의점과 대형마트들이 하나둘씩 생기더니 집값이 천정부지로 뛰기 시작했다. 내후년에는 지하철역 옆에 터미널도 지어질 예정이라고 하니 이제 이곳은 집값이 오를 일만 남은 땅이었다.

"이사 갈 집은? 구했어?"

"아니. 현욱이 유치원 때문에 근처로 알아보고 있었는데 여기 집값이 다 올라서……."

아무에게도 말하지 못한 하소연을 털어놓던 지윤은 깜짝 놀라며 입을 막았다.

"그런데 언니, 이거 오빠한테 비밀이다?"

"왜? 차쌍도 알아야지."

"안 돼. 사정 알면 오빠가 또 같이 살자는 소리 할 거야."

이미 상윤에게는 어릴 때부터 갚지 못할 만큼 많은 도움을 받았다 생각하는 지윤은 아무리 친오빠여도 더는 신세 지고 싶지 않았다.

"나 그 소리 듣기 싫으니까 언니가 빨리 오빠 좀 데려가."

"지금 나 아니고도 벌써 누가 데려가겠다는 사람이 있어서……."

"응?"

"아, 아니야."

희현은 고개를 저었다. 이사 문제로 골치 아픈 지윤에게 상윤의 파견근무 이야기까지 더해서 머리 아프게 할 순 없었다.

✣ ✲ ✣

요새 동일과 성미가 푹 빠진 낚시 여행은 상윤과 희현에게는 희소식이었다. 오늘도 실오라기 하나 걸치지 않고 상윤의 품에 안겨 있던 희현이 고개를 들었다.

"차쌍."

"응?"

"……프라하 갈래?"

"여행 가자고?"

희현은 고개를 저으며 상윤을 살짝 밀어냈다.

"너 프라하 가서 파견근무 하라고."

진심으로 한 말이었음에도 불구하고 상윤은 변덕이라 생각했는지 코웃음을 치더니 다시 안으려고 했다. 그의 반응에 희현이 얼굴을 찌푸리며 벌떡 일어났다.

"왜 웃어? 나 진심이야."

"그래. 오늘은 진심이겠지. 그럼 내일 진심은 내일 다시 얘기하자."

상윤이 손목을 잡아끌었지만 희현은 끄떡하지 않았다.

"진짜야. 너 가."

그제야 상황의 심각성을 깨달은 상윤이 서서히 몸을 일으켰다.

"갑자기 왜 그래?"

"네가 가야 모든 퍼즐이 완벽히 맞춰져."

"무슨 퍼즐."

"……지윤이 이사 가야 된대."

지윤은 절대 말하지 말아 달라고 부탁했지만, 그래도 자신은 상윤의 편이었기에 그에게 비밀은 없어야 했다.

"집주인이 그 집에 들어와서 산다고 했대. 그래서 세 달 안에 나가야 한다는데 요즘 집값이 좀 비싸? 그런데 네가 프라하 가면, 지윤이가 이 집에서 살 수 있잖아. 그동안 돈도 모을 수 있고."

"그게 날 보내는 이유야? 지윤이랑 내가 같이 살면 되지."

"지윤이가 너 싫대. 나 같아도 불편해서 싫어."

아무리 남매라고 해도 다 큰 사이에 함께 사는 건 서로 불편하기만 할 뿐이다. 혼자여도 상윤과 같이 살까 말까 할 지윤이 현욱까지 있는데 그의 집에 얹혀살겠다고 할 리 없었다.

"그리고 생각해 보니까 프라하에 가면 혜란 아줌마도 계시잖아. 너 거기서 근무하면 아줌마랑 더 가까워질 수 있는 기회도 생기는 거고."

희현은 권 이사보다 더 적극적으로 파견근무의 장점을 설명했다.

"그리고 이번 일, 너한테 정말 좋은 기회잖아. 거기서는 현장도 배울 수 있으니까 네가 일하는 데 큰 도움이 될 거야."

"너는."

가만히 그녀의 이야기를 듣고 있던 상윤이 입을 뗐다.

"네 말대로 내가 가면 모든 게 해결된다고 치자. 그럼 너는? 내가 거기 가면 넌 어떨 것 같은데?"

"나는 큰 그림을 그리기로 했어."

희현이 비장하게 말했다.

"파견근무 가면 네 월급도 오를 거잖아. 게다가 너 거기 갔다 오면 분명히 진급도 나보다 더 빨라질 텐데. 그 이득이 결국 다 누구한테 돌아오겠어?"

스스로를 가리키는 그녀의 행동에 상윤은 실소를 터뜨렸다.

"지금 프러포즈하는 거야?"

"아직. 너 갔다 오면 네 통장 보고 결정할 거야."

딱딱한 분위기를 농담으로 풀어낸 희현이 그의 볼을 쓰다듬었다.

"그러니까 가."

"……."

"생각해 보니까 나만 아니면 네가 마다할 이유가 없는 자리야."

며칠을 끙끙 앓으면서 생각해 본 결과, 이 문제의 답은 상윤이 프라하로 가는 것뿐이었다. 그가 가지 않고 한국에 남는다고 해도 썩 기쁘지 않을 것 같았다.

물론 상윤이 프라하에 가는 것도 기쁘지는 않다. 어떤 식으로도 기쁘지 않을 결과라면 상윤의 미래를 위한, 또 모두를 위한 방향을 선택하는 것이 옳다고 생각했다.

"나는 네가 안 간다고 당연하게 대답해 준 거, 그 마음 하나면 돼."

이건 진심이었다. 그 단호했던 마음 하나면 충분했다.

"이미 이사님께 안 간다고 말씀드렸어."

"뭐? 언제?"

"제안받은 다음 날 바로."

희현은 인정할 수 없다는 얼굴로 고개를 저었다.

"안 돼! 다시 가서 말씀드려! 가겠다고!"

"남자가 어떻게 한 입 가지고 두말해."

"아, 그럼 남자 하지 마!"

얼마나 어렵게 내린 결정인데, 이렇게 허무하게 마무리 지을 순 없었다.

"……그건 좀 곤란해. 난 이미 뼛속까지 남자라서."

상윤은 막무가내로 고집부리는 희현에게 가까이 다가와 앉았다. 그리고 그녀의 손을 잡아 와 제 분신에 가져다 댔다.

"뭐, 뭐야?"

"요즘 너랑 있으면 주체가 안 돼."

상윤은 긴 다리로 희현을 포박한 후 그녀의 이마에 입을 맞췄다.

"차상윤. 너 벌써부터 이러면 나랑 떨어져서 어떻게 지낼래?"

"간다고 대답 안 했거든."

"네가 날 두고 어딜 가겠다는 건 말이 안 되지만, 내가 보낸다고 마음먹은 이상 넌 가야 돼."

마음의 결정을 끝낸 희현은 상윤을 프라하에 보내겠다는 의지가 확고했다.

"한 달도 못 버티고 비행기 탈 것 같은데."

"웃겨. 너 부산에서 대학 다닐 때도 나 안 보고 잘 지냈잖아."

"그래서 네가 그사이에 나 잊고 딴 놈 만났지."

상윤은 희현을 가볍게 끌어와 제 허벅지 위에 앉혔다.

"너 나 보내는 진짜 이유가 뭐야?"

"으이그!"

희현이 그의 등에 사정없이 손바닥을 내리쳤다.

"10년 전이랑은 달라졌잖아. 이제 영상통화도 되고, 프라하는 우리나라랑 시차 7시간이니까 연락도 자주 할 수 있을 거야."

"너무 장점만 설명한다, 임희현."

"뇌에 행복회로 돌리는 중이야."

불안하고 불행한 상상만 하면 내 마음이 진짜 불안하고 불행해지니까, 기쁘고 행복한 상상만 하면서 지내기로 했다.

"그럼 이제 몸에 행복회로 한번 돌려 볼래?"

"엄마야!"

상윤은 방심하고 있던 그녀를 번쩍 안아 아래에 눕혔다. 이제는 기쁨과 행복을 몸으로 느낄 시간이었다.

✤ ✖ ✤

며칠 후, 사내 인트라넷 및 층별 공지 게시판에 파견근무 확정자 명단이 공개됐다. 제이디자인에서는 설계부 1명, 기술본부 2명, 사업본부 1명이 프라하에 가게 됐다.

"차상윤 대리 진짜 체코 가는 거야?"

"임 대리는 이걸 허락했단 말이야?"

"둘이 결혼한 것도 아닌데 허락하고 말고 할 게 뭐 있어? 차 대리가 간다면 가는 거지."

명단에 있는 상윤의 이름을 보고 들어온 팀원들이 북과 장구를 치며 오지랖을 부렸다.

"그럼 둘이 헤어지는 건가?"

영기의 꽹과리 같은 목소리에 열띤 판을 벌이던 그들의 시선이 일제히 희현에게 향했다. 팔짱을 끼고 앉아 한심하게 팀원들을 쳐다보던 희현이 그제야 입장을 밝혔다.

"차 대리 가는 거 맞고요. 제가 허락한 것도 맞아요. 그리고……."

희현은 영기를 똑바로 쳐다보았다.

"저희, 안 헤어집니다."

한 어절씩 힘을 주며 말하는 그녀의 입꼬리는 분명 올라가 있지만, 눈빛은 분노로 이글거리고 있었다.

"이, 임 대리가 참 멋있네."

그 기세에 눌린 영기가 어색하게 웃으며 칭찬했다.

"그럼 프라하는 언제 가는 거야?"

"7월 1일이래요."

"7월이면 아직 시간 많이 남았네."

그가 떠나기까지 한 달 남짓 시간이 남았다. 날짜를 듣자마자 짧다고 생각했던 그 시간이, 누군가에게는 길어 보일 수도 있는 거구나.

희현은 캘린더를 바라보았다. 어느 노래 가사처럼 1일 없이 32일, 33일…… 그렇게 쭉 흘러가 버렸으면 좋겠다.

"뭐? 프라하?"

"그럼 두 분 헤어지는 거예요?"

찬물을 끼얹는 진혁의 질문에 도연의 매운 손이 그의 허벅지를 꼬집었다.

"아, 아파!"

"넌 내가 해외 간다고 하면 헤어질 거야?"

"아니, 형은 언제 올지 기약이 없다니까……."

진혁은 꼬집힌 허벅지를 문지르며 두 사람의 눈치를 봤다.

"죄송해요."

"괜찮아. 헤어지냐는 질문이 베스트 Q&A top 5 안에 드니까."

상윤과의 연애 소식에 흥분한 얼굴로 달려들었던 여직원들은 그의 파견근무 소식에는 안타까운 얼굴로 슬금슬금 접근해 왔다.

그런데 걱정해 주는 척하면서 위로해 주던 그들의 마지막 질문은 항상 '그럼 헤어지는 거예요?'였다. 은연중에 헤어지길 바라는 마음이 눈에 훤히 보였다. 어차피 자신이 헤어진다고 해도 상윤과 이루어질 수 없다는 걸 알 텐데, 왜 헤어지기를 바라는 건지 그 심리를 이해할 수 없었다.

"야! 차상윤! 넌 파견근무를 갈 거면 희현이랑 사귀질 말았어야지! 왜 애 외롭게 혼자 두고 가!"

하지만 진혁처럼 몇몇의 물음은 진심으로 순수하게 걱정하는 마음이었다. 도연은 소주잔을 탁 내려놓으며 부릅뜬 눈으로 상윤을 쏘아보았다.

"가게 될 줄 몰랐어. 원래 갈 생각도 없었고."

"그럼 안 가면 되겠네!"

도연의 말에 상윤은 희현을 바라보았다.

"가지 말까?"

"진짜?"

"이사님께 양치기 소년 되면 그만이지 뭐."

시늉이라고는 모르는 상윤이 진짜 핸드폰을 들고 전화하려고 하자 희현이 깜짝 놀라며 말렸다.

"안 돼! 나 백수 남친 싫어."

도연은 핸드폰을 뺏기는 상윤을 보며 본인이 더 안타까워했다.

"이제 커플 데이트도 좀 하고 너희랑 같이 놀려고 했더니……."

"하면 되지! 차쌍 아직 시간 있거든?"

"그럼 우리 넷이 놀러 가요!"

희현과 죽이 맞는 진혁이 먼저 나섰다.

"요즘 야외 축제 많이 하던데. 어때요? 너무 덥나?"

"아직은 괜찮지! 나 야외 좋아!"

"그럼 누나, 이거 한번 보세요."

마침 도연과 주말 데이트를 찾아보고 있었던 진혁은 6월에 있는 다양한 축제들이 나열된 링크를 희현에게 보내 주었다.

"이 중에서 세 분이 골라 보세요. 전 다 좋으니까."

그때 진혁이 도연의 눈치를 보며 슬쩍 자리에서 일어나 밖으로 나갔다. 상윤이 진혁을 보고 따라 일어서자 희현이 그를 붙잡았다.

"어디 가? 진혁이 담배 피우러 가는 건데."

"혼자 보내기 그렇잖아."

상윤이 진혁을 뒤따라 내려가자마자 도연이 의자를 끌어 희현에게 달라붙었다.

"야, 임희현. 너 진짜 차상윤 보낼 거야?"

"보낸다니까."

희현은 진혁이 보내 준 링크를 자세히 살펴보았다. 마침 상윤과 도연도 좋아하는 가수들이 나오는 뮤직페스티벌이 있었다.

"여기 어때?"

"지금 페스티벌이 중요해?"

도연은 답답한 얼굴로 그녀의 핸드폰을 뺏었다.

"외로움도 많이 타는 애가 한 달도 아니고 1년도 아니고 몇 년을 기다리겠다고……. 내가 가까운 아시아면 말도 안 해요.

너 프라하가 비행기 타고 얼마나 걸리는 덴 줄 알아? 11시간이
래, 11시간!"

"알아."

어릴 적부터 혼자 자란 외로움 때문에 지금도 시끌벅적한 사
람 많은 장소를 좋아한다. 외로움을 견디지 못해서 지난 연애들
이 전부 힘들었고, 그래서 이별했다. 혼자 남겨지는 것을 감당
하지 못했다.

그런데 이상하게 상윤과는 멀리 떨어져 있더라도 괜찮을 것
같았다. 그와 헤어질 시간이 다가올수록 불안하기는커녕 너무
잘 버려서 되레 상윤이 섭섭해하면 어쩌나 싶을 정도로 무모한
자신감마저 생겼다.

미성숙했던 예전과 다르게 지금은 내 시간을 갖는 법도 알게
됐고, 혼자 노는 법도 터득했으니까. 물론 문득 외롭기도 하고
그립고, 보고 싶다고 투정도 부리겠지만 그 외로움 때문에 상윤
과 이별하는 일은 없을 것 같았다.

"그런데 나는 몇 년 외로운 것보다, 이것 때문에 상윤이랑 헤
어지는 게 더 싫어."

"……."

"그래서 잘 견딜 거야. 상윤이도 무사히 일 끝내고 돌아올 수
있게 응원할 거고, 내가."

성숙해진 희현의 진심에 도연은 핸드폰을 돌려주었다.

"너 차상윤 돌아오면 바로 결혼해야겠다."

희현이 웃음을 터뜨렸다.

"결혼은 무슨."

"어? 그 부정적인 반응은 뭐야? 너 결혼 일찍 하고 싶어 했

잖아."

"이제 결혼이 다가 아니라는 생각이 들어서."

도연은 희현의 어깨에 손을 척 올려 두었다.

"친구. 이제야 현실에 눈을 뜬 거야?"

예전에는 무조건 결혼을 해야 한다는 강박이 있었다. 결혼을 해야만 그 사람이 내 사람이 되는 거라고 생각했는데, 지금은 아니었다. 결혼을 위해 하는 사랑이 아니라, 너무 사랑하기 때문에 하게 되는 결혼이 하고 싶었다.

"가고 싶은 곳 골랐어?"

그때 상윤과 진혁이 자리로 돌아왔다.

"우리 이거 가자!"

희현은 자신이 봐 둔 날짜의 라인업을 두 사람에게 보여 주었다.

"라인업 좋은데?"

6월 중순에 열리는 뮤직페스티벌은 마침 토요일에 네 사람 모두 좋아하는 가수가 나왔다.

"전 좋아요! 그럼 이걸로 결정?"

"콜! 근데 돗자리 있는 사람?"

"나 있어. 내가 가져갈게."

"그럼 내 차로 가."

"아싸! 그럼 차상윤 빼고 우리 셋이 술 먹자!"

커플 데이트를 앞두고 급히 상의하는 네 사람의 표정은 조금 들떠 있었다.

19.

프라하로 떠날 준비는 일사천리로 진행되고 있었다. 권 이사의 주선으로 지난주에 만났던 체코공항 TF팀 사람들은 모두 유쾌하고 일에 대한 열의가 넘쳐서 자극이 되는 부분도 있었다.

"차 대리. 요즘 퇴근이 빠르다?"

"응. 일이 없어서."

가방을 챙기는 상윤을 본 건우가 높게 쌓인 서류들을 가리켰다.

"적어도 인수인계 정도는 해 줘야 하는 거 아니야?"

"같이 하던 일들인데 인수인계가 필요하다는 건 네가 일을 안 했다는 뜻이지."

"대리님!"

그때 태경이 서류를 들고 건우에게 다가왔다.

"총액 확인 마쳤고요. 수정 도면 여기 있습니다."

도면을 곁눈질로 확인해 보던 상윤이 피식 웃으며 건우를 바라보았다. 건우는 마른 얼굴을 쓸어내리며 한숨을 내쉬었다.

"태경아……. 너 여기 수식 다 어디로 지웠냐……."

"아……!"

태경은 겸연쩍은 웃음을 지으며 도면을 가져갔다. 작은 실수 하나도 용납하지 않던 상윤과 다르게 늘 관대한 건우와 일하게 되니 실수가 더 잦아졌다.

"임태경."

"네?"

"너 당분간 내 앞에서 웃지 마."

참다못한 건우의 폭발에 상윤이 그를 말렸다.

"살살 해라. 태경이 울겠다."

상윤에게 약 올리며 했던 말을 고스란히 돌려받은 건우는 그의 팔을 붙들었다.

"지금이라도 파견근무 취소할래?"

"나 늦었다. 놔."

마침 책꽂이에 참고용으로 둔 외국 호텔의 객실 도면 자료가 보였다. 상윤은 이미 쌓여 있는 서류들 위에 그것을 얹었다.

"참고하고."

"야! 너 임태경까지 맡기고 갈 거면 인간적으로 진짜 나한테 동생 친구라도 소개팅시켜 줘야 되는 거 아니야?"

"박 대리님! 수정했습니다!"

상윤은 오른손을 짧게 흔들었다. 이제 자신의 일뿐만 아니라 태경의 뒤치다꺼리까지 하려면 당분간 건우에게 소개팅은 사치나 다름없었다.

동생을 집으로 부른 건 오랜만이었다. 지윤이 왔다는 소식에 한달음에 올라온 성미는 방긋방긋 웃는 현욱을 데리고 아래층으로 내려갔다. 둘만 남게 되자 상윤은 지윤에게 두툼한 봉투 하나를 건넸다.

"이게 뭐야?"

"여기 아파트 등기권리증."

지윤은 봉투와 상윤을 번갈아 바라보았다.

"근데 이건 왜?"

"네가 여기 살면서 좀 맡아 줘."

부탁을 들은 지윤은 한숨을 쉬며 봉투를 돌려주었다.

"나 오빠랑 같이 살기 싫다니까?"

"누가 같이 살재? 네가 현욱이랑 여기 들어와서 살라고."

상윤은 어리둥절한 동생을 향해 웃으며 다 식은 믹스커피를 한 모금 마셨다.

"오빠 파견근무 나가게 됐어."

"……뭐?"

"프라하로 가는데…… 한 3년 정도. 더 길어질 수도 있는데 그런 최악의 상황은 생각하고 싶지 않네."

"언제? 언제 가는 건데?"

"이제 2주 남았어."

지윤은 금방이라도 울 것 같은 얼굴로 상윤을 노려보았다.

"그런데 왜 이제야 말해!"

"미안. 급하게 정해진 일이라서."

　더 많은 시간을 함께 보내기 바쁜 희현을 제외하고 다른 사람들에게는 될 수 있으면 떠나는 일을 늦게 말하고 싶었다. 특히 지윤에게만큼은. 동생이 시한부처럼 자신과 이별할 날만 세면서 기다리는 모습은 보고 싶지 않았다.

"……프라하면 엄마 있는 곳이잖아."

"응."

지윤은 이번에 모친이 한국 왔을 때 찍어 놓은 가족사진을 바라보며 마음을 진정시켰다.

"오빠 간다고 하면 엄마가 좋아하겠네."

"……너무 좋아하셔서 탈이다."

체코공항 증축 건설 소식은 현지에서도 큰 화젯거리기 때문에 모친도 소식을 알고 있었다. 그런데 그 현장에 아들이 와서 일한다고 하니 무척 자랑스러워했다.

통화하는 내내 로빈에게 이원중계로 자랑하느라 바빴고, 심지어 나중에는 회사 사람들에게 본인이 직접 가이드를 해 주겠다면서 나서는 바람에 말리느라 고생을 했다.

통화만으로도 피곤한데 3년 동안 치일 생각을 하니 조금 아찔하기까지 했다.

"그럼 희현 언니는?"

"그래서 너한테 이 집에 와서 살라고 하는 거야. 희현이 외롭지 않게."

지윤은 한숨을 푹 쉬었다.

"그런데 이 결정, 너무 이기적인 거 아니야?"

"맞아."

권 이사의 제안을 받고 좋은 기회라는 생각이 가장 먼저 든 건 부정할 수 없다. 희현의 가도 된다는 말에 못 이기는 척 넘어간 것도 사실이고. 그래서 이기적이라는 동생의 말도 맞다.

"그런데 더 나은 사람이 되고 싶어."

희현의 말처럼 파견근무에 나가서 실력도 쌓고, 돈도 많이 벌어서, 그녀의 옆에 섰을 때 지금보다 더 괜찮은 남자가 되고 싶다. 그래서 뜻대로 되지 않았던 고백보다 몇 배는 더 멋진, 거절할 수 없는 프러포즈를 하고 싶었다.

"……난 오빠 동생이니까 오빠 선택 존중할게."

"고맙다."

상윤은 소리 없이 웃었다.

"그러니까 네가 이 집 관리도 할 겸 여기서 살아. 누구 월세 주기도 번거롭고, 그렇다고 대출금 꼬박꼬박 나가는데 빈집으로 두기에도 아깝잖아."

"음……."

지윤에게 집 얘기를 꺼낸다고 했을 때, 희현이 꼭 당부했던 말이 있었다.

'이사 가는 거, 지윤이가 너한테 절대 비밀이랬어. 아는 척하면 안 돼!'

그래서 명분을 주기로 했다.

"나 지금 너한테 부탁하는 거야. 이 집도, 희현이도. 다 같이."

봉투 끝을 만지작거리며 망설이던 지윤은 주방과 작은방 쪽을 힐끔 쳐다보았다. 지금 사는 빌라에 비하면 이 아파트는 현욱과 자신이 살기에 과분한 집이었다.

"그럼 내가 오빠한테 월세 낼게."

가족끼리 무슨 월세냐며 동생을 다그치고 싶었지만, 이거라
도 받지 않으면 절대로 이곳에 들어오지 않겠다고 할 고집을 알
고 있었다.

"그래, 그럼."

그제야 지윤은 안도하는 표정을 지었다.

"오빠."

"응?"

"……내 걱정은 하지 마."

10년 만에 다시 동생과 이별하게 됐다. 이제 동생의 곁에는
엄마도, 오빠도 없지만 그녀의 옆을 든든히 지켜 주는 아들이
생겼다. 그녀가 절대 약해질 수 없는 이유.

"알겠어."

상윤은 10년 사이 훌쩍 자라 버린 동생의 머리를 쓰다듬어 주
었다.

✛ ✖ ✛

새벽에 일어난 희현은 눈을 비비며 좀비 같은 모습으로 주방
에 갔다. 어제 호기롭게 잔뜩 사다 놓은 도시락 재료들을 모두
꺼내고 보니 저절로 한숨이 터져 나왔다.

"일단 해 보자!"

두 뺨을 자비 없이 때린 후 정신을 차린 희현은 야심차게 동
그랑땡을 만들기로 했다.

"오? 그럴싸한데?"

다진 고기에 냉장고에 있던 야채들을 모조리 잘게 썰어 넣어

치대고 보니 명절에 봤던 반죽 비슷하게 나왔다.

"어머, 깜짝이야!"

주말 아침부터 주방에서 들리는 부산한 소리에 자다 깨서 나와 본 성미는 소스라치게 놀랐다.

"이게 다 뭐야?"

바닥에 떨어진 휴지, 대리석에 흩뿌려진 부침가루, 산더미처럼 쌓인 설거지 그릇까지. 주방은 그야말로 아수라장이었다.

"엄마, 벌써 일어났어?"

성미는 한입에 다 들어가지도 못할 거대한 동그랑땡을 보며 물었다.

"너 햄버거 만들게?"

"……너무 두껍나?"

부끄럽지만 나이 서른에 요리에는 전혀 소질이 없는 딸이었다. 성미는 잠에서 깨기도 전에 희현이 도시락 통에 넣어 놓은 동그랑땡을 손으로 집었다.

"이건 좀 낫네."

"앗, 엄마 그거……."

입으로 가져가려던 성미가 깜짝 놀랐다.

"왜, 먹으면 죽는 거야?"

"아니……."

부쳐진 것 중에 그나마 예쁜 모양으로 된 것만 도시락 통에 넣어 둔 거였다. 희현은 헤실헤실 웃으며 접시에 둔 동그랑땡을 갖다 주었다.

"이걸로 먹어 보면 안 돼?"

"……이건 정말 먹으면 죽을 것 같은데?"

411

접시 위 동그랑땡은 대부분 덜 익었거나 까맣게 탄 것뿐이었다. 성미는 개중에 가장 덜 탄 것을 골라 먹었다.

"진짜 딸 키워 봐야 소용없다더니. 너 이거 네 아빠가 봤으면 당장 짐 싸서 상윤이한테 가라고 했을 거다."

"아니, 그게 방금 부친 거라서 그랬지이⋯⋯."

뜨끔한 희현은 프라이팬에 있던 동그랑땡 중에 제일 먹음직스럽게 부쳐진 것을 호호 불어서 성미 입에 넣어 주었다.

"근데 김밥 안 하고 웬 동그랑땡?"

"김밥은 흔하잖아."

"이거 말고 또 뭐 할 건데?"

"계란말이랑 불고기! 불고기는 달달한 거랑 매운 거 둘 다 할 거야."

계란말이는 몰라도 불고기는 완제품 양념들을 사 뒀기 때문에 자신 있었다.

"상윤이가 그거 먹고 너랑 결혼할 생각 안 하면 큰일인데⋯⋯."

"아, 엄마!"

"내가 도와줄까?"

희현은 고개를 저었다.

"걔가 엄마 밥 먹고 지낸 게 몇 년인데. 엄마가 한 음식은 귀신같이 알아챌걸."

"하긴. 상윤이가 내가 한 음식을 워낙 좋아하니까."

희현은 뿌듯해하는 성미를 쓸쓸히 바라보았다. 이제 상윤이 자신의 음식을 먹을 날도 얼마 남지 않았다는 걸 알게 되면 얼마나 섭섭해하실까.

상윤이 제 부모님께는 본인이 직접 이야기하겠다고 했기 때문에 그의 파견근무에 대해 먼저 말할 수 없었다.

"그럼 엄마 들어가서 더 잔다?"

"으응. 내가 아침에 먹을 반찬 다 만들어 놓고 갈게."

딸의 엉덩이를 두드려 주고 다시 안방으로 들어가려던 성미가 갑자기 뒤돌아섰다.

"그런데 딸, 요즘 너무 늦더라."

"……아."

근래에 일분일초의 시간이 아까워서 새벽까지 상윤의 집에 있다가 마지못해 집으로 내려오는 날이 다반사였다.

"아무리 늦게 불붙었어도 적당히 해. 네 아빠 질투하는 것 같더라."

"……응."

성미는 희현이 의기소침해진 진짜 이유를 알지 못한 채 안방으로 들어갔다.

차 안에서 희현을 기다리고 있던 상윤은 양손 무겁게 도시락을 들고 오는 그녀를 보고 곧장 차에서 내렸다.

"뭘 이렇게 만들었어?"

"같이 먹을 도시락 만들어 왔지."

도시락을 들어 주던 그가 고개를 갸웃거렸다.

"아줌마가 싸 주신 거 아니고?"

새벽부터 일어나서 만든 노력이 무색해지는 의심에 희현이 울컥했다.

"내가 쌌거든? 엄마가 하나도 안 도와줬어!"

"……너 요리 못하잖아."

상윤이 묵직한 한 방을 날렸다. 아무리 여자 친구라고 해도 사실은 사실이었다.

"내가 누누이 말했지만, 난 요리를 못하는 게 아니라 안 하는 거였어. 내가 마음먹고 하면 진짜 잘한다니까?"

"아, 네에."

몇 년째 같은 말을 듣는 사람의 입장에서는 썩 믿음이 가지 않는 대답이었다.

"맛있어서 매일 해 달라고 프러포즈나 하지 마라."

"아, 네에."

"너 도시락 내놔."

잽싸게 도시락을 뒷자리에 넣은 상윤은 그녀의 양 볼을 붙잡고 가볍게 입을 맞췄다.

"빨리 가자. 애들 기다려."

"너어, 내가 뽀뽀 받아서 참는 거 아니다? 애들 기다리고 있어서 참는 거야!"

희현은 실룩거리는 입가를 손으로 가린 채 조수석에 탔다.

만나기로 한 버스 정류장 앞에 도착한 상윤과 희현은 눈앞에 보이는 두 사람의 모습에 동시에 눈을 마주쳤다.

"쟤네 어디 피난 가?"

"서 있는 모습은 난민 맞는데."

놀러 가기도 전에 정류장 벤치에 지친 듯 앉아 있는 진혁과 도연의 옆에는 짐이 한가득이었다.

"이거 다 너희 짐이야?"

희현이 차에서 내리자 진혁이 자리에서 일어났다.

"희현 누나, 도연이 좀 챙겨 주세요."

"이게 다 뭔데?"

"별거 없어요. 돗자리랑 담요랑 도시락 넣은 아이스박스 랑……."

별거 없다는 말이 무색하게 진혁의 입은 가져온 물건들을 설명하느라 쉬지를 않았다. 진혁이 트렁크에 짐을 실어 넣는 동안 희현은 출발하기도 전에 힘이 빠진 도연을 차에 실어 넣었다.

"이건 뭐야?"

"그거 내가 만든 도시락!"

도연에게 자랑스럽게 대답한 희현이 뒷좌석 문을 닫았다.

"차상윤, 우리 가다가 약국 좀 들르자."

"왜?"

"소화제 사러. 그래도 그간의 우정이 있는데 이거 먹고 토할 수는 없……."

상윤과 은밀히 모의하던 도연은 희현이 차에 타자마자 입을 꾹 다물었다. 수상한 분위기를 감지한 희현이 두 사람을 번갈아 쳐다보았다.

"둘이 무슨 얘기 했어?"

"아무것도 아니야."

그때 차에 탄 진혁이 도시락을 가리켰다.

"어? 도시락이네요?"

"그거……."

"못 먹는 거야."

희현은 말을 자르고 들어온 도연에게 눈을 흘겼다.

"야! 아니거든?"

"우리 좋은 날, 좋은 음식만 먹자, 친구야."

"이것들이⋯⋯."

"그만해. 이미 내가 충분히 놀렸어."

더 놀리다가는 진짜 도시락을 들고 내릴 기세였다. 상윤은 희현의 머리카락을 가볍게 흩트리며 액셀을 밟았다.

오랜만에 찾은 한강공원은 푸릇하고 촉촉한 초여름 냄새로 놀러 온 사람들의 가슴을 간질이고 있었다. 차 안에서 페스티벌에 나올 가수들의 노래를 들으며 기분이 좋아진 네 사람의 발걸음도 덩달아 가벼웠다.

"사람 거의 없는데?"

아침 일찍 부지런히 움직였더니 주차 공간도 여유로웠고 기다리는 줄도 길지 않았다. 덕분에 거의 맨 처음으로 들어간 네 사람은 무대가 한눈에 쏙 들어오는 명당을 찾았다.

"여기 어때?"

"좋다!"

남자 둘이 돗자리를 펴고 자리 정리를 하는 동안, 희현과 도연은 팔짱을 끼고 주변을 구경하느라 바빴다.

"자, 여기 보세요."

희현의 부름에 상윤과 진혁이 고개를 들었다. 미리 포즈를 준비한 도연까지 모두 화면에 들어오자 희현은 셔터를 눌렀다.

"우리 배고픈데 밥부터 먹을까?"

"그래. 뭐 좀 먹자."

드디어 도시락이 심판대에 오를 시간이었다. 희현은 긴장된 얼굴로 싸 온 도시락을 펼쳤다.

"와, 희현 누나! 대박!"

"임희현. 이걸 진짜 네가 다 했다고?"

진혁과 도연의 감탄에 우쭐해진 희현은 말없이 자신을 바라보는 상윤과 눈을 마주치며 팔짱을 꼈다.

"먹어 보시지."

자신감이 차오른 그녀의 행동에 상윤은 피식 웃으며 젓가락으로 불고기를 가득 집어 입에 넣었다.

"어? 이거 시장에서 파는 동그랑땡 맛이랑 똑같은데!"

"너 어제 시장 가서 사 온 거지?"

진혁의 과찬과 도연의 끊임없는 의심이 계속 되는 사이, 불고기를 먹어 보던 그는 말없이 동그랑땡과 계란말이도 입에 넣었다. 다 먹고 나서도 침묵이 이어지자 초조해진 희현은 상윤의 옆구리를 콕콕 찔렀다.

"맛있지? 우리 엄마 손맛 아니지?"

상윤은 희현을 빤히 바라보았다.

"결혼할래?"

"케헥."

불고기를 먹던 진혁은 입을 가린 채 다급하게 휴지를 찾았다. 도연이 물티슈를 건네주며 두 사람을 흘겨보았다.

"그런 말들은 제발 둘이 있을 때만 해라. 응?"

"하도 대답을 보채서."

두 사람의 반응에 민망해진 희현은 부끄러움에 쉴 새 없이 손부채질을 해야 했다.

든든하게 배를 채운 네 사람은 공연장을 둘러보기로 했다. 공연장 안에는 다양한 이벤트 부스들이 있었는데, 그들의 발걸음이 먼저 향한 곳은 룰렛 돌리기였다.

"차쌍, 먼저 해."

"나?"

시큰둥하게 룰렛을 바라보던 상윤이 무심하게 손잡이를 돌렸다. 뱅그르르 한참 돌아가던 룰렛은 꽝을 지나 가죽 팔찌에 멈춰 섰다.

"팔찌 예쁜데?"

"나도! 나 할래!"

상윤이 받은 가죽 팔찌에 꽂혀 버린 도연은 막무가내로 룰렛을 돌렸다.

"악! 악! 제에바아알!"

"우어어어억!"

소리를 지르며 요란하게 굴던 도연과 진혁의 룰렛 돌리기는 꽝이었다. 커플이 나란히 꽝에 걸리자 희현이 웃음을 터뜨렸다.

"이런 똥손 커플들을 봤나."

"야. 너 해 봐. 이거 꽝이 반이라니까?"

도연을 비웃던 희현도 룰렛 손잡이를 잡으니 쓸데없이 비장한 표정이 됐다. 그녀는 있는 힘껏 손잡이를 돌렸다.

"어? 가죽 팔찌다!"

"오예!"

똑같은 가죽 팔찌를 뽑은 희현이 상윤과 하이파이브를 했다. 약이 바싹 오른 도연과 진혁은 더 좋은 이벤트 부스 상품을 받아 오겠다며 인파 속으로 사라졌다.

먼저 돗자리로 돌아온 상윤과 희현은 적당히 쬐는 햇볕 아래 잔잔히 들리는 음악을 들으며 차츰 나른해지는 것을 느꼈다.

"누울래?"

"응."

상윤의 제안을 기다렸다는 듯 희현은 그의 허벅지에 머리를 대고 누웠다. 사랑하는 사람의 곁에서 기분 좋게 불어오는 바람을 느끼며 기타 소리를 흥얼거리는 것.

　모든 것이 완벽한 순간이었다.

　"너무 좋다……."

　희현이 팔을 들어 가죽 팔찌를 바라보았다. 상윤이 손으로 해를 가려 주자 두 팔이 겹치며 나란히 찬 팔찌가 눈에 들어왔다.

　"예뻐."

　"우리……."

　이제 한강에 자주 놀러 오자고 말하려던 상윤은 뒷말을 잇지 못했다. 곧 떠나는 사람이 기다려야 할 사람에게 할 말은 아니었다. 머리칼을 쓸어 주는 걸로 미안한 마음을 대신할 때였다.

　"너 돈 많이 벌어서 한국 다시 오면, 우리 매일 한강 보러 오자."

　"……."

　햇볕 때문에 눈을 감고 있던 희현이 뒷말을 이어 주었다.

　"알았지?"

　"한강 보이는 아파트 얻으려면 부지런히 벌어 와야겠네."

　희현이 눈을 감은 채 피식 웃었다.

　"그럼 더 좋고."

　상윤은 덩달아 미소 지었다.

　"이제 두 분께도 말씀드려야 할 것 같아."

　굳게 결심한 상윤이 희현의 머리칼을 만지며 말했다.

　"그런데 나 맞는 거 아니야?"

　"왜?"

"하나뿐인 귀한 딸 3년이나 기다리게 만들고 가 버린다고."

틀린 말은 아니었다. 엄마는 몰라도, 아빠는 괘씸하다며 상윤을 향해 파리채를 들고도 남을 사람이었다.

"그럼 난 가만히 있을래."

상윤은 미간을 찡그렸다.

"내 편 안 들고?"

"원래 그럴 때는 가만히 있는 게 중간 역할 잘하는 거랬어."

"누가 그래?"

"TV에서 하는 고부갈등 프로그램 못 봤어? 내가 네 편들면 큰일 난다니까."

"같이 맞을까 봐 피하는 거 아니고?"

허를 찌르는 질문에 희현이 자리에서 일어나며 대답했다.

"……사실 우리 아빠 손 되게 맵거든."

경험에서 우러나온 진지한 대답이 상윤의 눈에는 마냥 귀엽기만 했다. 그는 희현을 끌어당겨 입술을 겹쳤다 뗐다.

"야아, 여기 사람 많은데……!"

"얘네 두고 우리 먼저 갈래?"

구미가 당기는 제안이었지만, 그래도 두 사람을 배신하고 먼저 갈 수는 없었다.

"요즘 너무 밝힌다, 차상윤."

"그래서 나도 돌겠어."

희현은 생긋 웃으며 상윤의 팔에 자신의 팔을 쏙 끼었다. 그리고 그의 어깨에 머리를 기대었다.

"혹시라도 우리 아빠, 엄마가 섭섭하게 말해도 이해해 줘. 그건 나 때문이 아니라, 너 오래 못 보는 아쉬움 때문에 그러시는 거니까."

"그럼. 나도 알아."

상윤은 그녀의 머리에 제 머리를 살포시 올렸다. 헤어지지 말
자는 가사를 읊조리는 가수의 감미로운 목소리가 유난히 애틋
했다.

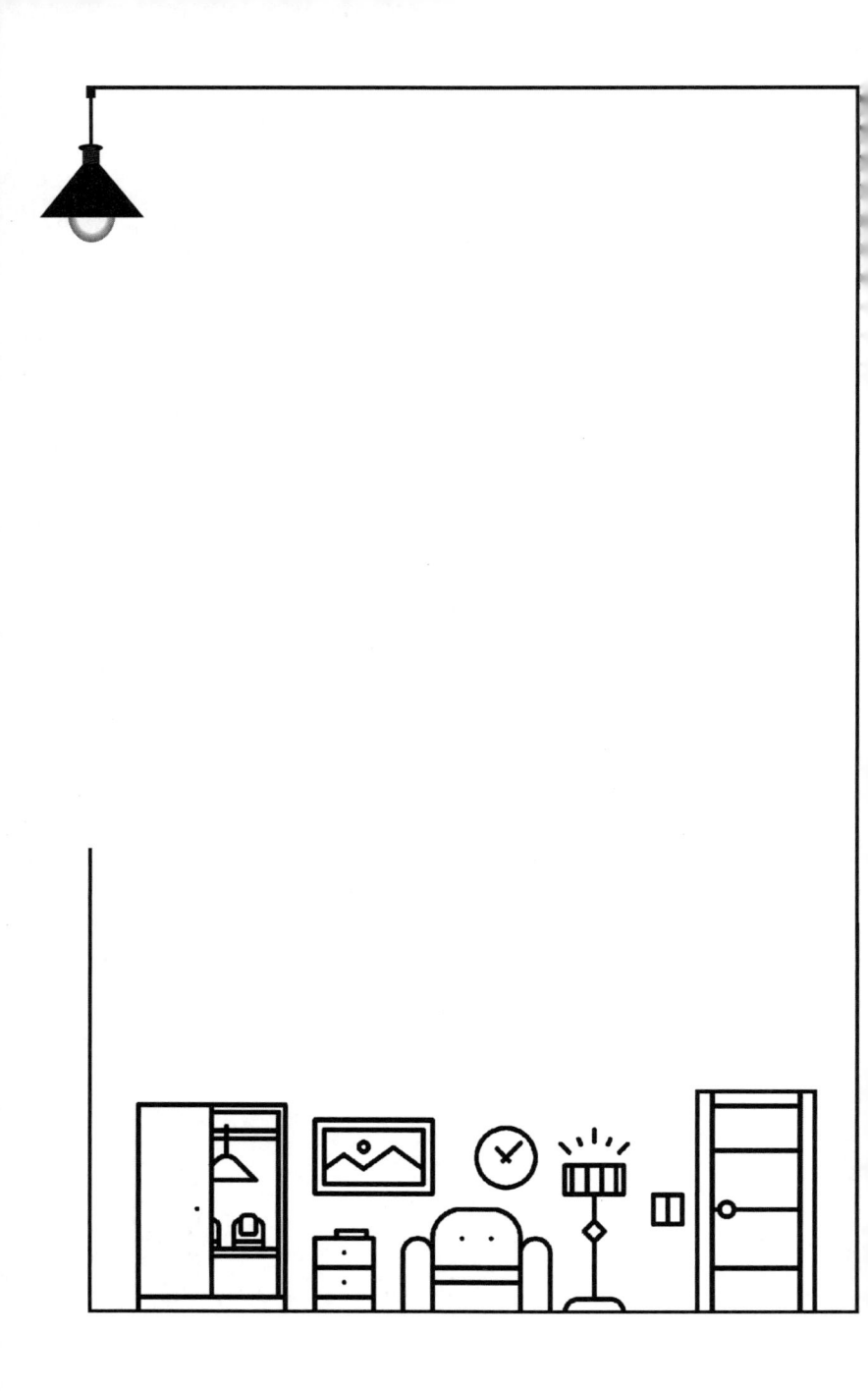

20.

    갑작스러운 상윤의 부름에 거실에 앉은 성미와 동일은 생각지도 못한 소식을 듣고 멍한 눈길로 그를 바라보기만 했다.

    "……너무 늦게 말씀드려서 죄송합니다."

    할 말을 잃은 성미와 다르게 동일은 침착한 눈길로 희현을 바라보았다.

    "넌 알고 있었어?"

    "응."

    "하아……."

    무슨 말이라도 할 줄 알았던 동일도 땅이 꺼질 것처럼 한숨을 내쉬었다. 아무 말 없는 것보다 차라리 꾸중을 듣는 게 마음이 더 편할 것 같았다.

    "그래. 상윤이 너한테 좋은 기회라면 가야지……."

    "……네."

"혜란이도 좋아할 거고……."

정적을 느낀 성미가 가까스로 생각해 낸 장점들을 말했다.

"그럼 너희는……?"

"우리 왜?"

걱정스러운 성미의 눈빛이 제게 꽂히자 희현은 대수롭지 않은 목소리로 대답했다.

"상윤이 간다고 우리가 헤어지고 그럴까 봐?"

"……."

"아무튼 우리 엄마 걱정도 많으셔. 우리 안 헤어져. 절대."

희현의 씩씩한 대답에도 불구하고 성미의 불안한 표정에는 변화가 없었다. 상윤은 또다시 나서려는 그녀의 손을 잡아 막았다.

"그래서 저 두 분께 정식으로 허락받으러 왔어요."

상윤은 두 사람 앞에 무릎을 꿇고 앉았다.

"어머, 상윤아."

"야, 너 왜……."

그의 돌발행동에 두 사람은 물론, 희현까지 영문을 모르고 덩달아 무릎을 꿇었다.

"희현이랑 결혼을 전제로 만나고 싶습니다."

상윤은 고개를 들어 동일과 성미를 바라보았다.

"제가 없는 동안, 제 편 좀 돼 달라고 두 분께 선수 치는 거예요."

그녀가 자신 때문에 힘들어할 때, 만약 장거리 연애가 괜찮지 않다고 말할 때, 외로워서 한숨 쉬며 속상해할 때마다 옆에 없는 저 대신 희현을 단단히 붙잡아 주길 바랐다.

"우리가 희현이 부모님이지, 네 부모님이야?"

"저 이 집 아들 아니었어요?"

"아들은 무슨."

동일은 벌떡 일어나더니 슬리퍼를 신고 밖으로 나가 버렸다. 부친의 격한 반응에 당황한 희현이 따라 나가려고 하자, 상윤은 그녀를 막고 대신 동일을 따라 나갔다.

두 남자가 자리를 비우자 성미가 자세를 고쳐 앉으며 한숨을 내쉬었다.

"엄마. 뭐가 그렇게 걱정돼?"

"그럼 걱정이 안 돼? 너 지금 서른이야. 3년 뒤면 서른셋이고."

성미 기준에 여자 서른셋은 결혼적령기가 지난 나이였다. 아무리 옛날과는 다른 백세시대라고 해도 바로 아이를 가지지 않는다면 노산의 확률까지 있다. 막상 남의 자식 이야기일 때는 서두르지 말라고 속 편한 말만 했는데, 제 딸의 이야기가 되니 마음이 편치는 않았다.

"그럼 내가 상윤이랑 헤어지고 다른 남자 만나서 나이 맞춰서 결혼했으면 좋겠어?"

"너는 무슨 그런 말을…… 엄마는 걱정되니까 그런 거지."

"엄마, 상윤이 믿지?"

"그럼, 믿지."

"나도 믿고?"

성미는 말없이 고개만 끄덕였다.

"그럼 우리 믿고 기다려 줘. 응?"

옆으로 다가와 팔짱을 끼며 애교를 피우는 딸의 모습에 성미는 혀를 찼다.

"넌 이런 상황에 웃음이 나와?"

"나까지 안 웃고 있으면 상윤이가 너무 힘들잖아."

"……아이고. 열녀 났다, 열녀 났어."

방긋 웃음 짓던 희현은 고개를 돌려 부친과 상윤이 나간 문을 하염없이 바라보았다.

아파트 후문에 있는 술집에 들어온 동일은 꼬치구이 안주가 나올 때까지 아무 말도 하지 않았다.

"……아저씨."

"잘했다."

용기 내서 말을 걸자 뜬금없는 칭찬이 돌아왔다. 상윤이 어리둥절해하자 그가 술을 따라 주며 말했다.

"남자가 그 정도 포부는 있어야지. 여자 때문에 자기 꿈도 포기하는 놈 매력 없어."

"진심이세요?"

"내가 아까 거기서 이렇게 말했어 봐. 분명 집사람은 한 소리했을 거고, 희현이도 은근히 서운해했을걸?"

동일은 그제야 환하게 웃어 주었다.

"좋은 기회고, 옳은 결정이라고 생각하고 다녀와."

부친이 이혼 후로 연락을 두절하고 난 뒤, 내색은 안 했지만 늘 아버지를 그리워했다. 군대에서도 여자 친구나 어머니가 면회 오는 친구들보다 말 한 마디 없지만 무뚝뚝하게 곁을 맴도는 아버지의 면회가 더 부러웠고, 대학교 졸업식 때 어색하게 학사모를 쓰고 함께 사진을 찍는 부자父子의 모습이 부러웠다.

그런데 그 아버지의 빈자리를 모두 동일이 대신 채워 주었다. 말 한 마디 안 하고 떠난 군대에 면회 와서 용돈까지 쥐여 주시고, 졸업식 땐 제 학사모를 쓰고 누구보다 즐겁게 웃으며 사진을 찍어 주던 사람.

"……죄송합니다."

술을 마시던 동일은 눈을 끔뻑였다.

"죄송하긴. 너 거기 가서 바람날 거야?"

"무슨 그런 말씀을."

"그러니까. 막말로 이 연애를 끝내도 희현이가 끝낼 것 같은데, 그럼 내가 미안해해야지. 네가 죄송할 게 뭐 있어?"

"아저씨."

동일은 킬킬 웃으며 닭똥집을 집어 먹었다.

"그러니까 쓸데없는 소리 말고 술이나 마시자."

유쾌한 그의 명령에 상윤도 진지함을 내려놓고 술잔을 들었다.

침대에 누워서 잠 못 들고 있던 희현은 밖에서 들리는 문소리에 핸드폰으로 시간을 확인했다.

새벽 1시. 나간 지 3시간 만에 들어온 부친의 요란한 걸음 소리는 안 봐도 술에 취했음을 알 수 있었다. 만약 여태 상윤이 부친과 같이 있었다면, 부친보다 주량이 약한 그는 분명 만취가 됐을 것이다.

상윤에게 전화를 걸려다 그만둔 희현은 옆으로 돌아누우며 핸드폰 화면을 켰다 끄기를 반복했다.

"……괜찮겠지?"

웃는 상윤의 사진에게 나직하게 물었다. 정작 상윤에게는 한 번도 너무 보고 싶을 것 같다고, 네가 그리우면 어떻게 하냐는 질문을 하지 못했다. 상윤 없이 얼마나 외로울지도 아직 잘 가늠이 안 간다. 오히려 상윤이 떠난다는 실감이 하나도 나질 않아서, 그게 더 무서웠다.

"나 너 4년을 안 보고도 괜찮았으니까……."

그런데 그때는 상윤에 대한 마음이 이만큼 깊지 않았으니까 가능했던 걸지도 모르겠다.

"……괜찮을 거야."

하지만 그 뒤로 6년을 매일같이 봐 왔다. 너무 옆에 있어 줘서 자칫 소중함을 느끼지 못할 수 있지만, 나에게는 반드시 필요한 공기 같은 사람. 기쁠 때, 슬플 때, 화가 날 때, 속상할 때…… 모든 사소한 감정을 공유했던 친구이자, 정신적 지주였던 차상윤.

"후……."

수백 번 봐 온 상윤의 사진에 새삼스레 눈물이 주르륵 흘러내렸다.

"이제 와서 청승이네, 임희현."

베개에 얼굴을 묻고 있는데 쥐고 있던 핸드폰에 진동이 울렸다. 상윤임을 확인한 희현은 급하게 눈물을 닦고 목소리를 가다듬었다.

"여보세요?"

— …….

그런데 상윤은 말이 없었다.

"뭐야, 먼저 전화해 놓고."

— ……잤어?

"아니. 이제 자려고. 술 많이 마셨어?"

— 응…….

느릿한 대답으로 보아 정말 많이 마신 모양이었다.

"내일 출근인데 왜 그렇게 많이 마셨어."

타박을 듣고도 상윤은 한동안 말이 없었다. 아무래도 잠든 것 같았다.

희현은 가만히 핸드폰을 귀에 대고 있었다. 이제 상윤이 프라하에 가면 시차가 맞지 않으니 이렇게 밤에 통화할 수 있는 시간도 얼마 남지 않았다.

"잘 자, 상윤아."

조용한 목소리로 인사만 하고 전화를 끊으려고 할 때였다.

— 희현아…….

"응? 안 잤어?"

— ……미안해.

상윤에게 고맙다는 말은 들어 봤어도, 미안하다는 말은 처음이었다. 멈췄다고 생각했던 눈물이 그의 사과에 이번에는 양 볼을 타고 마구 쏟아져 내렸다. 희현은 누운 자리에서 천천히 일어났다.

"뭐가."

우는 걸 티 내지 않으려고 희현은 최대한 짧게 대답했다.

— 미안…….

상윤이 나직하게 혼잣말처럼 중얼거렸다. 그의 사과를 들으니 그제야 정말로 이별이 실감 났다.

터져 나오는 울음을 참지 못하고 먼저 전화를 끊어 버린 희현은 얼굴을 두 손으로 감싼 채 한참 동안 눈물을 흘렸다.

✣ ✻ ✣

혼자가 된 출근길은 익숙하지 않았지만, 상윤이 선물로 준 이어폰으로 음악을 들으며 지하철을 타고 다니는 것도 재미를 붙이면 운동도 되고 나름 재미있을 것 같았다.

희현이 가뿐한 걸음으로 사무실에 들어오자 먼저 출근해 있던 팀원들이 놀란 표정으로 그녀를 바라보았다.

"어? 임 대리, 공항 안 갔어?"

"제가 왜 가요?"

"오늘 차 대리 출국하는 날 아니야? 가서 배웅해야지."

"에이, 다른 회사 사람들도 있는데 무슨 배웅까지."

심드렁한 그녀의 반응에 영기가 고개를 절레절레 흔들었다.

"내가 요즘 느끼지만, 임 대리 진짜 독해."

"뭘 이런 걸로요."

자리에 앉은 희현은 꺼진 컴퓨터 모니터로 표정 관리에 성공한 제 얼굴을 바라보았다.

사실 마음은 오늘 새벽부터 인천공항에 가 있었다. 하지만 자신이 유난을 떨며 배웅을 가면 같이 일하게 될 다른 회사 사람들에게 상윤의 입장이 난처해질 것 같았다.

마음을 가다듬은 희현은 모니터를 켜고 평소와 같이 일을 시작했다.

"임 대리, 이거 회계팀 좀 갖다 줘."

"네."

회계팀으로 향하던 희현은 우연히 복도에서 정은을 만났다.

"어? 임 대리님······."

"안녕하세요."

짧게 인사하고 지나치려는데 정은이 팔을 붙잡으며 가는 길을 막아섰다.

"어떻게 해요······?"

"뭐가요?"

"차 대리님 오늘 가는 날이라면서요."

아무래도 오늘 이 질문을 몇 번 받는지 세어서 상윤에게 알려 줘야겠다.

"네. 오늘 가네요."

"이제 대리님은 무슨 재미로 회사 다녀요?"

희현은 저를 동정하는 정은을 향해 생긋 웃어 주었다.

"그러게요. 차 대리 몰래 여우 짓이라도 하고 다녀야 되나?"

"······크흠."

정은이 자신을 여우라고 소문낸 사실은 귀가 멀쩡하니 모르려야 모를 수가 없었다. 희현은 입도 벙긋 못 하는 그녀를 스쳐 지나갔다.

회계팀에 들어가자 구 과장이 자리에서 일어나 손을 흔들었다.

"임 대리!"

희현은 한숨을 푹 내쉬었다.

"네! 맞아요! 차상윤 대리 오늘 떠났고요, 저는 괜찮습니다!"

"어······?"

구 과장은 뒷머리를 긁적였다.

"아니, 그 서류 나한테 주면 된다고……."

"아……."

희현은 입술을 꾹 다물고 그에게 서류를 주며 고개를 숙였다.

"제가 오늘 그 질문을 워낙 많이 받아서……."

"그, 그래. 난 물어보기 전에 대답 들었으니까 또 안 물어볼게."

"감사합니다."

창피함에 몸 둘 바를 모른 희현이 도망치듯 회계팀을 나왔다. 그런데 인기척에 돌아보니 민주가 따라 나오고 있었다.

"박 대리님, 어디 가요?"

"창피한 임 대리 따라가서 땡땡이 좀 치려고요."

"다 들으셨어요?"

"임 대리 목소리가 워낙 커서."

"으…… 쪽팔려."

희현이 부끄러워하며 엘리베이터를 기다리고 있을 때였다. 오매불망 기다리던 전화가 걸려 왔다.

"어? 차상윤이다!"

희현이 전화를 보여 주며 받으려고 하자 민주가 사무실로 돌아가겠다는 시늉을 했다. 희현은 고개를 저으며 그녀를 붙잡았다.

"여보세요?"

─ 나야. 사람들이랑 같이 있어서 길게 통화는 못 할 것 같아.

"무리 안 해도 돼. 이제 들어가는 거야?"

─ 응. 그런데 통화 목소리가 편하다?

"나 민주 대리랑 땡땡이치러 가는 중."

– 오전부터 나쁘지 않네.

상윤이 웃고 있는 모습이 머릿속에 그려졌다.

– 아마 프라하 도착하면 한국 시간으로 오후 10시쯤 될 거야. 그런데 정신없어서 연락 늦을 수도 있어.

"응."

– 그래도 자지 말고 기다려.

예상을 깨는 그의 대답에 희현이 피식 웃었다.

"……보통은 기다리지 말고 자라고 하지 않나?"

– 난 보통 남자랑 다르니까.

"그건 인정."

희현의 웃음에 상윤이 전화 너머로 따라 웃었다.

– 도착해서 연락할게.

"응. 알겠어."

마지막 통화치고 담백했던 두 사람의 대화를 옆에서 들은 민주는 희현을 바라보았다.

"벌써 통화 끝났어요?"

"네. 이제 비행기 타나 봐요."

건물 1층에 있는 카페로 온 민주는 씩씩한 희현의 표정을 보며 조심스레 물었다.

"괜찮아요?"

"괜찮아요."

희현은 유리창 너머로 화창한 하늘을 바라보았다.

"그냥 좀…… 긴 여행 갔다고 생각하면 편할 것 같아요."

"이를테면 군대?"

"에이, 군대보다는 훨씬 좋죠! 매일 문자에 영상통화까지 할 수 있고, 마음만 먹으면 내가 언제든 보러 갈 수도 있는데."

민주는 커피를 내려놓으며 픽 웃었다.

"이런 말, 해도 되는지 모르겠지만……."

"네?"

"임 대리 많이 성장한 것 같아요. 몇 달 사이, 아주 많이."

몇 달 전만 해도 이 장소에서 자존감이 낮아진 채 혼자서 하는 취미를 갖는 법도 몰랐던 그녀가, 이제는 당당하게 누군가를 사랑하고 그 사람과 오래 떨어져서 지내야 하는 사실에도 웃어 보이는 여유를 가지게 됐다.

"이래서 남자를 잘 만나야 한다는 건가 봐요."

민주의 칭찬에 희현은 밝게 웃으며 하늘을 바라보았다.

오늘은 비행기 뜨기 좋은 푸르른 여름 하늘이었다.

21.

"차 대리님!"

오후에 진행될 트러스 구조물 설치 작업 때문에 현장에서 시공기사와 이야기를 하고 있던 상윤은 미래의 부름에 잠시 양해를 구하고 그녀에게 다가왔다.

"네?"

"지금 사무실로 들어가야 할 것 같은데."

"왜요?"

"사무실에 제이디자인 상무님이 오셨대요."

"그래요?"

상윤은 대기 중인 크레인들을 바라보더니 자신의 핸드폰을 꺼내 어딘가로 전화를 걸었다.

"네, 상무님. 차상윤입니다. 지금 현장 확인 중이라서 바로 가긴 어려울 것 같습니다. 네. 끝나는 대로 들어가겠습니다. 네."

전화를 끊은 상윤은 미래에게 핸드폰을 흔들어 보이며 유유히 돌아섰다.

2시간 만에 회의를 끝낸 상윤은 미래와 함께 일찍 시작된 프라하의 러시아워 도로 위에 서 있었다. 시간을 흘깃 확인하던 미래가 여유로운 상윤을 신기하게 바라보았다.

"안 초조해요? 회사 상무가 본인을 2시간이나 기다리고 있는데."

창문으로 막힌 도로를 바라본 그가 웃었다.

"3시간이 될 수도 있겠는데요."

"알면 좀 일찍 끝내지. 2시부터 러시아워인 거 뻔히 알면서."

"이 작업에 얼마나 공들였는지 아시잖아요."

"알다마다요. 옆에서 듣는 나도 지긋지긋했는데."

수월했던 다른 설계들에 비해, 유난히 공항 입구에 설치될 트러스 구조물은 공사팀과 운영팀의 이해관계 대립으로 몇 주간 실랑이를 해야 했다. 그 사이에서 고생했던 건 의견을 조율해야 했던 설계팀이었고, 설계팀의 중심에는 언제나 상윤이 있었다.

"그런데 내 제안은 생각해 봤어요?"

상윤은 몸까지 틀어서 질문해 오는 그녀를 힐끗 쳐다보았다.

"진심이셨어요?"

"내가 이럴 줄 알았어. 당연히 진심이었죠! 나 여기 공사하러 온 거 아니라니까?"

제이디자인과 동종업계인 성세디자인에서 파견 온 미래는 사실 인사팀 팀장을 맡고 있었다고 한다. 그런데 타 기업들과의 체코공항 TF팀이 만들어지자 다른 기업 사람들을 성세디자인으로 스카우트하기 위해 급하게 재무를 배워 이곳으로 왔다고 했다.

"우리가 제이디자인보다 조건 더 맞춰 줄 수 있어요. 어차피 제이디자인에는 여자 친구도 다닌다면서. 사내연애 하면서 불편하지 않았어요?"

이곳에 와서 1년 정도 사무실에만 있던 그녀는 작년부터 본격적인 사냥을 하기 시작했는데, 그 타깃이 바로 상윤이었다.

"저 혼자 결정할 일이 아니라서."

"그러니까 내가 누누이 말하잖아요. 여자 친구 번호를 나한테 주면, 내가 설득해 본다니까요. 이래 봬도 내가 성세디자인 오기 전까지 보험왕이었다니까?"

포기를 모르고 계속되는 설득에 상윤은 라디오 볼륨을 크게 높이는 걸로 대답을 대신했다. 미래는 끄떡없는 그의 철벽에 혀를 내둘렀다.

형규는 사무실에서 일하는 사람들에게 피해 주지 않기 위해 선상 레스토랑에서 시간을 보내고 있었다. 필스너우르켈 맥주를 마시며 블타브 강을 바라보던 그는 멀리서 걸어오는 상윤을 보고 반갑게 자리에서 일어났다.

"차 대리!"

올 초 이사에서 상무로 승진한 형규가 체코에 온 건 꼬박 반년 만이었다. 파견근무 초반엔 자주 드나들었지만 각자 자리를 잡기 시작하면서 방문이 뜸해졌었다.

상윤은 그가 내민 손을 잡으며 꾸벅 고개를 숙였다.

"오래 기다리셨죠?"

"그런 질문 하는 사람치고는 하나도 안 미안한 표정인데?"

머쓱하게 웃는 그의 표정에 형규가 크게 웃었다.

"내가 이래서 차 대리를 좋아한다니까."

"늦었지만 승진 축하드립니다."

"다 자네들 덕분이지."

형규의 손짓에 종업원이 다가왔다.

"아직 근무시간이라 맥주는 곤란한가?"

"아니요. 퇴근했습니다."

"벌써?"

"네."

"파견근무 복지가 너무 좋은데?"

이른 퇴근은 미래의 배려였다. 물론 상무에게 퇴사하겠다는 말을 하라고 보내 주는 거라는 사심 가득한 진담을 섞긴 했지만.

"공항 증축은 차질 없이 진행되고 있다던데."

"네. 굵직한 작업들은 마무리됐습니다."

작년 여름부터 시작된 공사 진행 속도는 모두의 예상보다 매우 빠르게 진행되고 있었다. 이 상태로 부지런히 가 준다면 내년 봄에 개장도 가능했다.

"그럼 설계는 다 마무리가 된 거지?"

"네."

"전보다 좀 한가해졌겠어."

"그래서 살이 좀 쪘습니다."

"어쩐지. 지난번에 봤을 때보다 더 남자다워졌어. 살도 좀 탔지?"

"네."

살이 탄 건 모친의 닦달로 지난 주말에 종일 수상보트를 탔기 때문이다. 한가해진 회사 스케줄을 안 모친은 그 후 본인 마음대로 놀러 갈 일정을 잡고 통보하기 일쑤였다.

그래도 그 시달림 덕분에 로빈과 자주 봐서 이제는 모친 없이도 로빈과 자연스럽게 대화가 가능한 사이가 됐다.

"이번 여름휴가도 또 차 대리가 한국으로 가나?"

"아니요. 이번에는 본인이 온다더라고요."

파견근무를 하고 나서 두 번의 여름휴가가 있었지만, 계속 한국으로 찾아갔더니 프라하에 놀러 올 기회를 뺏긴 희현이 단단히 뿔이 났다. 얼마나 오고 싶었으면 올 초부터 프라하 비행기를 예약해 놓을 정도였다.

"아, 이런…… 그럼 내가 선수를 놓친 거네."

형규는 안주머니에서 비행기 티켓을 내밀었다.

"이제 이쪽에서 할 일도 끝났는데 슬슬 돌아와야지."

"네?"

"곧 장천이 한국으로 귀국할 예정인데, 하림건축사무소가 회사 상황이 말이 아니야. 사장이 주가조작 혐의로 3년 받았거든. 그래서 우리가 하림이 맡았던 월드 파라다이스 공용부까지 맡기로 했는데…… 손이 부족해."

형규는 상윤에게 사정을 말하면서도 조금 미안했다.

"고 이사한테 물어보니까 이쪽도 이제 하나둘 한국으로 보낼 생각 하고 있더라고. 물론 차 대리는 그 대상에 없었지만, 우리로서는 될 수 있으면 빨리 귀국해 줬으면 해. 기왕이면 하반기 진급식에 맞춰서."

"……."

"차상윤 과장."

제 이름 뒤에 붙는 낯선 호칭에 상윤이 당황하자 형규가 껄껄 웃었다.

"과장 호칭에 너무 적응하고 있지 마. 내년 초에 또 바뀔지 모르니까."

상윤은 남은 맥주로 목을 축이고 나서야 대답했다.

"너무 갑작스러워서요."

"자네 진급은 오히려 늦은 편이라 내가 미안하지. 자네 옆에 안미래 팀장이 붙은 줄 알았으면 여기서 당장 빼내 와서 진급 잔치 해 줬을 텐데."

"안미래 팀장을 아십니까?"

형규는 고개를 절레절레 저었다.

"성세디자인이 자리 잡게 된 데에 안 팀장 공을 빼 놓을 수 없지. 유명한 여자야."

포기를 모르고 끈질기게 설득하는 모습에 보통이 아니라고 생각은 했지만, 회사를 자리 잡게 할 만큼인 줄은 몰랐다. 이쯤 되니 보험왕이었다던 그녀의 우스갯소리를 진심으로 믿어 줘야 할 것 같았다.

"설마 넘어간 건 아니지?"

솔직히 재고 있었던 건 사실이다. 한국으로 돌아가게 된다면 다시 희현과 같은 회사에서 일을 하게 되는 건데, 무감한 자신이야 그렇다 쳐도 희현이 다시 사람들의 입방아에 오르내리며 불편해지는 건 싫었다.

"우선 이쪽에서 여름휴가까지 보내고, 다시 들어가겠습니다."

"그래. 그렇게 하도록 해."

선뜻 대답해 주지 않는 상윤의 태도가 불안했지만, 형규는 조급해하지 않고 웃으며 한발 물러섰다.

❖ ※ ❖

11시간 직항으로 프라하에 넘어온 희현은 피곤함도 잊고 공항을 둘러보기 바빴다.

"여기가 프라하라니……!"

아시아 여행은 제법 다녀 봤지만 유럽 여행은 처음이었다. 신기한 눈빛으로 심사를 마치고 나오자 보고 싶었던 남자가 입국장 정면에서 초조하게 서성이고 있었다.

"차상윤!"

그의 실물을 보는 게 꼬박 1년 만이었다. 희현은 캐리어를 챙기는 것도 잊고 상윤을 향해 달려갔다.

"너 캐리어……!"

그대로 상윤에게 안긴 희현은 그의 가슴팍에 얼굴을 묻었다.

"보고 싶었어."

다행히 같이 나온 한국인이 상윤 쪽으로 캐리어를 밀어 주었다. 그는 꾸벅 인사를 하고 나서야 그녀를 있는 힘껏 끌어안았다.

"나도."

"진짜……."

상윤이 머리를 쓰다듬어 주려고 하자 그녀가 잽싸게 몸을 떨어뜨리며 피했다.

"안 돼!"

컨디션은 좋았지만 장시간 비행 때문에 모습은 조금 엉망이었다. 이유를 눈치챈 상윤은 픽 웃었다.

"괜찮으니까 이리 와 봐."

"나 배고파. 우리 밥부터 먹으러 가자."

"아, 그래. 밥부터 먹자."

"아니다! 나 유심 사야 되는데?"

"내가 다 샀어. 가자."

현지에 익숙한 내 남자의 듬직함이란! 희현은 상윤이 내밀어 준 손을 잡고 아이처럼 졸졸 따라갔다. 공항 밖으로 나오자 버스 정류장에서 주위를 두리번거리는 한국인들의 시선이 따라붙는 것이 느껴졌다. 희현은 왠지 모를 뿌듯함에 그의 손을 더 꽉 붙잡았다.

먼저 조수석에 탄 희현은 잔뜩 기대하는 얼굴로 상윤을 기다렸다. 첫 끼는 프라하 대표 음식 중에 우리나라 족발과 비슷하다는 꼴레뇨를 먹고 싶었다.

"차쌍, 우리 꼴레뇨……."

하지만 그 말을 끝까지 하지 못했다. 상윤이 차에 타자마자 팔을 잡아당겨 거칠게 키스했기 때문이다. 아직 해가 지지 않은 차 안에서 서로의 숨결이 얽혀 들었다. 그는 한참이 지나고 나서야 아랫입술을 깨물었다 놓아주었다.

"아까 뭐라고?"

입술이 보기 좋게 생기를 띤 희현이 배시시 웃었다.

"아니야. 나 지금 배불러."

상윤은 시동을 걸며 픽 웃었다.

"꼴레뇨 먹으러 가자."

프라하 지리에 익숙해진 상윤은 차들이 늘어선 도로를 보더
니 내비게이션이 안내하는 거리가 아닌 한적한 길을 찾아냈다.

예상보다 빠르게 식당에 도착한 상윤은 기다리지 않고 바로
입장했다. 체코 음식을 처음 먹어 보는 희현을 위해 현지 맛집
보다는 한국인들이 자주 가는 맛집으로 예약을 해 두었다.

"나 네가 자주 마신다던 맥주 마실래!"

그녀의 요청에 상윤은 본인이 좋아하는 수제 흑맥주를 시켜
주었다. 얼굴보다 큰 맥주잔을 두 손으로 공손히 잡은 희현이
궁금했던 맥주를 한 모금 마셨다.

"우와, 이거 커피 맛 나는데?"

"맛있지?"

"응!"

맥주를 홀짝홀짝 마시는 동안 주문한 꼴레뇨가 나왔다. 생긴
것도, 맛도 한국의 족발과 비슷했다. 다만 꼴레뇨는 부드러운
살코기와 바삭한 껍데기의 조화가 훌륭했다.

"오늘은 너 피곤하니까 일찍 쉬고, 관광은 내일부터 하자."

"아줌마는? 나 로빈도 빨리 보고 싶은데!"

"아…… 두 분 여행 가셨어."

"뭐? 언제? 아줌마 나한테 그런 말씀 없으셨는데?"

희현의 추궁에 그가 뒷목을 긁적였다.

"로빈이 촬영이 잡혔대서. 오스트리아까지 가신 거라서 이번
에는 보기 힘들 것 같은데."

"뭐야……."

희현은 아쉬워하며 맥주를 홀짝거렸다.

배가 든든해지자 긴장이 풀린 몸이 나른해지기 시작했다. 희현은 호텔로 가는 차 안에서 꾸벅꾸벅 졸음과 싸웠다.

차에서 내려서도 잠에서 덜 깬 흐리멍덩한 눈으로 상윤을 따라가던 그녀는 호텔 안으로 들어선 순간 하품하던 입을 다물지 못했다.

"와……."

상윤이 예약해 준 호텔은 해가 늦게 지는 프라하의 노을을 한눈에 볼 수 있는 곳이었다. 게다가 호텔에 도착했을 때는 마침 해가 지고 있었다.

"너무 예쁘다……."

베란다 앞에 서서 그 모습을 뚫어져라 바라보고 있는데, 뒤에서 상윤이 다가와 가녀린 몸을 끌어안았다.

"보고 싶고, 만지고 싶고, 안고 싶었어."

희현은 제 가슴 부근으로 다가오는 짓궂은 손을 잡았다.

"나만 했을까."

"그럼 빨리 씻자."

상윤의 속삭임에 희현이 고개를 위로 들었다.

"너 안 가?"

"내가 어딜 가?"

"기숙사 안 들어가게?"

"나도 휴가랬잖아."

"아, 맞다!"

프라하로 오기 며칠 전쯤에 휴가를 맞출 수 있다는 상윤의 말에 기뻐했던 기억이 그제야 떠올랐다.

"그럼 우리 같이 자는 거야?"

"못 자지. 내가 안 재울 건데."

듣던 중 반가운 소식에 희현은 눈을 부릅떴다.

"나 시차 적응 끝냈어! 완전 유럽 체질!"

"그럼 같이 씻을까?"

"잠깐!"

상윤의 유혹을 들으니 마침 머릿속에 떠오른 것이 있었다. 희현은 그의 품에서 나와 캐리어를 열어 보았다.

"뭐 찾아?"

다행히 원피스 사이에 숨겨 둔 쇼핑백은 제자리를 지키고 있었다.

"도연이 선물."

그녀의 말로는 1년 만에 남자 친구를 만나러 간다는 친구에게 가장 잘 어울리는 선물이라고 했다. 꼭 미리 뜯어보지 말고, 도착해서 씻기 전에 챙기라고 신신당부했었다.

"근데 뭔지는 나도……."

희현의 말이 끝나기도 전에 상윤이 쇼핑백 안에 들어 있던 상자를 열어 보았다.

네모난 무지 상자 속에 있는 건 다름 아닌 레이스 슬립이었다. 망사로 된 티 팬티가 적나라하게 보이자 희현이 다급히 상자 뚜껑을 닫았다.

"이도연…… 얘 진짜 미쳤나 봐……!"

그녀의 얼굴이 붉게 달아오르자 상윤의 장난기가 발동했다.

"이도연한테 말 안 했어?"

"뭘?"

"어차피 우리 같이 있으면 계속 벗고 있어서 이런 거 필요 없

445

다고…….”

“야아!”

희현이 상윤의 팔뚝을 때렸다.

“선물해 준 사람 성의가 있으니까 일단 지금 말고 이따가 입어 보자.”

“……응? 으악!”

기다리다 못한 상윤은 희현을 번쩍 안아 들고 욕실로 향했다. 어느덧 노을이 지나간 자리에는 프라하의 화려한 밤이 찾아오고 있었다.

✤ ✖ ✤

5박 7일은 프라하를 둘러보기에 턱없이 짧은 시간이었다. 매일 상윤과 함께 프라하를 구석구석 돌아다니며 여행하는 것도 오늘이 마지막이었다.

“아…… 아쉽다.”

오늘 중에 희현이 가장 많이 한 말이었다. 상윤이 예약했다는 보트를 타러 가는 중에도 그녀는 내내 침울한 얼굴로 입술을 삐죽였다.

“이제 또 내년만 기다려야 되네.”

긴 시간을 필요로 하는 유럽 여행이기 때문에 막상 여름휴가가 아니고는 상윤을 볼 수 있는 시간이 없었다.

“나 그냥 여기 확 눌러살까?”

상윤은 엷게 미소 지으며 잡은 손을 흔들었다.

“그렇게 아쉬워?”

"넌 아닌 것처럼 말한다?"

"꼬투리 잡는 것 보니까 심술이 단단히 나셨네."

"아, 몰라."

마지막을 앞두고 이렇게 투정 부리면 안 되는데. 매번 상윤과 헤어질 시간이 가까워질수록 기분이 오락가락하는 건 어쩔 수 없나 보다.

선착장에 도착한 희현은 선장의 에스코트를 받으며 무사히 보트에 탔다. 까를교 아래를 지나다니는 대형 보트들과 다르게 상윤이 예약한 보트는 두 사람만 탈 수 있는 아늑한 개인 보트였다.

"Here we go."

선장의 신호와 함께 보트가 출발했다. 까를교로 가는 방향으로 나란히 앉은 두 사람은 해가 저무는 프라하의 보랏빛 석양을 함께 바라보았다.

"상윤아."

"응?"

여행하는 내내 그에게 묻고 싶었다. 언제쯤 한국으로 돌아올 수 있는 거냐고. 한국에 있는 지윤이도, 우리 부모님도, 서투르지만 '땸톤'이라는 말을 하게 된 현욱이도, 모두 너를 보고 싶어한다고.

그중에서도 내가 가장, 너를 그리워한다고.

"Would you like a menu?"

그때 운전하던 선장이 웃으며 메뉴판을 건네주었다. 'thank you'라고 짧게 대답한 상윤이 메뉴판을 받았다.

"음식부터 골라 봐."

금강산도 식후경이라고, 일단 배부르고 마음에 여유가 생기면 그때 물어보는 게 좋을 것 같았다.

"뭐 먹지?"

희현은 아무 생각 없이 메뉴판을 열었다. 그런데 메뉴판 안에는 음식이 아닌 생뚱맞은 사진들이 붙어 있었다.

"이거…….."

사진 속 주인공은 다름 아닌 자신과 상윤, 두 사람이었다. 프라하에서 5박 7일 내내 상윤과 함께 다녔던 모든 여행에서의 추억들이 메뉴판 안에 스냅사진으로 담겨 있었다. 희현이 상윤을 바라보자 그는 웃으며 어깨만 으쓱일 뿐이었다.

전혀 모르는 사이에 찍힌 사진 속에는 저뿐만 아니라 상윤 또한 아무것도 모르는 얼굴로 즐겁게 웃고 있었다. 찍힌 사진을 보니 순식간에 스쳐 지나간 것 같은 5박 7일의 기억들이 생생하게 떠올랐다.

진짜 메뉴판을 보는 것처럼 집중해서 사진들을 바라보던 희현은 마지막 한 장을 넘겼다.

"어?"

마지막 사진은 둘의 사진이 아니었다. 메뉴판을 자세히 바라보던 희현의 눈이 커다래졌다.

"……이거…….."

희현은 등기권리증이 찍힌 사진과 상윤을 번갈아 보았다.

"이번에 한국으로 돌아가면, 그 집에서 나랑 살아 줄래?"

"차상윤…….."

"한강이 잘 보이는 집은 아니지만, 한강이랑 5분 거리라서 가까워."

상윤은 다른 한 손으로 주머니에서 반지 두 개를 꺼내 손바닥에 올려놓았다. 그런데 그의 손이 미세하게 떨리고 있었다.

"결혼하자, 희현아."

생각지도 못했던 프러포즈에 희현은 놀란 입을 가렸다. 그런데 보통 이런 타이밍에는 여자들이 다들 운다고 하던데. 자신은 자꾸 주책없이 웃음이 터지려고 했다. 급기야 희현은 고개를 숙이고 두 손으로 얼굴을 가렸다.

그녀의 연극에 상윤은 실소를 지었다.

"안 우는 거 다 알아."

상윤은 희현의 손을 잡아 와 그녀 왼손에 반지를 끼워 주었다. 희현은 웃음 감추기를 포기하고 입꼬리를 말아 올린 채 그의 손에 반지를 끼워 주었다.

"그럼 너 완전히 한국 오는 거야?"

"내일 너랑 같이 갈 거야."

"뭐? 진짜?"

너무 기쁜 나머지 돌고래 소리가 튀어나왔다. 희현은 그를 와락 껴안았다.

"진짜지? 아예 오는 거 맞지?"

"응."

프러포즈보다 더 기쁜 소식에 그제야 눈물이 날 것 같았다.

"나 너무 좋아! 서른셋 인생 살면서 오늘이 제일 좋아!"

"네가 좋아할 일이 또 남았어."

"또? 뭔데?"

희현의 눈빛이 기대감으로 물들었다. 그때 핸들을 자동으로 돌려놓은 선장이 꽃다발을 들고 다가왔다.

"축하해요, 희현 양."

유럽인 선장의 유창한 한국어 실력에 희현의 눈이 휘둥그레졌다. 너무 놀라 굳어 버린 희현을 보고 상윤이 웃으며 대신 꽃다발을 안겨 주었다.

"인사해. 네가 그렇게 보고 싶어 하던 로빈이야."

"뭐어?"

"웃음 참느라 힘들었어요."

로빈은 위장을 위해 쓰고 있던 모자를 벗었다. 그제야 영상통화에서 보던 익숙한 얼굴이 보였다.

"세상에……! 아줌마랑 오스트리아에 가셨다면서요!"

"상윤이 우리한테 거짓말 부탁했어요."

"메뉴판에 있는 그 사진들, 로빈이 우리 쫓아다니면서 몰래 찍어 준 거야."

"진짜?"

로빈이 찍어 준 거라면 이 사진들은 더 의미가 있었다. 희현은 그를 바라보며 메뉴판과 꽃다발을 꼭 끌어안았다.

"감사합니다. 사진들이 다 예뻤어요."

"모델들이 훌륭해서요."

로빈은 흐뭇하게 웃었다.

"이제 돌아갈까요? 엄마가 비싼 사람 고용한 값 제대로 치르라고 벼르고 계신데."

"안 그래도 지금 빨리 오라고 난리야. 희현 보고 싶다고."

"그럼 빨리 가요! 저도 아줌마 보고 싶어요!"

두 사람의 재촉에 로빈은 자리로 돌아가 보트의 속력을 높였다. 상윤과 희현은 두 손을 꼭 잡은 채로 가로등 불이 환하게 켜진 까를교 아래를 지났다.

"사랑해, 희현아."

그의 고백에 희현은 깍지 끼고 있는 손등에 짧게 입술을 맞췄다.

"내가 더 많이 사랑해, 차상윤."

아마 지금 이 순간은 영원히 잊지 못할 것이다.

-The End-

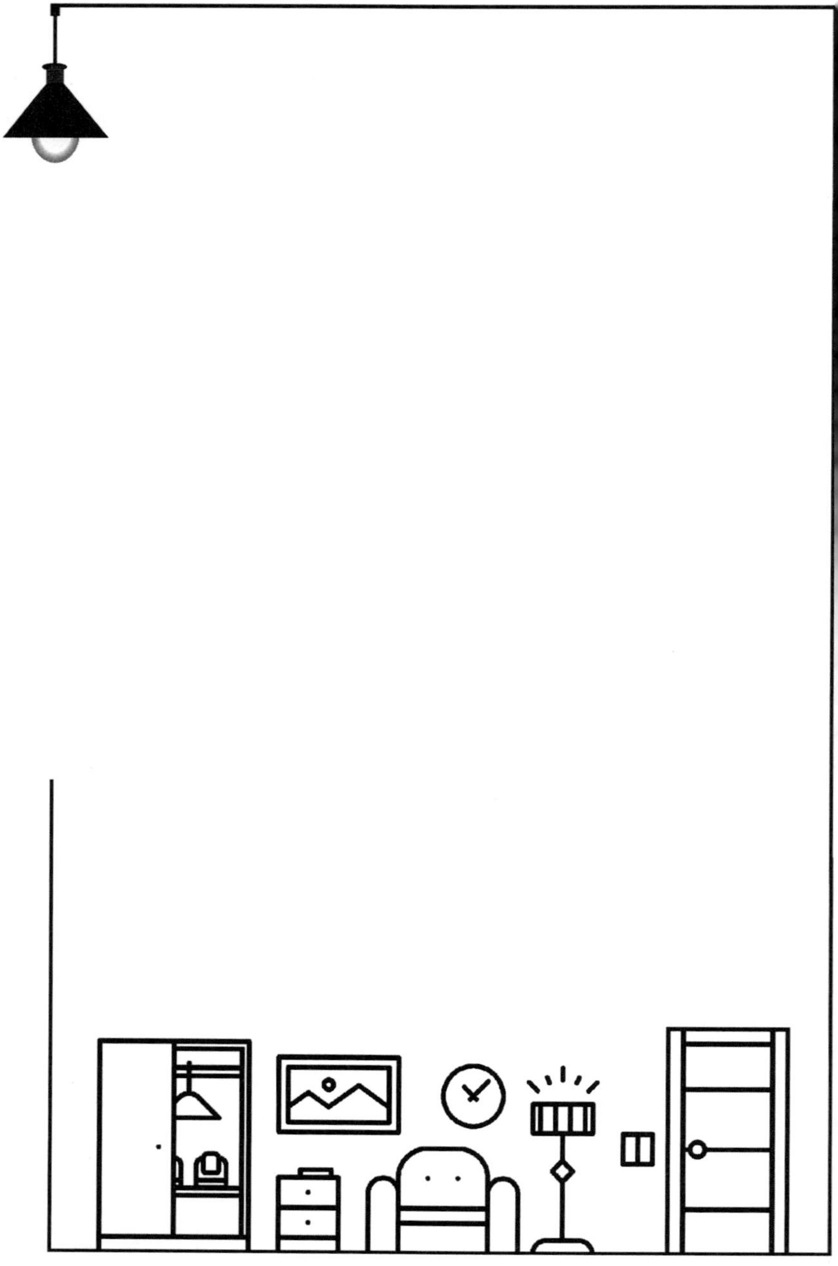

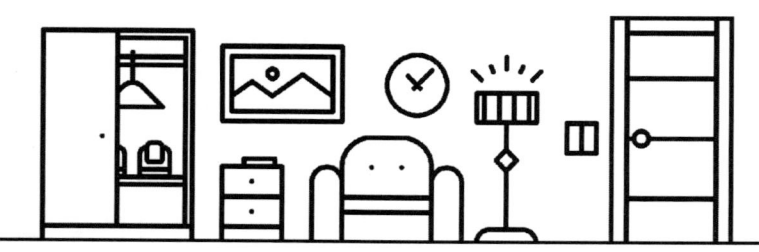

에필로그

한국에 돌아온 상윤이 제일 먼저 들른 곳은 희현의 집이었다.

"상윤아!"

상윤이 아예 돌아온다는 소식을 듣고 오전 내내 거실을 서성였던 성미는 그를 품에 따뜻하게 안아 주었다.

"상윤아, 그동안 고생 많았어."

"잘 지내셨죠?"

"그러엄."

1년 만에 다시 만난 상윤은 한층 더 듬직해져 있었다. 흐뭇하게 웃던 성미는 좁은 아파트 복도를 빼곡히 채운 그의 짐을 보며 말했다.

"시차 때문에 피곤할 텐데 올라가서 좀 쉬다가, 이따 저녁 먹으러 내려와."

"네."

"내가 전화할게!"

상윤은 희현의 캐리어를 집으로 옮겨 주고 나서 7층으로 올라왔다. 익숙한 비밀번호를 누르고 들어가자, 익숙한 집 냄새가 그를 반겼다.

"하⋯⋯."

숨이 트이는 것 같았다. 평일이라 지윤도 일을 가고, 현욱도 아직 어린이집에 있어서 집 안은 조용했다. 캐리어를 거실에 밀어 둔 상윤은 그대로 소파에 누웠다. 비행기에서 한숨도 자지 않고 희현과 떠들었더니 이제야 조금씩 피로가 쏟아졌다.

시원한 에어컨 아래에서 옷도 갈아입지 않은 채 그대로 눈을 감은 상윤은 3시간이 지나고 나서야 다시 힘을 내서 몸을 일으킬 수 있었다.

"⋯⋯너무 잤는데."

준비해야 할 게 많은데 어느덧 저녁 시간이 다가오고 있었다. 개운하게 씻고 나온 상윤은 1년 전부터 미리 준비해 뒀던 옷을 차려입었다. 차 키를 챙겨서 급하게 나가려는데 쥐고 있던 핸드폰이 울렸다.

"여보세요?"

─ 차쌍. 일어났어?

"응. 자고 있는지 어떻게 알았어?"

─ 엄마가 너 자고 있는 것 같다고 해서. 슬슬 밥 먹으러 내려와!

상윤은 시계를 확인했다. 이제 오후 5시가 조금 넘은 시간이었다.

"⋯⋯어, 그럼 나 준비 좀 하고 내려갈게."

─ 알겠어. 천천히 내려와.

"응."

상윤은 빠르게 주차장으로 내려갔다. 급하게 핑계를 대고 나온 거라서 희현이 제집으로 들이닥치기 전에 서둘러야 했다.

제법 거리가 되는 하강백화점까지 찾아온 상윤은 곧장 지하 식품관을 찾았다.

"음……."

과일바구니를 고르는 상윤을 발견한 직원이 냉큼 그에게 다가왔다.

"요새 이게 제일 잘 나가요."

직원은 다양한 과일이 차곡차곡 쌓여 있는 과일바구니를 가리켰다.

"그럼 이걸로 주세요."

"잠시만요, 손님."

단가가 제법 센데 망설임 없는 상윤의 주문에 직원의 얼굴이 환해졌다. 직원은 무거운 과일바구니를 번쩍 들어 고급 보자기에 정성스럽게 싸 주며 그의 차림을 훑었다.

"어디 중요한 분께 가시는 길인가 봐요."

"여자 친구 부모님께 인사드리러 갑니다."

"어머. 떨리시겠다. 잘하고 오세요!"

직원의 응원과 함께 과일바구니를 받은 상윤은 바쁘게 걸음을 옮겼다.

하지만 퇴근길이 그의 발목을 잡았다. 꽉 막힌 도로 때문에 시간이 더 걸린 그는 집에서 나선 지 2시간이 지나고 나서야 희현의 집에 도착했다.

"크흠."

옷매무새를 정리한 상윤이 목을 가다듬고 긴장한 얼굴로 벨을 눌렀다.

"야, 너 왜 이렇게…….."

늦게 오냐고 타박하려던 동일은 상윤을 보며 흠칫 놀랐다.

"너…… 옷차림이 왜 이래?"

"퇴근하셨네요."

동일의 시선이 과일바구니로 향했다. 이건 누가 봐도 결혼 허락을 받으러 오는 딸의 남자 친구 차림이었다. 그는 반가운 상윤을 향해 대견하다는 감정을 숨기고 일부러 퉁명스레 굴었다.

"너무 힘준 거 아니야?"

"이 정도는 해야 희현이 주실 거잖아요."

"짜식."

동일이 슬쩍 미소 지으며 돌아섰다.

"오빠! 그게 다 뭐야?"

"땀톤!"

"어? 내려와 있었어?"

이미 그녀의 집에는 정시에 퇴근한 지윤과 현욱까지 모두 와 있었다. 희현은 과일바구니를 건네받으며 상윤을 보고 입꼬리를 끌어 올렸다.

"왜 이렇게 멋있게 하고 왔어?"

"아저씨랑 아줌마 꼬시려고."

미소 짓던 상윤은 희현의 눈을 바라보았다.

"근데 너 눈이 왜 그래? 안 잤어?"

"나 캐리어도 못 풀고 여태 음식 만들었어…….."

"상윤아!"

주방에 있느라 늦게 상윤을 본 성미는 희현이 들고 있는 과일 바구니를 보고 한숨을 쉬었다.

"우리 사이에 무슨 이런 걸 사 왔어!"

"그럼 당신은 우리 사이에 뭘 이렇게 잔뜩 차려 놨어? 먹던 대로 먹지."

동일의 말대로 희현의 집에서 좀처럼 꺼내지 않는 기다란 상에는 모친이 왔을 때보다 더 푸짐한 음식들이 차려져 있었다.

"너 올 때까지 기다려야 한다고 해서 배 곯아 죽는 줄 알았다. 그치, 현욱아?"

"배고파요!"

"죄송해요. 현욱아, 미안."

상윤이 자리에 앉자 그제야 모두 한자리에 모였다.

"차린 건 없지만 많이 먹어, 상윤아."

"잘 먹겠습니다."

오랜만에 먹는 집 밥이었다. 비행기에서도 기내식에는 거의 손대지 않았던 상윤은 맛있는 음식으로 배를 채웠다.

"현욱아, 고기 먹을래?"

"네!"

이제 의사소통이 가능할 정도로 훌쩍 큰 현욱은 자주 보는 희현을 유난히 따랐다. 상윤은 밥을 먹다 말고 두 사람을 흐뭇하게 바라보았다. 아마 희현이 제 아이를 키운다면 저런 모습이겠지.

"상윤아, 이것도 먹어 봐."

그때 성미가 보리굴비를 앞으로 밀어 놓았다.

"이 사람아, 상윤이는 생선 잘 안 먹어. 굴비는 내가 좋아하지."

그 모습에 질투가 난 동일이 굴비를 가져가려고 하자, 성미가 그의 손을 탁 내리쳤다.

"당신은 어제도 먹었잖아!"

"고기도 먹어 본 사람이 많이 먹는다는 말 몰라? 어제 먹어서 맛있다는 걸 아니까 오늘 또 먹고 싶은 거지."

동일의 기막힌 논리에 상윤이 피식 웃었다.

"저 잘 먹고 있어요, 어머니."

"어머머."

상윤에게 어머니라는 호칭을 처음 들어 본 성미가 수줍은 미소를 지었다.

배부른 저녁 식사를 마치고 성미와 희현은 상윤이 사 온 과일을 깎아 가져왔다. 동일은 상윤이 건네준 포크로 달달한 멜론을 푹 찍었다.

"그래서, 희현이는 언제 데려가려고?"

단도직입적인 동일의 질문에 현욱과 놀아 주던 지윤은 물론, 막 자리에 앉은 성미와 희현까지 모두 동일을 바라보았다.

"오늘 귀국한 애한테 무슨 그런 걸 물어봐요. 정리할 것도 많을 텐데 좀 기다려야지."

"3년 기다렸으면 됐지, 여기서 뭘 더 기다려? 그리고 이 녀석, 우리한테 오늘 허락받으려고 이렇게까지 차려입고 왔는데 멍석은 깔아 줘야지."

그 말에 상윤이 재깍 무릎을 꿇자, 책을 읽고 있던 현욱이 눈을 크게 뜨고 지윤의 옷을 붙잡았다.

"땀톤 뭐 잘못했어?"

"잘못이 아니라 허락받으려고 하는 거야."

상윤은 울 것 같은 현욱에게 윙크를 해 주고 다시 두 사람을 바라보았다.

"아버님, 그리고 어머님."

"오냐."

"저 희현이랑 결혼하고 싶습니다."

예상했던 답을 들은 동일은 상윤의 옆에서 덩달아 무릎을 꿇고 있는 딸을 힐끔 쳐다보았다.

"쟤 웃고 있는 거 보니까 벌써 프러포즈 받았나 본데?"

"정말?"

희현이 배시시 웃으며 고개를 끄덕였다. 동일은 이 상황을 지켜보고 있는 현욱을 바라보며 씨익 웃었다.

"요새 하도 세상이 흉흉해서 믿을 놈 하나 없는데, 내가 너랑 현욱이는 믿어 본다."

"절대 실망하시는 일 없게 하겠습니다."

"여보, 우리 그럼 진짜 혜란이랑 사돈 되는 거야?"

"너무 시끄러운 사돈을 뒀어."

어린 시절에 우스갯소리로 하던 농담이 막상 현실로 이루어지는 순간이 다가오자 동일과 성미가 크게 웃었다. 참 신기한 인연이었다.

"그럼 날은 언제로 잡을까? 이것저것 준비하려면 내년 봄이 좋겠지?"

"5월은 어때?"

동일의 제안에 상윤과 희현, 지윤이 묘한 시선을 주고받았다.

"저, 5월은 좀……."

"왜?"

상윤은 망설이다 대답했다.

"그땐 저희 어머니가 하실 것 같아서요."

"뭐어?"

"혜란이가?"

동일과 성미가 크게 놀랐다.

"혜란이 로빈이랑 결혼하겠대?"

"로빈이 하고 싶어 해요."

자유분방한 모친은 이대로 사는 것도 좋다고 했지만, 로빈은 진짜 법적인 부부가 되기를 원했다. 그리고 한국에서 한복을 입고 가족들끼리 조촐하게 결혼식도 올리고 싶어 했다.

"여름은 꽤 더울 텐데…… 가을이나 겨울은 좀 늦고……."

"그래서 제 생각은요."

이번에는 상윤이 희현의 눈치를 봤다.

"올 겨울에 하고 싶습니다."

"올해?"

전혀 상의 없던 이야기에 이번에는 희현이 놀랐다.

"저기, 상윤아. 식장이나 이것저것 알아보려면 올해는 시간이……."

"그래서 제가 미리 봐 둔 곳들이 있거든요."

상윤은 클라이언트에게 설계도를 설명하듯 미리 간추려 둔 웨딩홀 정보가 적힌 종이를 동일과 성미에게 보여 주었다.

"어?"

종이를 같이 들여다보던 희현이 상윤을 바라보았다. 후보 중에 한 곳은 지금은 퇴사했지만 몇 년 전에 디자인팀 심 대리가 결혼했던 웨딩홀이었다. 신부 대기실도 예쁘고, 홀도 적당히 화려하고, 음식도 맛있게 잘 나와서 아직까지 기억에 또렷하게 남아 있었다.

"위치나 주차장 크기 같은 걸로 보면 여기가 제일 낫겠는데?"

"그렇긴 한데, 희현이 의견이 중요하지."

"나 여기 좋아!"

희현은 부모님이 고른 웨딩홀 종이를 가리켰다.

"예전에 가 본 적 있는데, 웨딩드레스도 예쁘고 홀도 예쁘고 음식도 다 잘 나왔어."

"그래?"

"그럼 제가 조만간 여기로 희현이랑 가 보겠습니다."

"근데 올해는 자리가 없을 것 같은데……."

"그건 걱정하지 않으셔도 돼요."

상윤의 듬직함에 성미가 환하게 웃자 동일이 고개를 흔들었다.

"꼬투리를 잡을 만한 게 있어야 하는데……."

철없는 동일의 혼잣말에 성미가 눈을 흘겼다.

"있으면 뭐 어쩌게?"

"괴롭혀야지! 내가 지금 아니면 언제 또 상윤이를 괴롭혀 보겠어? 안 그러냐, 지윤아?"

이야기를 듣고 있던 지윤이 빙그레 웃었다.

"사위 되면 더 편하게 괴롭힐 수 있잖아요."

"어휴, 지금도 이 난리인데 사위 되면 이 두 여자 등쌀에 내가 먼저 괴로워 죽을 거다. 그땐 지윤이 네가 내 편들어 줘야 돼. 응?"

그의 애절한 하소연에 현욱을 제외한 모두가 웃음을 터뜨렸다.

사람 한 명 더 왔을 뿐인데 모처럼 시끌벅적하고 화목한 밤이었다.

해가 길어진 여름밤, 오붓하게 단둘이서 아파트 정원을 걷던 상윤과 희현은 아무도 없는 놀이터 그네에 앉았다.

"그 웨딩홀, 내가 좋아하고 있던 거 기억하고 있었어?"

"그랬나?"

상윤의 능청스러운 시치미에 희현이 미소 지으며 눈을 가늘게 떴다.

"어떻게 혼자 다 준비했어? 프라하에서 매일 바빴잖아."

"내가 왜 매년 한국으로 휴가를 왔겠어."

"……이것 때문이었다고?"

이런 깜짝 이벤트를 할 때는 그녀의 둔한 성격이 큰 도움이 된다. 다른 일에는 눈치가 느리지 않은데 정작 자신을 중심으로 돌아가는 일들에 대해서는 잘 알지 못하는 게 희현이었다.

"나한테 말을 하지."

"그랬으면 이 정도로 감동 안 받았을 거잖아."

희현은 부정하지 못하고 헤벌쭉 웃었다.

"희현아."

"응?"

"나 과장 된대."

진급 소식에 깜짝 놀란 희현이 타고 있던 그네를 멈춰 세웠다.

"잘됐다!"

"휴가 끝나고 복귀하면 하반기 진급식 할 것 같아."

"그럼 나 이제 회사에서 너한테 차 과장님이라고 불러야 돼?"

"불편할까?"

"좀…… 어색하긴 하겠지?"

솔직한 대답을 들은 상윤은 그네에서 내려 희현의 앞에 다가가 앉았다.

"나 이직할까?"

"왜? 오라는 곳 있어?"

"있긴 한데 튕기는 중."

일부러 우쭐거리며 자랑했다. 그러자 쿵짝 맞는 희현은 그네에서 따라 내리더니 두 손을 받들며 어깨를 주물러 주었다. 어깨 위에 올라온 조막만 한 작은 손가락이 귀여웠다. 상윤은 그녀의 손을 내리며 만지작거렸다.

"내가 다시 복귀하면 우리가 사람들 입에 다시 오르내리게 되잖아. 네 말대로 우리 직급이 달라지면 마주쳤을 때 부르는 호칭도 전보다 불편할 수 있고."

자신이야 남들이 무엇을 말하고 다니든 한 귀로 듣고 흘려버릴 수 있지만, 의외로 섬세한 희현은 사람들 이야기를 은근히 신경 쓰는 타입이었다.

"그 회사는 어떤데? 좋은 회사야?"

"성세디자인."

자금팀이기 때문에 동종업계 소식을 대충 파악하고 있는 희현은 상윤과 걸으며 고개를 끄덕였다.

"거기 요즘 상장 준비한다던데."

"아직은 작은 곳이야."

제이디자인은 건축업계에서 충분한 시스템과 시설이 갖춰진

전통 있는 회사라면, 성세디자인은 재강그룹의 계열사로, 본사의 지원을 받으며 무서운 속도로 치고 올라오는 신생 회사였다. 미래가 기를 쓰고 스카우트에 열을 올리는 것도 한시라도 빨리 회사가 자리 잡게 하기 위해서였다.

"네 생각은 어떤데?"

"반반이야. 지금 여기는 내가 배울 수 있는 게 더 많고, 그쪽은 내가 주도적으로 해 볼 수 있는 일이 더 많고."

"음…….."

"돈은 여기보다 그쪽이 더 많이 줄 수 있대."

"그럼 당연히 이직해야지. 당장 가."

같이 고민하던 희현이 농담으로 이직을 부추기자 상윤이 어이없어 웃었다.

"3년 수련시켜 놨더니 이제 남자 친구 이직에는 서운해하지도 않네."

"알았어. 다시 진지하게 돌아와서, 네 최종 꿈은 뭔데?"

상윤은 조물거리던 희현의 손에 깍지를 꼈다.

"내 건축사무소를 차리고 싶어. 그러기 위해서는 더 다양한 경험을 해야 하고."

프라하에서 대규모 공항 건축을 해 보니 그동안 실내건축이 전부라고 생각했던 자신이 얼마나 우물 안 개구리였는지를 느꼈다. 이전까지는 안정적인 직장 다니면서 희현과 행복하게 사는 것이 목표의 전부였다면, 지금은 희현과 행복하게 살고 싶다는 삶의 목표뿐만 아니라 일에 대한 꿈도 뚜렷해졌다.

"멋있다, 차상윤."

상윤은 그녀의 손등에 입을 맞췄다.

"그러니까 조금만 참고 기다려. 내가 차상윤 건축사무소 차리면, 그때 우리 회사로 스카우트할 테니까."

"난 싫어. 거기 안 갈 거야."

"어?"

좋아할 줄 알았던 예상과 반대로 희현은 단호하게 거절했다.

"직원들이 제일 싫어하는 회사 1순위가 뭔지 알아? 가족끼리 운영하는 회사야. 생각해 봐. 사장이 넌데 사장 와이프인 내가 거기서 일을 하면, 나머지 직원들이 얼마나 불편하겠어?"

구구절절 맞는 말이긴 하지만 상윤은 순간 섭섭했다.

"너…… 좀 변했다?"

"뭐가?"

"1년 전만 해도 빨리 복귀해서 회사 같이 다니고 싶다고 하더니, 이젠 막 이직하라고 하고, 내가 차리는 회사에는 오라는 것도 싫다고 하고."

"야야! 차상윤!"

처음 보는 상윤의 투덜거림에 희현이 큰 소리로 웃었다.

"너 지금 현욱이보다 더 애 같았어. 알아?"

"참나."

희현은 웃음을 머금은 채 그의 볼에 입을 맞췄다.

"삐치지 마."

"됐어."

상윤이 앞서 걷자 희현이 빠른 걸음으로 그를 쫓아갔다.

"차쌍! 진짜 삐쳐서 가는 거야?"

"너 모기 물려. 이제 들어가자."

"에이. 삐쳐서 가는 것 같은데?"

"아니거든."

이 와중에도 몸에 흔적을 못 남기게 하는 희현을 모기에게 먼저 내줄 수 없다는 생각이 드는 걸 보면, 사랑해서 찾아오는 질투라는 건 정말 무서운 것 같다.

❖ ✖ ❖

휴가가 끝난 희현과 같이 출근한 상윤은 지하 3층에서 가장 먼저 엘리베이터를 탔다.

"왜 벌써 귀가 멍멍하지?"

상윤의 엄살에 희현이 픽 웃었다.

"너 이제 큰일 났다."

지하 2층에서 문이 열리자 낯익은 사람들이 우르르 서 있었다.

"와아, 이게 누구야?"

"차 대리! 복귀한 거야?"

"안녕하세요."

오랜만에 보는 반가운 얼굴들이 한 마디씩 보태기도 전에, 엘리베이터가 지하 1층에 섰다.

"어? 차 대리!"

"누구? 차상윤 대리?"

키가 커서 맨 뒤에 서 있어도 사람들에게는 상윤의 얼굴이 한눈에 들어왔다.

"이제 회사로 복귀한 거야?"

"네."

"임 대리가 좋아 가지고 아주 입이 귀에 걸렸겠네."

"제 입 멀쩡하거든요."

"어? 임 대리, 거기 있었어?"

어느새 엘리베이터에는 누가 탔는지 가늠도 안 될 만큼 사람
이 가득 찼다. 상윤은 앞에 바짝 붙어 선 희현의 손을 슬며시 붙
잡았다.

― 3층입니다.

엘리베이터 문이 열리자 희현이 급하게 손을 밀어냈다.

"먼저 내립니다! 다들 수고하세요!"

희현은 뒤도 돌아보지 않고 사람들을 밀치며 3층에서 내렸
다.

"……너무하네."

혼자 들릴 정도로만 낮게 중얼거린 상윤은 닫히는 엘리베이
터 사이로 그녀의 뒷모습을 아쉽게 바라보았다.

"차상윤 대리님이 돌아오셨습니다!"

1층에서 같이 엘리베이터를 탄 태경의 호들갑과 함께 사무실
문이 열렸다. 일찍 출근해 있던 대희는 인터넷을 하다 말고 방
에서 나왔다.

"자네한테만 차상윤 대리님이지, 우리한테도 대리님이야? 호
칭하고는."

깐깐한 저 성격은 3년 전과 별다를 바가 없었다. 상윤은 김
부장에게 다가가 깍듯이 고개를 숙였다.

"잘 다녀왔습니다."

"그래. 수고 많았어."

"오랜만이에요, 차 대리님."

"안녕하세요."

"대리님 더 멋있어지신 것 같아요!"

"고맙습니다."

설계 1팀과 3팀에게도 간단한 인사를 끝낸 상윤이 자리로 돌아왔다. 그런데 옆자리의 건우가 의자에 널브러져 기대 있었다.

"뭐야? 언제 왔어?"

"아까부터 있었거든."

상윤은 미간을 좁혔다.

"그런데 왜 조용해? 불안하게?"

"나 원래 조용하고 신중하잖아."

못 본 사이 분위기가 달라졌다고 하기에는 몇 주 전의 통화가 지나치게 시끄러웠다.

"지금 상황에서 날 가장 반겨야 할 사람은 너 아닌가?"

"그러게. 나여야 하는데……."

건우는 고개만 돌려 상윤을 바라보았다.

"그럼 나 이제 임 대리랑 카풀 안 해도 되는 거야?"

"하지 말래도 굳이 하겠다고 했던 건 너잖아."

프라하에 있을 때 건우에게 이직 고민을 털어놓은 게 화근이었다. 혼자 일할 생각에 암담했는지 그는 자신과 희현에게 마음의 빚을 얹어 놓겠다며 굳이 아침 일찍 희현의 집까지 찾아가 그녀와 함께 카풀을 하기 시작했다.

"아쉬워서 묻는 거야, 아쉬워서."

꽤 귀찮았을 일을 진심으로 아쉬워하는 건우의 표정에 상윤이 눈썹을 찌푸렸다.

"네가 왜 아쉬워?"

"요 몇 달 즐거운 출근길이었거든."

힘겹게 몸을 일으킨 건우가 마우스를 잡으며 한숨을 쉬었다. 왠지 캐물어 들어 봐야 좋을 게 없을 이야기라고 직감한 상윤도 더 묻지 않고 일에 집중했다.

점심시간이 되자 설계팀은 삼삼오오 모여서 구내식당으로 향했다.

"그런데 차 대리 복귀하고 첫 점심이잖아. 어디 밖에 나가서 먹어야 하는 거 아니야?"

"전 구내식당 좋습니다."

어차피 밖에서 먹는다고 해도 김 부장 입맛에 맞춰서 먹을 게 뻔했다. 그럴 바에야 희현의 얼굴이라도 한 번 볼 기회가 있는 구내식당이 나았다.

"오늘은 뭐 먹지?"

메뉴에 관심 없는 상윤이 큰 키를 장점으로 살려 주위를 두리번거렸다. 그러자 메뉴를 보고 있던 건우가 반대편을 손짓했다.

"들어올 때 못 봤어? 입구 옆 자리에 있었잖아."

"그래?"

"하긴. 네가 봤으면 지금 이런 여유가 나올 리가 없지."

"왜?"

"글쎄. 왜일까아?"

한나절도 안 돼서 조용함과 신중함을 벗어 던진 건우의 얼굴에는 장난기가 가득했다. 불안한 그의 말투에 상윤은 줄까지 이탈하고 입구 근처로 다가갔다.

그곳에는 건우의 말대로 정말 희현이 앉아 있었다. 그런데 그녀의 옆에 처음 보는 남자가 앉아 있었다. 우연히 고개를 든 희현과 눈이 마주친 상윤은 그대로 걸어갔다.

"박 대리님."

마침 둘의 앞자리에 민주가 앉아 있었다. 민주는 고개를 들어 상윤을 바라보았다.

"오늘 복귀하셨다는 소식 들었어요. 축하……해야 하는 건가요?"

"아직 잘 모르겠네요."

희미하게 웃던 상윤이 희현을 바라보았다. 그녀만 알아챌 수 있게끔 남자를 턱짓으로 가리키자 희현은 어색하게 웃으며 옆에 앉은 남자를 소개했다.

"차상윤 대리님, 이분은 올해 자금팀에 새로 들어온 김원섭 씨예요."

"안녕하세요!"

신입사원답게 군기가 바짝 든 원섭은 밥을 먹다 말고 자리에서 벌떡 일어나 인사했다. 희현이 올 봄에 소미의 밑으로 후배 한 명이 들어왔다는 이야기는 했지만, 남자라고 말한 적은 없었다.

"됐으니까 편하게 앉아요."

"어, 원섭 씨. 그리고 여기는……."

뒷목을 매만지던 희현은 두 손으로 상윤을 가리켰다.

"3년 동안 프라하 갔다가 이번에 복귀한 설계팀 차상윤 대리님."

참 군더더기 없이 담백한 소개였다.

"아! 체코공항 파견근무 나가셨다는 그분이요?"

"응."

"말씀 많이 들었습니다, 차상윤 대리님."

원섭의 아는 체에 상윤이 팔짱을 꼈다.

"무슨 말씀이요?"

"어……."

숟가락을 들고 있던 원섭이 해맑게 웃었다.

"실력이 대단한 분이시라고……."

"누가 그러던가요?"

취조하듯 캐묻는 말투를 들은 원섭은 살짝 고민의 기색을 띠었다.

"양 선배님이요!"

"아……. 양소미 씨가?"

"원섭 씨! 그 말은……."

"차 대리!"

그때 밥 먹을 순서가 된 건우가 상윤을 불렀다. 민주를 향해서만 인사하고 돌아선 상윤은 저도 모르게 두 손에 힘이 들어갔다.

"김원섭 씨 가까이서 봤어?"

"너도 저 신입 알아?"

"당연하지."

건우는 식판에 소시지를 받으며 말했다.

"임자 있는 너는 한물간 지 오래됐고, 요즘 우리 회사 대세는 저 친구랑 나거든. 이제 여직원들 사이에서 박건우랑 김원섭과로 나뉜다고."

"건달도 아니고 그놈의 파 타령은."

상윤은 빈정거리며 희현이 앉아 있는 쪽을 다시 바라보았다. 어린 친구답게 피부도 좋고, 옷이나 헤어스타일을 보아 본인을 가꿀 줄 아는 듯했다. 그런 면에서 건우와 비슷한 점이 많았다.

"여직원들이 난리도 아니야. 보호본능 일으키는 외모라고."

그때 하필, 건우가 모성애를 자극한다던 희현의 오래전 이야기가 귓가에 맴돌았다.

"어이가 없네."

상윤의 표정 변화에 건우가 입술을 실룩거렸다.

"그래서 그런가? 임 대리가 저 친구 부쩍 데리고 다니던데."

"쓸데없는 소리 한다."

"진짜야. 요즘 박 대리랑 셋이 자주 다니더라고. 못 믿겠으면 다른 사람들한테 물어보든가."

그렇다고 진짜 다른 사람들한테 캐묻고 다닐 수도 없었다. 자리에 앉은 상윤은 젓가락으로 애꿎은 밥알들만 괴롭혔다.

[5층 비상계단.]

한창 식곤증에 빠질 오후에 문자 한 통을 받은 희현은 눈치를 살피며 비상구 문을 열었다. 그러자 누군가가 손목을 확 잡아끌었다.

"으억……!"

상윤을 본 희현은 그의 단단한 가슴을 때렸다.

"놀랐잖아!"

"왜 너희 팀 신입사원이 남자인 거 얘기 안 했어?"

"내가? 얘기 안 했나?"

어리둥절한 그녀 표정에 상윤은 한숨을 쉬었다.

"안 했어. 후배 들어왔다고만 했잖아."

"그랬나?"

시큰둥한 표정을 보니 진짜 깜빡한 것 같기도 하고, 고도의 연기 같기도 하다.

"그리고 뭐? 설계팀 차상윤 대리님?"

비꼬는 그의 말에 뒤늦게 상황 파악을 한 희현은 히죽 웃었다.

"그 상황에서는 그 소개가 최선이었던 거 알면서."

"……알아, 나도 이해하는데."

내 남자 친구 차상윤이라는 소개까지는 바란 적도 없었다. 사무적으로 소개를 해야 했던 희현의 입장도 이해하는데, 끓어오르는 질투를 참을 수가 없었다.

"설마 지금 원섭 씨 신경 쓰여서 이래?"

"원섭 씨?"

성을 뗀 친근한 부름으로 상윤이 꼬투리를 잡자 희현이 발을 동동 굴렀다.

"너도 아까 소미 씨라고 했잖아!"

"난 양소미 씨라고 하거든?"

"아, 그래. 김원섭 씨. 이제 됐지?"

"아니. 아예 부르지도 마."

희현은 까치발을 들어서 그의 얼굴을 두 손으로 붙잡았다.

"왜 프라하에서도 안 부리던 투정을 부리실까? 사춘기야?"

"엘리베이터에서는 가차 없이 손 빼서 도망가더니."

계속되는 투정에 희현이 입꼬리를 올리며 웃었다.

"그래. 어디 계속해 봐."

"내 칭찬을 왜 양소미 씨한테 듣게 해? 네가 했어야지."

"아! 나 그건 좀 억울하다? 그 얘기는 내가 진짜 원섭 씨⋯⋯."

습관적으로 이름이 튀어나오자 상윤의 눈에서 불꽃이 터졌다.

"⋯⋯내가 그 친구한테 한 말이란 말이야."

"양소미 씨한테 들었댔잖아."

"네가 너무 무섭게 째려봐서 나라고 말하면 안 될 것 같더래!"

"확인해 본다."

"해! 해 봐!"

진짜 확인할 기세로 비상계단을 나가려던 상윤은 다시 희현을 바라보더니 그녀를 벽에 가두고 입을 맞췄다.

잠기지도 않고 무방비하게 노출된 비상계단에서의 키스에 놀란 희현이 가슴을 밀쳤지만, 상윤은 희현의 허리를 끌어안으며 혀를 밀어 넣었다.

벗어날 수 없는 그의 품에서 버둥대던 희현은 결국 말리기를 포기하고 그의 허리를 감싸 안았다. 혀가 부드럽게 엉키며 점점 호흡이 거칠어졌다.

"상윤⋯⋯."

상윤의 뜨거운 손이 얇은 블라우스 안으로 쑥 들어왔다. 납작한 배를 더듬거리던 손은 짓궂게 가슴으로 향했다.

"하⋯⋯ 자, 잠깐⋯⋯."

희현이 조금씩 몸을 움찔거린다는 것을 알아챈 상윤은 입술을 뗐다. 이대로 더 가다가는 서로가 위험해질 것 같았다.

"임희현."

그녀의 이름을 나직하게 부른 상윤은 흐트러진 옷매무새를 정리해 주었다.

"그러니까 안달 나게 하지 말라고."

"……지금 안달 나게 한 사람이 누군데?"

이젠 상윤의 집에 지윤이 살기 때문에 그가 새로 얻은 집으로 이사를 가기 전까지는 금욕 생활을 해야 했다. 그런데 이런 자극이라니. 상윤을 원망스럽게 올려다보던 희현은 까치발을 세워 그의 입술에 가볍게 입을 맞췄다.

"차쌍. 우리 빨리 같이 살자."

그때 아래층 비상구 문이 열리는 소리가 들렸다. 인기척에 놀란 희현은 인사도 잊고 도망가듯 먼저 비상계단을 빠져나갔다.

"진짜 겁 많다니까."

희현이 나간 자리를 보며 피식 웃고 있는데 핸드폰이 울렸다. 발신자를 본 상윤은 시간을 확인하고 전화를 받았다.

"출근 시간 전인데 어쩐 일이세요?"

– 차 대리가 나 잊었을까 봐 확인차 전화했죠.

"오해의 소지가 다분한 말을 너무 아무렇지 않게 하시네요."

상윤은 방금까지 희현이 서 있던 벽에 기댔다.

– 왜요? 진심인 거 알면서.

"그래서 더 무섭습니다."

진심이 전해졌는지 미래가 호탕하게 웃었다.

– 목소리가 좋아요. 역시 한국이 좋긴 좋죠?

"그러네요."

– 그래서 저도 가을 되면 한국으로 돌아가려고요. 그쯤 되면 차 대리한테 내 제안에 대한 긍정적인 대답, 들을 수 있는 거죠?

가을이라 함은 미래 입장에서는 인수인계를 염두에 두고 충분히 시간을 준 거나 마찬가지였다.

"대답은 지금 해 드릴 수 있을 것 같아요."

— 네?

상윤은 너무 이른 도전보다 다양한 배움을 선택하기로 했다.

"저 아직 제이디자인에서 하고 싶은 게 남아 있어서요."

— 오 마이 갓.

그의 결정에 미래가 탄식했다.

— 거기서 뭘 하고 싶은데요? 아니 것보다, 한국 가면 여자 친구랑 결혼한다고 하지 않았어요? 같이 회사까지 다니면 24시간 붙어 있어야 하는데?

"그런 좋은 기회까지 눈앞에 있으니 제가 어떻게 다른 곳을 가겠어요."

회사에 출근하기 전까지만 해도 분명 이직에 대한 고민은 50:50이었다. 그런데 아무리 후배라고 해도 다른 남자와 이야기를 하는 희현을 보니 다른 회사로 이직할 마음이 싹 사라졌다.

물론 저런 장면을 마주하면 질투로 피가 거꾸로 솟겠지만, 그럴 때마다 비상계단으로 불러내서 애정을 확인하면 되니까 결과적으로 아주 나쁜 것도 아니었다.

— 내 남편이 그런 소리 했으면 난 혀 깨물었을 거예요.

"왜 이러세요. 자녀가 넷이나 있으신 분이."

말은 저렇게 무뚝뚝하게 하지만 누구보다 금실 좋은 미래네 부부였다.

— 차 대리 뜻이 일단 그렇다면 할 수 없죠. 대신 결혼하면 청첩장 보

내 줘요.

"와 주시려고요?"

— 애들이랑 남편 다 데리고 가서 밥 먹고 5만 원만 내고 오려고요.

그녀의 복수 예고에 상윤이 소리 내서 웃었다.

"5만 원도 필요 없으니까 와서 식사하고 가세요. 청첩장 나오면 연락드릴게요."

— 언제라도 제이디자인에서 일 못 해 먹겠으면 나한테 연락해요. 차 대리는 언제든 환영이니까.

"감사합니다."

반가운 전화를 끊고 비상구에서 나온 상윤은 엘리베이터를 타러 가던 길에 우연히 회계팀 사무실 앞에 서 있는 원섭을 발견했다.

"거기서 뭐 합니까?"

"차상윤 대리님……!"

꾸벅 인사하는 원섭의 손에는 1층 카페 컵홀더가 끼워져 있는 커피 두 잔이 들려 있었다.

"어?"

그런데 마침 사무실에서 나오던 민주가 나란히 서 있는 두 사람을 번갈아 보았다.

"차 대리님은 여기 어쩐 일이세요?"

"잠깐 지나가던 길이라…….."

"아."

민주는 원섭을 향해 고개를 돌렸다.

"나는 왜 보자고 했어요?"

그때 상윤의 머릿속에 점심시간에 건우가 해 준 이야기가 스쳐 지나갔다.

'요즘 박 대리랑 셋이 자주 다니더라고.'

눈치 빠른 건우가 헛다리를 짚었을 리 없다. 분명 모든 걸 다 알고 자신을 놀리려 든 게 확실했다.

"박 대리 이게 진짜……."

"네? 저요?"

"아, 아니에요."

같은 성이라 오해한 민주에게 고개를 저은 상윤은 완벽히 자리를 피해 주기 위해 엘리베이터가 아닌 비상계단을 선택했다.

"그나마 좀 안심이네."

원섭의 마음이 향하는 곳을 알게 된 상윤의 표정은 아까보다 조금 누그러져 있었다.

작가 후기

안녕하세요! 정희경입니다.

부지런히, 좀 더 자주 독자님들을 뵙고 싶었는데 꼬박 1년 만에 책으로 인사를 드리게 됐네요.

저는 즐겨찾기 쓰는 동안 참 즐겁고, 행복하고, 흐뭇했었는데 독자님들은 어떠셨을지 모르겠어요. 모쪼록 지루하지 않은 글이 됐으면 하는 바람입니다!

즐겨찾기는 다른 말로 바로가기라고도 하는데요.

비록 11년이라는 긴 시간을 돌고 돌았지만, 서로에게 직진하며 바로 가게 된 상윤이와 희현이를 기억해 주셨으면 좋겠습니다.

마지막으로 저의 한결같은 인사!
독자님들! 늘 건강하세요!
언제나 감사합니다.

정희경 드림